Rejointe par son passé

Le danger en embuscade

AMANDA STEVENS

Rejointe par son passé

Traduction française de
HÉLÈNE COLOMBEAU

BLACK ROSE

HARLEQUIN

Collection : BLACK ROSE

Titre original :
JOHN DOE COLD CASE

HARPERCOLLINS FRANCE
83-85, boulevard Vincent-Auriol, 75646 PARIS CEDEX 13
Service Lectrices — Tél. : 01 45 82 47 47 - www.harlequin.fr
ISBN 978-2-2804-7590-7 — ISSN 1950-2753

Composé et édité par HarperCollins France.
Imprimé en juin 2022 par CPI Black Print (Barcelone)
en utilisant 100% d'électricité renouvelable.
Dépôt légal : juillet 2022.

FSC
www.fsc.org
MIXTE
Papier issu de sources responsables
FSC® C159065

Pour limiter l'empreinte environnementale de ses livres, HarperCollins France s'engage à n'utiliser que du papier fabriqué à partir de bois provenant de forêts gérées durablement et de manière responsable.

1

Le squelette était resté enfoui au fond d'une grotte pendant près de trois décennies. Selon l'anthropologue sollicitée par le chef de la police de Black Creek, en Floride, il s'agissait d'un homme âgé d'un peu moins de trente ans au moment de sa mort, grand et mince, droitier et en bonne santé. De toute évidence, il avait été sauvagement assassiné. Frappé à l'arrière du crâne et poignardé à de multiples reprises au thorax.

Un véritable déchaînement de violence, songea l'enquêtrice Eve Jareau en observant la dépouille étendue sur la table de métal. Elle se surprit à frissonner. Ce n'était pourtant pas la première fois qu'elle était confrontée à la mort ! Depuis six ans qu'elle travaillait au poste de police de Black Creek, elle avait presque tout vu : des tués par balle, des victimes d'accidents de la route, de pauvres gens décédés seuls chez eux de causes naturelles et qu'on n'avait retrouvés que plusieurs jours voire plusieurs semaines plus tard… Elle ne s'expliquait pas la réaction viscérale que provoquait en elle la vue de ces restes anonymes.

C'était peut-être à cause du cadre, se dit-elle. Le bâtiment qui abritait le laboratoire d'anthropologie médico-légale était vieux et peuplé d'ombres inquiétantes que les plafonniers ne parvenaient pas à chasser. Tous ces crânes et autres ossements entreposés sur les planches, tous ces instruments médicaux alignés sur les étagères – cela n'avait évidemment rien de très chaleureux. Et la pluie qui ruisselait le long des fenêtres ne faisait qu'ajouter à l'atmosphère lugubre.

Eve jeta un coup d'œil vers son chef, de l'autre côté de la table. Pendant les quarante-cinq minutes qu'avait duré le trajet entre Black Creek et Tallahassee, il lui avait à peine adressé la parole. Elle ne s'en formalisait pas : Nash Bowden n'avait jamais été très expansif. Néanmoins, depuis que son ex-femme, Grace, avait été arrêtée pour l'enlèvement d'une fillette de quatre ans, il s'était encore plus refermé sur lui-même. Heureusement, la petite avait été retrouvée saine et sauve et rendue à sa mère, mais toute la ville était encore ébranlée par les événements. Eve n'osait pas imaginer le choc que cela avait dû être pour lui.

Quelques années plus tôt, une flamme fugace avait brûlé entre eux, vite étouffée par le divorce difficile de Nash et la réalité complexe d'une relation amoureuse au travail. Malgré les obstacles, cette flamme ne s'était jamais tout à fait éteinte – du côté d'Eve, du moins. Quoi qu'il en soit, elle n'aimait pas le voir si maussade, et cela la démangeait de lui dire qu'il n'était pour rien dans le geste de Grace. Personne n'aurait pu deviner que cette dernière allait kidnapper un enfant. Mais Eve s'était bien gardée d'aborder un sujet aussi personnel, même quand Nash l'avait appelée dans son bureau pour lui confier l'enquête sur leur mystérieuse victime.

Elle n'était pas dupe : ce n'était pas pour son talent qu'on lui avait attribué cette mission. Personne d'autre n'en voulait. Les enquêteurs chevronnés n'avaient ni la patience ni l'envie de passer des heures dans les archives et sur le terrain pour résoudre un meurtre aussi ancien, et les jeunes policiers ambitieux préféraient les affaires plus médiatiques. Pour sa part, Eve n'était pas encore blasée et se fichait de la lumière des projecteurs. Elle voyait cette énigme vieille de trente ans comme un défi qu'elle se faisait une joie de relever. En outre, travailler seule et dans le calme ne la dérangeait pas. Bien au contraire.

Reportant son attention sur le squelette, elle observa avec fascination le Dr Allison Forester qui faisait pivoter le crâne pour leur montrer le motif en toile d'araignée à sa base.

— J'imagine qu'il n'y a aucun moyen de savoir s'il a été assommé avant d'être poignardé, ou l'inverse ? demanda Nash.

— Malheureusement, non, répondit l'anthropologue en passant son index ganté sur les lignes de fractures. Ce qui est sûr, c'est qu'un choc aussi violent aurait neutralisé, voire tué notre homme sur le coup. De la même manière, certaines blessures provoquées par l'arme blanche ont été si profondes et si brutales qu'elles ont presque sectionné les côtes.

Nash acquiesça.

— Si je comprends bien, il a subi de multiples blessures mortelles. S'il était déjà mort ou mourant suite au traumatisme crânien, pourquoi s'acharner en le poignardant ?

— La rage, murmura Eve.

Il leva brièvement les yeux vers elle.

— Il essayait peut-être de s'enfuir, suggéra le Dr Forester. Et le tueur l'a frappé à la tête pour l'achever.

Eve eut soudain une terrible vision. Le jeune homme en sang, agonisant, tentant d'échapper à son meurtrier et ne voyant pas venir le coup de grâce…

Allison Forester remit le crâne en place, avant de se rapprocher de Nash. C'était une superbe blonde aux yeux gris-vert et à la silhouette athlétique. À plusieurs reprises, elle avait lancé des œillades au chef, et elle se tenait à présent si près de lui que leurs bras se frôlaient. Il ne chercha pas à s'écarter. Eve eut même l'impression qu'il se penchait légèrement vers elle.

Concentre-toi sur ton travail, s'ordonna-t-elle. *Ce qu'ils font ensemble ne te regarde pas.* Elle ne put toutefois s'empêcher de noter combien les cheveux et les yeux sombres de Nash contrastaient avec la blondeur de la jeune femme. Ils formaient un couple parfaitement complémentaire.

Un coup de tonnerre fit soudain trembler les fenêtres. Eve se frotta les bras pour en chasser la chair de poule. *Qui es-tu ?* demanda-t-elle en esprit à l'inconnu étendu sous ses yeux. *Que faisais-tu dans cette grotte ?*

L'orage qui grondait dehors semblait annonciateur de noirceur et de chaos. Alors que les lumières vacillaient, Eve crut sentir un doigt glacé effleurer le dos de sa main. Elle vérifia que le squelette n'avait pas bougé, tout en se fustigeant de se laisser à ce point influencer par son environnement.

— Ça va ? s'enquit Nash.

— Oui, pourquoi ? répondit-elle, sur la défensive.

Il l'observait avec une intensité inhabituelle.

— Vous avez l'air nerveuse.

— Je crois que l'atmosphère est un peu trop macabre pour moi, expliqua-t-elle en lançant un regard circulaire dans la pièce.

— On finit par s'y habituer, lui assura Allison. Au bout d'un moment, on ne remarque même plus les bruits étranges et les fluctuations électriques.

— Quels bruits étranges ?

L'anthropologue se contenta de sourire.

— Au moins, nous n'avons pas à craindre de devoir travailler dans le noir. Il y a un groupe électrogène.

— Me voilà rassurée, marmonna Eve.

— À condition qu'il marche encore, précisa la spécialiste. Quelqu'un sera peut-être obligé de descendre à la cave pour le relancer.

— Il y a une cave, ici ? On n'est pas en zone inondable ?

— Elle vous taquine, intervint Nash.

— Ah.

— Seulement à propos de la cave, se défendit Allison. Pour les bizarreries, je ne plaisante pas du tout. Si vous restez suffisamment longtemps dans ce bâtiment, vous aurez toutes les chances de vivre une expérience inexplicable.

Comme sentir un squelette vous toucher la main ? songea Eve. Elle ne parvenait pas à savoir si la jeune femme était sérieuse, ou si elle se moquait d'elle…

— On devrait peut-être terminer avant que les plombs sautent vraiment, dit-elle.

— Oui, c'est une bonne idée.

Après avoir échangé un regard amusé avec Nash, Allison Forester se pencha de nouveau sur la dépouille.

— À un moment de sa vie, notre homme a subi des fractures multiples à la jambe et au bras droits ainsi qu'à la cheville gauche, probablement lors d'un accident de voiture, expliqua-t-elle. Il a été soigné, ses os se sont bien ressoudés.

— S'il a été pris en charge dans la région, les archives des hôpitaux pourront nous aider à l'identifier, observa Nash. Quand nous divulguerons l'information, quelqu'un se manifestera peut-être, un parent ou un proche.

— Il est resté dans cette grotte pendant plusieurs décennies, rappela Eve. Sa famille a pu déménager, depuis.

— À ce stade, on en est réduits à émettre des hypothèses, admit Nash, avant de se tourner de nouveau vers l'anthropologue. Autre chose ? Des vêtements ou des objets retrouvés sur place ?

— Quelques morceaux de tissu et de cuir. Pas de portefeuille, aucun papier, mais ceci.

Elle sortit un sachet plastique d'un tiroir intégré à la table d'autopsie. Il contenait une petite pièce de monnaie, qu'elle saisit entre le pouce et l'index pour la lever vers la lumière.

— Une pièce de 10 cents ? fit Nash en haussant un sourcil.

— Oui, mais pas n'importe laquelle. C'est ce qu'on appelle une « *Mercury dime* », avec la tête de Mercure d'un côté et un rameau d'olivier de l'autre. Celle-ci est perforée. La victime l'avait probablement autour du cou ou d'une cheville en guise de porte-bonheur. C'est une vieille superstition du Sud qui date d'avant la Guerre civile.

— Je n'en avais jamais entendu parler, avoua Nash.

— Ça ne m'étonne pas, vous n'êtes pas du genre mystique. L'inspectrice Jareau, en revanche…

Eve restait muette, frappée de stupeur. *Ça ne peut pas être vrai*, se disait-elle. *Ce n'est tout simplement pas possible.*

La voix de Nash lui parvint à travers la sidération qui s'était abattue sur elle.

— Vous connaissiez les « *Mercury dimes* », vous ?

— Je savais juste que certaines personnes les collectionnaient, répondit-elle vaguement.

Mais elle n'était déjà plus là. Un vieux souvenir échappé de son inconscient l'avait transportée dans sa chambre d'enfant, où elle regardait les étoiles phosphorescentes collées au plafond.

— Boo ? Tu dors ?

C'était son père, qui l'appelait doucement depuis l'embrasure de la porte.

— Non, pas encore.

— Chut… Il ne faut pas réveiller maman.

Il s'assit au bord du lit.

— Je vais partir pendant quelque temps, Boo. Je ne voulais pas m'en aller sans te dire au revoir.

— Où ça ? demanda Eve, soudain paniquée, en se redressant contre ses oreillers.

— Je retourne en Louisiane, là où j'ai grandi. Un de mes cousins m'a proposé un travail à La Nouvelle-Orléans. Je ne vais sans doute pas rentrer avant longtemps.

— On ne peut pas venir avec toi, maman et moi ?

— Pas cette fois. Vous devez rester ici et prendre soin l'une de l'autre. Tu peux faire ça pour moi, Boo ?

— Oui, papa.

— C'est bien, ma puce.

Son père sourit, puis il passa une main dans sa tignasse en bataille.

— J'ai quelque chose pour toi.

De sa poche, il tira une pièce enfilée sur un morceau de ficelle. Eve retint son souffle en la voyant briller à la lueur de la lune.

— Ta pièce porte-bonheur ! s'exclama-t-elle.

— Non, c'est la tienne. J'ai gardé la mienne, tu vois ? dit-il en l'extirpant du col de son T-shirt. Mon papa me l'a offerte quand j'avais ton âge, et maintenant c'est à mon tour de t'en offrir une. Les *Mercury dimes* sont difficiles à trouver, et celles qui sont percées sont encore plus rares. Tu sais pourquoi ?

Eve secoua la tête.

— Parce qu'elles ont un pouvoir. Il y a cent ans, quelqu'un

a senti que celle-ci dégageait des ondes positives. Il a fait un trou dedans pour pouvoir la porter près de son cœur et bénéficier de sa protection.

Il glissa la pièce dans la main d'Eve et referma les doigts par-dessus.

— Ce sera notre secret, d'accord ? Pas besoin d'en parler à maman. Elle trouverait ça idiot.

— Je ne lui dirai rien.

— Chaque soir, avant de te coucher, tu iras à la fenêtre avec ta pièce. Tu regarderas la lune et tu penseras à moi. De mon côté, je ferai la même chose. Comme ça, on sera toujours ensemble, même si on est loin l'un de l'autre.

Il la borda, déposa un baiser sur son front et sortit de la chambre. Eve savait qu'elle n'arriverait pas à s'endormir. Son papa allait partir et elle avait le terrible pressentiment qu'il ne reviendrait jamais.

Elle repoussa les couvertures et alla jeter un coup d'œil par la fenêtre. Une voiture était garée le long du trottoir. Elle vit son père descendre les marches du porche en courant, une petite valise dans une main, un sac en papier dans l'autre. Il ouvrit le coffre, fourra ses affaires à l'intérieur, puis monta du côté passager. Quand le plafonnier s'alluma, Eve distingua une femme aux cheveux courts et blond platine installée au volant, ainsi que la silhouette d'un homme à l'arrière.

Juste avant que la portière se referme et que la lumière s'éteigne, l'inconnu croisa son regard. Alors, il porta un index à ses lèvres, avant de faire glisser son pouce en travers de sa gorge. Eve ignorait la signification de ce geste, mais l'expression de l'homme la terrifia. Elle qui avait été prête à sauter par la fenêtre pour courir après son papa se retira dans l'ombre en tremblant. Elle attendit que les phares de la voiture aient disparu pour se réfugier sous sa couette.

— Votre point de vue, inspectrice Jareau ?

La question de Nash l'arracha brutalement à sa rêverie.

— Sur la pièce de monnaie, vous voulez dire ? demanda-t-elle après s'être éclairci la gorge.

— Sur les blessures, sur la pièce, sur tout ce que nous avons appris aujourd'hui…

Il la fixait, les yeux plissés, comme s'il cherchait à deviner ses pensées. Eve se secoua mentalement.

— Vous avez raison, ces fractures anciennes nous aideront sans doute à identifier la victime, dit-elle. J'entrerai toutes ces informations dans la base de données dès que nous serons de retour au poste.

Nash acquiesça lentement.

— Docteur Forester, vous nous tiendrez au courant si vous trouvez autre chose ?

— Bien sûr, répondit Allison. Je peux vous dire un mot en privé ? ajouta-t-elle en lui effleurant le bras.

Il hésita une fraction de seconde, avant de lancer sa clé de voiture à Eve.

— Je vous rejoins dehors.

Dans d'autres circonstances, la jeune femme n'aurait pas apprécié de se faire congédier de la sorte, mais à cet instant elle fut soulagée de pouvoir s'échapper. Elle hocha la tête et quitta la pièce sans un regard en arrière sur le squelette.

Une fois seule dans le couloir, elle s'adossa contre le mur et ferma les yeux. Sa main chercha machinalement la petite pièce de monnaie qu'elle portait autour du cou. Ce ne pouvait être qu'une coïncidence. Après son départ, son père lui avait envoyé des cartes postales, ainsi que de l'argent à sa mère. S'il était revenu à Black Creek, peu importe la raison, il les aurait prévenues. N'aurait-il pas voulu voir sa fille unique, cette petite fille qui n'avait d'yeux que pour lui ?

Ce n'est pas lui.

Jackie, la mère d'Eve, était persuadée que son mari l'avait quittée pour une autre femme. Eve l'avait entendue un jour confier à une amie que Gabriel « reluquait » les filles depuis toujours et qu'il avait sûrement refait sa vie ailleurs, sans se soucier le moins du monde de la famille qu'il avait laissée derrière lui à Black Creek.

Malgré cela, Eve n'avait pas voulu se résoudre à l'idée que son père adoré ait pu l'abandonner. Elle avait essayé de se convaincre qu'il était là, quelque part, et qu'il continuait de penser à elle chaque fois qu'il regardait la lune.

Aujourd'hui, près de trente ans plus tard, elle avait encore envie d'y croire. Gabriel Jareau ne pouvait pas avoir été sauvagement assassiné et enterré sous un tas de pierres dans une grotte perdue dans la campagne floridienne. La pièce porte-bonheur avait forcément appartenu à un autre homme.

L'éclairage du couloir se mit à grésiller, comme pour se moquer de ses espoirs impossibles. Troublée, Eve leva les yeux vers la lumière vacillante, tout en se pressant contre le mur. Un courant d'air froid s'insinuait à l'intérieur du vieux bâtiment. Elle dut se retenir de retourner en courant auprès de Nash et de l'anthropologue.

S'efforçant de maîtriser son angoisse, elle s'avança vers les doubles portes et sortit sous l'auvent de l'entrée. Il pleuvait à verse, et elle n'avait ni parapluie ni capuche. Déjà, le ciel s'assombrissait alors qu'il n'était même pas encore 18 heures.

Le parking était presque désert. Eve regarda par-dessus son épaule, espérant voir son chef arriver, mais il n'avait toujours pas quitté le laboratoire.

Pourquoi était-elle si nerveuse, subitement ? De quoi avait-elle peur ? Elle était armée et entraînée à faire face à toutes sortes de dangers : elle n'avait aucune raison de s'inquiéter. Mais elle était aussi superstitieuse, comme son père. Elle croyait dans les signes et les présages. Or, sans pouvoir l'expliquer, elle sentait que son monde était sur le point de basculer.

Quittant son abri, elle s'élança sur le parking détrempé. Alors qu'elle contournait le SUV de Nash pour monter du côté passager, elle remarqua un véhicule garé à proximité et dont l'habitable était éclairé. Quelque chose dans le profil de l'homme au volant lui rappela la silhouette à l'arrière de la voiture dans laquelle son père était parti il y a vingt-huit ans. C'était impossible, bien sûr. Quand bien même elle aurait clairement distingué l'individu ce soir-là, elle n'avait que cinq ans à l'époque et il avait dû bien changer depuis. Et pourtant…

Soudain, le type leva les yeux vers elle. Eve crut le voir porter l'index à ses lèvres juste avant qu'il éteigne la lumière.

Tu te fais des idées, se dit-elle. *Il attend quelqu'un qui travaille ici, c'est tout.*

Dans ce cas, pourquoi avait-il éteint en l'apercevant ? Pourquoi lui avait-il fait signe de se taire ? Lui avait-il seulement adressé ce geste ?

Elle sursauta en sentant une main se poser sur son épaule.

— Que faites-vous plantée là sous la pluie ? lui demanda Nash. Je ne vous ai pas donné la clé ?

— Si, mais… Peu importe.

Il regarda le ciel en grimaçant.

— On devrait reprendre la route avant que ça empire.

— Chef ?

Des gouttes de pluie brillaient sur les cils sombres de Nash.

— Qu'y a-t-il, Eve ?

Elle aurait voulu lui parler de la pièce qu'elle gardait autour du cou depuis ses cinq ans, et de son père qui possédait la même. Elle aurait voulu évoquer l'homme dans la voiture et le mauvais pressentiment qui la taraudait. Mais elle n'était pas encore prête à accepter l'évidence. Elle devait d'abord poser quelques questions à sa mère.

— Vous avez raison, dit-elle finalement. Il ne faut pas traîner.

Nash quitta l'autoroute pour prendre la deux-voies qui les ramènerait à Black Creek. La pluie avait faibli, mais une nouvelle masse nuageuse striée d'éclairs s'était formée à l'horizon.

Il n'y avait pas grand monde sur la route. S'il n'y prenait garde, il pourrait facilement s'enfoncer dans ses idées noires, bercé par le battement cadencé des essuie-glaces. Ces derniers temps, il dormait mal. Depuis que son ex-femme avait été appréhendée pour avoir kidnappé la petite Kylie Buchanan, ses vieux cauchemars étaient revenus le hanter – les mêmes qu'il avait rapportés d'Afghanistan près de douze ans plus tôt et qui rôdaient toujours dans un coin de son subconscient.

Kylie était rentrée chez elle avec sa maman, et Grace avait été transférée de la prison du comté à un établissement psychiatrique de Tallahassee pour y subir des examens de personnalité. Nash n'était pas encore allé la voir. Il n'en avait aucune envie. Grace avait soigneusement veillé à ce que leur séparation et leur divorce s'éternisent, et cela lui avait laissé un goût amer. Il lui en voulait encore de lui avoir fait perdre de précieuses années.

Tout en sachant qu'elle était psychologiquement malade, il n'arrivait pas à éprouver de la compassion pour elle. Ce qu'elle avait fait subir à cette fillette et à sa famille était impardonnable. Mais il n'oubliait pas non plus que, jadis, elle lui avait sauvé la vie.

À côté de lui, Eve remua sur son siège, visiblement mal à l'aise. Elle n'avait pas prononcé un mot depuis qu'ils étaient repartis du laboratoire. Il fallait dire aussi qu'il ne se montrait pas très loquace… Une pointe de regret l'assaillit ; il la réprima aussitôt. Mieux valait pour tout le monde qu'il garde ses distances avec Eve Jareau. Elle n'avait pas à supporter son lourd bagage émotionnel.

— Vous n'y êtes pour rien, vous savez.

La douceur de sa voix ébranla ses défenses. Comme elle regardait par la fenêtre, Nash se demanda un instant s'il n'avait pas rêvé.

— Excusez-moi… Vous avez dit quelque chose ?

— Vous n'êtes pas responsable de ce qu'elle a fait, répéta-t-elle plus fort.

— Je ne suis pas sûr que les gens soient d'accord avec vous.

— Vous vous trompez. Personne ne vous reproche rien, sauf peut-être quelques imbéciles.

Elle se tourna vers lui au moment où il lui jetait un coup d'œil. Leurs regards se croisèrent, avant de se détacher bien vite. Mais Nash avait eu le temps de percevoir au fond de ses yeux bleus une émotion qui ressemblait fort à du désir et qui entama encore un peu plus sa détermination.

Il agrippa le volant.

— J'aurais dû le deviner, insista-t-il.

— Comment ? Vous n'êtes pas voyant.

— Si j'avais été plus attentif, j'aurais repéré les signes. J'aurais compris ce que Grace manigançait.

— Je pense que vous la sous-estimez, observa Eve après un moment de réflexion. C'était très intelligent de sa part d'imiter un vieil enlèvement pour faire croire que les deux crimes étaient liés. Elle nous a poussés à imaginer que le ravisseur de Maya Lamb était revenu vingt-huit ans plus tard pour kidnapper Kylie Buchanan. Et ne parlons pas des preuves qu'elle a semées un peu partout afin de brouiller les pistes – même le FBI s'est fait avoir. Elle a réussi à nous mener en bateau pendant plusieurs jours. Vous n'y êtes pour rien.

Nash se frotta la nuque.

— J'apprécie vos efforts, Eve, mais je préférerais éviter de parler de Grace, si ça ne vous dérange pas.

— Bien sûr. Je comprends…

Il haussa un sourcil.

— J'entends un « mais ».

— Vous devriez vous confier à quelqu'un, Nash. Ce n'est pas sain de tout garder pour vous.

— Vous parlez en connaissance de cause ?

— Non, c'est juste un conseil d'amie.

Pourquoi sa voix lui faisait-elle autant d'effet ? se demanda-t-il. Sans doute parce que derrière sa douceur se cachait une détermination peu commune. Nash admirait la ténacité de la jeune femme. Et elle possédait d'autres qualités beaucoup plus terre à terre qui ne le laissaient pas non plus indifférent… Les courbes qu'on devinait sous son jean et son T-shirt, par exemple. L'odeur fraîche et parfumée de sa peau et de ses cheveux. La finesse de ses traits. Ses lèvres naturellement roses et pleines qui lui donnaient envie d'y goûter. *Reprends-toi*, s'ordonna-t-il.

— Vous n'avez pas été très bavarde, au laboratoire, fit-il remarquer. Je suis étonné que vous n'ayez pas eu plus de questions à poser au Dr Forester.

— Oh ! j'en ai plein, des questions, répliqua-t-elle.

Il lui coula un regard, surpris par sa véhémence.

— Je peux savoir lesquelles ?

Elle hésita un instant.

— Pour commencer, que faisait la victime dans cette grotte ? L'assassin a dû l'y attirer d'une manière ou d'une autre. La salle où les ossements ont été retrouvés est difficile d'accès.

— J'y suis descendu plusieurs fois, et je vous le confirme, ces galeries ne sont pas facilement praticables. Il serait quasiment impossible de traîner le corps d'un homme adulte à travers ces boyaux. Quelqu'un lui a tendu un piège et l'a tué sur place. À vous de découvrir qui et pourquoi.

— J'en ai bien l'intention, affirma-t-elle.

Nash se demanda si elle était aussi confiante qu'elle cherchait à le faire croire. Elle lui semblait préoccupée. À cran. Que lui arrivait-il ?

— Quand le Dr Forester nous aura envoyé son rapport, nous communiquerons les résultats à la presse, déclara-t-il. Avec un peu de chance, cela provoquera des réactions, même après tout ce temps. Quelqu'un a peut-être vu quelque chose.

Eve ramena une mèche de cheveux derrière son oreille.

— C'est sûr que ça me faciliterait la tâche. Pour répondre à votre question de tout à l'heure, si je n'ai rien demandé de plus au Dr Forester, c'est que son exposé était déjà suffisamment détaillé.

— Elle est très compétente, reconnut-il.

— Vous avez déjà travaillé ensemble ?

La question paraissait innocente, mais Nash devina qu'elle cachait un peu plus qu'une simple curiosité…

— Cela nous est arrivé quand j'étais en poste à Tallahassee, répondit-il.

Il préféra ne rien dire des cafés qu'il avait pris avec le Dr Forester à l'époque où il se séparait de Grace, ni des quelques nuits passées avec elle depuis son divorce. Allison et lui n'avaient envie ni l'un ni l'autre d'une relation sérieuse, et l'attitude décontractée de l'anthropologue était exactement ce dont il avait besoin. Son mariage désastreux avait fait de lui un homme méfiant – encore une bonne raison de maintenir Eve Jareau à distance.

— Je vois, murmura cette dernière.

Il l'étudia brièvement du coin de l'œil, avant de reporter son attention sur la route. La pluie s'était remise à tomber, rendant la chaussée dangereusement glissante.

— Où en êtes-vous dans les dossiers des personnes disparues ? s'enquit-il.

— C'est un travail de titan. Les documents sont en mauvais état. Je vais sans doute avoir besoin d'aide.

— Nos ressources sont limitées, la prévint-il. On ne peut pas se permettre de dépenser trop d'argent sur une affaire aussi ancienne.

— Êtes-vous en train de me dire que je vais devoir me débrouiller seule ?

— Je vous aiderai autant que je le pourrai, mais il faut être réaliste, Eve.

Ce n'était évidemment pas la réponse qu'elle attendait, et il en était le premier désolé.

— J'aimerais descendre dans la grotte, annonça-t-elle de but en blanc. Ça ne coûtera rien, à part quelques heures de mon temps.

— Qu'espérez-vous trouver ? Les galeries et la caverne ont été passées au peigne fin par les techniciens de la police scientifique. Je doute qu'ils aient raté quelque chose.

— Je sais, mais j'ai quand même envie d'aller sur place, ne serait-ce que pour m'imprégner de l'atmosphère.

— D'accord. Dès qu'on sera de retour au poste, je contacterai le propriétaire pour organiser une descente. Il prévoit de condamner définitivement les entrées, mais je suis sûr qu'il acceptera de suspendre les opérations. Je vous tiendrai au courant de sa réponse. En tout état de cause, on va devoir attendre que la météo soit plus clémente.

— « On » ?

Nash sentit le regard curieux de la jeune femme se fixer sur lui.

— Je vous accompagnerai. Rassurez-vous, je n'ai pas l'intention de m'immiscer dans votre enquête, s'empressa-t-il d'ajouter avant qu'elle ait eu le temps de protester. Mais comme je l'ai dit, j'ai exploré cette grotte récemment. On peut facilement s'y perdre quand on ne connaît pas les lieux. Dès que nous aurons obtenu le feu vert, nous réunirons le matériel et les hommes nécessaires. Après ce qui s'est passé, je ne veux prendre aucun risque.

Eve acquiesça.

— Je ne vous ai pas encore remercié de m'avoir confié cette enquête. Je me doute que c'était plus ou moins faute de candidats, mais j'apprécie tout de même d'avoir pu profiter de cette opportunité.

— Détrompez-vous. Je vous l'ai attribuée parce que vous êtes intelligente et appliquée. Vous êtes aussi infatigable et travaillez très bien toute seule. Mais il va vous falloir gérer cette affaire en même temps que les autres : notre squelette anonyme n'est pas une priorité.

— Il en est une pour moi, répliqua-t-elle.

Alors que Nash s'apprêtait à répondre, le bruit caractéristique d'un pneu crevé se fit entendre. La voiture se déporta brusquement sur la droite.

— Super, marmonna-t-il en redressant le volant. On avait bien besoin de ça.

— Il y avait des travaux autour du laboratoire, dit Eve. On a dû rouler sur un clou.

Elle jeta un coup d'œil derrière eux. Il aurait juré la voir frissonner.

— Vous avez une roue de secours ? s'enquit-elle.

— Oui. J'espère juste qu'elle est gonflée.

Nash freina doucement et guida le véhicule vers l'étroit bas-côté.

— Heureusement, il n'y a pas trop de circulation, commenta-t-il en enclenchant ses warnings, mais je vois des phares au loin. Pouvez-vous disposer les triangles de signalisation pendant que je change la roue ?

Ils descendirent du SUV et se rejoignirent près du coffre. Pendant que la jeune femme allait poser un triangle réfléchissant à une centaine de mètres à chaque extrémité du véhicule, Nash installa le cric et entreprit de dévisser les boulons à la lumière de sa lampe.

— Je peux faire autre chose ? lui cria Eve sous la pluie.

— Surveillez la voiture qui arrive !

Elle se positionna en amont du SUV et balaya la route avec le faisceau de sa torche pour alerter le conducteur. Celui-ci était encore loin, mais elle avait raison d'anticiper. Encore une qualité que Nash appréciait chez elle. La prudence et la méticulosité étaient essentielles chez un enquêteur. Mais sa jeune collègue cachait aussi un côté plus spontané… Il en avait eu un aperçu, quelques années plus tôt, lorsqu'elle l'avait embrassé sans qu'il s'y attende. À l'époque, ils avaient mis cela sur le compte de l'adrénaline et n'en avaient jamais reparlé. Ce qui ne signifiait pas que Nash n'y avait jamais repensé… De fait, il le faisait souvent. Trop souvent.

Il redescendit le cric et vérifia que les boulons de la roue de secours étaient bien serrés. Lorsqu'il se redressa, les phares qu'il avait aperçus au loin s'étaient nettement rapprochés. À travers la pluie, leur lumière était éblouissante. Il eut l'impression que la voiture accélérait.

— Attention ! cria-t-il à Eve.

Au même moment, le véhicule fit une embardée, et la jeune femme bascula dans le fossé. L'espace d'une seconde, Nash resta paralysé d'horreur. Puis il se précipita vers elle.

Le conducteur ne prit même pas la peine de ralentir. Au contraire, il enfonça la pédale d'accélérateur, dérapant violemment sur le bas-côté. Nash dut se jeter par terre pour éviter d'être écrasé. En repartant, la voiture roula sur le premier triangle et percuta l'arrière du SUV, sans pour autant s'arrêter. Nash se releva tant bien que mal et courut vers sa collègue.

— Inspectrice Jareau ! Eve !

Il éclaira frénétiquement le bord de la route et le fossé ; elle gisait tout au fond, à plat ventre.

Derrière lui, le véhicule fou était déjà loin sur la route. Les feux arrière formaient deux taches indistinctes dans la pluie.

Courant et glissant à moitié, Nash dévala la pente et s'agenouilla auprès de la jeune femme.

— Vous m'entendez ?

Il crut percevoir un grognement à travers le vacarme de l'averse et des battements de son cœur.

— Eve !

Enfin, elle roula sur le dos et ouvrit les yeux. Comme la pluie tombait sur son visage, Nash tenta de la protéger en se plaçant au-dessus d'elle.

— Il vous a percutée ? s'enquit-il.

— Non, j'ai glissé. Je crois que je n'ai rien. Je suis juste un peu sonnée.

— Ne bougez pas, j'appelle les secours.

Mais elle était déjà en train de s'asseoir.

— Je ne suis pas blessée, insista-t-elle. Mes pieds se sont dérobés sous moi quand j'ai reculé pour éviter la voiture.

Elle porta une main à sa pommette éraflée et grimaça.

— Vous êtes sûre que le véhicule ne vous a pas touchée ?

— Oui, mais ce n'est pas faute d'avoir essayé… Vous avez vu comme le conducteur a dévié de sa trajectoire ? Je ne l'ai pas imaginé, n'est-ce pas ?

— Non, j'ai été obligé de m'écarter de sa route, moi aussi. Il a percuté mon SUV, mais ça ne l'a pas empêché de continuer. Il a peut-être été perturbé par la lumière de la lampe…

Nash avait déjà vu ça : parfois, dans la panique, les gens fonçaient tout droit sur l'objet qu'ils tentaient d'éviter.

Il saisit sa collègue par le coude pour l'aider à se relever.

— Je n'ai pas réussi à voir la plaque, se lamenta-t-elle. Tout est allé si vite ! La pluie et les phares m'ont aveuglée.

Elle s'essuya les mains sur son jean.

— Et vous ?

— Je n'ai vu que les deux premières lettres. C'était une berline noire assez récente, ce qui ne nous aide pas beaucoup. Comme vous l'avez dit, la visibilité était quasi nulle.

Il éclaira la jeune femme de haut en bas.

— Vous êtes sûre que ça va ? Vous vous êtes bien égratigné la joue, quand même.

— J'ai connu pire, dit-elle en effleurant sa blessure. Vous pensez que votre SUV est encore en état de rouler ?

— On va vite le savoir. Quoi qu'il en soit, il faut qu'on dégage la chaussée. Vous voulez bien ramasser les triangles pendant que je range la roue ?

— Je m'en occupe. Nash ?

— Oui ? répondit-il, tout en notant dans un coin de son esprit qu'elle ne l'avait pas appelé « chef ».

Elle toucha nerveusement la petite chaîne en argent qu'elle avait autour du cou.

— Je crois que je peux dire merci à mon porte-bonheur.

2

Nash travaillait encore quand Eve quitta le poste de police dans la soirée. Elle l'aperçut, absorbé dans la lecture d'un document, derrière la cloison vitrée qui délimitait l'espace réservé au chef. Lorsqu'elle s'arrêta devant sa porte, il ne releva pas la tête. Elle aurait voulu lui demander s'il avait pu contacter M. McNally, le propriétaire de la grotte, mais elle n'osa pas le déranger.

Sur le chemin du retour, elle avait réussi à le convaincre qu'il n'avait pas besoin de la conduire aux urgences. Elle n'avait rien de cassé, juste cette écorchure à la joue qu'elle avait nettoyée et désinfectée aux toilettes en arrivant. Après avoir retiré ses vêtements trempés et enfilé la tenue de rechange qu'elle gardait toujours dans son casier, elle s'était installée à son bureau pour intégrer les conclusions du Dr Forester dans la base de données. Puis elle s'était plongée dans les dossiers des personnes disparues, qu'elle avait exhumés des archives.

La tâche s'était révélée fastidieuse. Les chemises cartonnées étaient fragiles et couvertes de moisissures suite à une inondation qu'avait subie le bâtiment dix ans plus tôt. Certains rapports avaient tellement pris l'eau qu'ils en étaient devenus illisibles. Les pages étaient collées entre elles, voire carrément manquantes, et la moitié des étiquettes avaient glissé au fond des cartons.

Sans qu'Eve s'en aperçoive, deux heures avaient filé et elle n'avait presque pas avancé dans ses recherches. Fatiguée, fourbue de courbatures, elle avait décidé de s'en tenir là pour aujourd'hui. Elle reprendrait demain, après une bonne nuit de sommeil.

Elle traversa le parking pour rejoindre sa voiture, attentive au moindre véhicule suspect et aux vitres teintées derrière lesquelles un inconnu pouvait être en train de l'espionner. Cela l'agaçait d'être aussi paranoïaque. Nash avait sûrement raison, le conducteur qui avait failli les écraser sur la route avait dû paniquer en voyant la lumière de la lampe torche et les triangles réfléchissants. Quant au type qu'elle avait repéré dans sa voiture devant le laboratoire d'anthropologie, ce n'était justement qu'un type dans une voiture. Les deux fois, il s'était agi de berlines noires. Et alors ? Ce genre de modèle courait les rues. Eve n'aurait tenu aucun compte de ces deux incidents sans l'histoire de la *Mercury dime* retrouvée avec la dépouille.

La découverte du squelette n'avait pas encore été rendue publique, mais les nouvelles circulaient vite dans une petite ville. Et si le meurtrier était au courant ? Et s'il surveillait Eve à cet instant ?

Tu te fais des idées, se dit-elle en se frottant les yeux. À sa décharge, elle était épuisée. Depuis l'enlèvement de Kylie Buchanan, toute la brigade fonctionnait à l'adrénaline. Mais maintenant que l'affaire avait connu un dénouement heureux, il était grand temps de souffler.

Eve alluma l'autoradio pour écouter un peu de musique. Tandis qu'elle roulait dans les rues mouillées par la pluie, l'obscurité sembla se resserrer autour d'elle. Chaque ombre, chaque branche qui dépassait lui paraissait menaçante. Peut-être réagissait-elle de manière disproportionnée, mais elle ne pouvait se défaire du mauvais pressentiment qui l'avait étreinte en sortant du laboratoire.

L'idée que le squelette de la grotte puisse être celui de son père l'accablait. Elle n'aimait pas mentir à Nash, mais que savait-elle vraiment à ce stade ? Si elle lui confiait ses doutes, il serait peut-être obligé de lui retirer l'enquête, or personne ne consacrerait jamais autant de temps et d'énergie qu'elle à résoudre ce vieil homicide. Et elle y arriverait, peu importe ce qu'il lui en coûterait.

Une fois dans son garage, elle attendit que sa chanson préférée se termine avant de couper le moteur et de refermer la porte motorisée. Puis elle sortit dans le jardin. C'était une soirée chaude et humide. La pluie avait cessé et quelques étoiles brillaient dans le ciel. L'air embaumait le jasmin et le chèvrefeuille.

Le cœur lourd, Eve leva le visage vers la lune embrumée et toucha son collier.

Tu es là, papa ?

Une brise tiède se mit à souffler dans les feuilles, réveillant la sensation qu'elle avait eue auparavant d'être espionnée. Elle fit le tour du jardin, inspecta chaque buisson, chaque recoin ; il n'y avait pas âme qui vive.

Eve se frotta les bras en frissonnant. Ce n'était pas la première fois qu'elle faisait cette expérience. Depuis toujours, elle avait eu l'impression de percevoir une présence mystérieuse non loin d'elle. Parfois, elle se réveillait en pleine nuit avec la certitude glaçante que quelqu'un l'observait. Petite, elle se pelotonnait alors sous sa couette jusqu'à ce que le jour se lève, mais en grandissant il lui était arrivé d'aller courageusement à sa fenêtre pour fouiller l'obscurité du regard. C'est comme ça qu'une nuit elle avait vu un homme devant la maison. Elle n'en avait jamais parlé à sa mère. Sans doute n'avait-elle pas voulu l'effrayer, mais il y avait eu autre chose, un besoin indéfinissable de garder le secret, qui l'avait convaincue de se taire.

Ne dis rien à maman, lui avait soufflé le fantôme de son père. *Elle ne comprendrait pas.*

Eve s'ébroua pour chasser sa mélancolie, puis elle monta les marches et ouvrit la porte de derrière. Après avoir lancé un dernier regard par-dessus son épaule, elle se dépêcha d'entrer. En posant ses affaires sur l'îlot central de la cuisine, elle fut tentée de se servir un verre de vin pour se détendre, mais elle n'avait rien mangé depuis midi… Boire de l'alcool à jeun n'était jamais une bonne idée – sans compter qu'elle avait encore à faire ce soir-là. Elle mangea sur le pouce, prit une douche rapide et repartit aussitôt, à pied cette fois-ci.

Sa mère vivait à deux rues de là, dans la maison où Eve avait grandi. Le pavillon des années 1970 était plongé dans le noir ; Jackie devait encore être au travail. Sa chef, une psychologue clinicienne, animait des séances de thérapie de groupe deux soirs par semaine, et ces jours-là Jackie restait plus tard pour ne pas la laisser seule avec ses patients.

Eve jeta un coup d'œil sur son téléphone : il était un peu plus de 21 heures. Sa mère rentrerait sans doute bientôt. Elle lui envoya un message pour s'en assurer.

Coucou, tu es où ?

Jackie répondit aussitôt :

Je sors du cabinet. Quoi de neuf ?

Je suis devant chez toi. J'aurais aimé te parler, si tu n'es pas trop fatiguée.

Je ne suis jamais trop fatiguée pour te voir. Tout va bien ?

Oui, j'avais juste envie de bavarder.

Entre. J'arrive bientôt.

Eve fit le tour de la maison et attrapa le double de la clé que sa mère cachait au-dessus de la porte. Une fois à l'intérieur, elle traversa l'étroit couloir pour gagner son ancienne chambre. La pièce n'avait guère changé depuis son départ. Les posters avaient été décrochés des murs, et la peinture d'un vert criard qu'elle adorait étant jeune avait été remplacée par un blanc discret et lumineux. Sa mère avait également opté pour un linge de lit plus neutre, plus adulte, mais elle n'avait pas touché aux meubles et n'avait pas eu non plus le cœur de retirer les étoiles phosphorescentes du plafond. Si Eve s'allongeait sur son lit, elle les verrait briller à la lumière de la lune.

Elle ouvrit un tiroir de la commode et en fouilla le contenu jusqu'à ce qu'elle retrouve la photo de son père qui avait trôné sur sa table de chevet pendant toute son enfance. Elle s'assit sur le lit pour l'étudier.

Vingt-huit années avaient passé depuis la dernière fois qu'elle avait vu Gabriel Jareau. Une éternité, à l'échelle de sa vie. Eve avait été une vraie fille à son papa, toujours accrochée à sa main quand ils sortaient, à se jeter dans ses jambes quand il rentrait de voyage. Même après tout ce temps, elle se souvenait parfaitement du regard pétillant de son père et de ses cheveux en bataille. De son sourire espiègle, de son humour taquin. En se concentrant beaucoup, elle arrivait presque à deviner la trace de ses racines cajun dans sa voix de baryton.

Elle effleura le verre qui protégeait la photo. Son père avait été bel homme, et charmant avec ça. Grand, mince, droitier. En bonne santé.

Eve poussa un soupir et se laissa tomber en arrière sur le lit, les yeux rivés sur les étoiles jaunies. Elle dut s'assoupir, car elle entendit clairement son père lui parler. *Tu dors, Boo ?*

Se redressant d'un coup, elle jeta un regard circulaire sur la pièce. Cette voix, elle l'avait rêvée, mais le bruit du plancher qui craquait était bien réel.

Nash rentra directement chez lui après avoir quitté le poste de police. Il pensait s'arrêter en route pour acheter de quoi manger, mais un curieux sentiment d'urgence l'incita à écourter son trajet. Une fois garé dans l'allée, il éteignit les phares et resta un moment assis dans le noir à scruter les alentours.

Il ne comprenait pas pourquoi il se sentait aussi tendu. La chute d'Eve dans le fossé lui avait fichu une trouille bleue, mais tout s'était bien terminé, finalement. Dieu merci, elle s'en était sortie indemne. Alors pourquoi son instinct lui criait-il que le pire était encore à venir ?

Il avait sans doute trop d'imagination. L'arrestation de Grace l'avait profondément choqué ; pas étonnant qu'il soit à fleur de peau.

Son ex-femme avait organisé l'enlèvement de Kylie avec une minutie sournoise et cruelle. D'abord, elle l'avait kidnappée dans la même chambre où une autre fillette l'avait été vingt-huit ans plus tôt. Puis elle avait caché l'enfant de quatre ans dans un chalet perdu en pleine campagne le temps de peaufiner sa fuite. Malgré tout ce que Grace lui avait fait subir au fil des ans, Nash ne l'aurait jamais crue capable d'un tel machiavélisme.

Pourtant, voilà longtemps qu'elle lui avait montré son vrai visage. Pendant leur séparation, elle avait employé maints stratagèmes pour tenter de le ramener dans ses filets. Plusieurs fois, il était tombé dans le piège, par culpabilité, par faiblesse et parce qu'il se disait au fond de lui qu'il était peut-être un peu responsable de sa folie. Mais il ne se laisserait plus avoir. Elle était allée trop loin. Il avait une ville à protéger et un homicide à résoudre.

S'il avait confié l'affaire à Eve, c'était parce qu'il savait qu'elle mettrait tout en œuvre pour retrouver le meurtrier. Pourquoi se mêlait-il de l'enquête, dans ce cas ? Il avait lui-même organisé l'entrevue avec Allison Forester, avant de suggérer à Eve qu'ils se rendent ensemble à Tallahassee. Elle n'avait pas émis d'objection. Avait-elle vu clair dans son jeu ? Alors qu'il s'était résolu à garder ses distances avec elle, il faisait tout pour la maintenir dans son orbite.

Ce n'était pas malin. Eve méritait mieux qu'un type qui se réveillait régulièrement en sueur à cause de ses cauchemars, et dont le passé pesait plus lourd qu'un cheval mort. Un type qui se sentait parfois au bord du gouffre et qui était même tenté d'y plonger…

Ressaisis-toi, s'ordonna-t-il en se décidant enfin à descendre de son SUV. Il entra dans la maison, alluma la lumière et jeta ses clés dans le saladier en bois posé sur une console près de la porte. Puis il suspendit son holster au portemanteau et s'occupa de son arme. Même s'il vivait seul, il s'astreignait à ranger son pistolet dans un coffre-fort dont il cachait la clé.

À une époque pas si lointaine, Grace n'avait pas hésité à pénétrer chez lui en plein milieu de la nuit. Une fois, il s'était réveillé en sursaut et l'avait trouvée au pied de son lit, un 9 mm pointé sur son cœur. C'est suite à cet incident qu'il avait décidé de placer en lieu sûr les deux armes à feu qu'il possédait et de faire changer toutes les serrures. Cela ne l'empêchait pas de ressentir parfois la présence de Grace quand il rentrait chez lui le soir…

Elle ne pouvait plus le tourmenter, à présent. Elle ne pouvait plus ni se faire du mal à elle-même, ni faire de mal aux gens qu'il aimait. Malgré tout, Nash savait qu'il ne serait pas tranquille tant qu'il n'aurait pas vérifié chaque pièce de la maison. La force de l'habitude…

Il commença par le salon et la cuisine avant de s'engager dans le couloir, jetant un œil dans les chambres et les salles de bains. En arrivant devant la dernière porte, il sut que quelque chose n'allait pas.

Un courant d'air tiède traversait la petite pièce qui lui servait de bureau. Il était pourtant certain de ne pas avoir laissé la baie vitrée ouverte – jamais il n'aurait fait preuve d'une telle négligence. La femme de ménage avait-elle oublié de la refermer ? Jusque-là, il n'avait eu aucun problème avec la société de nettoyage qu'il employait.

Il s'avança prudemment vers sa table de travail, ouvrit le premier tiroir pourvu d'une serrure à code et s'empara du pistolet qui y était rangé. Puis il se glissa dehors sur le patio et promena son regard le long de la clôture.

Immobile dans l'obscurité, il guetta les bruits de la nuit. Un chien aboyait au bout de la rue. Un klaxon retentit au loin. Plus près de lui, le silence était total. Il partit inspecter le jardin, avant de revenir examiner la porte-fenêtre. Aucune trace d'effraction. Aucune empreinte de pas sur le seuil ni dans le patio. On était pourtant bien entré chez lui, il n'en avait pas le moindre doute.

De retour à l'intérieur de la pièce, il alluma le plafonnier. Il avait laissé quelques dossiers soigneusement empilés sur son bureau, dont l'un contenait ses notes ainsi que des copies des photos prises à l'intérieur de la grotte. Il n'était pas sûr de savoir pourquoi il avait tenu à en conserver des doubles lorsqu'il avait transmis le dossier électronique à Eve. Il avait toute confiance dans les capacités de la jeune femme et dans son instinct, mais cette affaire le perturbait.

Soudain, les poils se dressèrent sur sa nuque. Quelqu'un

avait manipulé ces papiers, il en était certain. Les documents et les clichés n'étaient pas rangés comme il avait coutume de le faire.

Il alla chercher sa mallette de relevé d'empreintes dans son véhicule, puis parsema de poudre noire les pages concernées, la porte-fenêtre et toutes les surfaces planes de la pièce. L'espoir était mince, néanmoins, de trouver quoi que ce soit d'incriminant. L'intrus avait été assez intelligent pour pénétrer chez lui sans rien casser ; il n'aurait pas fait l'erreur de laisser ses empreintes partout.

Pourquoi était-il venu ici ? Rien ne semblait avoir été volé. Nash ne possédait pas beaucoup d'objets de valeur, mais à quoi bon prendre de tels risques pour repartir sans la télévision, l'ordinateur portable ou l'argent liquide qu'il conservait dans un des tiroirs ?

L'image du squelette étendu sur la table d'autopsie lui revint à l'esprit. Il repensa à l'attitude étrangement silencieuse d'Eve lorsqu'ils étaient repartis du laboratoire, et à la voiture qui avait failli les percuter sur le bord de la route. L'accident raté pouvait-il avoir un lien avec le cambriolage de sa maison ? Et avec la dépouille restée enfouie pendant des décennies au fond d'une grotte ?

Eve tendit l'oreille, tous les sens en alerte. Dans un premier temps, elle pensa que sa mère était rentrée, mais Jackie portait toujours des talons au travail et ceux-ci produisaient un cliquetis caractéristique sur le parquet ancien. Le bruit de pas qu'elle entendait à cet instant était beaucoup plus étouffé. C'était celui de quelqu'un qui s'efforçait de rester discret.

Elle se leva sans bruit et chercha autour d'elle un objet qui pourrait lui servir d'arme. Elle avait laissé son pistolet chez elle, à sa place habituelle près du lit. Elle se saisit d'une boule à neige, puis éteignit la lumière et s'approcha de la porte pour jeter un coup d'œil dans le couloir. Tout au bout, la silhouette d'un homme se détachait dans la lueur projetée par un lampadaire de la rue.

— Hé ho, il y a quelqu'un ? appela-t-il. C'est toi, Jackie ?

Reconnaissant son ex-beau-père, Eve poussa un soupir de soulagement.

— Wayne ?

— Evie ?

Elle fronça les sourcils. Seule sa mère avait le droit de l'appeler comme ça.

— Oui, c'est moi, dit-elle.

Il se mit à rire.

— Bon sang, tu m'as fichu une de ces trouilles !

— Je pourrais dire la même chose de toi, répliqua-t-elle en sortant de la chambre pour lui faire face. Qu'est-ce que tu fais ici ? J'ai bien failli t'envoyer cette boule à neige à la figure.

— J'ai cru qu'il y avait un voleur.

Wayne recula de quelques pas pour allumer la lumière du couloir. Eve cligna des yeux, éblouie.

— On dirait qu'on a eu la même idée, ajouta-t-il avec un sourire contrit en lui montrant la clé anglaise qu'il tenait à la main.

Eve reposa son arme de fortune sur la commode de la chambre. Wayne Brody et sa mère étaient divorcés depuis plus de vingt ans, après avoir décidé au bout d'un an et demi de mariage qu'ils préféraient rester amis. Eve n'avait rien contre lui – plus maintenant. Mais, pour être honnête, elle ne l'avait jamais vraiment apprécié, peut-être parce qu'elle avait caressé l'espoir pendant des années que son vrai papa reviendrait un jour à la maison.

Aujourd'hui, elle était adulte, et elle avait compris que

Wayne ne représentait pas une menace. Pour autant, elle n'était pas particulièrement rassurée à l'idée qu'il entre chez sa mère comme dans un moulin alors que celle-ci n'était pas chez elle.

— Tu ne m'as pas dit ce que tu faisais ici, fit-elle remarquer en s'efforçant de garder un ton neutre.

Il se pencha pour ranger la clé anglaise dans une boîte à outils en métal qui était posée à ses pieds.

— Ta mère m'a demandé de venir réparer un robinet qui fuit dans la salle de bains. Quand je suis arrivé, la porte était ouverte mais il n'y avait pas sa voiture dans l'allée. Puis j'ai vu une lumière allumée à l'arrière de la maison et j'ai eu peur qu'un cambrioleur se soit introduit chez elle.

Il souleva la caisse et la porta dans la salle de bains.

— Et toi, qu'est-ce que tu fais là ?

La question hérissa Eve. Pourquoi devrait-elle justifier sa présence à l'ex-mari de sa mère ?

Tandis qu'il s'attaquait au robinet, elle l'observa, les bras croisés sur la poitrine. Âgé d'une cinquantaine d'années, Wayne n'était ni grand ni petit, ni gros ni maigre. Il avait les cheveux châtain clair et les yeux d'un bleu quelconque. Rien à voir avec le père d'Eve, grand, brun et beau comme une star de cinéma… Mais Gabriel Jareau avait quitté femme et enfant sans un regard en arrière, alors que Wayne Brody, quoi qu'elle pense de lui, était resté dans les parages contre vents et marées.

— Je suis venue voir maman, répondit-elle enfin. Elle m'a envoyé un message il y a quelques minutes, elle devrait bientôt arriver. Quand tu dis que la porte était ouverte tout à l'heure, tu veux dire qu'elle n'était pas fermée à clé ?

Wayne se retourna, surpris.

— Non, la porte de la cuisine était vraiment grande ouverte.

— Je suis pourtant sûre de l'avoir refermée en entrant.

Il haussa les épaules.

— Le vent a dû la rouvrir. Ça arrive, quand on ne la claque pas assez fort. Il faudra que je la répare aussi.

Tu n'es pas chez toi, eut-elle envie de rétorquer. *Ce n'est pas à toi de réparer la porte de ma mère. Ni son robinet, d'ailleurs.* Eve garda cette réflexion pour elle. Peut-être n'était-elle pas aussi adulte qu'elle avait envie de le croire…

Une paire de phares tourna dans l'allée et illumina un instant la fenêtre en verre dépoli de la salle de bains. Wayne se redressa.

— C'est sûrement Jackie, dit-il en se dirigeant vers la cuisine. Tu viens ?

— J'arrive. J'aimerais faire le tour de la maison d'abord.

Wayne s'arrêta net.

— Tu penses vraiment que quelqu'un est entré par la porte de derrière ? Tu crois qu'il est encore là ?

L'idée semblait presque l'exciter.

— Je préfère vérifier, répondit Eve.

— Je devrais peut-être t'accompagner, au cas où.

— Merci, Wayne, mais je vais me débrouiller.

Il hésita un quart de seconde, avant d'acquiescer.

— J'ai toujours du mal à me dire que tu es flic. Je me souviens comme si c'était hier de l'époque où ta mère et moi t'apprenions à faire du vélo.

— Le temps passe vite, reconnut Eve.

Dès qu'il la laissa seule, elle commença son inspection. Elle ne s'attendait pas à trouver grand-chose ; Wayne avait sans doute raison à propos de la porte qui fermait mal. Mais l'incident sur la route l'avait ébranlée et elle ne voulait prendre aucun risque, a fortiori quand il s'agissait de la sécurité de sa mère.

Lorsque Eve rejoignit Wayne dans la cuisine, Jackie venait d'entrer. Malgré la pluie, elle était toute pimpante avec son pantalon noir moulant et son chemisier vert en soie qui mettait en valeur ses cheveux auburn. Elle portait un collier de perles et de grandes boucles d'oreilles en or, le tout sans nul doute acheté d'occasion ou chiné dans un marché aux puces. Jackie Jareau réussissait toujours à paraître chic et élégante malgré ses moyens limités – une qualité qu'elle n'avait malheureusement pas transmise à Eve.

Un parapluie dans une main, un sac de courses dans l'autre, elle ne sembla pas remarquer que sa fille et son ex-mari étaient dans la cuisine.

— Wayne, tu es là ? lança-t-elle en posant son sac sur le banc, dans l'entrée.

Elle referma le parapluie, quitta ses chaussures mouillées et enfila une paire de chaussons duveteux.

— J'ai vu ton pick-up garé devant la maison, poursuivit-elle. Ça te dit de partager une pizza ? J'en ai commandé une sur le trajet.

— Va pour une pizza, fit Wayne.

Elle sursauta en le découvrant si près. Puis elle aperçut Eve, qui n'avait toujours pas prononcé un mot.

— Qu'est-ce qui se passe ? s'enquit-elle en posant le sac de courses sur le plan de travail. Pourquoi vous me regardez comme ça ?

— On t'attendait, c'est tout, répondit Eve. Tu ne m'avais pas dit que Wayne serait là.

— C'est vrai ? J'ai dû oublier.

Jackie entreprit de ranger ses achats dans les placards. Wayne la regardait faire, appuyé contre le chambranle de la porte. Ses yeux bleus suivaient le moindre de ses gestes.

— Tu as raté quelque chose, dit-il d'un ton amusé. Ta fille a failli m'assommer avec une boule à neige.

— Et toi, tu étais prêt à faire pareil avec une clé anglaise, répliqua Eve. On a cru tous les deux qu'il y avait un cambrioleur chez toi, expliqua-t-elle à sa mère.

Jackie lui lança un regard étonné par-dessus son épaule.

— Pourquoi diable avez-vous pensé ça ? Je n'ai jamais eu de problème ici.

— Ce n'est pas pour ça que ça ne pourrait pas arriver, souligna Eve. La criminalité augmente partout dans la région.

Jackie poussa un soupir.

— Ma fille et ses angoisses de policière…

— Elle a raison, intervint Wayne. On n'est jamais trop prudent, de nos jours.

— C'est gentil de vous inquiéter pour moi, mais je n'ai pas l'intention de vivre dans la peur.

— Personne ne te demande ça, maman. On veut juste que tu fasses attention. Surtout quand tu rentres aussi tard.

Jackie leur fit face, les sourcils froncés.

— Je n'aime pas cette conversation. Pourquoi ai-je l'impression que vous me cachez quelque chose ? Que s'est-il passé ?

Eve sentit soudain un courant d'air glacé sur sa nuque. Comme toutes les portes et les fenêtres étaient fermées, elle en déduisit que la climatisation venait de s'enclencher.

— Alors ? insista sa mère.

— Il ne s'est rien passé. Je te demande juste d'être prudente, d'une manière générale.

Du coin de l'œil, Eve perçut le regard de Wayne fixé sur elle. Pourquoi sa présence l'irritait-elle autant ? Elle n'avait aucune raison d'être jalouse de l'amitié qu'il partageait avec sa mère. C'était un type bien et il était prêt à se plier en quatre pour elle. Eve devrait plutôt lui être reconnaissante.

Jackie l'observa un long moment, avant de s'approcher d'elle et de lui relever le menton pour mieux voir son visage.

— Comment t'es-tu fait ça ?

— Je suis tombée. Ce n'est qu'une égratignure.

— Comment ça, tu es tombée ?

— Je te dis que ce n'est rien.

— Tu as mis quelque chose dessus ?

— Oui, maman. J'ai fait comme tu m'as appris.

Sa mère plissa les yeux.

— Je sens que tu ne me dis pas tout.

Eve soupira.

— Je rentrais de Tallahassee avec le chef Bowden et on a dû s'arrêter pour changer une roue. J'ai glissé sur l'herbe mouillée, et je suis tombée au fond du fossé. C'est tout.

Du moins, à peu près, ajouta-t-elle intérieurement.

— Qu'est-ce que vous faisiez à Tallahassee ? s'enquit Wayne.

La tension perceptible dans sa voix contrastait avec sa posture faussement décontractée. Son regard était un peu trop perçant, son expression un peu trop figée.

De nouveau, Eve sentit cet étrange courant d'air froid glisser sur sa nuque comme la caresse d'un fantôme.

Méfie-toi, Boo.

3

Jackie ne sembla pas se rendre compte que l'air s'était soudain chargé en électricité. Elle attrapa une bouteille de vin et fouilla dans un tiroir pour en sortir un tire-bouchon.

— Je ne sais pas pour vous, mais j'ai besoin de me détendre, lâcha-t-elle. Tous ces discours alarmistes m'ont rendue nerveuse. Buvons un verre avant que la pizza arrive.

Wayne se redressa.

— Pas pour moi, merci. Je ferais mieux de m'occuper de ce robinet, sinon je vais rester là toute la nuit.

— Merci, Wayne. Tu me sauves la vie.

— Ça me fait plaisir de te rendre service.

Ils échangèrent un regard complice.

Quand Wayne eut quitté la pièce, Eve se percha sur un tabouret.

— Tu crois que c'est une bonne idée qu'il vienne si souvent réparer des choses ici ?

— Tu l'as entendu, ça ne le dérange pas, répondit Jackie en s'accoudant au bar, son verre à la main.

— Je n'en doute pas, mais tu devrais peut-être appeler un vrai plombier de temps en temps. Ou me laisser faire.

— Pourquoi payer un plombier alors que Wayne habite juste au bout de la rue ?

Eve secoua la tête.

— Maman… Il faut être aveugle pour ne pas voir la façon dont il te regarde.

Jackie parut sincèrement surprise.

— De quoi tu parles ?

— Il a encore des sentiments pour toi. Ne me dis pas que tu ne t'en étais pas rendu compte.

Sa mère éclata de rire.

— Des sentiments ? On est divorcés depuis plus de vingt ans. Ce serait de la folie !

— Et pourtant, il vit dans la même rue que toi et il rapplique dès que tu le siffles. L'amour n'est pas limité dans le temps, tu sais, ajouta-t-elle en se servant un verre de vin.

— Tu es bien placée pour le savoir, marmonna Jackie.

— Comment ?

— Non, rien.

Elle dévisagea sa fille en silence.

— Pourquoi tu me parles de ça, au juste ?

— Ça fait un moment que j'y pense, répondit Eve en haussant les épaules.

— Dans ce cas, pourquoi as-tu attendu aujourd'hui pour aborder le sujet ?

— Parce que j'ai bien conscience que ça ne me regarde pas.

— Je te le confirme. Mais laisse-moi quand même te dire une chose. Wayne et moi, on se connaît depuis très longtemps. On était amis avant de se marier, et on l'est restés après notre divorce. Ça ne changera pas. On s'apprécie et on se respecte. On aime passer du temps ensemble. Et ça s'arrête là.

— Pour toi, peut-être.

— Enfin, Eve, ça suffit ! s'emporta Jackie. Je sais ce que tu penses de Wayne, tu ne t'en es jamais cachée.

C'était compréhensible quand tu étais petite, mais tu es une grande fille, maintenant. Il est temps de t'occuper de ta propre vie.

— Je m'en occupe, se défendit Eve.

— Ah bon ? C'est quand, la dernière fois que tu as eu un petit copain ? Je ne veux pas être méchante, mais tu ne resteras pas jeune toute ta vie.

— Je sais, merci.

— J'espère sincèrement que tu en as conscience. Mais quelque chose me dit que tu n'es pas venue me voir pour me parler de mon ex-mari.

— Non, je voulais te poser des questions à propos de papa.

Jackie cilla, puis détourna le regard.

— Que veux-tu savoir ?

— Il t'a envoyé de l'argent après son départ. Combien de temps ça a duré ?

— Pas assez longtemps, mais ça n'a plus d'importance, n'est-ce pas ? répondit-elle d'un ton amer.

— Pour moi, ça en a. Combien de temps, alors ? Quelques semaines ? Quelques mois ?

— Je ne sais pas. C'était il y a trente ans, je te rappelle. Je ne me souviens déjà pas de ce qui s'est passé la semaine dernière…

— Essaye, s'il te plaît.

Jackie soupira.

— Au début, il en a envoyé presque toutes les semaines. Puis seulement une fois de temps en temps, pendant deux ou trois mois, je dirais. Puis plus rien.

— En liquide, par chèque, par virements ?

— Toujours en liquide. Je le trouvais fou de faire confiance à la poste, mais Gabriel n'a jamais eu une once de bon sens pour ce qui touchait à l'argent.

— Est-ce qu'il glissait un mot dans l'enveloppe ?

— Parfois.

— Qu'est-ce qu'il disait ?

— Je n'ai pas appris ses lettres par cœur.

— Mais dans les grandes lignes ? insista Eve.

Jackie ferma brièvement les yeux.

— Laisse-moi réfléchir… Il parlait un peu de son travail, de ses prochains déplacements. Et beaucoup de toi.

Eve eut une drôle de sensation au creux de l'estomac.

— C'est-à-dire ?

— Il répétait qu'il t'aimait et que tu lui manquais. Qu'il regrettait vraiment de ne pas pouvoir être avec toi. Ce genre de choses.

Mais il est parti quand même, songea Eve.

— Tu as gardé ses lettres ?

— Pourquoi les aurais-je gardées ? Je m'en suis débarrassée il y a des années.

Jackie se resservit en vin. Eve crut voir sa main trembler, mais peut-être était-ce son imagination…

— Et les cartes qu'il m'a envoyées, où sont-elles ?

— Tu les avais épinglées sur ton tableau en liège, dans ta chambre. Ça fait un moment que je ne les ai pas vues – tu as dû les jeter ou les emporter quand tu es partie à l'université.

— Est-ce que papa a évoqué un jour l'idée de revenir à la maison ? demanda Eve en tentant d'étouffer la note d'espoir qu'elle sentait poindre dans sa voix.

Sa mère évita de croiser son regard.

— Non, ma chérie. Il avait clairement dit en partant qu'il ne reviendrait pas.

— Vous vous étiez disputés ?

— On se disputait tout le temps.

— C'est bizarre. Parfois, je vous entendais, mais pas ce soir-là.

— Je suis navrée que tu aies eu à subir ça. Ça n'excuse rien, mais on était jeunes, et on avait tous les deux tendance à démarrer au quart de tour. Gabriel savait exactement quoi dire pour m'énerver.

— Crois-tu qu'il ait pu revenir à Black Creek sans que tu le saches ?

— C'est possible, mais je suis sûre qu'il aurait essayé de te voir. Il t'aimait, Evie. Tu peux en être certaine.

— Et pourtant, il m'a abandonnée.

— Il nous a abandonnées toutes les deux.

Eve revit son père grimpant dans cette voiture avec la femme blonde au volant et le mystérieux inconnu à l'arrière.

— Maman ?

Jackie sembla s'arracher à une profonde rêverie.

— Hmm ?

— Je t'ai entendue dire un jour qu'il t'avait quittée pour une autre femme. Est-ce que tu sais qui c'était ?

Sa mère porta une main à sa gorge.

— Tu as entendu ça ? Je suis désolée…

— Ne t'excuse pas. Comme tu l'as dit toi-même, c'était il y a longtemps.

— Et tu ne m'en as jamais parlé, se lamenta Jackie.

— Je ne voulais pas y croire.

— Évidemment. Tu as toujours adoré ton père. C'était ton soleil, et tu étais le sien.

Eve déglutit péniblement.

— Est-ce que tu as essayé de savoir qui était cette femme, alors ?

— Non, jamais. Ça peut paraître bizarre, mais j'ai assez vite arrêté de me poser la question. À vrai dire, je n'avais pas le temps de me préoccuper de ça. J'avais un enfant à élever, un emprunt à rembourser et des factures à payer. C'était un peu plus important que connaître l'identité de la maîtresse de mon mari.

Et malgré tout, Jackie en parlait encore avec un ressentiment palpable. Son regard se voilait chaque fois qu'elle prononçait le nom de son premier époux.

— Je comprends, murmura Eve. Tu penses qu'elle était de Black Creek ? Il devait bien y avoir des rumeurs, non ? Les secrets ne restent pas longtemps enfouis, dans cette ville.

Sauf le squelette de la grotte, songea-t-elle avec ironie.

Jackie attrapa un torchon et essuya négligemment le plan de travail.

— Pourquoi toutes ces questions ? Tu avais cinq ans quand Gabriel est parti. Quelle différence cela fait de savoir tout ça, maintenant ?

— Tu peux comprendre que je sois curieuse, répliqua Eve. C'était mon père, et je n'ai presque aucun souvenir de lui. Ce n'est pas la première fois que je te pose des questions à son sujet.

— C'est vrai, mais ça faisait un moment que ce n'était pas arrivé. J'espérais que tu aurais tourné la page, comme moi.

Était-ce vraiment le cas ? s'interrogea Eve. Si cette histoire la laissait à ce point indifférente, pourquoi évitait-elle de parler de Gabriel ? Pourquoi avait-elle jeté toutes ses affaires alors qu'elle savait que sa fille demanderait sûrement à les voir un jour ?

— Juste une autre question. Papa a-t-il déjà eu un accident de voiture ?

Jackie était en train de porter son verre à ses lèvres ; elle s'arrêta à mi-chemin.

— Il a eu un accident de moto l'année de ta naissance. J'ai déjà dû t'en parler.

— Je ne crois pas, mais j'ai peut-être oublié. A-t-il été gravement blessé ?

— Il a eu plusieurs fractures, oui. Pourquoi ?

— Des fractures au bras droit, à la jambe droite et à la cheville gauche ?

Soudain, le verre en cristal se brisa dans la main de sa mère. Le vin rouge ruissela sur ses doigts, se mêlant au sang qui s'échappait d'une coupure sur sa paume.

Eve se précipita vers elle.

— Tu saignes, maman, dit-elle en l'entraînant vers l'évier. Fais-moi voir.

— Je ne sais pas ce qui s'est passé, murmura Jackie, comme hébétée.

— Tout va bien, ici ? demanda Wayne, qui était apparu sur le seuil de la cuisine.

Eve jeta un coup d'œil par-dessus son épaule. Comment avait-il fait pour arriver si vite depuis la salle de bains ? Était-il en train d'écouter leur conversation derrière la porte ?

— Maman s'est coupé la main, expliqua-t-elle. Son verre s'est cassé.

Il les rejoignit, en évitant les débris qui jonchaient le sol.

— Tu t'es entaillée profondément ?

— Non, je suis sûre que ce n'est rien, assura Jackie.

Mais elle était toute pâle et semblait sur le point de perdre connaissance.

— Ça va, maman ? Tu as besoin de t'asseoir ?

— Laisse-moi d'abord regarder ça, dit Wayne en prenant doucement la main de Jackie dans la sienne.

Eve soutint sa mère pendant qu'il rinçait la blessure

sous l'eau courante. Comme le sang continuait de couler, Wayne enroula un linge propre autour de la paume.

— Il va falloir aller aux urgences. Je crois que tu as besoin de points.

— Il a raison, renchérit Eve alors que Jackie commençait à protester. La coupure est profonde et il pourrait rester de petits éclats à l'intérieur. Il ne faudrait pas que ça s'infecte.

— Je suis garé juste devant. Je t'emmène, décida Wayne.

Eve faillit s'interposer, mais elle se retint. Ce n'était pas le moment de s'agacer contre son ex-beau-père et sa manie de prendre le contrôle sur tout. L'essentiel était que sa mère soit conduite à l'hôpital au plus vite.

Lorsque le pick-up se fut éloigné dans la rue, Eve ramassa les morceaux de verre et nettoya le carrelage. En revenant du conteneur à poubelle, elle prit le temps de consulter ses messages et ses mails, puis, n'y tenant plus, elle retourna dans son ancienne chambre. Assise à son bureau, elle retira le premier tiroir du caisson afin de détacher l'enveloppe qu'elle avait scotchée dessous voilà bien longtemps. Étrangement, sa mère n'avait jamais découvert sa cachette. Ou alors elle n'en avait rien dit.

Eve ouvrit l'enveloppe et fit tomber les cartes postales de son père sur le bureau. Il n'y en avait que trois : deux de La Nouvelle-Orléans et une de San Antonio. Avec la pièce perforée, c'était tout ce qui lui restait de lui.

Elle les plaça dans l'ordre chronologique, en se fiant aux cachets de la poste. Les messages étaient brefs ; elle les connaissait par cœur.

Tu me manques, Boo.

J'aimerais que tu sois là, Boo.

Sois gentille avec ta maman, Boo.

Eve fronça les sourcils. Un détail lui avait échappé

étant enfant. L'écriture lui semblait légèrement différente sur la carte de San Antonio. Elle fouilla dans ses tiroirs, mais ne trouva pas de loupe.

Glissant les cartes dans l'enveloppe, elle emporta celle-ci dans la cuisine et se percha de nouveau sur un tabouret en attendant des nouvelles de sa mère.

Nash était assis à son bureau quand son portable sonna. Par réflexe, il jeta un coup d'œil sur l'écran avant de répondre. *Numéro inconnu.*

Il pensa aussitôt que Grace avait réussi à mettre la main sur un téléphone, or il n'était absolument pas d'humeur à supporter ses excuses – ou pire, ses accusations. Pour tout dire, il aurait voulu ne plus jamais entendre parler d'elle. Mais c'était impossible, bien sûr, puisque le procès de Grace allait bientôt débuter.

Dans le meilleur des cas, son avocat réclamerait un dépaysement de l'affaire, et la police de Black Creek n'aurait pas à la transporter chaque jour entre la prison et le tribunal. Nash la verrait quand même sur place, cependant. Il n'y échapperait pas.

Le téléphone continuait de bourdonner. Il se résolut à répondre, considérant qu'un chef de police se devait d'être joignable à tout moment.

— Nash Bowden.

À l'autre bout du fil, une respiration, sur fond de rires et de musique.

— Allô ? Il y a quelqu'un ? insista-t-il.

— Faut que vous laissiez ces vieux os tranquilles, lâcha une voix bourrue.

— Pardon ?

— Vous m'avez bien entendue, grommela l'inconnue.

Si vous ne voulez pas avoir de problèmes, laissez-les tranquilles.

De toute évidence, il ne s'agissait pas de Grace. Nash tenta de se représenter son interlocutrice. Cinquante ans, peut-être un peu plus. Une voix de fumeuse, éraillée, essoufflée. Celle d'une femme qui n'avait pas eu la vie facile.

— Qui êtes-vous, madame ?

— On s'en fiche, de qui je suis. Vous ne me connaissez pas. Et n'essayez pas de me retrouver, j'ai l'intention de jeter ce téléphone dès que j'aurai raccroché.

— Au contraire, votre identité m'intéresse beaucoup, puisque vous essayez d'entraver mon enquête. Je veux savoir qui vous êtes et pourquoi vous m'appelez.

— Ce qui s'est passé ce soir sur la route, ça ne vous suffit pas, comme raison ?

Nash enclencha le haut-parleur et posa son téléphone sur le bureau afin de pouvoir prendre des notes.

— Que s'est-il passé ce soir sur la route ? demanda-t-il innocemment.

— Vous le savez très bien.

— Étiez-vous au volant du véhicule qui a accroché le mien ?

— Non, monsieur, ce n'était pas moi.

— Vous étiez passagère, alors ?

Légère hésitation.

— Ça non plus, ce n'est pas important.

— Êtes-vous en train de me dire que ce qui est arrivé n'était pas un accident ?

— Je dis que, la prochaine fois, ça ne se finira pas aussi bien pour vous.

— C'est une menace ?

— Plutôt un avertissement.

Nash fronça les sourcils.

— Que savez-vous à propos du corps découvert dans la grotte de M. McNally ?

— Je sais qu'il vaut mieux laisser les morts en paix.

— Connaissez-vous le nom de la victime et la façon dont elle s'est retrouvée dans cette caverne ? Savez-vous qui l'a tuée ?

— Bon sang, vous avez entendu ce que j'ai dit ? Laissez ce squelette tranquille. Vous n'avez pas idée de ce dans quoi vous vous êtes fourré. Ni à qui vous avez affaire.

— Pourquoi ne pas m'éclairer, dans ce cas ?

— J'en ai déjà trop dit.

— Vous ne m'avez rien dit. Attendez !

Elle coupa la connexion, le laissant seul avec sa feuille de papier vierge et des dizaines de questions sans réponse. Nash lâcha un juron qui résonna désagréablement dans la pièce silencieuse.

D'après cette femme, le conducteur avait délibérément cherché à les percuter sur la route. Pourquoi ? Si Eve n'avait pas glissé dans le fossé, la soirée se serait terminée d'une tout autre manière. Il avait été à deux doigts de la perdre, et cette pensée l'horrifiait.

Dehors, le vent s'était levé. Il entendit le portail du jardin grincer dans la brise. Étrange : il le fermait toujours. Ou peut-être avait-il oublié de le faire tout à l'heure, dans sa hâte d'inspecter le jardin ?

Pour la deuxième fois de la soirée, Nash s'empara de son pistolet de réserve et sortit dans la nuit. Le bruissement des feuilles ressemblait à la pluie, et un carillon tintait chez son voisin. La lune répandait une lueur blanchâtre sur l'allée de briques qui menait au portail en fer forgé.

Veillant à rester dans l'ombre, Nash jeta un coup d'œil dans la rue à travers les barres de métal. Des flaques huileuses brillaient sous les lampadaires. L'obscurité s'était épaissie depuis son dernier tour, et un silence inquiétant régnait sur le quartier.

Il ouvrit le portail et longea le trottoir. Quelqu'un devait surveiller la maison, car aussitôt des phares s'allumèrent un peu plus bas dans la rue tandis qu'un vieux moteur démarrait en crachotant. Nash se mit à courir, mais avant qu'il ait pu le rattraper, le pick-up fit demi-tour et disparut dans un crissement de pneus à l'intersection suivante.

Il le suivit des yeux, frustré. Cela ne servait à rien de retourner chercher son SUV ou d'appeler ses collègues. Le véhicule était déjà loin.

Alors qu'il rentrait chez lui, son téléphone sonna de nouveau. *Numéro inconnu.*

Cette fois-ci, Nash décrocha sans attendre.

— Vous avez été prévenu, lâcha d'une voix essoufflée la femme qui l'avait appelé un peu plus tôt.

4

Malgré sa courte nuit, Eve arriva au bureau une heure plus tôt que d'habitude. La veille, sa mère était rentrée de l'hôpital vers 23 heures, dûment recousue. Elle avait avalé un antidouleur et s'était couchée directement, non sans avoir dit à Wayne, qui lui proposait de rester, qu'elle l'avait assez vu pour la soirée. Et les questions de sa fille attendraient un autre jour, avait-elle ajouté. Eve comprenait. Après ce qui lui était arrivé, Jackie avait droit à un peu de répit.

De son côté, elle avait regagné sa maison à pied dans la nuit, en s'interrogeant sur cet accident. Comment un verre de vin pouvait-il se briser comme ça dans la main de quelqu'un ? Sa mère avait dû le serrer trop fort sous l'effet de l'émotion. Mais pourquoi de simples questions sur son premier mari lui avaient-elles provoqué une telle réaction, trente ans après ?

Une fois chez elle, Eve avait examiné les cartes postales de son père jusqu'à plus de minuit. Comme sa vision se brouillait de fatigue, elle avait fini par se convaincre qu'il n'y avait pas de différences entre elles, qu'elle les avait seulement imaginées. Était-il vraiment possible qu'on ait imité l'écriture de Gabriel Jareau pour faire croire à sa femme et à sa fille de cinq ans qu'il était toujours vivant ?

Le matin, Eve s'était réveillée l'esprit plus clair et bien

décidée à s'atteler à ses nombreuses tâches. Elle était plongée dans ses dossiers moisis lorsque Nash s'arrêta près de son bureau.

— Bonjour, inspectrice Jareau.

— Bonjour, chef. Vous êtes bien matinal.

— Et vous donc ! Êtes-vous remise de votre chute d'hier ?

— Oui, tout va bien.

Il inspecta l'écorchure sur sa pommette, avant d'acquiescer.

— Tant mieux. On a beaucoup à faire aujourd'hui.

Extérieurement, Eve parvenait à rester impassible, mais comme toujours en la présence de Nash son cœur battait plus vite. Au bout de six ans, ses sentiments pour lui ne s'étaient absolument pas estompés. Bien au contraire.

Lorsqu'elle avait intégré le service de police de Black Creek à sa sortie de formation, elle avait entendu parler des difficultés que le chef rencontrait dans son mariage, puis de sa séparation d'avec sa femme. Ces informations, combinées à l'expression hagarde qu'elle décelait parfois chez l'intéressé – et à son propre statut de petite nouvelle – l'avaient convaincue qu'il était inaccessible pour elle.

Cependant, au fil du temps, elle l'avait surpris plusieurs fois en train de la regarder alors qu'il n'y avait personne autour. Ou plutôt, de la dévorer des yeux. Et Eve était humaine, après tout… Un jour, à la suite d'une arrestation particulièrement mouvementée, elle avait craqué. Alors qu'ils étaient seuls et que le danger était passé, elle s'était laissé emporter par les émotions. Nash avait répondu à son baiser, non pas poliment ni timidement, mais avec le désespoir d'un homme qui se noie.

L'intensité de sa réaction l'avait troublée. Elle n'était pas naïve : quelqu'un qui embrassait de cette façon exigeait sans doute bien plus de sa partenaire qu'elle n'avait l'habitude de donner. Elle avait compris qu'il était dangereux pour elle, car elle se savait déjà incapable de lui résister.

Cela n'avait plus d'importance, aujourd'hui. Après cet épisode, Nash avait gardé ses distances, et elle avait fait de même de son côté.

Mais à présent, voilà qu'il se remettait à lui tourner autour… Eve ne pouvait s'empêcher de se demander si elle exerçait toujours une attirance sur lui, comme lui sur elle. Que se serait-il passé si elle l'avait de nouveau embrassé, ce soir-là ? Si elle l'avait accueilli dans ses bras comme il avait eu besoin de l'être ?

Elle se permit de l'étudier brièvement. Comme d'habitude, Nash portait un jean, une chemise décontractée et des chaussures montantes. Eve s'habillait sensiblement de la même façon depuis qu'elle avait laissé son uniforme au placard trois ans plus tôt, après avoir été promue inspectrice pour ses trente ans. Elle avait fêté l'événement avec quelques amis et collègues dans un bar du coin, et avait passé sa soirée à surveiller la porte au cas où Nash déciderait de se joindre à eux. Finalement, il n'était pas venu, et Eve était rentrée chez elle à la fois soulagée et déçue.

Quelques mois plus tard, elle avait appris par le bouche-à-oreille que son divorce avait enfin été prononcé. À l'époque, elle fréquentait un garçon qu'elle avait connu au lycée. Un type bien. Amusant, gentil, plutôt mignon. Ils auraient fait un beau couple, mais ses réticences à s'engager avaient conduit à l'échec de leur relation.

Voilà comment elle se retrouvait là, à continuer de nourrir des sentiments pour son supérieur. La vie était bien ironique, parfois. Ils étaient tous les deux célibataires, mais jamais ils n'avaient été plus éloignés.

Elle referma le dossier.

— On s'y jette, alors ? demanda-t-elle.

Nash parut surpris, comme si ses pensées avaient divagué tout autant que les siennes pendant ces dernières secondes.

— Pardon ?

— Vous dites qu'on a beaucoup à faire aujourd'hui. J'en déduis que vous avez contacté McNally et qu'on va pouvoir descendre dans la grotte.

Elle marqua une pause.

— Je me suis occupée du matériel et du soutien logistique. Il ne reste plus qu'à fixer la date et l'heure.

— Ah oui, la grotte… On ira, je vous l'ai promis, mais il vaudrait mieux attendre un jour ou deux, au cas où les galeries seraient inondées suite à l'orage d'hier.

Un jour ou deux ? Eve avait besoin de réponses tout de suite !

— J'aurais aimé y aller plus tôt, insista-t-elle.

Il posa une cuisse sur le bureau et la fixa de son regard ténébreux, celui-là même qui lui faisait momentanément oublier tout ce qu'il y avait autour.

— Pourquoi se précipiter, Eve ? Ce pauvre homme est resté au fond de cette caverne pendant des décennies. On n'est pas à deux jours près.

Moi, si, songea-t-elle.

— En plus, ça permettra au Dr Forester de terminer ses analyses, ajouta-t-il.

— D'accord.

Percevant sa déception, il inclina la tête.

— Je sais que vous avez hâte d'explorer cette grotte mais, comme je vous l'ai dit hier, ces galeries sont dangereuses, même dans des conditions idéales. Je ne veux prendre aucun risque.

— Vous avez sans doute raison.

— De toute façon, on a plus urgent à faire, ce matin. Et cela pourrait bien être lié à notre squelette.

— De quoi parlez-vous ?

— J'ai une piste sur le véhicule qui nous a foncé dessus hier soir.

Eve se redressa, le cœur battant.

— Quel lien cet incident peut-il avoir avec la découverte des ossements ?

— Venez, dit-il en se levant. Je vous expliquerai tout ça en route.

— Où allons-nous ? Attendez ! lança-t-elle tandis qu'il commençait à s'éloigner. Comment avez-vous fait pour retrouver la voiture alors que vous n'aviez que les deux premières lettres de sa plaque ?

— Il n'y avait qu'une seule immatriculation à Black Creek qui correspondait à ces deux lettres et à la description du véhicule. La berline appartient à un certain Ron Naples. Vous le connaissez ?

Eve réfléchit un instant, avant de secouer la tête.

— Ce nom ne me dit rien. Je devrais le connaître ?

— Non, mais je préférais vous poser la question, puisque vous avez vécu ici toute votre vie. Il a soixante-dix-huit ans, il habite près de Myrtle Cove. On va aller lui rendre une petite visite.

Eve contourna son bureau en se mordillant la lèvre.

— Son âge pourrait expliquer sa conduite, observa-t-elle. Il a peut-être paniqué en me voyant agiter ma lampe torche. Ou bien il a fait un malaise… Quoi qu'il en soit, ça n'explique pas pourquoi vous pensez qu'il y a un lien avec le squelette.

— J'ai reçu un appel anonyme hier soir. Plus vite nous prendrons la route, plus vite je pourrai vous raconter tout ça. Vous venez ?

Sans attendre sa réponse, il s'avança à grands pas vers la porte qui menait au parking du poste de police. Eve dut trottiner pour le rattraper. *C'est juste une enquête comme les autres*, se répéta-t-elle en tentant d'ignorer le nœud qui se formait dans son estomac. Mais elle savait bien que ce n'était pas vrai. Cette affaire était beaucoup trop personnelle. Effleurant la pièce cachée sous son T-shirt, elle suivit Nash à l'extérieur.

Dehors, il faisait déjà chaud et humide. Dans le ciel d'un bleu limpide, aucun orage en vue. Son regard s'arrêta sur le côté abîmé du SUV de Nash. Les vilaines éraflures lui rappelèrent ce moment de pure panique qu'elle avait vécu lorsque les phares de la voiture l'avaient aveuglée et qu'elle était restée figée sur place comme une biche effrayée.

Elle monta du côté passager.

— Ne faites pas durer le suspense, demanda-t-elle à Nash tandis qu'il démarrait. Dites-moi tout sur cet appel anonyme.

Il enfila ses lunettes de soleil ; Eve ne voyait plus ses yeux, mais sa bouche formait une ligne sévère.

— Une femme m'a appelé à partir d'un téléphone prépayé, expliqua-t-il. Elle avait une voix de fumeuse et un accent de la campagne. Plus toute jeune, mais pas vieille non plus. Elle n'a pas voulu me dire son nom.

— Comment a-t-elle obtenu votre numéro ?

— Ça, je n'en sais rien. Les régulateurs ne donnent jamais mon numéro de portable, et je n'imagine pas Tess commettant une erreur aussi stupide.

Eve était d'accord. Il n'y avait pas plus discrète et plus loyale que la secrétaire du chef.

— Que voulait cette femme ? s'enquit-elle.

— Elle m'a dit qu'il fallait « laisser ces vieux os tranquilles ».

— Vous pensez qu'elle faisait référence à notre squelette ?

— Pour autant que je sache, on n'en a pas trouvé d'autre ces derniers temps.

Il s'arrêta à la sortie du parking et regarda à gauche et à droite avant de s'engager dans la rue.

Eve essuya ses mains moites sur ses cuisses. Se pouvait-il que la femme à la voix de fumeuse soit la blonde platine qu'elle avait vue au volant de la voiture dans laquelle son père était monté ce fameux soir ? Cela semblait tiré par les cheveux, mais si Gabriel Jareau avait été assassiné, les deux personnes avec qui il était parti cette nuit-là étaient peut-être au courant de quelque chose. Qui étaient-elles, et qu'avaient-elles fait depuis ?

Pendant des années, Eve avait tenté de comprendre pourquoi son père l'avait abandonnée. Comment un homme qu'elle adorait avait-il pu quitter sa famille sans le moindre état d'âme ? Maintenant que les réponses étaient peut-être sur le point d'émerger, elle rêvait de pouvoir remonter le temps jusqu'à la veille du jour où les ossements avaient été découverts dans la grotte de McNally. Avant que sa mère casse un verre sous le coup de l'émotion. Avant que les vieux doutes reviennent la tourmenter…

— Ça va ?

— Comment ? fit Eve en sursautant. Oui, ça va. Pourquoi ?

Il l'observa du coin de l'œil.

— Vous avez l'air à des milliers de kilomètres. Je vous sens distraite depuis hier soir. Que se passe-t-il, Eve ?

Sa façon de prononcer son nom, d'une voix douce et grave, fit naître une onde de chaleur au creux de son ventre. Elle garda les yeux rivés devant elle et s'efforça de répondre d'un ton détaché :

— C'est cette enquête… Je sais qu'elle n'est pas prioritaire, mais elle m'obsède. Et avec votre histoire d'appel anonyme, je suis encore plus déterminée à découvrir ce qui s'est passé dans cette grotte.

— Vous êtes sûre qu'il n'y a pas autre chose ?

— Oui. Que pourrait-il y avoir d'autre ?

Il parut sur le point de répondre, mais reporta son attention sur la route.

— Je suis peut-être un peu trop à fleur de peau, ces derniers temps, avoua-t-il. Je vois bien tous les regards qu'on me lance dans la rue. J'entends ce qu'on dit sur moi. Des personnes que je connais depuis toujours m'évitent comme la peste depuis l'arrestation de Grace.

— Ne faites pas attention à elles. Les gens d'ici adorent les commérages. Ils passeront vite à autre chose.

— Vous ne vous posez jamais la question ?

— Quelle question ? demanda-t-elle prudemment.

— Celle de savoir si je l'ai couverte.

— Jamais, répondit Eve sans la moindre hésitation. Vous en seriez incapable, surtout si un enfant était concerné. En plus, c'est vous qui avez arrêté Grace. Si vous aviez voulu la prévenir ou l'aider à s'enfuir, vous auriez facilement pu le faire.

Nash resta silencieux. « Ça soulage de se confier », eut-elle envie de lui dire, mais cela n'aurait-il pas été hypocrite, vu le secret qu'elle lui cachait à cet instant ?

— Cette femme, que vous a-t-elle dit d'autre ? s'enquit-elle.

— Elle m'a fait comprendre que la voiture avait délibérément tenté de nous percuter, hier soir.

Eve sentit ses doigts s'enfoncer dans le siège.

— Elle a vraiment voulu nous écraser ?

— À l'en croire, ce n'était pas elle qui conduisait. Elle n'a pas non plus voulu admettre qu'elle était passagère, mais elle connaissait les détails de l'accident. J'imagine qu'on nous a suivis depuis le laboratoire d'anthropologie. Du coup, je m'interroge sur le pneu crevé.

Eve hésita. Il était peut-être temps de passer aux aveux. Du moins en partie.

— Quand je suis sortie du labo hier soir, j'ai repéré quelqu'un sur le parking. La lumière était allumée dans sa voiture et il l'a éteinte en me voyant. J'aurais juré…

Elle s'interrompit.

— Quoi ?

— J'ai trouvé ça étrange qu'il éteigne juste après avoir croisé mon regard, voilà tout.

— Vous pensez qu'il nous attendait ?

— Possible. Il était seul dans une berline noire.

— Pourquoi ne m'en avez-vous pas parlé hier soir ? demanda Nash d'un ton de reproche.

— Ça ne m'a pas semblé important, sur le coup. Je me suis dit qu'il était venu chercher quelqu'un. Ensuite, tout est allé si vite…

Elle secoua la tête, comme pour dépoussiérer sa mémoire.

— Rien ne dit qu'il s'agissait de la même voiture. Il y en a sûrement des centaines qui correspondent à cette description. Mais avec cette femme qui vous a contacté depuis, cela commence à faire beaucoup de coïncidences.

— Cet appel change tout, en effet, approuva Nash. Je crois que notre vieille affaire vient de remonter dans la liste des priorités.

Eve contemplait le paysage qui défilait derrière la vitre. Les maisons se faisaient plus rares tandis qu'ils approchaient des confins de la ville. Il n'y avait pas grand-chose de ce côté-là de Black Creek, hormis une station-service qui faisait aussi office de supérette, un garage automobile et une vieille église dont les flèches décaties s'élevaient au-dessus des arbres.

Sa mère l'avait amenée dans cette église, un dimanche de Pâques. Elle se rappelait encore la jolie robe à fleurs qui tournoyait autour des longues jambes de Jackie, donnant l'impression qu'elle flottait. Ce jour-là, Eve avait participé à une chasse aux œufs avec des dizaines d'autres enfants, puis elles avaient retrouvé Gabriel pour déjeuner au restaurant. Eve avait partagé une coupe glacée avec lui, assise sur ses genoux. Ils avaient sans doute eu l'air d'une famille normale, mais, lorsqu'elle y repensait, elle se souvenait vaguement d'une certaine tension qui couvait et qu'elle ne comprenait pas.

Elle ramena ses cheveux derrière les oreilles et lança un coup d'œil vers Nash.

— Y a-t-il autre chose que je devrais savoir à propos de ce coup de fil anonyme ? demanda-t-elle avec appréhension.

— La femme m'a dit qu'on était prévenus, maintenant.

— Très rassurant.

Eve revit en esprit la voiture inconnue garée devant sa maison d'enfance. La blonde au volant, le type sinistre à l'arrière. Les adieux de son père.

Qu'avaient-ils manigancé tous les trois le soir où Gabriel Jareau avait quitté la ville ?

Subitement, la pièce porte-bonheur paraissait froide et menaçante contre sa peau.

— Il y a autre chose, ajouta Nash. Quelqu'un est venu chez moi pendant que je n'étais pas là. La porte-fenêtre était ouverte, mais je n'ai trouvé aucune trace d'effraction. Je ne sais pas comment le cambrioleur est entré.

— Qu'est-ce qu'il vous a volé ?

— C'est ça le plus surprenant : rien. Il y avait de l'argent liquide dans un tiroir, il ne l'a pas pris. Il n'a pas non plus embarqué la télé ni mon ordinateur portable. Mais je suis sûr qu'il a touché aux documents sur mon bureau.

— Que cherchait-il, à votre avis ?

— C'est une bonne question. J'avais rapporté à la maison une version papier du dossier qui nous intéresse. Or les photos de l'intérieur de la grotte avaient été déplacées. Je le sais parce que je range toujours les différentes pièces dans un certain ordre.

Pourquoi gardait-il une copie de ce dossier chez lui ? s'interrogea Eve. Ne lui faisait-il pas assez confiance pour résoudre le meurtre ?

— Je sais ce que vous pensez, dit-il.

— Je ne pense rien du tout. J'écoute.

— Vous vous demandez si j'ai l'intention de me mêler de votre enquête encore longtemps, mais ce n'est pas ce que vous croyez. Vous avez raison, il y a un je-ne-sais-quoi dans cette affaire qui vous accroche et qui ne vous lâche plus. J'ai le sentiment qu'il ne s'agit pas seulement d'un vieil homicide. Je n'arrête pas d'ouvrir ce dossier et de regarder les images, parce que j'ai l'impression qu'un élément important m'échappe.

Il grimaça.

— Ça doit vous paraître ridicule.

— Non. C'est exactement ce que je ressens.

— Je pense qu'on devrait travailler ensemble. Vous continuerez à diriger l'enquête, bien sûr, mais j'aimerais y prendre part. Si ça ne vous dérange pas.

— Je vous rappelle que c'est vous le chef.

— Je ne veux pas m'imposer, Eve. Seulement, cette affaire a pris un tour personnel pour moi. Juste après avoir reçu l'appel anonyme, j'ai vu un vieux pick-up garé dans ma rue. Dès que j'ai essayé de m'en approcher, le conducteur – ou la conductrice – a fait demi-tour et s'est éloigné sur les chapeaux de roues. Puis la femme m'a rappelé en me disant que j'avais été prévenu.

— Vous croyez que c'était elle, au volant du pick-up ?

— C'est l'impression que j'ai eue.

— Donc, elle vous surveille.

— Elle me surveillait hier soir, en tout cas.

Pourquoi Nash, et pas elle ? se demanda Eve. Avait-il un lien avec l'enquête qu'elle ignorait ? Ou bien la culpabilité et la paranoïa la faisaient-elles douter de ses motivations ?

— J'ai unc autrc qucstion, dit-cllc. À supposer que quelqu'un ait volontairement crevé votre pneu et nous ait suivis depuis le laboratoire, comment savait-il au départ que nous nous trouvions à Tallahassee ? Je n'ai parlé à personne de ce déplacement. Et vous ?

— Tess gère mon emploi du temps, elle sait toujours où me joindre, mais elle n'est pas du genre à communiquer ces informations à n'importe qui. Si quelqu'un l'appelait pour lui demander où j'étais, elle essaierait d'obtenir son nom et ses coordonnées, et me préviendrait immédiatement.

— Cela veut dire que notre suspect nous suivait déjà *avant*. Il nous surveille peut-être depuis que le squelette a été exhumé.

Nash acquiesça.

— L'homme mystérieux que vous avez vu dans sa berline noire…

— Ou votre interlocutrice anonyme. Ou les deux.

— C'est une sacrée énigme que nous tenons là, pas vrai ? fit-il remarquer en lui lançant un sourire.

L'enthousiasme de Nash faisait écho au sien. Une fois de plus, Eve sentit son pouls s'accélérer tandis que leurs regards se croisaient. Mais elle se contenta de hausser les épaules et détourna bien vite les yeux.

Ils se turent un moment, plongés dans leurs pensées.

Alors qu'Eve regardait par la fenêtre, une idée lui vint à l'esprit, mais elle n'osa pas l'exprimer tout haut. Pour toutes sortes de raisons, Grace Bowden était un sujet délicat à aborder avec Nash.

— Qu'est-ce qu'il y a ? s'enquit-il.

Elle se tourna vers lui, surprise.

— Comment ça ?

— Vous pensez à quelque chose, ça se voit.

— En fait, je songeais à Grace, avoua-t-elle en fixant son attention sur un petit éclat sur le pare-brise.

Il y eut un silence.

— C'est-à-dire ?

— J'aimerais la rencontrer, si vous êtes d'accord.

L'air devint soudain aussi électrique qu'avant un orage d'été.

— Pourquoi ? demanda-t-il d'un ton brusque. Je ne vois pas l'intérêt.

— Quand elle a été arrêtée, Grace a dit qu'elle avait découvert la tombe au fond de la grotte étant enfant. Elle pensait que c'était celle de Maya Lamb, qui avait disparu quelques années plus tôt.

Nash se frotta la nuque, un geste qu'Eve l'avait déjà vu faire lorsqu'il était stressé ou fatigué.

— Grace a dit beaucoup de choses au moment de son arrestation, souligna-t-il. Elle n'est pas forcément la narratrice la plus fiable de son histoire.

— Vous ne la croyez pas quand elle dit qu'elle connaissait l'emplacement de la sépulture ?

Il poussa un soupir.

— Que ce soit vrai ou non, elle n'était qu'une gamine à l'époque. Elle ne peut pas avoir été impliquée dans le meurtre de notre victime.

— Évidemment. Mais peut-être n'a-t-elle pas été la

seule à se recueillir sur cette tombe. Elle a expliqué qu'elle passait beaucoup de temps à explorer les galeries. Et si elle avait rencontré quelqu'un, un jour ?

— Le meurtrier, vous voulez dire, qui serait revenu sur la scène de son crime ?

— Ça s'est déjà vu. Je sais que cette piste est ténue, mais j'aimerais la creuser. À condition que Grace accepte de me voir, bien sûr.

Eve observa à la dérobée la réaction de Nash.

— Je serai bienveillante, promit-elle. J'essaierai de ne rien dire et de ne rien faire qui risquerait de la contrarier.

— Ce n'est pas ce qui me pose problème. C'est pour vous que je m'inquiète.

— Pour moi ? Je sais me débrouiller, ne vous en faites pas.

— Si vous la connaissiez aussi bien que moi, vous seriez moins sûre de vous.

Il jeta un coup d'œil dans le rétroviseur intérieur, comme s'il craignait que son ex-femme se soit glissée derrière eux dans la voiture.

— Elle peut paraître timide et réservée comme ça, mais en réalité elle est très intelligente et extrêmement manipulatrice. Vous savez, elle ne regrette absolument pas d'avoir kidnappé cette fillette. La seule chose qu'elle regrette, c'est de n'avoir pas réussi à s'enfuir avec elle.

Et pourtant, vous l'avez épousée, songea Eve. Elle se mordit la lèvre et acquiesça.

— Je ferai attention.

— Ça ne suffira pas. Elle trouvera toujours un moyen de vous déstabiliser sans que vous ayez rien vu venir.

— Si vous êtes inquiet à ce point, venez avec moi.

— Je ne préfère pas, répondit-il, la mâchoire serrée.

Avait-il peur que Grace le déstabilise, *lui* ? Se pouvait-il qu'après tout ce qui s'était passé, il éprouve encore des sentiments pour son ex-femme ?

— Je comprends, murmura-t-elle. Il vaut mieux que j'y aille seule, de toute façon. Elle se confiera peut-être plus facilement à moi. Si je réussis à obtenir un rendez-vous avec elle, je vous tiendrai au courant.

— C'est une mauvaise idée.

Eve inspira profondément, bien décidée à ne pas céder.

— Si vous avez vraiment l'intention de me laisser diriger l'enquête, vous devez accepter que je fasse les choses à ma façon.

— Je n'essaierai pas de vous empêcher de la voir, répondit Nash. Mais quand vous serez avec elle, soyez attentive à ce que vous dites et à la manière dont vous le dites. Ne la laissez pas entrer dans votre tête. Maintenez vos distances. Et, quoi qu'il arrive, ne baissez pas la garde.

5

Le reste du trajet se déroula dans un silence gêné. Alors qu'ils étaient presque arrivés à destination, Eve se décida enfin à détacher son regard de la fenêtre pour étudier le profil de Nash. Depuis leur conversation sur Grace, il s'était rembruni. Elle ne lui en voulait pas ; ce n'était pas difficile d'imaginer à quel point il avait dû être bouleversé en découvrant que le suspect recherché depuis des jours par le FBI et par son propre service n'était autre que la femme qu'il avait jadis aimée.

— Avez-vous d'autres informations sur Ron Naples ? lui demanda-t-elle pour tenter de lui changer les idées. A-t-il de la famille dans la région ?

— Je n'ai pas eu le temps de faire des recherches sur lui, répondit Nash d'un ton sec. Je n'ai pas plus de renseignements que vous.

— Savez-vous au moins s'il vit seul ?

— On va vite le découvrir. Vous avez votre arme ?

— Bien sûr.

— Ouvrez bien les yeux et les oreilles. Je ne m'attends pas à rencontrer de problèmes, mais on ne sait jamais. Je nous pensais en sécurité hier soir, et regardez ce qui s'est passé.

— Ça aurait pu être pire, observa-t-elle.

— C'est sûr.

Il resta silencieux un moment, la mine sombre.

— Maintenant que l'adrénaline est retombée, est-ce que d'autres détails vous reviennent à propos du véhicule que vous avez vu sur le parking du labo ? Un bout de sa plaque d'immatriculation, des rayures sur la carrosserie ?

— Il faisait nuit et il pleuvait. Si la lumière de l'habitacle n'avait pas été allumée, je ne l'aurais peut-être pas vu du tout.

— Et le conducteur ? Vous seriez capable de le décrire ?

Eve réfléchit, mais tout ce qu'elle revoyait, c'était la silhouette de l'homme sur la banquette arrière, vingt-huit ans plus tôt.

— Je crois qu'il était seul, dit-elle. C'est la seule chose que j'ai retenue.

— Il était jeune, vieux, mince, gros ?

— Je ne l'ai pas très bien vu. J'étais distraite et il a vite éteint la lumière.

Elle ferma les yeux, s'obligeant à se concentrer sur l'intérieur de cette voiture pendant le court instant où elle l'avait vu éclairé.

— En fait… Il me semble qu'il avait la cinquantaine. Et qu'il était de corpulence normale.

— Très bien. Et ses cheveux ?

— Bruns, je crois.

— Vous voyez ? On enregistre toujours plus de détails qu'on ne le pense.

Et il a posé un index sur ses lèvres pour me faire signe de me taire, aurait-elle pu ajouter. Mais lui avait-il vraiment adressé ce geste, ou bien était-ce son imagination qui lui avait joué des tours ?

Tout comme Grace, Eve n'était peut-être pas la plus fiable des narratrices s'agissant de sa propre histoire. De nombreuses années s'étaient écoulées depuis la dernière fois qu'elle avait vu son père, et pourtant elle se rappelait son départ comme s'il avait eu lieu la veille. N'était-ce pas suspect ? Elle n'avait que cinq ans à l'époque, comment ses souvenirs pouvaient-ils être aussi précis ? Gabriel Jareau était-il réellement monté dans une voiture avec deux étrangers à bord, ou Eve avait-elle rêvé cette scène ?

La forêt se resserra autour d'eux à mesure qu'ils se rapprochaient de la rivière. La mousse espagnole formait de longues lianes dans les chênes, et les vignes kudzu rampaient comme des ombres vertes le long des troncs morts et sur les toits des maisons abandonnées. Le paysage était sauvage, menaçant, l'air saturé de l'odeur humide et âcre des marécages.

Le long de la rivière, de nouvelles habitations avaient fleuri à côté des petits pavillons construits sur pilotis avant la guerre. Ron Naples habitait dans l'un de ces derniers. La maison avait l'air parfaitement entretenue, comme le jardin. Une véranda à moustiquaires en faisait le tour, offrant une vue dégagée sur l'eau, les bois et la route.

L'endroit était désert. Pas de véhicule garé dans l'allée. Pas de mouvement de rideau ni de chien qui aboyait. Le silence avait quelque chose d'oppressant. En descendant du SUV, Eve réprima un frisson.

— Ça faisait longtemps que je n'étais pas venue par ici, confia-t-elle. On a l'impression d'être à des kilomètres de la civilisation.

— Si l'on ignore ces maisons neuves, nuança Nash.

— Oui, c'est vrai… En tout cas, j'avais oublié l'odeur de la rivière. Elle ne ressemble à aucune autre.

Son père l'avait amenée pêcher près d'ici, un jour. Eve avait passé son temps à ramasser des mûres pendant qu'il surveillait leurs lignes. Mais se pouvait-il que ce souvenir soit lui aussi le fruit de son imagination ?

La voyant chasser un moustique qui tournait autour de son visage, Nash rouvrit sa portière pour attraper un spray répulsif ; ils s'aspergèrent de lotion à tour de rôle.

— On dirait bien qu'il n'y a personne, commenta-t-elle alors qu'ils se dirigeaient vers le pavillon. Je passe par l'arrière et vous par l'avant ?

— Commençons peut-être par sonner.

Eve acquiesça, avant de monter les marches. Elle ouvrit la porte moustiquaire et la retint le temps que Nash entre derrière elle. La véranda était garnie de jolies plantes en pots et de meubles en osier – l'endroit idéal pour prendre un café en contemplant le lever du soleil, songea Eve. Cependant, malgré le décor plaisant, une impression sinistre se dégageait des lieux.

Elle frappa à la porte. Pas de réponse.

— Monsieur Naples, c'est la police de Black Creek ! cria Nash. Vous pouvez nous ouvrir ?

Il plaça les mains au-dessus de ses yeux pour regarder à travers la vitre.

— Aucun signe de vie à l'intérieur. Faites le tour, et soyez attentive. Si vous voyez quelque chose, criez.

Eve ressortit de la véranda. Déjà, l'adrénaline coulait à flots dans ses veines sans qu'elle comprenne pourquoi. Tout paraissait normal autour d'elle. Le quartier était calme, paisible, et pourtant elle éprouvait la même tension que la veille au laboratoire. La même certitude que sa vie était en train de basculer dans l'ombre.

Son mauvais pressentiment ne fit que s'accentuer lorsqu'elle tourna au coin de la maison. Des gouttes de sueur roulaient dans son dos. En sentant le poids rassurant de son Glock sur sa hanche, elle songea qu'elle n'avait jamais eu à faire usage de son arme ; pourvu qu'aujourd'hui ne fasse pas exception, se dit-elle. Mais quelqu'un avait tenté de les renverser sur la route. Quelqu'un avait crevé un pneu au SUV de Nash et cambriolé sa maison. Une femme lui avait demandé de renoncer à enquêter sur le meurtre de la grotte. Que se passait-il ?

Les pensées se bousculaient dans sa tête. L'homme qu'elle avait aperçu sur le parking avait moins de soixante ans, ce ne pouvait pas être Ron Naples. Quel lien ce dernier avait-il avec lui et avec l'interlocutrice anonyme de Nash ? Quel lien avaient-ils tous les trois avec le squelette ?

Elle s'arrêta en haut des marches à l'arrière de la maison et promena son regard autour d'elle. Une dizaine de mouches aux reflets bleu-vert métalliques s'accrochaient à la moustiquaire. Deux buses décrivaient des cercles dans le ciel. Une odeur complexe flottait dans l'air, mélange d'humidité, de terre, de mousse et d'autre chose qu'Eve ne voulait pas nommer. Le cœur cognant dans sa poitrine, elle porta son attention sur le jardin qui descendait abruptement jusqu'à la rivière. Une barque de pêche dansait sur l'eau au bout d'un ponton.

Eve se figea. Juste à côté, une forme était visible sous la surface.

Elle dévala les marches et s'élança dans cette direction.

Nash s'avança dans l'eau pour aider Eve à ramener le corps sur la berge. En l'entendant crier, il s'était aussitôt précipité vers elle, glissant sur la pelouse en pente ; le temps qu'il arrive, la jeune femme s'était déjà jetée dans la rivière.

— Il est mort, lança-t-elle par-dessus son épaule.

— Je vois ça.

Nash saisit le cadavre par les bras.

— Je n'en étais pas sûre, se défendit-elle. Quand je

l'ai aperçu, je me suis dit qu'il y avait un petit espoir qu'il soit encore en vie.

— Vous avez fait ce qu'il fallait, lui assura-t-il. Calmez-vous. Je le tiens.

Une fois le corps remonté sur l'herbe, Nash suivit la procédure et chercha un pouls, même s'il était évident que l'homme était décédé – et ce depuis au moins plusieurs heures.

Âgé d'environ quatre-vingts ans, il portait un bermuda kaki, une chemise en coton et des chaussures bateau. À première vue, il n'avait pas subi de violences, mais Nash devait attendre l'arrivée du médecin légiste ou d'un de ses assistants pour en savoir plus.

Il régnait autour d'eux un silence étrange que seuls venaient troubler le bourdonnement des mouches et les cliquetis du téléphone d'Eve, occupée à photographier la scène. Nash passa les coups de fil nécessaires, avant de s'adresser à sa collègue :

— Il va falloir établir un périmètre de sécurité. J'ai de la rubalise dans le SUV. Vous connaissez la marche à suivre : posez des scellés sur toutes les portes, n'oubliez pas le portail du jardin. Personne n'entre sans autorisation.

— Est-ce qu'il s'agit de Ron Naples ? demanda-t-elle, les yeux rivés sur le cadavre.

— Ce ne serait pas illogique. On en aura bientôt confirmation. Le plus important, pour l'instant, c'est de protéger le corps et de préserver la scène.

Eve semblait toujours incapable de détacher son regard du défunt.

— Que se passe-t-il, Nash ? La voiture de M. Naples a failli nous écraser hier soir, et maintenant on le retrouve le nez dans l'eau. Ça ne peut pas être une coïncidence.

Enfin, elle leva vers lui ses grands yeux bleus.

— Tout ce qui est arrivé depuis hier semble avoir un lien avec la découverte des ossements, mais lequel ?

— On n'a aucune certitude à ce stade, répondit-il. Il peut très bien s'agir d'une noyade accidentelle. Mieux vaut ne pas tirer de conclusions avant l'autopsie.

Nash s'écarta de la berge, où les mouches s'étaient agglutinées sur le cadavre. Si on les laissait faire, elles pondraient dans tous les orifices, et au bout de vingt-quatre heures les premières larves apparaîtraient. Comme tous les policiers, Nash reconnaissait l'utilité de l'entomologie médico-légale, mais les insectes charognards ne le répugnaient pas moins.

De son côté, Eve n'avait pas l'air gênée par l'activité des mouches. Elle continuait d'observer le corps, se contentant de les chasser distraitement quand elles venaient voler trop près d'elle.

— Vous pensez vraiment que c'était un accident ? s'enquit-elle.

— Je dis seulement que c'est possible. Je ne vois aucune blessure sur le cadavre, aucun désordre autour.

— Si Ron Naples savait des choses sur le meurtre de la grotte, cet « accident » tombe à point nommé pour le tueur, fit-elle remarquer avec ironie.

— N'allons pas trop vite en besogne, Eve. Un bon enquêteur doit garder l'esprit ouvert.

— Compris. Je vais installer le périmètre.

— Quand vous aurez fini, attendez-moi au portail et essayez de tenir les badauds à distance jusqu'à l'arrivée des collègues.

Eve acquiesça. Il la regarda s'éloigner vers la maison, puis se tourna de nouveau vers la rivière. Que se passait-il, en effet ? Et pourquoi avait-il l'impression que la jeune femme lui cachait quelque chose ? Elle se comportait bizarrement depuis la veille. Plus précisément, depuis qu'Allison leur avait montré la pièce porte-bonheur.

Alors qu'il s'efforçait de mettre ses doutes de côté, la première voiture de patrouille arriva, suivie des techniciens de scène de crime, puis du médecin légiste, un gros bonhomme vêtu d'un costume mal taillé et répondant au nom de Dan Wexler. Nash travaillait avec lui depuis des années, et appréciait sa faculté d'intuition et son sens de la coopération. Malgré son apparence négligée, le médecin légiste déployait une ténacité à toute épreuve quand les pièces d'un puzzle ne s'assemblaient pas correctement.

Lorsqu'il atteignit la berge, le Dr Wexler transpirait à grosses gouttes. Il se débarrassa de sa veste de costume et l'accrocha à une branche, avant de s'essuyer le visage dans un mouchoir blanc.

— Alors, qu'est-ce qu'on a ? demanda-t-il à Nash, complètement essoufflé.

— Une noyade, apparemment. Il n'y a pas de marques visibles sur le corps à part quelques égratignures sur le visage, pas non plus de traces de lutte dans les parages.

Wexler plissa les yeux.

— Je ne vous sens pas très convaincu. Vous avez des raisons de penser à un meurtre ?

— Disons que cette affaire demande une attention particulière.

Nash désigna la maison d'un signe de tête.

— Nous sommes chez un certain Ron Naples, un homme blanc âgé de soixante-dix-huit ans.

— Cette description correspond bien à notre victime.

Wexler posa sa valise par terre et essuya une nouvelle fois son visage, qui avait pris une teinte rouge alarmante.

— Vous allez bien ? s'enquit Nash, craignant de se retrouver d'une minute à l'autre avec deux morts sur les bras.

— Ça va, ça va, souffla le médecin. Je suis juste trop vieux et trop gros. Vous avez fouillé le corps pour voir s'il avait des papiers sur lui ?

— Non, je l'ai juste sorti de l'eau, et après je ne l'ai plus touché.

— On prendra ses empreintes, de toute façon. Les voisins pourraient sans doute nous aider à l'identifier, mais j'imagine que vous n'avez pas trop envie de les avoir dans les pattes pour l'instant.

— En effet, la priorité est de geler les lieux, confirma Nash.

Wexler tourna la tête vers la rivière tout en remontant ses manches de chemise.

— Vous sentez ça ? Il y a une légère brise qui vient de l'eau. Ça aide, pour l'odeur. Comme je le dis toujours, il vaut mieux trouver un mort dehors que dedans. Il n'y a rien de tel pour vous retourner l'estomac que cette puanteur emprisonnée entre quatre murs en plein été. Et pourtant, j'ai l'estomac solide !

Il s'agenouilla péniblement auprès du cadavre, ouvrit sa valise et se mit au travail.

— Pour l'instant, je ne vois pas d'asticots, commenta-t-il en chassant une mouche. Il était immergé, ou il flottait ?

— Immergé, je crois, mais il avait été déplacé quand je suis arrivé, précisa Nash. C'est l'inspectrice Jareau qui l'a découvert. Elle a voulu le sortir parce qu'elle pensait qu'il était peut-être encore en vie.

— D'accord. Il faudra que je lui pose quelques questions. La position du corps peut nous donner une idée du temps qu'il a passé dans l'eau. En se décomposant, un cadavre se gonfle de gaz et finit par remonter à la surface.

— De quand date la mort, à votre avis ? s'enquit Nash.

— Vu l'état du corps, je dirais de moins de vingt-quatre

heures. Et, s'il faut être plus précis, d'environ huit heures. Attention, ce n'est qu'une estimation… Le moment du décès est difficile à déterminer dans ces conditions : le séjour dans l'eau perturbe la vitesse de décomposition.

Il fit le tour du cadavre.

— Je vois des marques de morsure autour des yeux, ce qui montre que les charognards ont eu le temps de le trouver. Quant à ces petites écorchures sur le visage, elles ont probablement été provoquées par les frottements contre le fond sablonneux de la rivière.

Il observa les mains du mort, à la recherche de rides sur la pulpe des doigts.

— Vous remarquez quelque chose qui sort de l'ordinaire ? demanda Nash.

— C'est dur à dire, tant qu'on ne l'a pas déshabillé, lavé et installé sur la table d'autopsie.

Entre-temps, les policiers en uniforme avaient relayé Eve à l'avant de la propriété. Nash vit la jeune femme descendre la pelouse jusqu'au ponton et jeter un coup d'œil dans la barque. Elle échangea quelques mots avec le technicien de scène de crime le plus proche, qui alla ramasser un objet au fond du bateau avant de le glisser dans une pochette.

— Qu'avez-vous trouvé ? s'enquit Nash en s'avançant vers sa collègue.

— Une bouteille de whisky vide. Vous avez peut-être raison à propos de la noyade. Le timing me semble suspect, mais il est possible que M. Naples ait un peu trop bu et qu'il soit tombé à l'eau. Cela pourrait aussi expliquer sa conduite erratique, à condition d'ignorer l'appel anonyme que vous avez reçu ensuite.

Elle considéra le cadavre, les sourcils froncés.

— Vous connaissez cet homme ?

— Non, répondit Nash. Et vous ?

— Je ne crois pas.

— Mais… ? J'ai l'impression que quelque chose vous tracasse.

Elle sembla hésiter.

— Ce n'est pas l'homme que j'ai vu sur le parking, ça, j'en suis sûre. Il est trop vieux. J'aimerais pouvoir me souvenir de celui qui conduisait la voiture hier soir… J'espère que des détails me reviendront.

— J'y étais, moi aussi, et la lumière des phares était trop éblouissante pour qu'on distingue quoi que ce soit, souligna-t-il.

— Je sais, mais j'ai vu le véhicule de très près. Ça m'agace de n'avoir rien enregistré.

— Vous l'avez vu de *trop* près. Vous n'avez pas eu le temps de penser à autre chose qu'à sauver votre peau.

Le Dr Wexler se releva et fit signe à Nash, qui le rejoignit sur la berge.

— Que pouvez-vous nous dire de plus, alors ?

— Pour l'instant, je m'en tiens à ma première estimation. Le corps est probablement resté dans l'eau pendant huit ou dix heures.

— Ce qui signifierait que l'homme est mort vers minuit, calcula Nash.

C'est-à-dire après qu'il eut reçu l'appel anonyme…

— Pour ce qui est de la cause du décès, poursuivit le légiste, j'en saurai plus quand j'aurai examiné ses poumons. Cela dit, le diagnostic de noyade se base davantage sur les circonstances que sur les analyses, qui ne sont pas forcément très fiables. S'il n'y a pas de blessures visibles, on vérifiera les organes et le dossier médical de la victime pour rechercher une cause naturelle – crise cardiaque, AVC, malaise, tout ce qui aurait pu provoquer sa chute dans l'eau. On mènera aussi des analyses toxicologiques pour déceler la présence de drogues ou d'alcool dans le sang.

— Quand aura lieu l'autopsie ? demanda Nash.

— Le plus vite possible. Maintenant que le corps a été sorti de l'eau, la décomposition va s'accélérer.

Wexler retira ses gants et s'essuya les mains à l'aide de son mouchoir blanc.

— En tout cas, j'en ai fini ici. Il ne reste plus qu'à le mettre dans un sac et à l'emmener à la morgue. Je vous tiendrai au courant pour la suite.

— Vous vouliez parler à l'inspectrice qui l'a découvert, lui rappela Nash.

— C'est elle ? s'enquit le médecin en désignant Eve, qui se tenait à l'écart.

— Oui. Eve Jareau.

— Joli brin de fille. Ne lui répétez pas que j'ai dit ça, je ne voudrais pas me faire mal voir. Mais vous comprenez, quand on fait ce boulot, on apprend à profiter des belles choses.

— C'est surtout une très bonne enquêtrice, répliqua Nash un peu sèchement.

— Je n'en doute pas.

Wexler rangea son mouchoir dans sa poche.

— Avant de lui parler, néanmoins, je vais avoir besoin de quelques-uns de vos gars pour transporter ce monsieur.

Nash fit venir plusieurs policiers et leur expliqua ce qu'ils devaient faire. Deux d'entre eux allèrent chercher le brancard dans le véhicule du légiste, pendant que deux autres aidaient ce dernier à installer le corps dans une housse mortuaire.

Après avoir répondu aux questions de Wexler, Eve rejoignit Nash.

— Tout est bien entretenu, ici, observa-t-elle. La

pelouse est tondue, les arbres et les buissons parfaitement taillés.

— Ce n'est pas ce qu'on attendrait d'un alcoolique.

— Exactement. Et si cette bouteille de whisky avait été placée dans la barque pour nous faire croire que Ron Naples était mort de manière accidentelle ? Et si ce n'était pas lui qui conduisait sa voiture hier soir ?

— Ça fait beaucoup de « si ».

— Vous n'êtes pas d'accord ?

— Je préfère attendre les résultats de l'autopsie. Pour l'heure, allez inspecter la maison. Je m'occupe du garage.

— Il est vide, l'informa-t-elle. J'ai déjà vérifié.

— Peut-être Naples a-t-il laissé sa voiture quelque part hier soir, avança Nash. Peut-être a-t-il paniqué et l'a-t-il abandonnée après avoir accroché mon SUV.

— Ça fait beaucoup de « peut-être », répliqua-t-elle. Pour ma part, je pense que sa voiture a été volée. Ça expliquerait un certain nombre de choses.

— Il faut absolument qu'on retrouve ce véhicule.

Elle acquiesça, tout en restant plantée devant lui.

— Qu'y a-t-il, Eve ?

— Je sais qu'il ne faut pas brûler les étapes, mais que vous dit votre instinct sur tout ça ?

— C'est une question délicate. Hier, j'aurais considéré la mort par noyade comme très probable. Il n'y avait pas de raison de penser le contraire. Aujourd'hui…

Il détourna le regard.

— Disons qu'il faut examiner cette scène avec le plus grand soin. On n'aura pas de seconde chance pour relever des indices.

Eve s'abrita les yeux et scruta la rive opposée, où quelques toits apparaissaient entre les arbres.

— À minuit hier soir la pluie avait cessé et la lune s'était levée, dit-elle. Un voisin a peut-être vu quelque chose.

— Quand on en aura fini, on commencera le porte-à-porte. En attendant, essayez de voir s'il existe une Mme Naples ou si quelqu'un d'autre vit ici. Et trouvez-moi une photo de Ron Naples.

Eve s'éloigna sans un mot. Nash la regarda monter les marches de la véranda et s'arrêter le temps d'attacher ses cheveux en chignon. Après avoir enfilé une paire de gants en latex, elle disparut à l'intérieur.

Il se tourna de nouveau vers la rivière. Maintenant que le corps avait été enlevé, les lieux avaient retrouvé une atmosphère paisible. Une brise rafraîchissante soufflait par intermittence, et le clapotis de l'eau contre le ponton produisait un effet presque envoûtant. Il subsistait toutefois quelque chose de lugubre dans l'air. Comme une impression que les malheurs n'avaient pas fini d'arriver.

Nash essaya de se représenter les derniers instants de Ron Naples. Était-il descendu à la rivière après la pluie ? Il n'avait peut-être pas vu la silhouette sombre s'approcher dans son dos. Mais pourquoi tendre une embuscade à un retraité de soixante-dix-huit ans ? Pour lui voler sa voiture ? Ou parce qu'il en savait trop ?

Nash devrait suivre son propre conseil et attendre patiemment les résultats de l'autopsie, mais la mort de Ron Naples lui semblait tout sauf accidentelle. Et si Eve avait raison ? Et si ce n'était pas lui qui avait conduit sa berline noire, la veille au soir ?

Il y avait trop de questions en suspens. Trop d'événements étranges survenus en un court laps de temps. Et lui qui pensait vivre dans une petite ville tranquille…

Il se retourna en entendant quelqu'un approcher. C'était un des techniciens de scène de crime, un jeune policier ambitieux qui partirait sûrement dans un service doté de plus gros moyens dès que Nash commencerait à pouvoir compter sur lui.

— Alors, qu'avez-vous trouvé dans la maison ? lui demanda-t-il.

— L'assortiment habituel d'empreintes et de fibres. Aucune trace d'effraction ou de lutte. Je vais emporter tout ça à Tallahassee. Est-ce que je dois dire aux gars du labo de chercher quelque chose en particulier ?

— Tout ce qui sort de l'ordinaire ou qui paraît suspect.

— Ce n'est pas très précis, chef.

— Continuez à fouiller et tenez-moi au courant.

Tandis que le technicien repartait docilement, Nash se dirigea vers le garage. Il jeta un coup d'œil par la fenêtre, puis testa la porte de derrière, qui s'ouvrit en grinçant. Nash glissa une main le long du mur jusqu'à trouver l'interrupteur.

Comme le reste de la propriété, le garage était propre et bien rangé. Sur les étagères s'alignaient des pots de peinture, des outils et des boîtes remplies de clous et de vis. Dessous, différentes machines de jardin étaient calées contre le mur, laissant assez de place pour garer une grande voiture.

Nash fit lentement le tour de la pièce. Soudain, son regard s'arrêta sur un panneau de liège fixé au-dessus d'un établi. Quelques morceaux de papier y étaient punaisés, ainsi qu'une photo montrant un homme grisonnant – Ron Naples – avec une jeune femme qui devait être sa fille. Nash décrocha l'image et la glissa dans sa poche.

Il s'avança ensuite vers le centre du garage, où une tache sombre était visible sur le sol de béton. En s'agenouillant pour l'inspecter de plus près, il constata qu'il s'agissait d'une fuite d'huile relativement récente. Le propriétaire n'avait sans doute pas eu le temps de s'en rendre compte, sans quoi un homme pointilleux comme lui aurait très vite réglé le problème.

Nash retourna à l'avant de la maison, où une poignée de voisins s'étaient rassemblés sur le trottoir. Ils se parlaient à voix basse, le regard braqué sur lui. Comme Nash s'avançait vers eux, un homme se détacha du groupe.

— Excusez-moi, mais on a vu les voitures de police garées chez Ron. Il lui est arrivé quelque chose ?

— Vous connaissiez bien M. Naples ? lui demanda Nash.

L'autre s'alarma aussitôt.

— Pourquoi parlez-vous au passé ? Il est mort ?

— Bien sûr qu'il est mort, intervint quelqu'un derrière lui. On les a vus emporter le corps.

— Que s'est-il passé ? insista le premier. Nous sommes tous des amis et des voisins de Ron. Ça fait presque quinze ans que je vis en face de chez lui. On a le droit de savoir.

— Vous étiez proche de lui ? s'enquit Nash.

L'homme réfléchit.

— Proche, c'est peut-être un grand mot... Ron est un solitaire, vous savez, il ne se confie pas facilement. Mais on s'entend bien, oui. Il est venu s'installer ici quand il a arrêté de travailler. Avant, il habitait Tallahassee. Il retourne voir sa fille là-bas à peu près tous les quinze jours. Enfin, il *retournait*, se corrigea-t-il d'un air choqué.

— Allons discuter en privé, suggéra Nash.

Son interlocuteur échangea un regard avec les personnes qui l'entouraient, puis il haussa les épaules et suivit Nash à l'écart.

— Quel est votre nom ?

— Walt Pearlman. Comme je vous l'ai dit, j'habite de l'autre côté de la rue.

Nash l'étudia rapidement. Soixante-dix ans environ,

grand et mince, cheveux gris et épaisse moustache poivre et sel. Comme la majorité des gens du coin, il portait un short en toile, un T-shirt et des tongs.

— Quand avez-vous vu M. Naples pour la dernière fois ? lui demanda-t-il.

— Il y a deux ou trois jours, je crois, répondit Pearlman, les sourcils froncés. On est sortis relever notre courrier en même temps.

— Avez-vous remarqué quelque chose d'inhabituel chez lui ?

— Non. On a échangé quelques mots et on est rentrés chacun chez soi.

— Avait-il l'air distrait, contrarié ?

— Non, mais encore une fois, Ron était plutôt réservé. Il ne s'arrêtait pas toujours pour papoter comme on le fait tous dans le quartier.

— Avez-vous vue sur la propriété de M. Naples depuis chez vous ?

— Seulement depuis le porche ou la cuisine. Écoutez, inspecteur…

— Chef Bowden, précisa Nash.

Pearlman hocha la tête.

— Qu'est-il arrivé à Ron ? Il a fait une crise cardiaque ?

— Pourquoi posez-vous cette question ? Il souffrait de problèmes de santé ?

— Pas que je sache. En fait, il avait l'air en pleine forme, mais il allait quand même sur ses quatre-vingts ans. À partir d'un certain âge, la santé se dégrade, même si on fait attention.

Il marqua un silence.

— Que lui est-il arrivé, alors ?

— Je n'ai pas le droit de révéler les détails de sa mort avant d'en avoir informé ses parents proches.

— Je comprends. Dans ce cas, c'est sa fille que vous devez prévenir. Ron n'avait pas d'autre famille. Il est séparé de sa femme depuis longtemps.

— Est-ce elle ? s'enquit Nash en sortant la photo qu'il avait trouvée dans le garage.

— Oui, c'est Lacy, même si ce cliché date déjà de quelques années.

— Vous m'avez dit que M. Naples se rendait régulièrement à Tallahassee pour la voir. Savez-vous s'il a fait le voyage hier ?

— Ça m'étonnerait, à moins qu'il y ait eu une urgence. Il y était pas plus tard que le week-end dernier.

— Pourriez-vous me donner le numéro de téléphone de Lacy ?

— Bien sûr. Ron m'avait indiqué ses coordonnées au cas où il lui arriverait quelque chose. Il était conscient de son âge.

— Avez-vous vu son véhicule partir ou revenir hier après-midi ?

— Non, mais je ne l'ai peut-être pas entendu, avec la télé.

— Et pendant la nuit ?

— Ron ne serait jamais parti en pleine nuit. Sa vue commençait à baisser.

— Est-ce qu'il buvait ?

— Ron ? Je ne l'ai jamais vu boire autre chose que de l'eau ou du café noir.

Pearlman secoua la tête.

— Pauvre Lacy… Elle va être bouleversée.

— Je vois que sa mort vous affecte, vous aussi, dit Nash gentiment. Savez-vous s'il a reçu de la visite ces derniers jours ? Avez-vous remarqué un véhicule étranger dans le quartier, ou quoi que ce soit d'inhabituel ?

Walt Pearlman se tut un moment.

— Attendez… Que dois-je comprendre, monsieur Bowden ? Que Ron a été *assassiné* ?

— Ce sont des questions de routine. Ne tirez pas de conclusions hâtives.

— C'est difficile, quand vous refusez de me dire ce qui lui est arrivé !

— On attend les résultats de l'autopsie. D'ici là, je compte sur votre discrétion. Je ne voudrais pas que la fille de M. Naples apprenne sa mort avant que j'aie eu le temps de la contacter.

— Je tiendrai ma langue, promit Pearlman. Mais les gens vont forcément parler. C'est dans la nature humaine, surtout dans un coin comme ici. Il y a beaucoup de retraités qui vivent au bord de la rivière. Et ils ont du temps à revendre.

Nash lança un coup d'œil vers le groupe de voisins qui les fixaient avec avidité.

— Si vous voulez bien aller me chercher ce numéro de téléphone, je vous en serai reconnaissant.

Pearlman commençait à s'éloigner quand il revint soudain sur ses pas.

— Vous m'avez demandé si Ron avait eu de la visite. Ce n'est probablement pas ce à quoi vous pensiez, mais avant-hier j'ai vu une voiture portant le logo d'une société de nettoyage garée dans l'allée.

— Une société de nettoyage ?

— Sa femme de ménage a pris sa retraite il y a quelques mois. Quand j'ai vu la voiture mercredi, je me suis dit que Ron avait dû appeler cette entreprise pour remplacer Maria. Il était un peu maniaque, mais il devenait trop vieux pour tout faire tout seul.

— Avez-vous retenu le nom de la société ?

— C'est celle dont le logo représente un balai surmonté

d'une couronne. On voit leurs véhicules partout à Black Creek.

— King Propreté.

— Voilà, c'est ça.

C'était la même entreprise qui s'occupait de la maison de Nash… Encore une coïncidence ? Il commençait à penser que rien de ce qui était arrivé depuis la découverte du squelette n'était dû au hasard.

— Merci pour votre coopération, monsieur Pearlman.

— Je suis heureux d'avoir pu vous aider. Je vais vous chercher ce numéro tout de suite.

Nash se tourna vers la maison, où Eve l'observait depuis la véranda. Il la rejoignit.

— Alors ?

— C'est aussi impeccable à l'intérieur qu'à l'extérieur, dit-elle. Il n'y a pas un brin de poussière. Je ne sais pas si ça veut dire quelque chose.

— Le voisin a vu le véhicule d'une société de nettoyage garé là mercredi. King Propreté. Je fais appel à eux depuis quelques mois.

Elle haussa un sourcil.

— Est-ce qu'ils ont la clé de chez vous ?

— Oui.

— Ils devaient aussi en avoir une de chez Ron Naples. Qu'est-ce que vous en concluez ?

— Cela pourrait expliquer comment quelqu'un a réussi à s'introduire dans mon bureau sans rien casser, répondit-il. Il faut voir si c'est la même personne qui a fait le ménage ici et chez moi. Ce pourrait être notre dénominateur commun.

— Je m'en occupe.

— Je sais où sont leurs bureaux. On peut s'y arrêter sur le chemin du retour.

Eve parut ennuyée.

— Pourquoi pas, finit-elle par dire. Mais il y a une ou deux pistes que j'aimerais vérifier cet après-midi.

— Vous voulez bien m'en dire plus ?

— Laissez-moi d'abord voir ce que ça donne. Je vous tiendrai au courant.

Que me cachez-vous, bon sang ? se demanda Nash une fois encore tandis qu'elle le frôlait en descendant les marches.

Peut-être défendait-elle simplement son territoire. Peut-être préférait-elle travailler seule et lui en voulait-elle de s'ingérer dans l'enquête…

Quels que soient les secrets qu'elle gardait, Nash les mettrait au jour d'une manière ou d'une autre.

6

Le siège social de King Propreté était situé dans une zone industrielle en périphérie de Black Creek. Alors qu'il venait enfin de réussir à doubler un semi-remorque qui le ralentissait depuis un moment, Nash dut s'arrêter à un passage à niveau dont les barrières commençaient à s'abaisser. Il pianota nerveusement sur le volant. À côté de lui, Eve regardait par la fenêtre, impassible.

— On ne va pas y arriver, marmonna-t-il.

Elle se tourna vers lui, les sourcils froncés.

— Comment ça ?

— Je parle du train qui nous fait encore perdre du temps.

— Ah.

Eve poussa un soupir.

— Excusez-moi, j'étais perdue dans mes pensées… Je n'arrête pas de me demander si Ron Naples savait quelque chose à propos du meurtre de la grotte, et si c'est à cause de ça qu'il a été tué.

— On n'est pas sûrs qu'il ait été tué, lui rappela Nash. Mais avec un peu de chance, l'autopsie nous en apprendra plus sur la cause de sa mort.

— Espérons-le, murmura-t-elle, avant de détourner de nouveau le regard.

Nash n'essaya pas de poursuivre la conversation. En attendant que le train passe, il consulta ses messages, ajusta le rétroviseur, régla la climatisation. Cela ne lui ressemblait pas d'être aussi tendu. D'ordinaire, il était capable de rester des heures en planque sans broncher, mais plus Eve se refermait sur elle-même, plus il perdait patience. Peut-être valait-il mieux qu'ils se séparent cet après-midi… Il avait besoin de se concentrer sur l'enquête. De s'asseoir dans un endroit calme pour tenter de trouver un sens à toute cette histoire.

Au bout de quelques minutes qui lui parurent durer une éternité, la barrière du passage à niveau se releva, et Nash put enfin redémarrer. Se fiant à sa mémoire, il tourna dans une rue et, reconnaissant le logo au balai couronné apposé sur la vitrine, se gara devant le siège social de King Propreté. Alors qu'une poignée de personnes entraient et sortaient du magasin de carrelage voisin, l'entreprise de nettoyage semblait déserte.

Eve poussa la porte et Nash la suivit à l'intérieur. Tout en rangeant ses lunettes de soleil dans sa poche de chemise, il jeta un coup d'œil sur la pièce sobrement meublée. Un instant plus tard, une petite brune d'une quarantaine d'années émergea de l'arrière-salle. Ses yeux noisette s'agrandirent de surprise lorsqu'elle découvrit les armes et les insignes de ses visiteurs.

— Que s'est-il passé ? demanda-t-elle en portant aussitôt une main à son cœur. C'est mon fils ?

— Bonjour, madame. Nous sommes juste venus vous parler d'un de vos clients, lui assura Nash gentiment.

Elle poussa un soupir de soulagement.

— Seigneur… Excusez-moi, mais mon grand garçon est dans l'armée, il est parti en mission à l'étranger. Ça fait presque un an, et je m'attends toujours au pire.

— Désolés de vous avoir fait peur. Je suis Nash Bowden,

le chef de la police de Black Creek, et voici l'inspectrice Eve Jareau.

— Que puis-je pour vous ? s'enquit-elle en s'asseyant au bord de son bureau. C'est à propos d'un client, vous dites ?

— Vous êtes bien la responsable de cette entreprise ? lui demanda Eve.

— Oui, pardon. Je suis Delia Middleton. Mon nom de jeune fille est King.

Elle tapota le logo sur son T-shirt.

— J'ai repris la société à la mort de mon père, l'an dernier.

— Vous faites le ménage chez un certain Ron Naples, commença Eve. Sa maison est située près de Myrtle Cove, sur River Road. Un de vos véhicules a été vu avant-hier dans son allée. Nous aimerions savoir qui a été envoyé chez lui ce jour-là.

Delia Middleton parut hésiter.

— Puis-je vous demander pourquoi vous avez besoin de cette information ? Ce client s'est-il plaint d'un de mes employés ?

— Aurait-il eu des raisons de le faire ? s'enquit Eve.

— Non, bien sûr que non. C'est juste que… Je ne vois pas d'autre explication à votre requête.

— M. Naples est mort, lâcha Nash. Nous essayons de comprendre ce qui s'est passé. Dans cette intention, nous cherchons à rencontrer les dernières personnes qui l'ont vu. C'est la procédure.

— Il est mort ?

Elle paraissait choquée.

— Que lui est-il arrivé ?

— Comme je viens de vous le dire, nous essayons de comprendre. Qui a fait le ménage chez lui avant-hier ?

— Je vais vous trouver le dossier, dit-elle en se levant

promptement. Je crois que je le sais déjà, mais je préfère vérifier.

Elle fit le tour du bureau et s'assit devant l'ordinateur.

— D'habitude, nous travaillons par équipes de deux, expliqua-t-elle. C'est plus facile pour déplacer les meubles. Sauf dans les entreprises, bien sûr, où l'on peut envoyer jusqu'à quatre agents en même temps.

Discrètement, Eve se plaça près de la fenêtre pour pouvoir jeter un œil sur l'écran.

— Voilà, j'ai le dossier de M. Naples, annonça Delia. Ce monsieur avait demandé qu'une seule personne vienne chez lui – il n'était pas très à l'aise avec les inconnus. Il était en outre très exigeant sur la manière dont les choses devaient être faites. Sa femme de ménage habituelle, Mary, travaille chez nous depuis des années. M. Naples et elle s'entendaient bien. C'est elle qui s'est occupée de sa maison ces dernières semaines, et il avait l'air satisfait de ses prestations. Mais elle est malade en ce moment et il a fallu envoyer quelqu'un d'autre.

— Qui l'a remplacée ? demanda Nash.

Delia Middleton fronça les sourcils.

— Une de nos nouvelles employées. Nadine Crosby.

— Nouvelle à quel point ?

— Elle a commencé lundi. Elle avait poussé la porte le matin pour demander du travail. Normalement, je n'embauche personne sans période d'essai, mais on manquait de bras, Nadine avait de bonnes références et, surtout, elle pouvait démarrer tout de suite.

— N'était-ce pas risqué d'envoyer chez un client aussi difficile que M. Naples quelqu'un qui n'avait pas fait ses preuves ? l'interrogea Nash.

— Je lui ai expliqué que Mary était malade et lui ai proposé de reporter le rendez-vous, mais il a préféré le maintenir. Comme je n'avais personne de disponible sur ce créneau horaire, j'ai décidé de donner sa chance à Nadine.

— Où pouvons-nous la trouver ?

Delia se mordit la lèvre.

— J'aimerais bien vous le dire, mais elle n'est pas venue aujourd'hui.

— Elle vous a prévenue ?

— Non, et elle ne répond pas au téléphone.

Delia croisa les mains sur le bureau et leva les yeux vers Nash.

— Vous savez, quand votre instinct vous souffle de ne pas faire quelque chose, et que vous le faites quand même ? C'est ce qui m'est arrivé avec Nadine. Dès qu'elle est entrée ici, j'ai senti qu'elle me causerait des problèmes. Je ne suis pas du genre à juger les gens sur leur apparence, mais chez elle c'était flagrant.

— Que voulez-vous dire par là ? l'encouragea Nash.

— Ça se voit, qu'elle n'a pas eu la vie facile. Chaque erreur que cette pauvre femme a pu commettre par le passé semble gravée sur son visage. En plus, elle fume, et cela aussi, ça marque. Elle n'a jamais allumé la moindre cigarette devant moi, bien sûr, s'empressa-t-elle d'ajouter. Nos employés ont l'interdiction formelle de fumer sur leur lieu de travail, mais ses vêtements empestaient le tabac.

Nash repensa à la voix rocailleuse qui l'avait appelé la veille. « Faut que vous laissiez ces vieux os tranquilles. »

— Nadine Crosby est-elle originaire de la région ? s'enquit Eve.

Delia fit pivoter sa chaise pour lui répondre.

— Elle est née et a grandi à Black Creek, mais d'après ce que j'ai compris, elle a quitté la ville il y a des années. Elle n'est revenue que récemment.

— Vous a-t-elle dit pourquoi elle était rentrée ?

— Son frère vit encore ici. J'imagine qu'elle voulait se rapprocher de lui.

— L'avez-vous déjà rencontré ?

— Le frère ? Il est venu la chercher, une fois.

Delia réprima un frisson.

— Un sale type.

— Pourquoi dites-vous cela ?

— C'est difficile à expliquer… Ses yeux furetaient partout comme s'il cherchait quelque chose à voler. Disons que je n'aimerais pas tomber nez à nez avec lui dans une ruelle sombre.

— Pouvez-vous nous le décrire ?

— La cinquantaine. Un mètre soixante-quinze, un mètre quatre-vingts, assez costaud. Cheveux bruns tirant sur le gris. Même regard sombre que sa sœur. Un regard perçant, capable de lire en vous.

— C'est très précis, observa Eve.

Delia grimaça.

— Il m'a marquée.

— Connaissez-vous son nom ?

— Nadine l'a appelé Denton.

Les questions d'Eve intriguaient Nash. Soupçonnait-elle le frère de Nadine Crosby d'être l'homme qui avait volé la berline de Ron Naples ? Celui qu'elle avait repéré sur le parking du laboratoire d'anthropologie ?

Elle dut percevoir sa curiosité, car elle lui lança un coup d'œil qui semblait dire : *Faites-moi confiance. Je sais ce que je fais.*

— Nadine est-elle plus jeune ou plus âgée que son frère ? demanda-t-elle à Delia.

— Un peu plus jeune, je crois. Sur son formulaire de candidature, elle a écrit qu'elle avait cinquante ans.

— Avez-vous une photo d'elle ?

— Non, nos employés ne sont pas obligés de nous en fournir.

— Pouvez-vous nous la décrire, dans ce cas ?

Delia Middleton prit le temps de réfléchir.

— Elle est maigre, mais robuste. C'est une bosseuse – quand elle prend la peine de venir.

— J'aimerais voir sa fiche de candidature, déclara Eve d'un ton poli qui ne souffrait toutefois aucune contradiction.

Delia se tourna vers Nash comme si elle espérait une intervention de sa part.

— Je veux bien coopérer, mais les dossiers de nos employés sont confidentiels.

— On peut revenir avec un mandat, si vous voulez, répliqua Eve. Cela complique juste un peu les choses.

La colère, la défiance et la panique se succédèrent sur le visage de la responsable. Nash échangea un autre regard avec Eve. Elle savait aussi bien que lui qu'ils n'avaient pas de motifs valables pour demander un mandat, et encore moins pour espérer l'obtenir. Mais la menace implicite produisit l'effet voulu : sans un mot, Delia imprima une copie de la fiche et la tendit à Eve. Cette dernière la lut attentivement avant de la transmettre à Nash.

— Il s'agit de son adresse actuelle ? s'enquit-il.

— C'est la seule que je possède.

À cet instant, le téléphone de Delia se mit à sonner. Elle l'extirpa de sa poche.

— Excusez-moi, je vais devoir répondre. C'est un de nos fournisseurs. J'en ai pour une minute.

Elle disparut dans l'arrière-salle.

— Alors, vos impressions ? demanda Nash à Eve.

— Mme Middleton a l'air méfiante, mais elle est peut-être simplement nerveuse. Certaines personnes ne sont pas à l'aise avec la police, même quand elles n'ont rien à se reprocher.

Nash la rejoignit devant la fenêtre.

— Pourquoi toutes ces questions sur le frère de Nadine Crosby ? Vous savez quelque chose que je ne sais pas ?

— Non, mais quand Delia a parlé de lui, j'ai pensé que ce serait intéressant de dérouler le fil. Concernant Nadine Crosby, vous ne trouvez pas ça curieux qu'elle ne travaille ici que depuis lundi ? Mercredi, elle a été envoyée chez Ron Naples toute seule. Deux jours après, le vieil homme est retrouvé mort, sa voiture a disparu et Nadine ne se présente pas à son travail…

Nash s'appuya contre le montant de la fenêtre et étudia l'expression de la jeune femme.

— Si vous aviez appris quelque chose d'important sur cette affaire, vous me le diriez, n'est-ce pas ?

— Comme quoi ?

Elle soutint son regard sans ciller, mais elle paraissait sur la défensive.

— Vous vous comportez bizarrement depuis qu'on est sortis du labo hier après-midi, souligna-t-il.

— Bizarrement, c'est-à-dire ?

— Je ne sais pas… Vous êtes très silencieuse.

— Il s'est passé beaucoup de choses depuis hier. Je vous l'ai dit, je n'arrête pas de penser à cette enquête.

— Vous avez parlé de pistes que vous aimeriez creuser seule. Pourquoi ?

— Ce n'est rien de concret, juste une intuition. Je ne veux pas vous faire perdre votre temps si ça ne mène nulle part.

Elle croisa les bras sur sa poitrine.

— Cela vous pose un problème, chef ? Vous m'avez confié une enquête dont personne ne voulait en me disant que j'avais le champ libre. Soit vous me laissez travailler comme je l'entends, soit vous me retirez l'affaire.

Nash comprit qu'il était allé trop loin. Son expérience avec son ex-femme l'avait sans doute rendu paranoïaque. Eve ne méritait pas un tel traitement : c'était une bonne enquêtrice, parfaitement capable de résoudre une affaire et tout à fait en droit de suivre les pistes qu'elle désirait sans qu'il lui mette des bâtons dans les roues.

— Vous avez raison, je vous demande pardon, dit-il. Moi aussi, cette histoire m'obsède. Ces dernières vingt-quatre heures ont été éprouvantes.

Elle hocha la tête.

— Je vais jeter un coup d'œil dans l'entrepôt, à l'arrière. Je crois que j'ai besoin de prendre l'air. On étouffe, ici.

Nash la retint par le bras alors qu'elle passait devant lui.

— Attendez. Vous ne m'en voulez pas ?

— Bien sûr que non.

— Eve…

Il ne savait même pas ce qu'il voulait lui dire. Peut-être avait-il simplement envie de prononcer son prénom afin d'avoir une excuse pour contempler son visage, pour laisser son regard s'attarder sur la courbure de ses lèvres et sur la petite mèche auburn qui lui retombait sur la joue… Il résista à l'envie de la repousser lui-même. Ce n'était ni le lieu, ni le moment. Mais y aurait-il seulement un lieu et un moment appropriés ? Cette possibilité avait été tuée dans l'œuf des années plus tôt lorsqu'il avait laissé Grace dicter les termes de sa liberté. Et même bien avant cela, quand il était revenu d'Afghanistan avec une balle dans l'épaule et une collection de cauchemars qui ne cessait de s'enrichir au fil des ans.

Eve inclina la tête.

— Autre chose ? s'enquit-elle.

— Juste… soyez prudente.

Son conseil parut la surprendre.

— Je suis toujours prudente.

— Je le dis sérieusement. De toute évidence, on a dérangé un nid de guêpes en découvrant ce squelette dans la grotte. Vous n'avez peut-être pas de secrets, mais lui, il en a.

Il aurait juré la voir frissonner.

— Vous ne vous demandez pas, parfois, s'il ne vaudrait pas mieux que certains secrets restent enfouis ? murmura-t-elle.

— C'est une drôle de question, venant d'une enquêtrice.

Une ombre passa sur les traits de la jeune femme tandis qu'elle triturait une fine chaîne en or autour de son cou. Son regard était insondable. *Un mystère emballé dans une énigme*, songea-t-il. Ils travaillaient ensemble depuis six ans et avaient partagé l'intimité d'un baiser, mais à cet instant Nash avait l'impression de ne pas la connaître du tout.

Elle se ressaisit et laissa échapper un petit rire nerveux.

— Ça doit être la fatigue, dit-elle. Je n'ai pas très bien dormi, cette nuit.

— On est deux, dans ce cas. Allez voir à quoi ça ressemble à l'arrière. Je m'occupe de terminer ici.

Lorsque Eve fut partie, Nash resta debout à la fenêtre. Le soleil tapait sans relâche sur le parking. Il observa les différents véhicules, à la recherche d'une berline noire ou du vieux pick-up qu'il avait vu dans sa rue la veille au soir. Delia Middleton pouvait-elle être à l'origine de l'appel anonyme ? C'était peu probable. Elle n'avait pas la voix rauque et l'accent campagnard de la femme au téléphone. Nadine Crosby était une candidate bien plus crédible.

Quelques instants plus tard, Delia réapparut.

— Je vous ai donné toutes les informations que vous me demandiez, dit-elle avec une pointe de lassitude. Je ne peux rien faire de plus.

Nash lui tendit sa carte.

— Appelez-moi si vous avez des nouvelles de Mme Crosby.

— Vous pensez qu'elle et son frère ont quelque chose à voir avec la mort de M. Naples, n'est-ce pas ? C'est pour ça que vous m'avez posé toutes ces questions sur eux.

— Pour l'instant, ils ne sont pas considérés comme suspects. Nous cherchons seulement à rencontrer les dernières personnes qui ont vu M. Naples vivant.

Nash commençait à se diriger vers la porte quand il se retourna.

— Au fait, pouvez-vous me dire qui est venu faire le ménage chez moi cette semaine ?

— Comment ça ?

— Votre entreprise m'envoie quelqu'un tous les jeudis, expliqua-t-il. Quand je suis rentré hier soir, la porte-fenêtre de mon bureau avait été laissée ouverte.

— Vous accusez mes employés ?

— Pas nécessairement, mais cela m'aiderait de savoir qui est venu.

Elle retourna s'asseoir à son ordinateur, puis resta un moment à regarder l'écran.

— Quelque chose ne va pas ? s'enquit Nash.

— Je ne peux pas m'empêcher de me demander ce que papa aurait pensé de tout ça, confia-t-elle comme si elle se parlait à elle-même. Il savait si bien cerner les gens ! Jamais il n'aurait embauché quelqu'un venu de nulle part comme je l'ai fait. Il prenait toujours soin de vérifier les références de ses futurs employés. C'est primordial, dans la mesure où ils se rendent au domicile des clients. Les risques judiciaires sont énormes. Je savais que c'était une erreur de la prendre, mais elle a su me trouver au bon moment. J'avais besoin de main-d'œuvre et, pour être honnête, j'ai eu pitié d'elle.

— Est-ce une façon de me dire que vous avez envoyé Nadine Crosby chez moi ? demanda Nash.

Delia ferma les yeux en soupirant.

— Oui. Elle remplaçait un des binômes de votre équipe habituelle.

— Où gardez-vous les clés de vos clients ?

— Dans un coffre-fort, répondit-elle, étonnée par sa question. Je les distribue chaque matin, et les employés les rendent quand ils ont fini leur tournée.

— Est-ce qu'il arrive qu'ils les gardent jusqu'au lendemain ?

— Certainement pas ! Ils seraient renvoyés sur-le-champ s'ils tentaient un coup comme ça. Je suis peut-être bonne poire sur certains points, mais je reste intransigeante sur les clés.

— Qui a accès au coffre ?

— Seulement moi.

Nash glissa le formulaire de candidature dans la poche arrière de son jean.

— Merci pour votre aide. Nous vous tiendrons informée.

Dehors, il enfila ses lunettes de soleil et partit à la recherche d'Eve, qui faillit le percuter en surgissant au coin du bâtiment. Nash posa les mains sur ses épaules pour la retenir – avant de les retirer bien vite. Passer autant de temps avec elle produisait d'étranges effets sur lui. Cela lui donnait des idées qu'il n'avait pas le droit d'avoir.

— Vous avez trouvé quelque chose ? lui demanda-t-il.

— La porte de l'entrepôt était ouverte. J'ai jeté un coup d'œil à l'intérieur, je n'ai rien vu d'anormal. Seulement du matériel de nettoyage et des réserves de produits d'entretien. Et vous ? Vous avez appris autre chose sur Nadine Crosby ?

— Oui. Elle faisait partie de l'équipe qui est venue nettoyer ma maison hier.

Les yeux de sa collègue s'agrandirent.

— On a donc bien notre dénominateur commun. Mais pourquoi laisser la porte-fenêtre de votre bureau ouverte alors qu'elle aurait facilement pu fouiller vos dossiers tant qu'elle était sur place ?

— Elle craignait peut-être de se faire prendre. Ou alors, quelqu'un d'autre voulait voir ces documents.

— Son frère, par exemple ?

Nash étudia le visage de la jeune femme, notant le bleu intense de ses iris et les reflets ambrés dont le soleil parait ses cheveux. Il se força à détourner le regard.

— Allons poser la question à Nadine Crosby, dit-il.

L'adresse indiquée sur le formulaire de candidature était celle d'un parc de mobile homes en banlieue de Black Creek. Si les logements avaient connu des jours meilleurs, le terrain était ombragé et plutôt agréable. Nash repéra le numéro qu'ils cherchaient et se gara dans l'étroite allée.

Depuis que Delia Middleton leur avait parlé du frère de Nadine, Eve se demandait si lui et cette dernière n'étaient pas l'homme et la femme qui avaient attendu son père le soir de son départ. Gabriel était-il monté sans le savoir dans la voiture de ses meurtriers ?

— On dirait qu'il n'y a personne, fit remarquer Nash. Vous pensez qu'elle s'est déjà enfuie ?

— C'est bien possible.

Le mobile home semblait en effet désert. Tous les volets étaient fermés.

Ils montèrent les marches de la petite terrasse en bois

et frappèrent à la porte, qui s'ouvrit sans un bruit. Eve parcourut rapidement du regard la pièce plongée dans la pénombre. Elle distinguait les silhouettes de quelques meubles – rien d'autre. Une vague odeur de marijuana flottait dans l'air.

— Police ! lança Nash. Il y a quelqu'un ?

— Vous cherchez Nadine ? fit une voix timide derrière eux.

Une vieille dame appuyée contre un déambulateur les observait depuis la terrasse du mobile home voisin. Elle avait bien quatre-vingts ans, le dos tout voûté, mais ses petits yeux étaient encore vifs comme ceux d'un oiseau.

— Vous l'avez vue, aujourd'hui ? lui demanda Eve.

— Non, elle est partie cette nuit avec toutes ses affaires.

— À quelle heure ?

— Vers minuit, ou peut-être un peu après.

C'est-à-dire au moment où Ron Naples s'était noyé…

— J'imagine qu'elle n'avait pas de quoi régler le loyer, continua la vieille dame. Ils ne vous laissent pas beaucoup de marge, ici. Si vous ne payez pas dans les temps, ils vous mettent dehors sans autre forme de procès.

— Vous a-t-elle dit où elle allait ?

— Je ne lui ai pas parlé. C'est le bruit qu'elle a fait en chargeant son véhicule qui m'a réveillée ; j'ai regardé par la fenêtre de ma chambre, et je l'ai vue faire des allers et retours entre le mobile home et son pick-up. Ensuite, elle est partie.

Eve s'avança jusqu'au bout de la terrasse, s'efforçant d'adopter une attitude avenante.

— Savez-vous si elle a des amis ou de la famille dans la région chez qui elle aurait pu s'installer ? Son frère, peut-être ?

— J'ignorais qu'elle avait un frère. Maintenant que vous le dites, un homme est venu quelques fois.

Une petite bourrasque souleva ses cheveux blancs cotonneux tandis qu'elle regardait au loin.

— Un type costaud, je me souviens. Qui il était et ce qu'il faisait là, ça ne me regarde pas, mais il m'a tout de suite déplu. Ça se voyait à des kilomètres, qu'il n'était pas net. Nadine et lui se disputaient sans arrêt – comme un frère et une sœur, c'est vrai. Je les entendais d'ici.

— À quel sujet ? demanda Nash.

— Je ne saurais pas vous le dire. Mais d'après mon expérience, les gars comme lui rappliquent toujours quand ils ont besoin d'argent.

— Connaissez-vous son nom ?

— Je n'ai pas entendu Nadine l'appeler autrement qu'« abruti ».

— Pouvez-vous nous le décrire ? s'enquit Eve en réprimant un sourire.

— Ni grand ni petit. Baraqué, mais pas gros. Brun, je crois.

Elle haussa les épaules.

— Je ne l'ai jamais vu de près. Je préfère garder mes distances avec les zozos de son genre.

— Et Nadine, à quoi ressemble-t-elle ?

— Elle est maigre comme un clou ! Et elle a une tête de droguée. On en voit beaucoup, par ici. Souvent, elle s'asseyait sur les marches, la nuit, et elle buvait de la bière en fumant cigarette sur cigarette. J'ai essayé de bavarder avec elle une ou deux fois, mais elle m'a clairement fait comprendre qu'elle n'avait pas envie d'être dérangée.

— De quelle couleur sont ses yeux et ses cheveux ?

— Elle a les yeux très noirs avec des reflets presque violets. Quand elle vous regarde, elle a toujours l'air de penser du mal de vous. Ses cheveux sont blancs comme les miens, mais je pense qu'elle les décolore.

— Y avait-il un voisin ou une voisine dont elle était proche ?

— Je vous le répète, c'est une solitaire. Je ne l'ai jamais vue sourire à personne.

— Vous dites qu'elle avait un pick-up ?

— Oui, un vieux modèle qui faisait un raffut pas possible.

— Et l'homme avec qui elle se disputait, quel genre de véhicule conduisait-il ?

— Ça, je n'en sais rien. Il venait ici à pied. Peut-être qu'il se garait sur le parking des visiteurs, là-bas.

Elle dévisagea Nash et Eve tour à tour, toujours appuyée sur son déambulateur.

— À moi de vous poser une question : qu'est-ce qu'elle a fait ?

— Rien, à notre connaissance, répondit Nash.

— Elle a bien dû faire quelque chose, sinon vous ne seriez pas là. Est-ce qu'elle est morte ?

— Pourquoi voulez-vous qu'elle soit morte ? fit Eve, surprise.

— Je ne suis pas née de la dernière pluie. Je sais que les femmes comme Nadine ne finissent jamais bien.

— Jusqu'à preuve du contraire, elle est bien vivante.

— Quelqu'un d'autre a dû mourir, alors. Dans tous les cas, Nadine Crosby n'est plus là.

7

La fouille du mobile home ne livra rien à part une poubelle remplie de bouteilles de bière vides et deux cendriers pleins à ras bord. Les meubles bon marché avaient été abandonnés sur place, mais le lit était à nu et les placards vidés. Qu'elle ait été ou non impliquée dans la mort de Ron Naples, Nadine Crosby n'avait clairement pas l'intention de revenir.

De retour au poste de police, Eve et Nash se séparèrent. Tandis qu'il disparaissait dans son bureau, elle rejoignit sa voiture sur le parking pour se rendre chez sa mère. Malgré ses émotions de la veille, celle-ci était allée travailler et ne rentrerait pas avant 17 heures. Eve préféra toutefois se garer un peu plus bas dans la rue et prit quelques minutes pour surveiller les alentours.

En vérité, c'était surtout Wayne Brody qu'elle craignait de rencontrer. Elle voulait être sûre qu'il ne traînait pas dans les parages au prétexte de réparer des portes ou un robinet qui fuyait. Lui aussi travaillait à plein-temps ; avec un peu de chance, il serait occupé encore un bon moment.

Le quartier vieillissant se languissait dans la chaleur de l'après-midi. Eve baissa la vitre et se laissa bercer par les bruits des tondeuses à gazon et des arroseurs automatiques. Ils lui rappelaient son enfance.

Bien que traumatisée par l'abandon de son père,

Eve avait été une petite fille heureuse. Sa mère l'avait emmenée partout – au cinéma, faire du shopping, au parc aquatique l'été… Elles avaient toujours été proches. Son papa lui manquait, bien sûr, et en particulier ses yeux malicieux, sa voix grave et les histoires extraordinaires qu'il lui racontait le soir, mais l'atmosphère s'était apaisée à la maison depuis qu'il était parti. Jackie semblait plus détendue, plus tranquille. C'était l'impression qu'elle voulait donner, en tout cas.

En y repensant, Eve se rendait compte que, même enfant, elle avait perçu quelque chose derrière cette apparence de sérénité. Le regard bleu de sa mère avait été voilé, comme assombri, même quand elle riait à ses blagues idiotes.

Et puis Wayne était venu s'installer à la maison. Jamais une seule dispute entre Jackie et lui, jamais le moindre désaccord. Mais pas beaucoup d'affection non plus. Ils ressemblaient davantage à des colocataires qu'à un couple d'amoureux. Eve avait été trop jeune pour analyser l'échec de leur mariage, mais avec le recul elle pouvait dire que celui-ci avait été dépourvu de passion, quand bien même ils avaient dormi dans la même chambre et sans doute dans le même lit.

Elle chassa bien vite cette image de son esprit. Aujourd'hui encore, l'idée que sa mère et Wayne Brody aient pu être aussi intimes la rebutait.

Se décidant à sortir de sa voiture, Eve vérifia qu'aucun véhicule suspect ne l'avait suivie et remonta la rue. Elle attrapa la clé au-dessus de la porte, ouvrit celle-ci et se glissa rapidement à l'intérieur.

Elle avait grandi dans cette maison et la connaissait presque mieux que celle dans laquelle elle habitait à présent. Et pourtant, en s'avançant dans la cuisine, elle eut l'impression d'évoluer en terrain étranger. D'où lui venait cette appréhension soudaine ? Pourquoi ses souvenirs la mettaient-ils subitement mal à l'aise ?

— Maman, tu es là ? appela-t-elle.

La maison était parfaitement silencieuse, au point qu'elle n'entendait que les battements de son cœur.

Elle se dirigea vers sa chambre, y jeta un coup d'œil et continua jusqu'à celle de Jackie. Là, elle resta sur le seuil, fascinée comme toujours par la méticulosité de sa mère. Tout était si propre, si bien rangé ! Le lit fait au carré. Pas un grain de poussière sur la commode, pas le moindre vêtement qui traînait par terre ou sur le gros fauteuil près de la fenêtre…

En fait, la pièce était presque trop aseptisée, avec ses murs gris pâle et ses draps unis. Elle ne révélait rien de la personnalité de Jackie ni de son passé.

Quand Eve était partie faire ses études, sa mère lui avait assuré qu'elle serait toujours chez elle ici, et qu'elle pourrait venir quand elle le voudrait, sans lui demander la permission. De là à fouiller la chambre de Jackie… Eve détesterait qu'on mette le nez dans ses affaires. Certes, mais elle avait une enquête à mener, se rappela-t-elle. Elle oublia donc ses états d'âme et alla droit au placard.

Voilà longtemps qu'elle savait où Jackie rangeait ses cartons de souvenirs. Elle les avait ouverts une fois dans l'espoir de dénicher des photos de son père. À présent, elle les vida pour en sortir les albums du lycée. Assise en tailleur par terre, elle feuilleta les livres un par un, parcourant rapidement les listes jusqu'à trouver le nom qu'elle cherchait parmi les élèves de deuxième année… Nadine Crosby.

Eve eut l'impression de recevoir un coup de poing à l'estomac. Enfin, elle mettait un nom et un visage sur la blonde qu'elle avait aperçue dans la voiture ce fameux soir.

Sur la photo, ses cheveux, quoique plus longs, étaient de la même couleur que dans son souvenir. Elle plissait légèrement les yeux, arborant un sourire à la fois timide et insolent. La noirceur de son regard contrastait de façon saisissante avec ses mèches presque blanches.

C'est donc toi, l'autre femme de mon père.

Eve revint à la page précédente, où souriait le visage de sa mère. Elle et Nadine Crosby avaient donc fréquenté le même lycée – elles avaient peut-être même été dans la même classe. À quel point se connaissaient-elles ? Jackie savait-elle que son mari l'avait quittée pour cette jolie blonde, ou ignorait-elle vraiment son identité, comme elle le prétendait ?

Une fois le choc passé, Eve s'intéressa à la classe de son père cette même année – les élèves de terminale. Et de nouveau, elle tomba sur le nom Crosby. Denton Crosby. « Ça se voyait à des kilomètres, qu'il n'était pas net », avait dit la vieille voisine de Nadine. En effet, songea Eve. Déjà au lycée, il dégageait cette impression. Des yeux sombres, intenses. Un rictus en lieu et place d'un sourire. Il exsudait le mal.

Eve avait eu l'occasion de rencontrer des hommes comme lui tant dans l'exercice de son métier qu'étant enfant avec son père. Malgré son charme et son allure sympathique, Gabriel Jareau avait toujours été attiré par les gens comme les Crosby. Des gens qui se moquaient des lois et des bonnes mœurs, et que Jackie n'avait jamais laissés entrer chez elle lorsqu'ils arrivaient sur leurs motos ou dans leurs voitures aux moteurs trafiqués.

Eve revit Denton Crosby à l'arrière du véhicule, levant les yeux vers elle comme s'il savait exactement où la trouver…

Bien sûr, elle pouvait se tromper. C'était il y a longtemps, et elle n'avait vu distinctement ni l'homme ni la femme. Mais il arrivait un moment où les coïncidences devenaient vraiment trop troublantes.

Après avoir tout rangé hormis l'annuaire qui l'intéressait, Eve replaça le carton dans le coin du placard. Elle s'apprêtait à sortir de la chambre quand un bruit l'arrêta net. Quelqu'un venait d'ouvrir la porte de derrière.

Pensant que sa mère avait décidé de rentrer plus tôt, elle chercha en catastrophe une excuse à sa présence ici à cette heure de la journée. Mais au lieu du claquement familier des talons sur le parquet, c'est un silence pesant qui s'ensuivit.

Elle passa la tête dans le couloir pour regarder vers la cuisine. Un homme était en train d'examiner le contenu du réfrigérateur. Il attrapa une bière dans la porte puis fourragea dans un tiroir pour trouver le décapsuleur.

C'était Wayne Brody.

Après avoir jeté la capsule à la poubelle, il avala une longue gorgée de bière, tout en se dirigeant vers le salon. Il fit le tour de la pièce, touchant ceci, soulevant cela, avant de s'arrêter devant la fenêtre pour regarder dans la rue.

Eve ne savait pas quoi penser de ce comportement étrange. Plutôt que d'aller immédiatement l'affronter, elle décida de rester dans le couloir, le dos pressé contre le mur, pour l'observer.

Au bout d'un moment, il retourna dans la cuisine, jeta sa bouteille vide, en prit une autre dans le réfrigérateur. De sa main libre, il souleva sa caisse à outils puis s'avança dans le couloir.

Eve se carapata dans la chambre de sa mère, tout en continuant d'épier Wayne à travers la fente de la porte. Il avait sans doute une bonne raison d'être venu, se dit-elle. Peut-être voulait-il finir de réparer le robinet qu'il avait abandonné la veille, quand Jackie s'était coupé la main. Peut-être Eve ressentait-elle le besoin de se cacher parce que Wayne Brody n'était pas le seul à violer l'intimité de sa mère…

Ayant déposé sa caisse dans la salle de bains, il se redressa lentement, les yeux rivés sur la porte de la chambre. Eve recula, se demandant s'il l'avait vue. Elle l'entendit qui approchait. Paniquée, elle se réfugia dans le placard en laissant la porte entrouverte pour pouvoir suivre les déplacements de son ex-beau-père.

Les pas s'arrêtèrent. Wayne se tenait sur le seuil de la pièce, un bras appuyé contre l'encadrement de la porte. Il prit une gorgée de bière, le regard rivé sur le lit de son ex-femme. Puis il déambula dans la chambre comme il l'avait fait dans le salon, passant la main sur la coiffeuse, sur le cadre du lit, sur la commode.

Là, il ouvrit le tiroir du haut et en sortit ce qui ressemblait à une nuisette. Pressant le tissu soyeux contre son visage, il inspira profondément, avant de se diriger vers le lit.

Eve réprima une nausée. Elle brûlait de se jeter sur lui pour lui crier d'enlever ses sales pattes des affaires de sa mère, mais elle se retint. Elle voulait voir ce qu'il allait faire.

Il posa sa bouteille sur une des tables de chevet, s'allongea sur la couette et appuya sa tête sur l'oreiller. Enroulant la chemise de nuit autour de ses deux mains, il tira d'un coup sec pour tendre le tissu, comme s'il voulait en tester la solidité. Eve sentit un frisson glacé la parcourir.

Le cœur battant, elle sortit son téléphone de sa poche et prit une photo à travers la mince ouverture de la porte, sans vraiment savoir si l'appareil avait eu le temps de faire la mise au point sur Wayne. Le « clic » résonna comme un coup de fusil à ses oreilles. Retenant son souffle, elle attendit que son ex-beau-père réagisse, mais il devait être trop absorbé dans ses pensées malsaines car il ne tourna même pas la tête vers elle.

Quelques instants plus tard, il se releva enfin, tapota l'oreiller et lissa la couette pour effacer l'empreinte de son corps. Il reprit sa bouteille de bière, essuya avec sa manche le rond humide qu'elle avait laissé sur la table de chevet, puis il rangea la chemise de nuit dans la commode et quitta la pièce.

Depuis la porte de la chambre, Eve le vit ramasser sa boîte à outils dans la salle de bains et disparaître dans le couloir. De toute évidence, il n'était pas venu réparer un robinet ni quoi que ce soit d'autre. Il avait emporté sa caisse au cas où Jackie rentrerait et le trouverait chez elle.

Malgré le choc et le dégoût qu'elle éprouvait, Eve n'était pas vraiment surprise. Elle s'était toujours méfiée de Wayne sans trop savoir pourquoi, et peut-être avait-elle eu raison.

Elle allait devoir prévenir sa mère, évidemment. Plus vite Jackie se débarrasserait de lui, mieux ce serait. Mais la pilule allait être dure à avaler. Son premier mari l'avait quittée pour une autre femme ; même si son mariage avec Wayne n'avait pas marché, il prouvait au moins qu'elle était capable d'attirer quelqu'un de bien. Quelqu'un qui l'aimait et qui ne désirait rien de plus au monde que de prendre soin d'elle et de sa fille.

Eve trouverait un moyen de lui révéler la vérité en douceur. Sa mère avait besoin de savoir quel genre d'homme Wayne Brody était vraiment. Bien sûr, cela voudrait dire expliquer ce qu'elle faisait elle-même dans sa chambre, lui parler du squelette découvert dans la grotte et de ses soupçons quant à son identité. Jackie lui en voudrait sûrement de ne pas l'avoir informée plus tôt, mais elle s'en remettrait. Elles ne restaient jamais fâchées longtemps.

Pour Nash, c'était une autre histoire... Il aurait toutes les raisons de lui retirer l'enquête, juste au moment où elle commençait à obtenir les réponses qu'elle attendait depuis des années.

Après avoir vérifié que le pick-up de Wayne n'était nulle part en vue, Eve regagna sa voiture et baissa la vitre pour laisser la chaleur s'échapper pendant qu'elle appelait sa mère. Celle-ci répondit à la première sonnerie.

— Cabinet du Dr Mercer.

— C'est moi, maman.

— Evie ? Pourquoi m'appelles-tu au travail ? Tu sais que je n'aime pas occuper la ligne avec des conversations privées.

— J'avais peur que tu ne répondes pas sur ton portable.

— Que s'est-il passé ? Il t'est arrivé quelque chose ?

Son ton soudain alarmé rappela à Eve l'inquiétude de Delia Middleton pour son fils.

— Non, maman, je vais bien. Je voulais juste prendre de tes nouvelles. Comment va ta main ?

— Elle me fait mal, mais je survivrai.

— Ça ne m'étonne pas, la coupure était profonde. Je me disais que je pourrais passer, ce soir. S'il y a quoi que ce soit à faire, du ménage, une machine, dis-le-moi. Après, on pourra peut-être discuter.

Sa mère hésita.

— C'est gentil, Evie. Je retiens ta proposition pour plus tard, mais aujourd'hui j'ai juste envie de rentrer et de me glisser sous la couette. La journée a été longue. Je suis crevée.

— Il faut bien que tu manges, insista Eve. Je pourrais te préparer à dîner.

— Wayne me l'a déjà proposé et je lui ai dit que ce

n'était pas la peine. Si j'ai faim, je me ferai des œufs brouillés et une salade.

— En parlant de Wayne…

— Ne commence pas. Je ne suis pas d'humeur.

— Il faut que tu saches quelque chose.

— Ça attendra, la coupa Jackie. J'aimerais que tu respectes ma volonté. Que tu me laisses un peu d'espace. Est-ce trop demander ?

— Non, mais…

— Je t'appellerai demain. On dînera ensemble bientôt, c'est promis. Pour l'heure, j'ai du travail.

Elle raccrocha avant qu'Eve ait eu le temps de lui dire au revoir. Cela ne lui ressemblait pas. Décidément, tout le monde se comportait bizarrement autour d'elle…

À cet instant, quelqu'un frappa à la vitre du côté passager. Eve eut la mauvaise surprise de découvrir Wayne, les mains en visière sur le front, qui regardait à l'intérieur de la voiture. Depuis combien de temps était-il là ? se demanda-t-elle. Qu'avait-il entendu ?

À contrecœur, elle ouvrit la fenêtre.

— Je me disais bien que c'était toi ! lança-t-il en appuyant ses avant-bras sur la portière. Qu'est-ce que tu fais garée si loin ?

— Je me suis arrêtée pour passer un coup de fil, prétendit-elle.

Wayne jeta un coup d'œil sur l'arme qu'elle portait à la ceinture.

— Tu es encore en service, ou tu rentres chez toi ?

— Je n'ai pas fini ma journée, mais comme j'étais dans le quartier j'ai décidé d'aller voir si maman était chez elle.

— En plein milieu de l'après-midi ? Tu sais qu'elle ne finit jamais avant 17 heures.

— J'espérais qu'elle sortirait plus tôt, vu ce qui s'est passé hier.

— Pourquoi ne l'as-tu pas simplement appelée ?

Les questions de Wayne ressemblaient de plus en plus à un interrogatoire, et cela agaçait Eve. Elle fut tentée de l'attaquer sur le comportement qu'il avait eu dans la chambre de sa mère, mais elle préférait en parler d'abord à cette dernière. Pourquoi donner à Wayne l'opportunité de s'inventer une excuse et de faire passer Eve pour la belle-fille paranoïaque et vindicative ? Déjà que Jackie avait tendance à le défendre…

— Je ne crois pas te devoir d'explications, répondit-elle. Et je pourrais te retourner la question : qu'est-ce que tu fais ici ?

Il planta son regard dans le sien avec une telle intensité qu'elle se demanda s'il ne l'avait pas vue, cachée dans le placard, tout à l'heure.

— J'habite dans cette rue, tu te souviens ?

— Ta maison est bien plus bas.

— Je suis rentré chez moi assez tard pour déjeuner et je me suis dit que je pourrais finir de réparer ce robinet chez Jackie. Ça lui fera un souci en moins.

— Tu lui en as parlé, d'abord ?

— Pour quoi faire ? Je sais où elle range le double de la clé. Elle m'a toujours dit que je pouvais venir quand je voulais.

— Et tu viens souvent ?

Il plissa les yeux.

— Je peux te poser une question ? J'aimerais que tu me répondes franchement. C'est quoi, ton problème, avec moi ?

— Qui te dit que j'ai un problème avec toi ?

— Oh ! je t'en prie, tu ne t'en es jamais cachée. Quand

j'ai épousé Jackie, tu n'étais qu'une gamine. Je pouvais comprendre ton attitude. Ça ne te plaisait pas qu'un autre homme vienne prendre la place de ton papa, et encore moins qu'il t'oblige à partager ta maman. Mais tu es une grande fille, maintenant, Evie.

— Ne m'appelle pas comme ça.

— Il serait peut-être temps que tu vives ta vie, *Eve*, et que tu arrêtes de t'occuper de celle de ta mère.

— Parle pour toi, rétorqua-t-elle. Tu ne crois pas que tu devrais la lâcher un peu et cesser d'espérer quelque chose qui n'arrivera jamais ?

Le regard de Wayne se durcit.

— Tu ne sais rien de moi. Ni de Jackie, d'ailleurs. Tu penses la connaître, mais tu ne la connais pas. Pas aussi bien que moi, en tout cas.

— Qu'est-ce que tu veux dire par là ?

— Jackie et moi partageons un lien que personne ne peut briser, pas même toi – et Dieu sait que tu as essayé. Nous avons une histoire.

— C'est vrai, et dans cette histoire il y a un divorce, au cas où tu aurais oublié.

— Ça t'embête qu'on soit restés amis, pas vrai ? Plus qu'amis, d'ailleurs : je ferais n'importe quoi pour elle, et elle le sait. Pas comme Gabriel Jareau.

Eve serra les mâchoires.

— Laisse mon père en dehors de tout ça.

— Pourquoi ? Tu crois encore que c'était quelqu'un de spécial ? Je comprends… Ton papa avait ce truc qui faisait que tout le monde l'aimait. Mais derrière son sourire et ses belles paroles, c'était juste un petit malfaiteur comme tous ses copains. Tu ne t'es jamais demandé quel genre d'homme abandonne son enfant ?

Si, pensa-t-elle. *Tous les jours depuis que j'ai cinq ans.*

— Tu ne t'es jamais demandé pourquoi il était parti comme ça ? Ce qu'il avait pu fuir ?

— De quoi tu parles ? répliqua Eve en élevant la voix.

Wayne sembla sur le point de lui révéler quelque chose, mais il se contenta de dire, un sourire énigmatique aux lèvres :

— Tu n'as vraiment aucune idée de ce dont il était capable, n'est-ce pas ?

8

Eve ne cessait de repenser à sa confrontation avec Wayne Brody et aux insinuations qu'il avait faites sur son père. En réalité, elle n'était pas vraiment surprise. Elle avait toujours soupçonné Gabriel et ses compagnons d'avoir préparé un mauvais coup, ce soir-là. Il avait bien dû y avoir une raison pour qu'il quitte la ville de manière aussi précipitée.

Wayne n'avait rien d'un innocent non plus. Sa petite visite dans la chambre de Jackie témoignait d'un esprit pour le moins dérangé. Eve ne l'avait jamais considéré comme un homme dangereux, et même aujourd'hui elle ne l'imaginait pas faire du mal à sa mère. Mais comment en être sûre ? Il fallait qu'elle trouve un moyen de la prévenir sans la braquer. Et elle devait le faire avant que Wayne ait la moindre chance de tourner la situation à son avantage.

De retour au poste de police, Eve eut toutes les peines du monde à oublier son ex-beau-père et à se concentrer sur son travail. Ce fut un soulagement quand le chef l'appela dans son bureau en fin d'après-midi pour faire le point sur l'enquête. Même alors, cependant, son esprit ne cessa de s'égarer, à tel point que Nash finit par poser brusquement son stylo sur la table.

— Bon, qu'est-ce qu'il y a ? demanda-t-il.

— Pardon ?

— Vous n'êtes pas avec moi. Je n'ai presque pas entendu le son de votre voix depuis qu'on a commencé.

— Excusez-moi, dit-elle en s'efforçant de se ressaisir, mais je m'inquiète pour ma mère. Elle s'est fait une coupure à la main hier soir et j'ai peur que la blessure ne soit plus grave qu'on ne le pensait. Je lui ai parlé tout à l'heure, elle avait l'air de souffrir.

— Elle a vu un médecin ?

— Oui, son ex-mari l'a amenée aux urgences et ils l'ont recousue.

Nash haussa un sourcil.

— Son ex-mari ?

— Wayne Brody, précisa-t-elle en grimaçant. Ils sont restés proches.

— Et ça ne vous plaît pas, j'ai l'impression.

— Wayne est…

Eve ne parvenait pas à mettre des mots sur les sentiments que cet homme lui inspirait.

— Non, ça ne me plaît pas, répondit-elle simplement.

— Depuis combien de temps sont-ils séparés ?

— Plus de vingt ans.

— Et ils ont réussi à rester amis pendant tout ce temps ?

— Malheureusement, oui.

— Pourquoi ne l'aimez-vous pas ?

Eve fut tentée de lui raconter ce qu'elle avait vu chez sa mère un peu plus tôt dans l'après-midi, mais elle ne voulait pas ennuyer son chef avec ses problèmes personnels.

— Je ne lui fais pas confiance, résuma-t-elle. À mon avis, il n'est pas celui qu'il prétend être. Je pense qu'il est encore amoureux de ma mère et qu'il est prêt à tout pour se faire bien voir d'elle… Mais j'arrête de vous embêter avec Wayne Brody. Reprenons nos notes, et je vous promets que dorénavant vous aurez toute mon attention.

— Je crois qu'on a fait le tour, répliqua Nash. Sauf si vous avez autre chose à ajouter ?

— Non.

— Dans ce cas, filez. Allez voir votre mère.

— Merci, mais elle n'est pas encore rentrée. Et j'ai une tonne de dossiers à classer.

— Ils attendront. Rentrez chez vous, Eve. Et revenez demain matin l'esprit reposé.

L'idée avait beau être séduisante, Eve préféra s'avancer dans son travail. Et, comme d'habitude, elle perdit la notion du temps… Il était plus de 19 heures lorsqu'elle releva la tête. Son estomac gargouillait.

Une fois chez elle, après avoir mangé un morceau et pris une longue douche, elle enfila un short confortable et son T-shirt préféré, puis sortit dans le jardin.

L'herbe fraîchement tondue chatouilla ses pieds nus tandis qu'elle traversait la pelouse pour rejoindre la vieille balancelle suspendue à un arbre. Elle s'assit sur les coussins, une jambe repliée sous elle, l'autre imprimant un léger mouvement au siège, et resta un long moment à regarder le crépuscule s'installer. Peu à peu, le jardin s'emplit d'ombres et de parfums.

Eve aurait voulu appeler sa mère, mais celle-ci avait clairement exprimé le souhait de passer la soirée seule. Était-ce un prétexte pour éviter de répondre aux questions qu'elle comptait lui poser sur son père ?

L'odeur suave du brugmansia qui poussait près du grillage imprégnait l'air nocturne, plongeant Eve dans une profonde mélancolie. Une fois encore, elle songea au soir où son père lui avait offert la pièce porte-bonheur avant de la quitter à jamais.

Soudain, elle crut l'entendre qui l'avertissait. *Quelqu'un approche, Boo.* Au même moment, le portail grinça et une silhouette se matérialisa dans la pénombre. Eve pensa à son Glock rangé dans le tiroir de sa table de nuit. Puis elle revit Wayne Brody fouillant dans les affaires de sa mère…

— Qui est là ? appela-t-elle avec inquiétude.

— C'est moi.

Un mélange de soulagement et d'appréhension l'envahit lorsqu'elle reconnut la voix de Nash.

— Je vous en prie, restez assise, lui dit-il alors qu'elle se redressait. Excusez-moi de venir à l'improviste. J'ai sonné à la porte, mais vous n'avez pas dû entendre, d'ici.

— Comment avez-vous su que j'étais dans le jardin ?

— Vous m'avez dit une fois que vous y passiez la majorité de vos soirées. Je comprends pourquoi, ajouta-t-il en admirant la végétation luxuriante autour de lui. Ça doit vous demander un boulot fou.

— La plupart des plantes étaient déjà là quand j'ai emménagé, expliqua-t-elle, mais j'aime bien jardiner. En fait, j'adore désherber. Ça me vide la tête, tout en étant utile.

Tu t'égares, Eve. Reprends-toi.

Elle s'éclaircit la gorge.

— Qu'est-ce qui vous amène ?

— Il faut qu'on parle.

Eve sentit son cœur s'emballer. Cette phrase était à la fois très prometteuse et de mauvais augure.

— De notre enquête ? demanda-t-elle.

Nash sembla hésiter.

— Oui.

— Vous préférez peut-être qu'on rentre ? Il fait encore chaud dehors, et les moustiques ne vont pas tarder à attaquer, avec la nuit qui tombe.

— Non, ça me fait du bien de prendre l'air. J'ai passé des heures enfermé dans mon bureau.

Il inspira profondément.

— C'est quoi, cette odeur ?

— Le brugmansia. Il fleurit tout l'été. Le parfum peut être un peu entêtant quand il fait très chaud.

Voilà qu'elle se remettait à divaguer… Elle n'avait jamais été douée pour faire la conversation, et encore moins quand elle se sentait prise au dépourvu. Ou quand elle avait en face d'elle Nash Bowden…

— Le brugmansia, répéta-t-il. C'est cet arbuste, là-bas, avec les grosses fleurs en forme de clochettes ? Ma grand-mère en avait un dans son jardin. Elle avait une petite maison sur la côte, où j'ai passé tous mes étés jusqu'à mon départ pour l'armée. J'ai l'impression que c'était il y a un siècle.

Nash ne parlait jamais de sa vie privée au travail. Captivée, Eve remonta ses genoux contre sa poitrine et entoura ses jambes de ses bras.

— Êtes-vous toujours proche d'elle ?

— Elle est morte pendant que j'étais en mission à l'étranger.

— J'en suis désolée.

— Il n'y a pas de quoi. Elle a eu une vie heureuse et s'est éteinte paisiblement dans son sommeil. C'est juste que ce parfum m'a fait penser à elle.

— Vous voulez vous asseoir ?

Eve se décala sur la balancelle pour lui faire de la place, et il s'installa à côté d'elle, frôlant sa cuisse nue au passage. Elle frissonna de tout son corps. Étrangement, être ici avec lui à la nuit tombée, dans le jardin odorant où pépiaient quelques oiseaux, lui semblait trop familier. Trop intime.

Percevait-il sa nervosité ? Se rendait-il compte que l'adrénaline affluait dans les veines d'Eve et lui donnait chaud au visage ? Depuis ce baiser malvenu quelques années plus tôt, elle s'était efforcée de contrôler ses émotions, mais ce soir ils étaient assis bien trop près l'un de l'autre. Et Nash avait l'air si vulnérable, si accessible, tout à coup !

— L'autopsie de Ron Naples est prévue demain matin à 7 heures, annonça-t-il d'un ton terre à terre qui lui fit l'effet d'une douche froide.

— Ah, dit-elle. C'est tôt.

— On n'est pas obligés d'y aller tous les deux.

— Vous vous portez volontaire ?

— Si vous êtes d'accord.

— Vous n'avez pas besoin de ma permission, mais en toute franchise, ça m'arrange. Je ne me suis jamais habituée aux autopsies.

— Personne ne s'y habitue, répliqua-t-il. Je vous dirai s'il en ressort quelque chose d'intéressant.

Il poussa doucement sur ses pieds pour mettre le siège en mouvement. Pendant un moment, ils se balancèrent ainsi en silence, le visage tourné vers la brise chargée du parfum des fleurs. Le cadre était si idyllique qu'il semblait presque déplacé de parler de meurtre… Malheureusement, leur travail ne leur laissait pas le choix.

— Des nouvelles de Nadine Crosby ? demanda Eve.

— Pas encore.

— J'ai prévu de retourner voir Delia Middleton demain. D'ici là, elle se sera remise du choc de notre visite, et elle se souviendra peut-être d'autres détails. J'aimerais aussi parler à ses employés, au cas où l'un d'eux aurait des informations sur Nadine.

— Tenez-moi au courant.

Elle acquiesça, le regard fixé devant elle. Elle sentait que Nash l'observait, et cela la troublait.

— Comment va votre mère ? s'enquit-il. Vous aviez l'air vraiment inquiète, tout à l'heure.

— Je le suis toujours. Elle m'a dit au téléphone qu'elle ne voulait voir personne ce soir, or j'ai besoin de lui parler de quelque chose d'important qui risque d'affecter notre relation si je m'y prends mal.

— Est-ce que cela a un rapport avec le fameux ex-mari ?

— Oui. Le problème, c'est que ma mère prend toujours sa défense. C'est comme s'il avait encore une emprise sur elle.

— Êtes-vous sûre qu'elle a besoin de connaître la chose en question ?

Eve se tourna vers lui.

— J'ai surpris Wayne chez elle cet après-midi, en train de toucher à ses affaires. Il s'est allongé sur son lit et a étranglé l'air avec sa chemise de nuit.

— Pardon ?

Eve reproduisit les gestes de Wayne.

— Il ne m'a jamais paru dangereux auparavant, mais là je trouve son comportement inquiétant.

— C'est le moins qu'on puisse dire. Sans compter que, parfois, il suffit de pas grand-chose pour faire basculer quelqu'un.

Pensait-il à Grace en disant cela ? s'interrogea Eve. Qu'est-ce qui avait poussé cette dernière à kidnapper Kylie Buchanan ? Avait-elle voulu combler un vide, ou simplement attirer l'attention de son ex-mari ?

— À votre avis, je devrais donc lui en parler ? s'enquit-elle.

— Je pense que vous n'avez pas le choix.

C'était un soulagement de pouvoir se confier à quelqu'un. Pour autant, Eve ne voulait pas imposer son fardeau à Nash. Le procès de Grace approchait ; il avait suffisamment de problèmes à régler de son côté.

— Excusez-moi, lui dit-elle. Je suppose que vous n'êtes pas venu ici pour écouter mes histoires.

— Je ne vous aurais pas posé de questions si je m'en fichais.

Il étendit un bras sur le dossier du siège.

— Vous dites que votre mère est séparée de ce Wayne depuis vingt ans. Il ne s'est jamais remarié ?

— Non, et je doute qu'il ait fréquenté d'autres femmes. Il a acheté une maison dans la même rue que ma mère pour être à sa disposition jour et nuit. Ce n'est pas normal, non ?

— Il a vraiment l'air dépendant d'elle.

— Et elle l'encourage en l'utilisant comme homme à tout faire. Au moindre problème, elle l'appelle et il rapplique aussitôt.

— Peut-être qu'elle l'aime encore, elle aussi.

Eve grimaça.

— Pour tout vous dire, je pense qu'elle ne s'est jamais remise du départ de mon père. Si je lui posais la question, elle nierait avoir encore des sentiments pour lui, mais son regard se voile dès qu'on prononce son nom. C'était son premier amour. Ils se sont connus au lycée et se sont mariés dès que ma mère a eu vingt et un ans.

— Votre père est-il toujours dans les parages ?

Eve se crispa. *En un sens, oui*, eut-elle envie de répondre.

C'était le moment idéal pour lui faire part de ses soupçons concernant le squelette. Pour tout lui avouer. Peut-être l'autoriserait-il à poursuivre l'enquête… Mais il avait un protocole à respecter, et il ne ferait sans doute pas d'exception pour elle. Eve n'avait pas envie de prendre ce risque alors qu'elle venait de découvrir l'identité des compagnons de son père, et peut-être, par la même occasion, de ses meurtriers. À supposer, bien sûr, que le squelette soit le sien.

— Il est parti un soir quand j'avais cinq ans, dit-elle.

— Vous n'avez jamais eu de ses nouvelles ?

— Il m'a envoyé quelques cartes postales, et un peu d'argent à ma mère, mais il n'a jamais cherché à m'appeler ni à me voir. Maman est persuadée qu'il l'a quittée pour une autre femme. J'imagine qu'il n'avait plus besoin de nous.

— Ça a dû être dur pour vous, de perdre votre père comme ça.

— Je l'adorais. J'ai eu du mal à accepter qu'il ait pu m'abandonner de cette façon.

Nash avait toujours un bras appuyé sur le dossier de la balancelle. Eve résista à l'envie de poser la tête contre son épaule.

— C'était l'été où Maya Lamb a disparu, reprit-elle. Elle était à peine plus jeune que moi, et elle n'avait pas non plus de père pour la protéger. Pendant longtemps, j'ai eu peur que son ravisseur entre par la fenêtre de ma chambre pour m'enlever à mon tour.

— Vous n'êtes pas la seule à avoir eu cette crainte, fit remarquer Nash. Après la disparition de Kylie Buchanan, j'ai parlé à beaucoup de gens de l'enlèvement de Maya, quand on pensait encore que les deux affaires étaient liées. J'ai eu l'impression que la ville ne s'était jamais remise de cette tragédie. Vingt-huit ans après, il y a toujours une ombre qui plane sur Black Creek. C'est peut-être pour ça que Grace a réussi à convaincre tout le monde, même la police, que les deux fillettes avaient été kidnappées par une seule et même personne. Nous étions prédisposés à chercher cette connexion.

Ses yeux brillaient sombrement à la lumière de la lune. Eve percevait la chaleur de son corps, elle entendait presque battre son cœur. C'était la première fois qu'il lui parlait aussi ouvertement du crime de son ex-femme. Jamais elle ne s'était sentie aussi proche de lui.

— Grace connaissait les détails de l'enlèvement de Maya parce que, comme moi, elle a vécu ici presque toute sa vie, souligna-t-elle. Enfant, elle était même amie avec la sœur jumelle de Maya, Thea. Cela l'a sûrement marquée. Et elle s'est servie de ce qu'elle avait appris à l'époque pour enlever Kylie. Je le redis, Nash, Grace a été très intelligente. Tout le monde s'est fait avoir.

Il resta silencieux un long moment.

— Vous avez raison, finit-il par dire. Elle est très intelligente. C'est pour ça qu'il ne faut pas que vous alliez lui parler.

— De toute façon, elle ne sera peut-être pas d'accord pour me voir.

— Si, elle le sera.

— Comment pouvez-vous en être sûr ? s'enquit Eve, étonnée par la tension soudaine dans sa voix.

— Parce que je la connais. Elle ne laissera pas passer la chance de s'attirer la sympathie de quelqu'un qui travaille avec moi.

— Je n'ai aucune sympathie pour elle.

— Pas pour l'instant.

— Arrêtez de me prendre pour une idiote, Nash, s'agaça Eve. Je sais me défendre.

Il parut sur le point de contester cet argument, mais finit par céder.

— Excusez-moi. J'ai tendance à surréagir quand il s'agit de Grace. Je sais que vous savez vous défendre, sinon je ne serais pas là.

— Que voulez-vous dire ?

Il arrêta la balancelle. Subitement, tout semblait un peu trop silencieux dans le jardin.

— Une psychiatre m'a appelé tout à l'heure pour vous fixer un rendez-vous avec Grace.

Eve resta bouche bée.

— Pourquoi vous a-t-elle contacté vous ? C'est moi qui ai fait la demande !

— Elle voulait vérifier que vous aviez bien suivi la voie hiérarchique. C'est compliqué, avec le procès qui arrive. Il a fallu que les avocats de Grace donnent leur accord. Ils ont limité la durée de la rencontre, et ont exigé que vous ne posiez aucune question sur l'enlèvement de Kylie Buchanan.

— Je comprends.

— L'entretien sera filmé. Concentrez-vous uniquement sur le meurtre de la grotte. Il ne faudrait pas lui donner des éléments dont elle et ses avocats pourraient se servir lors du procès.

— Quand la verrai-je ? demanda Eve, que cette perspective rendait soudain nerveuse.

— Demain matin à 9 heures. Le Dr Anderson – la psychiatre que j'ai eue au téléphone – s'occupera de tout. Une escorte vous retrouvera au niveau des détecteurs de métaux et vous raccompagnera ensuite.

— Si tôt ? Je pensais avoir un jour ou deux pour me préparer.

— Je soupçonne Grace d'avoir imposé l'heure et la date. Elle doit être trop contente qu'on s'intéresse à elle.

— J'ai bien conscience que c'est difficile, pour vous, murmura Eve. J'aimerais vraiment pouvoir faire autrement.

— Ne vous inquiétez pas pour moi, ça ira.

Il n'en avait pas l'air si convaincu…

— Vous non plus, vous ne devriez pas vous faire de souci pour moi, répondit Eve. Je serai à l'heure, et je ferai attention à ce que je dirai. J'imagine que c'est pour ça que vous êtes venu, n'est-ce pas ? Vous auriez pu me prévenir par téléphone pour l'autopsie de Ron Naples. Vous espériez me dissuader d'aller voir Grace.

— Oui, reconnut-il. J'avais peu d'espoir, mais il fallait que je tente ma chance.

— Cette entrevue vous préoccupe à ce point ?

— Je suis sûr que Grace manigance quelque chose. Elle a toujours une idée derrière la tête.

— Pourquoi l'avez-vous épousée, alors ?

La question lui avait échappé, mais elle ne regretta pas sa franchise. Voilà des années qu'elle se demandait comment un couple aussi mal assorti avait pu se former. Elle savait pourtant que les gens se mariaient pour toutes sortes de raisons. *Il n'y a qu'à voir maman et Wayne*, songea-t-elle. Elle ne comprenait toujours pas comment sa mère avait pu succomber à un homme aussi dénué de charme. S'était-elle sentie seule à ce point après le départ de Gabriel ?

— Je l'ai épousée parce qu'elle m'a sauvé la vie, répondit Nash. Mais c'est une longue histoire, et Grace nous a volé assez de temps comme ça.

Parlait-il de ce soir, ou des six dernières années ? Eve sentit un frisson la parcourir. En retirant son bras du dossier, Nash venait de lui effleurer les cheveux.

Il porta son regard vers la maison.

— Je me suis toujours demandé où vous habitiez, avoua-t-il subitement. Parfois, j'ai essayé de vous imaginer ici, dans votre jardin.

Eve déglutit péniblement. Elle ne savait que répondre à cela.

— La maison où j'ai grandi n'est qu'à quelques rues de là, confia-t-elle. Ma mère y vit encore.

— C'est un quartier agréable. J'aime tous ces arbres.

Était-ce une pointe de déception qu'elle devinait derrière ses mots ? Aurait-il voulu que la conversation prenne un autre chemin ? C'était à lui de la ramener dans la direction qu'il souhaitait, décida-t-elle. Elle avait déjà fait le premier pas une fois, et l'humiliation était encore vive malgré l'intensité de sa réaction à l'époque.

— J'ai vécu presque toute ma vie avec ma mère, dit-elle. Quand je suis partie à l'université, c'était la première fois qu'on passait plus de deux jours séparées.

— Est-ce pour cela que vous êtes revenue à Black Creek ? Pour vous rapprocher d'elle ?

— J'ai habité quelque temps à Tallahassee après avoir obtenu mon diplôme. Je ne m'y suis jamais sentie chez moi.

— Je comprends. C'est bien, d'avoir des racines. C'est ce que j'ai entendu dire, en tout cas.

Eve se tourna vers lui, étonnée par la tristesse qui perçait dans sa voix.

— Et vous, où avez-vous grandi ?

— Mon père était dans l'armée, j'ai donc pas mal déménagé. Ce qui se rapproche le plus de racines, pour moi, ce sont les étés que j'ai passés chez ma grand-mère.

Eve travaillait avec cet homme depuis des années, elle avait rêvé de lui plus souvent qu'elle ne voulait l'admettre, et elle commençait seulement à faire sa connaissance… N'était-ce pas insensé ? Et que devait-elle penser de sa visite et de ses confidences ? Pourquoi se décidait-il maintenant, alors qu'elle lui cachait un lourd secret ?

— Je devrais y aller, déclara-t-il en se levant. On se voit demain.

Elle l'imita.

— Je vous appellerai à mon retour de Tallahassee.

— Vous savez ce que je pense, je ne vais donc pas le dire, murmura-t-il en plongeant son regard dans le sien.

— Ne vous inquiétez pas pour moi. Je ferai attention, lui promit-elle.

— Ce n'est pas à ça que je faisais allusion.

Il glissa une main derrière la nuque d'Eve et l'attira contre lui. Elle dut mobiliser toute sa volonté et son bon sens pour lui résister.

— Nash, qu'est-ce que vous faites ? souffla-t-elle.

— Ce que j'ai eu envie de faire toute la journée et depuis des années.

Elle rêvait de fondre dans ses bras, mais c'était impossible. Pas maintenant. Pas tant qu'elle n'aurait pas été parfaitement honnête avec lui. En outre, il prenait un risque en entamant une relation avec elle.

— On ne peut pas, lui dit-elle. Vous devez faire attention à l'image que vous donnez avant le procès de Grace.

— On est divorcés. Je ne lui dois rien, répliqua-t-il.

— Je sais, mais ses avocats vont tout faire pour la présenter comme une victime. Vous êtes son ex-mari. Ils saisiront la moindre occasion pour vous camper dans le rôle du méchant, pour faire croire que c'est vous qui l'avez poussée à bout. Il faut rester prudent, Nash.

— J'en ai marre de me laisser manipuler.

— Là, c'est différent, insista Eve. Vous n'avez pas cessé de me dire qu'il fallait que je me méfie de Grace. Maintenant, je vous demande de faire la même chose.

Au lieu de l'embrasser, Nash appuya son front contre le sien avec une tendresse qui sapa encore un peu plus ses défenses. Elle ferma les yeux, s'enivrant de son odeur et de la chaleur qui émanait de son corps. Elle avait plus que jamais envie de lui, et ce fut bien difficile de respecter sa propre résolution.

Quand il s'écarta enfin, elle lui prit la main et le raccompagna au portail. Elle regarda son véhicule s'éloigner, puis disparaître, avant de rentrer chez elle.

Cette nuit-là, Eve fit un rêve étrange. Elle se tenait à la fenêtre de sa chambre et regardait son père monter dans la voiture de Nadine Crosby. Mais lorsque l'homme à l'arrière levait la tête vers elle, les traits imprécis de Denton Crosby se muaient en ceux de Wayne. Un sourire diabolique aux lèvres, il lui faisait signe de se taire avant de passer l'index en travers de sa gorge.

Eve se réveilla en sursaut, sans savoir si c'était son cauchemar ou un bruit qui l'avait brusquement tirée du sommeil. Les yeux grands ouverts, elle s'obligea à respirer calmement, jusqu'à ce qu'un grincement la propulse en position assise. Elle se saisit de son arme et alla à la fenêtre pour jeter un coup d'œil dans le jardin, sur lequel la lune répandait une lueur blafarde.

La balancelle s'agitait d'avant en arrière. Était-ce le bruit des chaînes qu'elle avait entendu ? Le vent ne soufflait pas assez fort pour avoir mis le siège en mouvement. Il y avait quelqu'un dehors. Elle le sentait.

Fais attention, Boo.

Elle regarda par-dessus son épaule, s'attendant presque à découvrir une silhouette tapie dans un coin de sa chambre. Lorsqu'elle reporta son attention sur la balancelle, elle crut distinguer une ombre au-delà.

Sans allumer la lumière, elle traversa la maison silencieuse jusqu'à la porte de derrière, qu'elle ouvrit discrètement. À pas de loup, elle se faufila entre les arbres et les buissons pour gagner le fond de la propriété.

La brise soulevait ses cheveux et se glissait sous le fin coton de son pyjama. Soudain, un nuage passa devant la lune, plongeant le jardin dans l'obscurité. Quelque part derrière elle, une brindille craqua. Eve fit volte-face, le pistolet brandi.

— Qui est là ?

— Evie ?

Elle étouffa un cri. L'espace d'un instant, elle pensa que son père était revenu d'entre les morts – ou de l'endroit, quel qu'il soit, où il avait passé ces vingt-huit dernières années. Mais l'impression se dissipa très vite quand l'intrus laissa échapper un rire malfaisant.

— Qui êtes-vous ? lança-t-elle. Sortez de votre cachette, que je vous voie.

— Je ne peux pas faire ça, Evie.

Elle stabilisa son arme des deux mains.

— Montrez-vous, répéta-t-elle.

— Après tout ce temps, tu ne me reconnaîtrais pas. Alors que moi, je te reconnaîtrais entre mille.

— Vous n'êtes pas mon père.

— Je n'ai jamais dit que j'étais ton père.

— Je sais qui vous êtes. Votre nom est Denton Crosby. Vous étiez avec lui quand il a quitté Black Creek. Vous et votre sœur, Nadine.

Eve discerna une silhouette sous le chêne. Mais lorsque l'homme parla de nouveau, sa voix semblait provenir d'un autre endroit.

— Tu sais qui je suis ? C'est embêtant, ça.

Comment pouvait-il se déplacer aussi vite et aussi silencieusement ? Ce n'était quand même pas un fantôme ! Ou bien il avait un complice… Sa sœur, peut-être ?

Eve repensa à toutes les fois où, petite, elle s'était réveillée en pleine nuit avec la certitude que quelqu'un l'observait. Elle avait essayé de se convaincre que son papa était revenu pour la protéger du ravisseur de Maya Lamb, mais elle n'avait jamais pu s'expliquer l'impression de méchanceté qui irradiait de l'individu. C'était la même malveillance qui l'enveloppait à présent tandis qu'elle fouillait les ombres du regard.

— J'aurais préféré que tu t'occupes de tes affaires, Evie. Ça complique les choses, que tu connaisses mon nom.

— Est-ce pour cela que vous avez tué Ron Naples ? répliqua-t-elle. Parce qu'il compliquait les choses ?

— Qui ça ?

— M. Naples était un vieil homme. Il ne représentait sûrement pas une grande menace pour un type comme vous. Que s'est-il passé ? Il vous a surpris en train de voler sa voiture ? Ou bien c'est votre sœur qui l'a poussé dans la rivière ?

— Tu ne sais pas de quoi tu parles.

— J'en sais plus que vous ne le pensez. Je vous ai vus dans la voiture qui attendait mon père le soir où il est parti. Sauf qu'il n'a pas eu le temps de quitter la ville, n'est-ce pas ? Vous et Nadine l'avez tué. Et quand vous avez entendu dire qu'un squelette avait été retrouvé dans la grotte, vous avez eu peur que je me souvienne. Alors vous avez pris la voiture de Ron Naples et essayé de me renverser, en espérant que la police ne remonterait pas jusqu'à vous.

— Tu crois avoir tout compris, pas vrai ? Gabriel disait toujours que ton intelligence te perdrait.

La voix désincarnée était pleine de sarcasme, mais Eve crut y déceler aussi une pointe d'inquiétude.

Elle contourna le chêne.

— Vous avez tué mon père et l'avez enterré dans cette grotte, en pensant que personne ne retrouverait jamais son corps.

— Evie, Evie… Si tu savais dans quoi tu as fourré ton nez…

Elle sentit sa présence derrière elle une fraction de seconde trop tard. Une main s'abattit sur sa bouche. Son dos se retrouva plaqué contre un corps musclé, tandis que l'extrémité froide d'un objet métallique venait se presser à la base de son crâne.

— Lâche ton pistolet.

Comme elle résistait, Crosby arma le chien de son revolver.

— J'ai dit, lâche ton pistolet.

Eve laissa tomber son Glock par terre. D'un coup de pied, il l'envoya dans les buissons.

— Ne t'avise pas de crier, grogna-t-il en retirant sa main.

— Qu'est-ce que vous voulez ?

Il approcha ses lèvres de son oreille. Eve frissonna de dégoût en sentant son haleine tiède sur sa nuque.

— Écoute-moi bien. Ce qui s'est passé dans cette caverne ne doit pas en sortir.

— C'est trop tard pour ça.

— Non. Une fille maligne comme toi peut encore arranger les choses. Abandonne l'enquête et plus personne ne souffrira.

Eve ravala sa terreur, persuadée à présent que Denton Crosby s'était introduit chez Nash pour fouiller dans le dossier du squelette non identifié. Autrement, comment aurait-il pu savoir qu'Eve s'était vu confier l'affaire ? Depuis le début, il avait eu une longueur d'avance sur elle.

— Je n'ai pas le pouvoir de clore une enquête comme ça, fit-elle remarquer.

— C'est toi qui la diriges, non ? Ce n'est pas exceptionnel, que des preuves se perdent ou que des pistes tombent à l'eau. Si tu tiens à ta vie et à celle de tes proches, tu trouveras une solution.

Eve se tourna à moitié pour essayer d'apercevoir son visage.

— C'est une menace ?

— Regarde devant toi et ne tente plus un coup comme ça, ordonna-t-il en lui enfonçant le canon de son arme dans le dos. Par respect pour mon vieil ami, je ne veux pas te faire de mal, mais je n'hésiterai pas si tu m'y obliges.

— Vous ne voulez pas me faire de mal ? répéta-t-elle, incrédule. Vous avez essayé de m'écraser avec une voiture volée !

— Si j'avais voulu te tuer, tu serais à la morgue à l'heure où je te parle. Je voulais juste te prouver que je peux te retrouver n'importe où, n'importe quand. Ça a toujours été le cas, et tu ferais mieux de t'en souvenir. Maintenant, mets les mains derrière ton dos, là où je peux les voir.

— Pourquoi vous ne voulez pas me montrer votre visage ? s'enquit-elle en obéissant à son injonction. Je sais déjà qui vous êtes.

— Tu ne sais rien. Il faut que tu comprennes une chose, Evie : ça ne concerne pas seulement Nadine et moi.

— Qui d'autre est impliqué ?

— Oh ! je peux te donner quelques noms si tu es prête à écouter. Et si on commençait par ta chère maman ?

Elle se figea.

— Laissez ma mère en dehors de tout ça.

— Tu veux la vérité, oui ou non ? Je connais Jackie depuis le lycée. C'était une sacrée bombe, à l'époque ! J'avais même un peu le béguin pour elle, pour tout te dire. Elle se donnait de grands airs, mais tu crois qu'elle ne savait pas ce que Gabriel trafiquait quand il découchait ? Tu crois qu'elle n'avait vraiment aucune idée de ce qu'il avait prévu de faire cette nuit-là ?

— De quoi parlez-vous ? demanda Eve, le cœur battant à tout rompre.

— Elle savait très bien quel genre d'homme elle avait épousé. Beaucoup de femmes sont attirées par le danger. Simplement, certaines refusent de l'admettre.

— Arrêtez de parler de ma mère comme si vous la connaissiez, siffla Eve.

— Oh ! mais je la connais bien ! Plus que tu ne l'imagines. Gabriel Jareau était mon meilleur ami. On était comme des frères. Il me confiait des choses sur Jackie qu'il ne disait à personne d'autre.

Eve n'allait pas laisser un type comme Denton Crosby calomnier sa mère. Et pourtant, même si son premier réflexe était de la défendre, elle se demanda si, au fond d'elle, elle n'avait pas peur d'entendre ce dont Crosby accusait Jackie.

— Comme si j'allais vous croire, lâcha-t-elle. Si vous avez prévu de me tuer ce soir, abrégez, s'il vous plaît. Ça commence à me taper sur les nerfs, d'écouter vos salades.

Il éclata de rire.

— Tu sais quoi ? Là, tout de suite, j'ai eu l'impression d'entendre ton père. Gabriel aussi avait tendance à l'ouvrir quand il aurait mieux fait de se taire et d'écouter. Peut-être qu'il serait encore en vie s'il avait fermé sa grande bouche.

Eve serra les poings.

— C'est un aveu ?

— Je t'ai dit d'écouter, bon sang ! Tu sais ce que Jackie a répondu à Gabriel quand il lui a annoncé qu'il la quittait ? Elle lui a dit qu'elle le tuerait s'il essayait de revenir. Qu'elle lui tirerait une balle en plein cœur s'il tentait de t'appeler ou de s'approcher de toi.

Eve repensa aux cartes postales et aux différences qu'elle avait repérées entre elles. Elle ne voyait pas sa mère imitant l'écriture de son père pour lui faire croire qu'il était toujours en vie, mais quelqu'un l'avait fait. Plus que jamais, elle était convaincue que Gabriel était mort bien avant que la dernière carte ait été envoyée.

— Vous imaginez vraiment que je vais gober vos histoires ? répliqua-t-elle. Voilà ce que je pense, moi : vous essayez de rejeter la culpabilité sur ma mère alors que c'est vous qui avez tué mon père. Vous lui avez tendu un piège en l'attirant dans cette caverne. Ce que je ne comprends pas, c'est ce qui vous a poussé à faire ça. Vous dites qu'il était votre ami.

— J'ai même dit que c'était un frère pour moi. Pourquoi lui aurais-je fait du mal ?

— Si ce n'est pas vous, qu'est-ce que ça peut vous faire qu'on enquête sur le meurtre ? À moins que… À moins que ce ne soit pas mon père qui ait été trouvé dans cette grotte, et que vous cherchiez à protéger quelqu'un d'autre.

— Écoute-moi ! Je ne le répéterai pas deux fois. J'aurais pu te réduire au silence depuis longtemps si j'en avais eu envie. J'aurais pu te tirer dans le dos ce soir, ça m'aurait épargné bien des soucis, mais j'ai préféré essayer de te faire entendre raison. Je ne veux pas te faire de mal, mais je ne peux pas non plus te laisser crier sur tous les toits des choses qui sont fausses. Si tu continues comme ça, je ne serai pas le seul à finir en prison. Combien de temps ta maman tiendrait à Lowell, à ton avis ? Ma sœur a failli crever dans ce trou à rats, et c'est une dure à cuire.

— Nadine est allée en prison ?

Il ignora sa question.

— Demande à ta mère ce qui s'est passé la dernière fois qu'elle a vu ton père vivant. Demande-lui pourquoi elle l'a empêché de te voir, le soir où il est revenu à Black Creek.

— Il est revenu ?

— Évidemment. Il t'adorait. Ça a sans doute été la goutte de trop, pour Jackie. Qui sait, elle a peut-être mis sa menace à exécution en lui donnant rendez-vous dans la grotte.

— Ça n'a aucun sens. Pourquoi aurait-elle fait ça ? Même pour quelqu'un qui connaît bien les lieux, cette caverne est difficile d'accès.

— Oh ! mais elle la connaissait bien, rétorqua Crosby. Très bien, même, comme nous tous. C'était notre point de ralliement, à l'époque, mais ça, elle n'a pas dû te le dire. J'imagine qu'elle est devenue experte en secrets. Tu devrais peut-être te demander ce qu'elle te cache d'autre avant d'essayer de remuer le passé.

9

Le lendemain matin, avant de se rendre à l'hôpital pour son rendez-vous avec Grace Bowden, Eve fit un rapide détour par le laboratoire du Dr Forester afin de lui remettre un prélèvement d'ADN anonyme. Intriguée, l'anthropologue accepta néanmoins de l'analyser discrètement et de la prévenir dès que les résultats seraient disponibles.

Je vais bientôt découvrir la vérité, papa, songea Eve en caressant la pièce porte-bonheur autour de son cou.

Toutes les vérités ne sont pas bonnes à entendre, Boo.

Réprimant un frisson, elle descendit de voiture et laissa son regard errer sur la façade austère de l'hôpital. Elle ne s'en était pas rendu compte sur le moment, mais sa vie avait basculé le jour où les ossements avaient été découverts dans la grotte. Quand Nash lui avait proposé de diriger l'enquête, elle s'était naïvement réjouie à l'idée de résoudre ce vieux mystère. Mais c'était avant d'apprendre qu'une pièce trouée avait été retrouvée dans la tombe. Avant de voir sa mère réagir violemment à ses questions. Avant que Denton Crosby profère ses folles accusations dans son jardin. « J'imagine qu'elle est devenue experte en secrets. Tu devrais peut-être te demander ce qu'elle te cache d'autre avant d'essayer de remuer le passé. »

Eve ferma les yeux et se força à respirer calmement. Elle allait bientôt connaître l'identité du squelette. Si les tests

ADN révélaient un lien de parenté entre elle et la victime, elle serait obligée de s'en ouvrir à Nash, qui n'aurait pas d'autre choix que de lui retirer l'enquête.

Quelle que soit sa décision, cependant, Eve n'allait pas passer le reste de sa vie à se demander quel rôle sa mère avait joué dans cette histoire. Il fallait qu'elle sache ce qui s'était passé dans la grotte, même si cela lui coûtait un travail qu'elle aimait et la confiance d'un homme qu'elle admirait.

Tout en s'arrachant à ces sombres pensées, elle laissa retomber son collier et se concentra sur sa mission. Elle aurait tout le temps plus tard de s'inquiéter des conséquences de ses actes. Pour l'heure, elle devait se préparer à rencontrer Grace. Si celle-ci était aussi intelligente et sournoise que Nash le prétendait, Eve ne pouvait pas se permettre de baisser la garde ne serait-ce qu'une seconde.

À l'entrée de l'aile psychiatrique, elle signa le registre et se sépara de son arme, avant de passer sous le portique de sécurité. On la conduisit ensuite jusqu'à une petite pièce sans fenêtre qui ressemblait à la salle d'interrogatoire du poste de police – une table, deux chaises, deux caméras fixées au plafond. Eve s'installa face à la porte. Quelques minutes plus tard, l'aide-soignant qui l'avait accompagnée fit entrer Grace Bowden puis s'éclipsa de nouveau.

Grace regarda un moment autour d'elle avant de s'asseoir en face d'Eve. Elles s'étaient déjà rencontrées auparavant, une première fois au poste de police et une seconde au magasin de poupées de Grace. À l'époque, Nash et elle étaient séparés depuis longtemps. Eve ne se rappelait plus ce qu'elles s'étaient dit ; sans doute pas grand-chose, car elle n'avait rien trouvé dans sa gamme de prix et était ressortie assez rapidement de la boutique.

Grace avait natté ses cheveux blonds dans son dos. Eve

fut surprise de la trouver en jean, baskets et gilet bleu clair, mais après tout, à quoi s'attendait-elle ? À la voir dans une camisole ? La jeune femme avait les pupilles légèrement dilatées, ce qui laissait penser qu'on lui avait administré des calmants. Eve n'arrivait décidément pas à l'imaginer en couple avec Nash…

Comme pour contredire Eve, l'alliance en or de Grace étincela à la lumière des néons tandis qu'elle croisait les mains sur la table.

— C'est donc vous, Eve Jareau. Je vous croyais plus jeune.

— Nous nous sommes déjà vues, lui dit Eve en décidant d'ignorer sa remarque désobligeante. Vous vous en souvenez ?

Grace réfléchit un instant, avant de secouer la tête.

— Non, désolée. Votre visage ne me dit rien. Pourtant, j'ai grandi à Black Creek, il est donc très probable que nos chemins se soient croisés. Nous avons peut-être même fréquenté la même école.

— C'est bien possible, en effet.

— On m'a dit que vous étiez inspectrice au service de police de Black Creek. J'en conclus que vous travaillez avec mon mari.

— Je suis à la brigade criminelle, précisa Eve. Je m'intéresse plus particulièrement aux affaires non résolues.

Grace se pencha en avant, les yeux brillants.

— C'est vrai ? Moi aussi je suis fascinée par les vieux crimes. Prenez l'enlèvement de Maya Lamb : elle a été kidnappée ici, à Black Creek, à deux pas de chez moi. Rien que ça, ça aurait suffi à captiver mon attention, mais en plus sa disparition était entourée de mystère. Nash dit que cette affaire ne sera peut-être jamais élucidée.

Elle évoquait son ex-mari comme s'ils vivaient encore

ensemble et avaient parlé de Maya Lamb la veille pendant le dîner… Eve aurait voulu en savoir plus sur la fascination de Grace pour cette histoire, sur la façon dont elle s'en était inspirée pour kidnapper Kylie Buchanan, mais quelque chose lui disait que c'était exactement ce que Grace cherchait à faire : l'attirer sur le terrain interdit de son propre crime.

— J'espère que le chef Bowden se trompe, répondit-elle prudemment. La famille de Maya mérite de savoir ce qui est arrivé à leur fille.

Grace la jaugea longuement du regard sans le moindre complexe.

— Nash dit toujours tellement de bien de ses enquêteurs… Je suis surprise qu'il ne m'ait jamais parlé de vous.

Était-ce une autre pique ? Grace avait-elle deviné qu'Eve éprouvait des sentiments pour Nash ? L'idée la mit mal à l'aise.

— Je suis sûre qu'il a d'autres préoccupations plus importantes, répondit-elle. Quoi qu'il en soit, je vous remercie d'avoir accepté de me voir. Je voulais solliciter votre aide pour l'une de mes enquêtes.

— Une autre vieille affaire, d'après ce que j'ai entendu dire.

— Oui, un homicide. Il s'agit du squelette retrouvé dans la grotte de M. McNally il y a quelques jours. Nous ne l'avons pas encore identifié, mais nous savons d'ores et déjà qu'il a été assassiné.

— « Il » ?

— C'était un homme blanc âgé de moins de trente ans.

— Et vous pensez que je sais quelque chose à propos de ce meurtre ?

— Pas forcément à propos du meurtre en lui-même, mais vous avez dit aux policiers que vous connaissiez l'existence de cette tombe depuis votre enfance. Vous alliez vous y recueillir en pensant que c'était celle de Maya Lamb.

— On en revient toujours à Maya, n'est-ce pas ? dit-elle d'une voix plaintive. Son enlèvement nous a tous transformés. On a grandi en se disant que ce qui lui était arrivé pouvait nous arriver à nous aussi. Cette peur a marqué notre enfance de façon indélébile.

Eve sentit un picotement d'appréhension remonter le long de sa colonne vertébrale. Grace essayait-elle de gagner sa sympathie en jouant sur leur histoire commune ? Le fait d'avoir eu la même conversation avec Nash la veille au soir ne faisait qu'accentuer sa nervosité. Bien sûr, Grace ne pouvait pas savoir qu'ils s'étaient vus, et encore moins qu'ils avaient évoqué la disparition de Maya, mais de toute évidence elle exploitait une veine émotionnelle qu'Eve lui avait laissé entrevoir. L'intuition de cette femme frisait le surnaturel. Eve commençait à comprendre pourquoi Nash l'avait mise en garde avec autant d'insistance.

— Revenons-en à cette tombe, suggéra-t-elle. Pourquoi pensiez-vous que Maya y était enterrée ?

— Comme je vous l'ai dit, son enlèvement m'avait marquée. C'était à ma connaissance la seule personne qui avait disparu à Black Creek. J'en ai donc déduit qu'il s'agissait de sa tombe.

— Et vous avez gardé ça pour vous. Vous n'en avez parlé ni à la police, ni même à la mère ou à la sœur de Maya.

Grace resserra son gilet autour de sa frêle silhouette comme pour se protéger de la désapprobation d'Eve.

— Je n'étais qu'une enfant, se défendit-elle. En plus, tout le monde savait quel genre de mère était Reggie Lamb. Elle invitait des voyous chez elle pour faire la fête, et elle les laissait dormir sous le même toit que ses petites filles. Dieu seul sait ce qui se passait quand elle tombait ivre morte. Si elle avait été sobre la nuit où Maya a été enlevée, elle aurait pu la protéger. N'est-ce pas la première mission d'une mère, de veiller à la sécurité de ses enfants ?

— Oui, si elle en est capable.

Eve comprit trop tard que Grace lui avait tendu un piège. Elle prétendait avoir kidnappé Kylie pour la sauver de son père violent, et Eve venait peu ou prou de cautionner ses motivations.

— Si j'ai éprouvé autant de compassion pour ces petites filles, c'est peut-être parce que j'ai moi-même été délaissée dans mon enfance, poursuivit-elle d'un ton mélancolique. Mes parents ne s'occupaient pas de moi. Je ne sais pas ce qui me serait arrivé si ma grand-tante ne m'avait pas accueillie chez elle. J'aurais peut-être connu le même sort que cette pauvre Maya. C'est sûrement pour ça que…

Elle regarda ses mains.

Attention, se dit Eve. *Elle est en train de broder une histoire que ses avocats pourront présenter au tribunal.*

Grace dut percevoir sa méfiance, car elle soupira et leva vers elle de grands yeux innocents.

— Je ne vous demande pas de comprendre, mais quand j'ai découvert cette tombe que je croyais être celle de Maya, j'ai ressenti le besoin de la protéger. Elle avait tellement souffert… Je ne voulais pas que quelqu'un vienne déranger son repos, surtout pas sa mère indigne.

Non, tu n'en as parlé à personne parce que ça te plaisait d'avoir un secret. Ça te donnait un petit pouvoir. Grace s'en était même confiée à l'agente du FBI qu'elle avait retenue en otage avant d'être arrêtée. Depuis, elle avait eu le temps de concocter une version plus sentimentale de son histoire.

— Et jamais vous ne vous êtes dit que la sœur de Maya méritait de savoir ? lui demanda Eve. Vous étiez censée être son amie.

Grace se fit toute petite sur sa chaise. Elle paraissait soudain fragile. Incomprise.

— C'est facile de penser ça aujourd'hui, mais est-ce juste de me juger pour quelque chose que j'ai fait alors que je n'avais même pas dix ans ?

Eve regretta aussitôt sa sévérité, avant de se rendre compte que c'était exactement la réaction que Grace avait voulu provoquer.

— De toute façon, cela n'a plus d'importance, puisque ce n'était pas Maya dans cette tombe, souligna-t-elle.

Grace l'étudia un long moment, comme on évalue un adversaire. La trouvait-elle à la hauteur ?

— Inspectrice Jareau, nous n'avons pas toute la journée, finit-elle par dire. Et si vous en veniez à la raison de votre visite ?

— C'est une excellente idée. Vous dites que vous passiez beaucoup de temps à explorer la grotte, étant petite. Y avez-vous déjà croisé quelqu'un ? Avez-vous déjà eu l'impression qu'une autre personne était venue dans la caverne ?

— Le meurtrier, vous voulez dire ?

— N'importe qui.

Tandis que Grace levait les yeux vers la lumière, Eve ne put s'empêcher d'admirer son teint légèrement hâlé. Ses mains, en revanche, étaient pâles et gracieuses, comme si elle prenait grand soin de les protéger du soleil. C'était une jolie femme, et quelque chose dans son comportement et dans sa façon de parler vous charmait en dépit du crime odieux qu'elle avait commis. Nash avait raison : Grace était tout aussi désarmante qu'elle était calculatrice. Une vraie sociopathe.

— J'ai vu quelqu'un, une fois, dit-elle pensivement. J'avais allumé une bougie pour pouvoir lire mon livre. Il faisait toujours frais dans la caverne de Maya, et j'aimais bien l'idée de partager ce lieu secret avec elle. De toute façon, personne ne s'inquiétait de savoir où j'étais, alors je pouvais y rester autant de temps que je voulais. Ce jour-là, j'ai entendu du bruit dans la galerie. Ça m'a étonnée, parce que la salle était vraiment bien cachée : l'entrée du passage n'était pas facilement repérable.

— Comment l'aviez-vous découverte ?

— Je ne sais plus, répondit Grace, avant de sourire d'un air rêveur. Je me plais à penser que c'était une intervention divine.

Ça, j'en doute, songea Eve.

— Qu'avez-vous fait quand vous avez compris qu'il y avait quelqu'un ?

— J'ai éteint ma bougie et je me suis cachée dans un renfoncement.

— Avez-vous vu cette personne ?

— Il faisait tout noir.

Elle ferma les yeux en frissonnant.

— Mais je distinguais une lueur qui se rapprochait et devenait de plus en plus vive. Je crois que l'homme portait une lampe frontale. Vous savez, comme les mineurs, dit-elle en agitant la main devant sa tête.

Elle semblait presque dans un état de transe.

— Quand il est entré dans la salle, la lumière m'a aveuglée. J'étais terrifiée à l'idée qu'il me voie.

— Pouvez-vous me le décrire ?

— Non, répondit-elle dans un souffle. Mais son ombre sur la paroi ressemble à un monstre.

Eve fut surprise par son utilisation du présent. Elle se pencha vers la jeune femme, suspendue à ses lèvres.

— Que voyez-vous d'autre ?

— Rien. Je suis recroquevillée dans ma cachette. Je n'ose pas regarder, parce que s'il me trouve il m'enterrera sous les pierres avec Maya. Vous croyez que c'est un squelette, maintenant ? Que les rats ont mangé toute sa chair ?

Eve sentit ses cheveux se dresser sur sa nuque.

— Êtes-vous sûre qu'il s'agit d'un homme ?

La question eut l'air de rompre le charme. Grace fronça les sourcils, rouvrit les yeux et répondit de sa voix normale :

— Je l'ai toujours pensé, mais maintenant que vous le dites, je n'ai entendu qu'un chuchotement, comme quelqu'un qui psalmodiait. Ce pouvait être un homme autant qu'une femme, j'imagine.

— Est-ce que vous imitiez sa voix, à l'instant ?

— Comment ça ? demanda Grace, sincèrement perplexe.

— Oubliez. À qui parlait cet individu ?

— À Maya. Enfin, à la personne enterrée dans la tombe.

— Et que disait-il ?

— Je n'ai rien entendu de précis, juste des marmonnements. Ça ressemblait à un chant ou à une prière. C'est tout ce dont je me souviens. En tout cas, il connaissait les lieux. Il avait dû venir souvent.

— Et vous ne l'avez vu qu'une fois ?

— Je crois, oui.

— Avez-vous croisé quelqu'un d'autre ? insista Eve. À l'extérieur de la grotte, par exemple ?

— C'était il y a longtemps, répondit Grace d'un ton las.

— Vous dites que vous avez fermé les yeux en voyant l'ombre sur la paroi, mais vous avez peut-être remarqué quelque chose juste avant, que vous avez oublié depuis.

Puis-je vous montrer quelques photos, au cas où cela raviverait votre mémoire ?

Grace jeta un coup d'œil derrière elle en direction de la porte. Lorsqu'elle se retourna, elle paraissait inquiète.

— Allez-y.

Eve sortit de son sac l'album du lycée de sa mère et l'ouvrit à une page marquée d'un post-it. Elle tourna le livre vers Grace et désigna la photo de Gabriel Jareau.

— Avez-vous déjà vu cet homme dans la grotte ?

— Je ne crois pas. Il est très beau. Qui est-ce ?

— Je préfère ne pas vous donner de noms. Ce qui m'intéresse, c'est d'avoir des réponses spontanées.

Eve lui avait présenté l'image de son père pour vérifier la sincérité de ses réactions. Gabriel avait été tué et enterré des années avant que Grace commence à descendre dans la grotte.

— Si je l'avais vu, je crois que je m'en souviendrais, observa cette dernière. Il me fait penser à Nash.

Eve tressaillit. Elle n'avait jamais remarqué la ressemblance. Son chef lui avait-il inconsciemment rappelé son père la première fois qu'elle l'avait rencontré ? Était-ce pour cette raison qu'il l'attirait autant ? Ou bien Grace jouait-elle une fois de plus avec ses sentiments ?

Elle tourna la page et pointa l'index sur la photo de Denton Crosby.

— Et lui ? s'enquit-elle.

— Je ne l'aime pas, murmura Grace en serrant les bras autour d'elle.

— L'avez-vous déjà vu dans la grotte ?

— Je ne sais pas, mais son visage me dit quelque chose. Ses yeux…

Elle se détourna de l'album et ajouta, de sa voix de fillette :

— Je n'aime pas comme il me regarde.

— Dans la caverne ?

— S'il vous plaît, ne m'enterrez pas vivante !

— Grace, où êtes-vous ? Que voyez-vous ?

— Ferme-la, tu m'entends ? gronda-t-elle soudain. Si tu t'avises de raconter ce que tu as vu ici, je viendrai te chercher une nuit dans ton lit et tu disparaîtras comme l'autre gamine. Personne ne saura jamais ce qui t'est arrivé.

Eve resta bouche bée.

— Grace ?

La jeune femme cligna des yeux, puis regarda autour d'elle d'un air perdu.

— Je veux retourner dans ma chambre, maintenant.

— Seriez-vous d'accord pour que je revienne vous voir un autre jour ? Notre conversation aura peut-être fait remonter d'autres souvenirs.

— Pourquoi pas.

Grace baissa timidement la tête.

— Vous pourriez faire quelque chose pour moi, inspectrice Jareau ?

— Je peux essayer.

Elle la regarda par en dessous avec un petit sourire.

— Dites à Nash que j'ai hâte de le retrouver. Dites-lui que je l'attendrai, aussi longtemps qu'il le faudra.

Nash jeta un coup d'œil dans le rétroviseur, mémorisant la couleur des véhicules qui le suivaient sur l'autoroute. Un mauvais pressentiment le taraudait depuis qu'il avait quitté Black Creek. Il tenta de se convaincre que cela n'avait rien à voir avec la présence d'Eve à l'hôpital psychiatrique. La jeune inspectrice était intelligente et compétente, il ne doutait pas qu'elle réussirait à se défendre face à son ex-femme.

Après avoir assisté à l'autopsie de Ron Naples tôt ce matin, il avait décidé d'aller rendre visite à Allison Forester à Tallahassee. Il souhaitait lui parler en tête à tête. Depuis leur premier rendez-vous autour d'un café, ils s'étaient satisfaits d'une relation sans engagement. Pas de questions. Pas de pression. Néanmoins, à présent qu'il avait avoué ses sentiments à Eve, il ressentait le besoin de rompre proprement avec Allison. Son expérience avec Grace lui avait laissé une aversion intense pour le mensonge et le subterfuge.

En quittant l'autoroute, il regarda une nouvelle fois derrière lui. Une berline noire le suivait depuis un bon moment. Quand il vit qu'elle ne prenait pas la même sortie, il en conclut qu'il devait être paranoïaque. *Détends-toi*, se dit-il. *Il n'y a pas un ennemi en embuscade à chaque coin de rue.*

Pas de sniper lui tirant dessus depuis une fenêtre. Pas de bombe explosant juste devant lui. Pas de morceaux de corps éparpillés le long de la route.

Nash étouffa un juron. Voilà près d'une semaine qu'il n'avait fait aucun cauchemar, et subitement, par cette belle matinée ensoleillée, les images d'horreur lui revenaient. Ce qui s'était passé avec Grace avait peut-être déclenché quelque chose dans son inconscient… Les souvenirs avaient tendance à resurgir dans les moments de stress.

Il se frotta les yeux pour chasser ces pensées et se concentra sur sa conduite. Après s'être garé sur le parking du laboratoire, il montra son badge à l'agent de sécurité et se dirigea vers le bureau vitré d'Allison, au fond de la salle où étaient exposés les squelettes.

Lorsqu'il frappa à la porte, elle releva la tête, surprise, et lui fit signe d'entrer. Nash déplaça une pile de papiers du seul siège disponible et s'assit, tout en promenant son regard autour de lui. Le bureau en désordre et les classeurs qui débordaient de dossiers contrastaient vivement avec l'attitude imperturbable de l'anthropologue.

— Qu'est-ce qui t'amène ? lui demanda-t-elle en souriant. Il ne me semble pas qu'on avait rendez-vous.

— Du nouveau sur notre squelette ? s'enquit Nash d'un ton qui semblait bien abrupt en comparaison.

— Rien pour l'instant. Je t'ai dit que je t'appellerais si je trouvais quelque chose.

— Je sais. Mais comme j'avais un peu de temps ce matin, j'ai décidé de venir te parler en personne.

Elle posa son stylo sur la table et le dévisagea longuement.

— Tu vas bien, Nash ?

— Ça va.

— Ça n'a pas l'air. Que se passe-t-il ?

— Je suis si transparent que ça ?

— Bien plus que tu ne le penses. Tu as beaucoup de maux de tête en ce moment ?

— Pas plus que d'habitude.

— Tu dors ?

— Pas plus que d'habitude.

Elle plissa les yeux.

— Tu comptes me laisser deviner ce qui ne va pas, ou tu as l'intention de m'expliquer ?

— Je suis venu te dire que j'ai rencontré quelqu'un.

Elle haussa un sourcil, sans paraître plus troublée que ça. Nash ignorait s'il devait être soulagé ou vexé par sa réaction.

— C'est sérieux ? demanda-t-elle.

— Je ne sais pas encore.

— Je vois.

Elle se laissa aller en arrière dans son fauteuil et croisa les bras sur sa poitrine.

— Puisque tu ne me dis pas qui c'est, je vais essayer de trouver toute seule. Tu me dois bien ça, ajouta-t-elle en levant une main pour l'empêcher de protester. Allez, je tente ma chance : tu es tombé amoureux d'Eve Jareau.

— Comment as-tu deviné ?

— Tu oublies que je suis une enquêtrice, moi aussi, répondit-elle d'un air satisfait. C'est mon boulot de repérer les subtilités que personne d'autre ne remarquerait. J'ai bien vu comment tu la regardais, l'autre jour. Et comment elle te regardait, toi.

Nash fronça les sourcils.

— Je n'ai remarqué aucun regard.

— Dans ce cas, tu es aveugle. Ça se voit comme le nez au milieu de la figure qu'elle en pince pour toi. Je suis sûre qu'elle te court après depuis des lustres. Et te connaissant…

Elle se leva pour aller se percher sur un coin de son bureau.

— … tu te dérobes et tu t'enfuis comme si ta vie en dépendait. Comment diable a-t-elle réussi à t'attraper ?

— Je ne crois pas qu'elle me coure après.

Bizarrement, Nash éprouvait le besoin de prendre la défense d'Eve. Depuis qu'elle l'avait embrassé sur un coup de tête, il se doutait bien qu'elle se sentait attirée par lui, mais elle avait fait marche arrière dès l'instant où il avait répondu à son baiser. Pour une raison ou pour une autre, ils avaient fui tous les deux.

— Malgré ce que tu dis, ça doit être sérieux pour que tu admettes être tombé amoureux, fit remarquer Allison.

— Il ne s'est encore rien passé, et il ne se passera peut-être jamais rien. Mais je préférais être clair avec toi. Je ne voulais pas que tu aies l'impression que j'avais agi dans ton dos.

— Arrête tout de suite, Nash. Tu n'as pas à t'excuser ni à te sentir coupable de vivre ta vie. Tu as le droit de voir qui tu veux. Notre relation n'a jamais été exclusive et c'était clair dès le départ. Si tu as trouvé l'amour avec l'inspectrice Jareau, alors je suis heureuse pour vous.

— Merci.

— Cela étant dit…

Son expression se fit plus sérieuse.

— Je tiens quand même à toi. Et, en tant que vieille amie, j'aimerais te donner un conseil.

— Je t'écoute.

— Fais attention, Nash. Prends le temps de réfléchir. Est-ce que tu connais bien cette jeune femme ?

— On travaille ensemble depuis six ans, répliqua-t-il, aussitôt sur la défensive. Oui, je la connais bien.

— Ou plutôt, tu *penses* la connaître.

— Qu'est-ce que tu veux dire par là ?

Elle l'observa attentivement.

— Tu accordes beaucoup d'importance à l'honnêteté. C'est ça qui t'a poussé à venir ici pour clarifier les choses avec moi. Es-tu certain que l'inspectrice Jareau se montre aussi honnête avec toi ?

— Où veux-tu en venir ? demanda-t-il froidement.

— Elle est passée au labo ce matin avec une requête intéressante.

— Eve est venue ici ?

— Elle ne t'en a pas parlé ?

— Non, mais elle devait se rendre à Tallahassee pour autre chose. Elle a sans doute voulu en profiter pour voir s'il y avait du nouveau concernant le squelette.

— Non. Elle venait déposer un prélèvement d'ADN.

Un prélèvement d'ADN ? *Qu'est-ce que c'est que cette histoire, Eve ?*

Nash avait bien senti qu'elle lui cachait quelque chose. Il avait essayé de se convaincre qu'elle faisait simplement preuve de prudence, qu'elle préférait creuser davantage ses pistes avant de lui en parler. Mais si elle avait apporté un échantillon au laboratoire, elle devait avoir une idée assez précise de l'identité de la victime. Pourquoi lui avait-elle dissimulé une information aussi importante ?

— C'est l'ADN de qui ? s'enquit-il.

— Je n'en sais rien, il n'y a aucun nom sur l'échantillon. Elle veut que je le compare avec celui de la victime et que je la prévienne dès que les résultats arriveront. Elle m'a aussi demandé de ne rien te dire.

Nash ravala sa colère.

— Est-ce qu'elle t'a dit pourquoi ?

— Pas vraiment. Elle a juste expliqué qu'elle préférait rester discrète, au cas où son intuition se révélerait fausse.

C'était déjà ce qu'elle avait servi comme excuse à Nash… Se pouvait-il qu'elle garde des preuves pour elle dans la seule intention de s'attribuer plus tard le mérite d'avoir élucidé l'affaire ? Il ne la voyait pas comme ça, mais les autres explications lui paraissaient encore plus inconcevables.

— Qu'a-t-elle dit d'autre ? voulut-il savoir.

— Rien. Elle n'est restée que cinq minutes. Elle était attendue ailleurs, apparemment.

— As-tu analysé l'échantillon ?

— Ça va prendre un peu de temps. Extraire de l'ADN d'un squelette n'est pas chose facile. Il ne faut pas t'attendre à avoir les résultats avant une bonne semaine.

— Tu ne peux pas accélérer un peu le processus ? C'est important, Allie. Sinon, je ne te le demanderais pas.

— Je ne te promets rien, mais je vais essayer.

— Merci. Appelle-moi dès que tu as des réponses. Moi, et personne d'autre.

— C'est noté.

Elle le raccompagna à la porte.

— Tu sais, j'étais sincère, tout à l'heure. Je crois que tu ferais mieux d'attendre un peu avant de t'embarquer dans une relation avec elle. Après tout ce que Grace t'a fait subir… Je ne veux plus que tu souffres.

— Eve est une excellente policière, répondit Nash, qui ne pouvait s'empêcher de défendre sa collègue. Elle a toujours été réglo. Je ne sais pas ce qu'elle tient comme piste, mais elle doit avoir une bonne raison de ne pas la divulguer.

Malgré ses belles paroles, il quitta le laboratoire avec l'impression amère d'avoir été trahi. Il n'aimait pas les secrets. Il avait déjà eu sa dose de mensonges avec Grace. Et même s'il voulait encore faire confiance à Eve, son attitude le poussait à s'interroger sur ses motivations.

Cherchait-elle à protéger quelqu'un ?

10

Eve était sur le qui-vive lorsqu'elle emprunta la deux-voies au bord de laquelle elle avait manqué de se faire renverser l'avant-veille. Cette expérience aurait suffi à la rendre nerveuse, mais l'entrevue avec Grace Bowden n'avait fait qu'accroître son anxiété. Dans la petite demi-heure qu'elles avaient passée ensemble, l'ex-épouse de Nash semblait avoir glané plus d'informations sur Eve que l'inverse.

Depuis son arrestation, Grace n'avait exprimé aucun regret vis-à-vis de la fillette innocente qu'elle avait enlevée. De quoi serait-elle capable si elle se sentait menacée par une autre femme ?

Tu n'es pas l'« autre » femme, se corrigea Eve. *Nash et elle sont séparés depuis longtemps.*

Une réalité que Grace avait visiblement du mal à accepter…

Toutefois, elle ne risquait pas de s'en prendre à Eve tant qu'elle serait en prison ou à l'hôpital psychiatrique – et il y avait de grandes chances qu'elle y reste encore un long moment. Denton Crosby, en revanche, allait et venait comme bon lui semblait, et il avait prouvé à Eve qu'il savait exactement où la trouver. Si elle ne s'était pas réveillée la nuit passée, il n'aurait sans doute pas hésité à s'introduire chez elle.

Eve voulait croire que les accusations de Crosby contre sa mère étaient ridicules – allégations délirantes d'un meurtrier qui tentait désespérément de brouiller les pistes. Mais l'image du verre brisé la hantait, et elle se demanda une fois de plus pourquoi les questions qu'elle avait posées à Jackie avaient à ce point perturbé sa mère. Celle-ci savait-elle que Gabriel était revenu à Black Creek pour voir Eve ? L'en avait-elle vraiment empêché ?

Portant la main à son collier, Eve s'absorba dans ses pensées, jusqu'à ce que la sonnerie de son téléphone la ramène brusquement au présent. En voyant le nom de Nash s'afficher sur l'écran, elle fronça les sourcils. Il devait se douter qu'elle était en route. Qu'avait-il de si urgent à lui dire ?

Elle tapota son écouteur pour prendre l'appel.

— Où êtes-vous ? s'enquit-il sans préambule.

Eve aurait juré percevoir une note de soupçon dans sa voix. C'était sans doute sa propre mauvaise conscience qui lui faisait imaginer des choses… Elle se promit de lui révéler toute la vérité dès qu'elle connaîtrait les résultats de l'analyse ADN.

— Je viens de quitter l'autoroute, dit-elle.

— Vous rentrez directement au poste ?

— C'est ce que j'ai prévu. Pourquoi, il y a du nouveau ?

— On en parlera à votre retour. Comment ça s'est passé, avec Grace ?

Eve poussa un soupir de soulagement. Voilà pourquoi il était tendu : il avait dû s'inquiéter de ce rendez-vous toute la matinée.

— C'était… intéressant, répondit-elle.

— Vous avez appris quelque chose ?

— Cela reste à confirmer. Mais vous aviez raison de me mettre en garde. Grace est une femme très complexe.

— On peut dire ça comme ça, marmonna-t-il.

— Je ne sais pas quoi penser de certaines confidences qu'elle m'a faites. C'était comme si... Comme si elle était sous hypnose et qu'elle revivait des moments qu'elle avait vécus dans la grotte étant petite.

— Vous êtes sûre qu'elle ne faisait pas du cinéma ?

— Je ne suis sûre de rien, avec elle. Mais je vous raconterai tout ça tout à l'heure. Ça roule bien, je devrais être là dans une vingtaine de minutes.

— Autre chose que je devrais savoir ?

— À propos de Grace, vous voulez dire ?

— De Grace ou de l'enquête en général. Vous suiviez de mystérieuses pistes, hier. Vous ne m'avez pas dit ce qu'il en était ressorti.

Quelque chose avait définitivement changé depuis la dernière fois qu'ils s'étaient parlé...

— Je n'ai rien à vous rapporter pour l'instant, mais je vous tiendrai au courant.

— J'y compte bien, inspectrice.

Ce n'était donc pas son imagination.

Pourquoi cette froideur soudaine ? Après leur conversation intime de la veille, leur relation semblait pourtant avoir pris un nouveau tournant. Cette fois-ci, Nash avait fait le premier pas. Cette fois-ci, c'était lui qui avait oublié toute prudence, obligeant Eve à lui rappeler qu'il avait intérêt à se montrer discret jusqu'au procès. À présent, elle ignorait comment interpréter sa réserve. Que s'était-il passé pour que son attitude change de façon aussi radicale ? Peut-être tenait-il simplement à séparer leurs vies professionnelle et personnelle...

— Tout va bien ? demanda-t-elle. Entre nous, je veux dire.

— Il n'y a pas de raisons pour que ça aille mal, n'est-ce pas ?

Il changea brusquement de sujet :

— Vous n'avez pas posé de questions sur l'autopsie de Naples.

— C'est vrai… Qu'est-ce que ça a donné ?

— Les premiers examens sont peu concluants, même si le légiste a retrouvé de la mousse et des sédiments dans les poumons et les voies aériennes. Il semblerait que Ron Naples se soit noyé, mais on n'a aucun moyen de savoir si c'était un accident.

— Sa voiture a été volée et impliquée dans un délit de fuite, rappela Eve. J'ai du mal à croire que sa mort ait été accidentelle.

— Vous considérez toujours qu'il y a un lien entre Ron Naples et notre squelette ?

Eve repensa aux menaces que Denton Crosby avait proférées la nuit précédente. Elle sentait presque la pression du canon de son revolver sur sa nuque.

— Je n'exclus pas cette possibilité, répondit-elle. Et vous ?

— Ça me paraît tiré par les cheveux.

— Pour l'instant, peut-être. Les affaires aussi anciennes ne sont jamais faciles à résoudre. Mais quelqu'un sait forcément quelque chose. Il faut continuer de chercher jusqu'à ce qu'on trouve.

— Vous avez l'air convaincue qu'on y arrivera, observa Nash. Mais si on ne peut pas identifier ce squelette, je ne vois pas comment c'est possible. À moins que vous ayez une piste dont j'ignore l'existence.

Un long silence s'étira entre eux.

— Vous êtes au courant, n'est-ce pas ? finit-elle par dire, le cœur lourd.

— Au courant de quoi ?

Elle marqua une autre pause.

— Vous avez parlé avec le Dr Forester. Elle vous a informé que j'étais passée ce matin pour déposer un échantillon d'ADN.

— Pourquoi ne m'avez-vous rien dit ?

Eve grimaça en entendant sa déception.

— Je comptais le faire dès que j'aurais reçu les résultats. Pour l'instant, ce n'est qu'une intuition.

— Vous semblez en avoir beaucoup, ces derniers temps. Surtout à propos de cette enquête.

— Je peux vous expliquer…

— Vous m'expliquerez quand vous serez rentrée, la coupa-t-il. J'attends un rapport détaillé. Pas de fausses excuses, pas d'histoires de pressentiments ou je ne sais quoi d'autre. Je veux des faits. Est-ce clair ?

— Oui, très clair.

— En attendant, sachez que M. McNally a suspendu les opérations de démolition pour nous permettre de descendre dans la grotte. À moins que cela ne vous intéresse plus…

— Si, si, ça m'intéresse ! répondit-elle aussitôt. Je pense toujours que c'est important.

Plus que cela, c'était vital. Elle avait besoin d'inspecter cette caverne. Besoin de *sentir* l'endroit où son père avait rendu son dernier souffle. Peut-être lui avait-il laissé un indice… Peut-être serait-elle la seule à déceler cette émotion, cette impression, restée enfouie sous la terre pendant des décennies.

— Quand pouvons-nous y aller ? s'enquit-elle.

— Je me suis libéré un peu de temps cet après-midi. Venez me voir dans mon bureau dès que vous serez rentrée. Sérieusement, Eve, je ne peux pas laisser mes enquêteurs faire cavaliers seuls. Nous sommes une équipe, et vous devez me dire tout ce que vous savez sur l'affaire. Je ne veux plus de cachotteries.

— Très bien, chef.

Eve se demanda s'ils revivraient un jour ce moment magique et si prometteur qu'ils avaient connu la veille dans son jardin…

D'humeur maussade, Nash se gara sur le parking du poste de police. Eve avait donc bien gardé des informations pour elle. Quant à savoir lesquelles, il le découvrirait bientôt. Et si elle restait évasive… Il ne lui ferait pas de quartier sous prétexte qu'il avait des sentiments pour elle. Au contraire, même.

Alors qu'il s'apprêtait à descendre de voiture, son téléphone sonna. Il referma la portière et décrocha.

— Bowden.

— Nash ?

C'était son ex-femme.

— Pourquoi m'appelles-tu, Grace ? Tu sais que je ne peux pas te parler.

— Ne te fâche pas, dit-elle d'un ton caressant. J'avais juste besoin d'entendre ta voix.

— Est-ce que le Dr Anderson est au courant de cet appel ? Et tes avocats ?

— Ça ne les concerne pas.

— Bien sûr que ça les concerne ! s'emporta-t-il. Tu as fait quelque chose de très grave, Grace. Il serait temps que tu assumes les conséquences de tes actes.

— Je n'étais pas dans mon état normal. Tu le sais, Nash. Tu sais que je n'aurais jamais fait de mal à cette petite fille.

Sa voix s'était mise à trembloter.

— Ce n'est pas une excuse, mais je n'arrêtais pas de repenser à l'enfant que nous avons perdu. Elle aurait eu le même âge que Kylie. Quand celle-ci est entrée dans ma boutique avec son air si innocent, si timide… Tout s'est mélangé dans ma tête.

Nash avait appris à ses propres dépens combien Grace était bonne actrice. À présent, il savait déjouer ses tentatives de manipulation.

— Tu n'es pas la seule à avoir perdu ce bébé, fit-il remarquer. Ta fausse couche m'a beaucoup affecté, moi aussi, mais ce qui nous est arrivé il y a cinq ans ne justifie pas de voler l'enfant de quelqu'un d'autre. Ce que tu as fait subir à sa mère est inexcusable.

— Je pensais que tu étais bien placé pour comprendre, répliqua-t-elle, acerbe. Tu sais ce que ça fait quand ton esprit s'embrouille. As-tu oublié dans quel état tu étais quand on s'est rencontrés ? As-tu oublié les cauchemars, les flash-backs ? Toutes les fois où j'ai veillé avec toi, la nuit, quand tu n'arrivais pas à dormir ?

Il resta silencieux un moment.

— Je n'ai rien oublié. Et je comprends plus de choses que tu ne le crois. Quoi que tu dises aujourd'hui, nous connaissons tous les deux la vraie raison de ton acte. Tu voulais attirer mon attention, et tu as réussi.

— Est-ce que tu peux venir me voir, s'il te plaît ? l'implora-t-elle.

Nash ferma les yeux.

— Je ne peux pas t'aider, cette fois-ci. Il faut que tu écoutes tes avocats.

— Nash, je t'en prie…

— Je vais raccrocher.

— Non, attends ! s'écria-t-elle. Cette femme que tu m'as envoyée… Eve Jareau, c'est ça ?

— Je ne te l'ai pas envoyée, corrigea-t-il, les dents serrées. C'est elle qui a décidé d'aller te voir.

— Est-ce que tu as une liaison avec elle ?

— Ni elle ni moi ne sommes mariés ni en couple. Donc non, nous n'avons pas de « liaison ».

— Une relation sentimentale, si tu préfères ?

— Grace, quel est le but de ton appel ? lui demanda-t-il en sentant sa patience s'émousser. Toi et moi sommes divorcés depuis des années, et séparés depuis plus longtemps encore. Ma vie privée ne te regarde pas.

— C'est juste que j'ai tellement peur, Nash, fit-elle en reprenant sa petite voix. J'ai besoin que tu me dises que tout ira bien.

— Je ne peux pas te promettre ça. Tu as organisé l'enlèvement de Kylie Buchanan jusque dans les moindres détails, tu as même placé de fausses preuves pour faire accuser quelqu'un d'autre. Ça s'appelle de la préméditation. Alors non, tout n'ira pas bien.

— Je ne peux pas aller en prison, Nash, souffla-t-elle.

— Tu aurais dû y penser plus tôt.

— Pourquoi es-tu si méchant ?

Il inspira et expira lentement.

— Je ne suis pas méchant. Ton petit jeu ne marche plus avec moi, c'est tout. Je vais raccrocher.

— Attends ! Et si je pouvais t'aider à résoudre une affaire ? Ça compterait devant le juge, n'est-ce pas ?

— Quelle affaire ? demanda Nash à contrecœur.

— Le squelette retrouvé dans la grotte de McNally. Ta collègue m'a montré des photos dans un album de lycée. J'ai reconnu un visage.

— Si tu inventes tout ça…

— Je te jure que je n'invente rien ! J'ai vu cette personne dans la grotte. C'est important, non ? Ça pourrait te permettre d'arrêter le coupable.

— En as-tu parlé à l'inspectrice Jareau ? s'enquit Nash, qui ne voulait pas tomber dans son piège.

— Je préfère en discuter avec toi. Tu peux venir me voir ?

Encore ses cajoleries. Ses éternelles manœuvres. Elle ne changerait donc jamais…

— Non, je ne peux pas venir, répondit-il, mais je peux demander à Eve Jareau de te recontacter.

— Et si je ne veux parler qu'à toi ?

— Alors je n'aurai aucune raison de plaider en ta faveur auprès du juge.

— Nash…

— Au revoir, Grace.

Eve se serait rongé les sangs tout le reste du trajet si son téléphone n'avait pas une fois de plus interrompu le fil de ses pensées. Aussitôt, elle craignit que Nash ait finalement décidé de la renvoyer, mais l'écran affichait un numéro inconnu.

— Inspectrice Jareau, dit-elle après avoir activé son kit mains libres.

— *Eve* Jareau ?

L'espace d'un instant, elle crut que sa correspondante tentait de déguiser sa voix, tant celle-ci était rauque. Elle repensa immédiatement à Grace Bowden et au ton tour à tour craintif et menaçant que celle-ci avait pris alors qu'elle se remémorait ses moments passés dans la grotte.

— Qui est-ce ? demanda-t-elle, méfiante.

— Il paraît que tu me cherches.

— Nadine ? Nadine Crosby ?

— C'est moi.

Eve jeta un coup d'œil dans le rétroviseur. Il n'y avait personne, ni derrière ni devant.

— Comment avez-vous eu mon numéro ?

— Tu as laissé ta carte partout en ville. Ça n'a pas été dur de te retrouver.

Elle avait dû apprendre que la police la recherchait par son ex-employeuse ou bien par son ancienne voisine – ce qui signifiait qu'elle n'était pas aussi injoignable que les deux femmes avaient bien voulu le faire croire.

— Je suis heureuse que vous m'ayez contactée, madame Crosby, dit Eve. J'aimerais discuter avec vous en personne. Pouvons-nous fixer un rendez-vous ?

— S'il te plaît, appelle-moi Nadine. J'ai connu ton papa il y a bien longtemps. Il me parlait tellement de toi que j'avais l'impression de te connaître.

Eve avala difficilement sa salive.

— Seriez-vous d'accord pour me rencontrer, Nadine ?

— À ton avis, pourquoi je t'appelle ? On a beaucoup de choses à se dire.

— Donnez-moi un lieu et une heure.

— Il y a un chemin sur la droite, juste après la prochaine borne kilométrique.

Eve regarda de nouveau derrière elle.

— Dois-je comprendre que vous me suivez ?

— Depuis un moment, oui. Tu ne peux pas me voir, mais je ne suis pas loin.

— Est-ce qu'il faut que je m'attende à un autre pneu crevé ? s'enquit-elle d'un ton sarcastique. Allez-vous tenter de m'écraser comme votre frère l'a fait ?

— Denny ne t'a pas touchée, il me semble.

— Certes. Le pauvre Ron Naples s'en est moins bien sorti, par contre.

Un silence.

— Je n'ai rien à voir avec ça.

— Et votre frère ?

— C'était un accident, insista Nadine. Denny voulait juste emprunter une voiture. Personne n'était censé être blessé.

— Et pourtant, quelqu'un est mort. Que s'est-il passé ? M. Naples a-t-il surpris votre frère en train de lui « emprunter » sa voiture ?

— Je n'y étais pas. Je ne sais pas comment c'est arrivé. Et puis, je ne t'ai pas appelée pour parler de Denny.

— Ron Naples fait partie des nombreux sujets que j'aimerais aborder avec vous. Vous vous êtes servie de votre emploi chez King Propreté pour faire entrer votre frère chez deux clients. Un homme en est mort, ce qui fait de vous une complice. C'est dans votre intérêt de me raconter exactement ce qui s'est passé.

— Je ne peux pas te dire ce que je ne sais pas, lâcha Nadine d'une voix forcée, comme si elle retenait une toux douloureuse. Denny voulait juste te faire peur pour que tu abandonnes l'enquête. Et pour ça, il avait besoin d'une voiture. Il n'avait pas prévu que ça tournerait mal. Je suis d'accord pour te rencontrer, mais sache que si tu préviens les flics je les verrai arriver bien avant qu'ils ne me repèrent.

— Comment ?

— Peu importe. Si tu as vraiment envie de me voir, cherche cette borne. Tourne à droite et suis le chemin dans les bois pendant un ou deux kilomètres, jusqu'à ce que tu voies un arbre avec un ruban jaune autour du tronc. Il y a une voiture brûlée dans le fossé. Elle est visible depuis le chemin si tu regardes bien. Gare-toi là et attends-moi. Je te rappellerai.

— Je préférerais qu'on se retrouve dans un lieu public.

— Désolée, mais ça n'arrivera pas.

Nadine fut interrompue par une violente quinte de toux.

— Tu acceptes mes règles, ou on ne se voit pas, conclut-elle.

— Je n'ai que votre parole, fit remarquer Eve. Or je ne suis pas franchement rassurée par ce que j'ai appris de votre passé. Comment être sûre que vous n'êtes pas en train de me tendre un piège ?

— Il va falloir me faire confiance.

Eve laissa échapper un rire sans joie.

— Vous faire confiance ? Ça ne va pas être facile. La dernière fois que j'ai vu mon père vivant, il montait dans une voiture où vous vous trouviez avec votre frère.

— C'est pour ça que tu me cherches, pas vrai ? Tu veux que je te parle de cette nuit-là.

— Vous savez ce qui lui est arrivé ? demanda Eve en agrippant le volant.

— En partie. Je te raconterai tout ce que je sais à condition que tu ne fasses rien de stupide. Viens seule, c'est le plus important. Si j'apprends que tu as prévenu la police, je disparaîtrai tellement vite que tu te demanderas si tu n'as pas parlé à un fantôme.

— Ce n'est pas si facile de disparaître.

— J'ai encore quelques amis dans le coin, et je connais plein de petites routes par lesquelles quitter la Floride en toute discrétion. Je partirai avec les secrets de ton père et tu ne me reverras plus jamais.

— Nadine…

— Décide-toi vite, ma fille. Tu viens seule ou tu ne viens pas.

— Attendez…

Elle avait déjà raccroché.

Eve n'était pas une débutante. Elle connaissait la procédure à suivre : appeler des renforts, rejoindre prudemment le lieu du rendez-vous et tout faire selon les règles pour que

Nadine et Denton Crosby puissent être appréhendés et interrogés. Seulement, leur arrestation exposerait Jackie à d'odieuses accusations, et Eve ne croyait pas un seul instant que sa mère ait pu avoir une quelconque responsabilité dans la mort de son père. D'ailleurs, celui-ci était peut-être encore bien vivant, installé dans un autre État avec sa nouvelle famille.

Mais si ce n'était pas le cas ? S'il était bel et bien revenu à Black Creek pour voir Eve ? Et si quelqu'un l'avait attiré dans cette grotte pour l'assassiner ?

L'homme dont on avait retrouvé le squelette avait été poignardé si violemment que ses côtes avaient presque été sectionnées. On lui avait enfoncé le crâne avec un objet contondant. Comme Eve l'avait elle-même fait remarquer, la brutalité du crime suggérait une rage incontrôlable. Or Jackie avait beau s'être sentie blessée et trahie par le départ de son mari, jamais elle ne se serait acharnée sur lui de cette façon.

« Tu ne la connais pas », avait dit Wayne. « Pas aussi bien que moi, en tout cas. »

Eve chassa ces paroles troublantes de son esprit et jeta un coup d'œil dans le rétroviseur. Était-ce une berline noire, tout là-bas ? Ou bien un vieux pick-up ? Le véhicule était trop éloigné pour qu'elle puisse l'identifier, mais une chose était certaine : Nadine Crosby se trouvait dans les parages, en train de s'assurer qu'aucun gyrophare n'apparaissait à l'horizon.

N'y va pas, Eve. Tu es plus maligne que ça.

Il était hors de question qu'elle se rende seule à un rendez-vous imposé par une femme qui avait peut-être été complice de deux meurtres. Mais la tentation de découvrir ce que Nadine savait sur son père était tellement forte !

L'intersection approchait. Eve distinguait déjà les chiffres peints sur la borne kilométrique.

Ne fais pas ça.

Au dernier moment, elle tourna le volant, comme si ses mains avaient soudain été animées d'une volonté propre. Les roues arrière dérapèrent dans les graviers. Elle enfonça la pédale de frein et resta quelques instants immobile, le temps de reprendre son souffle.

Alors, sans réfléchir, elle s'engagea sur le chemin de terre. Des haies de chèvrefeuilles, palmiers nains et feuillus le bordaient de part et d'autre. Au-dessus, les branches formaient une épaisse voûte qui occultait la lumière du soleil.

Bientôt, elle repéra l'arbre au ruban jaune, puis la voiture brûlée enfouie sous les broussailles. Elle s'arrêta à son niveau, en se demandant s'il pouvait s'agir de la berline de Ron Naples. Mais, à en juger par les plantes qui avaient poussé jusque dans l'habitacle, elle se trouvait là depuis des années.

Eve baissa la vitre pour respirer l'air frais de la forêt. Cinq minutes passèrent, puis dix. Elle descendit de voiture, regarda autour d'elle. L'endroit était isolé. Abandonné. Même le chant des oiseaux paraissait triste.

Lorsque le vieux pick-up apparut au bout du chemin, Eve porta aussitôt la main à son pistolet. Le véhicule s'arrêta face à elle, puis son téléphone sonna.

— Laisse ton arme et ton portable dans la voiture, lui demanda Nadine.

— On pourrait discuter ici, suggéra Eve.

— Si tu ne fais pas ce que je t'ai dit, dans trois secondes je m'en vais.

— D'accord, d'accord…

Eve sortit le pistolet de son étui et le posa sur le siège, à côté du téléphone. Puis elle releva son chemisier au-dessus de sa taille et fit un tour complet sur elle-même pour montrer qu'elle n'avait pas d'autre arme.

Le pick-up s'avança jusqu'à elle.

— Monte, lança Nadine à travers la vitre ouverte.

— Où m'emmenez-vous ?

— Pas loin d'ici. Je connais un endroit où on pourra parler sans risquer d'être dérangées.

Eve doutait qu'une telle chose se produise dans ce coin reculé, d'autant plus qu'elle n'avait prévenu aucun de ses collègues. Il pouvait lui arriver n'importe quoi, personne n'en saurait rien. Et elle disparaîtrait de la surface de la terre comme son père avant elle.

— Je ne vais pas te faire de mal, lui assura Nadine, qui avait dû deviner son malaise.

— Comment puis-je en être sûre ? rétorqua Eve. Qu'est-ce qui me dit que vous n'allez pas m'emmener quelque part pour me tuer ?

— Si je voulais te tuer, je m'y prendrais autrement. Tu es jeune et forte, je ne ferais pas le poids contre toi. J'essaierais plutôt de t'attaquer par surprise.

Elle paraissait frêle, en effet, songea Eve. Son débardeur délavé laissait voir ses clavicules saillantes et ses bras maigres, et ses cheveux blond platine avaient tourné au gris. Elle devait avoir à peu près l'âge de Jackie, mais elle faisait au moins dix ans de plus.

C'était donc pour cette femme que Gabriel Jareau avait quitté sa famille… Eve ne pouvait s'empêcher de la comparer à sa mère, restée séduisante et pleine d'énergie.

Pourquoi elle, papa ?

— Monte, ordonna sèchement Nadine.

Eve obéit et claqua la portière derrière elle. L'habitacle délabré sentait l'essence et l'antimoustique. Le coude à la fenêtre, Nadine attendit qu'Eve s'installe. Elle portait un short trop grand d'où dépassaient des jambes osseuses couvertes de bleus. En la voyant tousser violemment, Eve sentit une émotion inexplicable l'envahir, et elle détourna les yeux. De toute évidence, Nadine était gravement malade.

Tandis qu'elles repartaient sur le chemin, le pot d'échappement ronfla bruyamment, couvrant le silence inquiétant de la forêt. Eve observa les alentours et tenta de retenir la distance parcourue, tout en sachant que cela ne servirait pas à grand-chose si Nadine ou son frère décidaient de l'abattre d'une balle dans la tête.

Au bout de deux ou trois kilomètres, elles atteignirent une vieille ferme. Le jardin était tellement envahi de ronces et de mauvaises herbes que seule la moitié supérieure du bâtiment était visible depuis la route. La vigne grimpait jusqu'à l'étage, se faufilait par les fenêtres cassées et s'enroulait autour de la cheminée de briques. La propriété avait dû être charmante, autrefois, avec ses arbres d'ombrage plantés tout autour et ses lis orange et jaunes qui dépassaient çà et là. À présent, elle paraissait presque hantée.

Nadine fit demi-tour pour garer son véhicule face au chemin.

— Où sommes-nous ? s'enquit Eve.

— Au seul endroit où je me sois jamais sentie en sécurité, répondit Nadine.

Elle coupa le moteur et laissa reposer sa tête contre l'appuie-tête, agrippant de ses mains décharnées le cuir usé du fauteuil.

— Ça va ? lui demanda Eve, inquiète.

— Il faut juste que je reprenne mon souffle.

Lentement, elle sembla recouvrer ses forces.

— Mes parents ont acheté ce terrain à l'époque où ça ne valait pas grand-chose dans le coin. Mon père était maître charpentier, précisa-t-elle fièrement. Il a construit la maison tout seul. C'est ici qu'on a grandi, avec mon frère.

— Vos parents habitent-ils toujours dans la région ? Est-ce pour cela que vous êtes revenue à Black Creek ?

— Ils sont morts quand j'étais petite. Percutés de plein fouet par un poids lourd alors qu'ils sortaient de l'autoroute.

— Je suis désolée, murmura Eve.

C'était déstabilisant d'éprouver de la pitié pour une femme qui avait quasiment détruit sa vie et celle de sa mère…

— On n'avait pas d'autre famille, et personne ne voulait de nous, alors on a été traînés de foyer en foyer jusqu'à ce que Denny soit majeur et qu'il nous sorte de là.

— Vous avez eu une enfance difficile.

Nadine haussa les épaules.

— Il y a pire. Au moins, j'avais mon frère. Et plus tard, j'ai eu Gabriel.

Elle lui lança un regard gêné.

— Tous les trois, on formait une famille.

— Il en avait déjà une, répliqua Eve, sentant de nouveau son cœur s'endurcir.

— Il nous connaissait avant. On était ensemble au lycée.

— Ma mère y était aussi.

— Je sais. Je me souviens d'elle.

Était-ce de l'amertume qu'elle percevait dans sa voix ? De la haine, même ?

— Dans ce cas, vous saviez que mes parents s'étaient mariés. Vous saviez que mon père avait une femme et une fille, et ça ne vous a pas empêchée de partir avec lui.

— On ne choisit pas qui on aime.

— Ce n'est pas une excuse.

En même temps qu'elle prononçait ces mots, Eve songea à Nash et à ce qu'elle éprouvait pour lui. Mais cela n'avait rien à voir. Lui avait été séparé de sa femme depuis longtemps quand Eve s'était décidée à passer à l'action.

— Ton père n'a jamais cessé de t'aimer, murmura Nadine, la tête toujours appuyée contre le siège. Il tenait à ta maman, aussi, mais il n'était pas fait pour vivre une vie rangée. C'était un rebelle. Il était accro au danger et à l'aventure comme un junkie à sa drogue. À ce niveau-là, on était pareils.

— Est-ce que vous l'avez tué ? lâcha Eve.

Nadine tourna la tête vers elle, l'air peiné.

— Pourquoi l'aurais-je tué ? C'était l'amour de ma vie !

— Alors pourquoi vous et votre frère me demandez d'abandonner l'enquête ? Si vous aimiez vraiment mon père, pourquoi ne voulez-vous pas savoir ce qui lui est arrivé ?

Nadine Crosby planta son regard dans le sien.

— Tu ne sais vraiment pas ?

— Non.

— Il faut que tu arrêtes de poser des questions sur ce squelette, sinon les gens vont faire le rapprochement.

— Faire le rapprochement entre quoi et quoi ?

Nadine baissa la voix, comme si elle craignait qu'on l'entende.

— Tôt ou tard, quelqu'un finira par comprendre qu'on l'a prise.

— Pardon ?

Eve eut soudain l'impression que le monde s'arrêtait de tourner. Qu'une bombe allait bientôt exploser.

— La petite fille qui a disparu il y a des années, chuchota Nadine. C'est nous qui l'avons kidnappée.

— Vous et votre frère avez enlevé Maya Lamb ? souffla Eve.

— Moi, mon frère… et Gabriel.

11

Eve eut un mouvement de recul. Cela ne pouvait pas être vrai. Son père avait eu beaucoup de défauts, mais il n'était pas un voleur d'enfant. Nadine Crosby essayait juste de se dédouaner.

Une vague de nausée l'envahit, à tel point qu'elle craignit un instant de rendre son petit déjeuner. Elle se pencha à la fenêtre et inspira de grandes bouffées d'air, tandis que son esprit continuait de crier : *Non, non, non, ce n'est pas possible !* Son père adoré, kidnapper Maya Lamb ? *Non !*

Pendant ce temps, Nadine attendait patiemment à côté d'elle.

— Ça va ? finit-elle par demander.

— Je ne me sens pas bien, répondit Eve en passant le dos de sa main sur son front en sueur.

— Je n'aurais pas dû t'annoncer ça aussi brutalement. Prends le temps de respirer, ça finira par passer.

Mais Eve savait que ce ne serait pas le cas. S'il y avait ne serait-ce qu'une once de vérité dans les propos de cette femme, l'écœurement qu'elle ressentait n'était pas près de s'estomper.

— Je ne vous crois pas, dit-elle.

— Je sais.

Nadine parut sur le point de lui toucher l'épaule, mais elle se ravisa et enroula ses bras autour du volant.

— Je ne te mens pas, pourtant.

— Qu'est-ce que vous cherchez à faire en me disant ça ?

— J'ai pensé qu'après tout ce temps, tu méritais de connaître la vérité sur ton père.

— Et vous, qu'est-ce que ça vous apporte ? répliqua Eve en la fusillant du regard. Vous voulez sûrement prendre les devants. Vous vous dites qu'en accusant mon père d'avoir organisé l'enlèvement de Maya Lamb, les juges seront plus cléments avec vous et votre frère. Sauf que ça ne marchera pas.

— Je n'ai jamais dit que Gabriel avait organisé quoi que ce soit. Et ça ne m'apporte rien de te raconter cette histoire, à part un peu de paix. Mais j'imagine que ça non plus, tu n'y crois pas.

— Ça ne colle pas, insista Eve. Je l'ai vu monter dans cette voiture avec vous la nuit où il est parti. C'était des semaines avant que Maya soit enlevée.

— Tout était calculé. Gabriel a dit à tout le monde que son cousin de La Nouvelle-Orléans leur avait trouvé un job, à Denny et à lui, sur une plate-forme pétrolière. On connaissait plein de gars à Black Creek qui travaillaient sur ces plates-formes. Il n'y avait pas de raison pour qu'on ne le croie pas.

— C'était un mensonge ?

— Les gens devaient penser qu'on était partis pour de bon. On avait besoin d'un alibi solide pour la nuit où la fillette disparaîtrait.

— Comment se fait-il qu'aucune rançon n'ait été exigée ? s'enquit Eve. C'est bien pour ça que vous l'avez kidnappée, non ? Pour soutirer de l'argent à June Chapman ?

— Qui ça ?

— La grand-mère de Maya. Vous deviez penser qu'elle paierait, puisque la mère n'avait pas le sou.

— Je ne vois pas de quoi tu parles. Tout ce que je sais, c'est qu'on a eu la moitié de la somme à l'avance et l'autre moitié à la livraison.

Eve la dévisagea, horrifiée.

— Comment ça, à la livraison ?

— Quelques jours avant qu'on quitte la ville, quelqu'un avait approché mon frère. Il nous proposait 100 000 dollars chacun pour enlever les deux filles et les déposer à un endroit convenu. Cinquante mille tout de suite, le reste à la livraison.

— Les deux filles ? répéta Eve en fronçant les sourcils.

— Oui, c'était le plan. On devait les remettre toutes les deux pour récupérer l'argent. Mais ça ne s'est pas passé comme prévu.

Eve pensa à toutes ces années pendant lesquelles Thea Lamb avait recherché sa sœur jumelle. Toute cette culpabilité qu'elle avait dû ressentir d'avoir été épargnée.

— Qui vous a payés ? demanda-t-elle à Nadine.

— Aucune idée. Denny n'a jamais voulu nous donner son nom. Apparemment, cette personne lui a parlé d'une organisation secrète regroupant des policiers, des agents du FBI et même des travailleurs sociaux qui s'occupaient d'offrir une seconde chance aux enfants en danger.

— En les kidnappant ? fit Eve, incrédule.

— D'après ce que j'ai compris, ils faisaient disparaître les gamins pour les sauver. Ils les cachaient dans des lieux sûrs, leur donnaient de nouveaux noms, puis les plaçaient dans des familles aimantes. J'avais connu la vie en foyer, alors je me suis dit qu'on rendait service à ces petites filles.

— Et leur mère ? demanda Eve. Jamais vous n'avez pensé à la souffrance que vous lui infligiez ?

— J'avais de la peine pour Reggie, vraiment. Mais elle l'avait bien cherché, en laissant entrer chez elle des types comme Derrick Sway. Tout le monde savait que ça finirait mal, qu'un pervers profiterait un jour de la situation.

Elle lança un coup d'œil vers Eve.

— Quand je voyais les choses sous cet angle, j'arrivais à me convaincre que ce qu'on faisait, c'était pour le bien de ces deux fillettes.

— Pour leur bien ?

Eve l'observa un moment.

— Vous n'avez pas pensé que vous alliez peut-être les remettre à des trafiquants ?

Nadine grimaça.

— À l'époque, on ne parlait pas autant de ces choses-là. Peut-être qu'on n'avait pas envie de savoir… Et peut-être que ça nous arrangeait bien de penser ça, parce qu'avec 100 000 dollars chacun on allait pouvoir prendre un nouveau départ.

— Et qu'est-ce que ça a donné pour vous, ce nouveau départ ? s'enquit Eve d'un ton sarcastique.

— Pas grand-chose, reconnut-elle. On n'a reçu que la moitié de la somme, puisqu'on n'avait remis qu'une seule fillette. L'argent, ça part vite. Denny et moi, on a vécu notre vie chacun de notre côté, et j'ai dû faire des ménages pour m'en sortir.

— Pourquoi n'avez-vous pris que Maya ?

— Gabriel n'est pas venu. Il nous avait devancés dans l'après-midi pour essayer de te voir. Quand on a reçu le feu vert, il était introuvable. Denny ne pouvait pas prendre les deux gamines en même temps. Alors il a enlevé celle qui était la plus proche de la fenêtre et l'a ramenée ici, où on était tous censés se retrouver avant de les conduire au lieu de rendez-vous. On a attendu un moment. Comme Gabriel ne venait toujours pas avec l'autre fille, Denny est parti à sa recherche pour s'assurer qu'il n'avait pas été arrêté par les flics. Mon frère est revenu quelques heures plus tard, couvert de sang.

— Le sang de mon père ?

Nadine acquiesça, le regard assombri par le chagrin.

— Il l'a trouvé au fond de la grotte. Quelqu'un l'avait poignardé en plein cœur et lui avait brisé le crâne avec une pierre. D'après Denny, son corps était déjà froid. Il n'a rien pu faire d'autre que l'enterrer sous un tas de cailloux, en espérant que personne ne le découvrirait avant notre départ.

Eve serra ses bras autour d'elle.

— Et vous l'avez cru ?

— C'est mon frère. Il ne m'aurait pas menti sur un sujet aussi grave.

Évidemment qu'il aurait menti, songea Eve. Les gens faisaient bien pire pour sauver leur peau.

— Comment a-t-il eu l'idée de regarder dans la grotte ?

— Elle n'était pas loin de chez Reggie. En cas de problème, on devait aller se planquer là-bas le temps de réfléchir à un moyen de quitter la ville. On y avait caché un peu d'argent et des faux papiers d'identité.

— Qu'avez-vous fait de Maya ?

— On l'a déposée à l'endroit prévu. Que pouvait-on faire d'autre ? On n'allait pas la ramener chez elle – elle avait vu nos visages. On était obligés de suivre le plan malgré l'absence de Gabriel.

— Et que s'est-il passé sur le lieu de rendez-vous ?

— Quelqu'un est venu récupérer la gamine en voiture. On ne l'a plus jamais revue.

Eve serra les poings tandis qu'une colère sourde montait en elle.

— Vous avez regardé tranquillement une petite fille

de quatre ans se faire embarquer dans un véhicule par des inconnus ?

— Oui.

— Et après, vous avez quitté la ville, j'imagine ? Où êtes-vous allés ?

— Ici et là.

— À San Antonio ?

Nadine cligna des yeux.

— Quelle importance ?

— Mon père m'a écrit trois cartes postales. Deux de La Nouvelle-Orléans, et une de San Antonio.

— Je sais, j'étais là quand il les a envoyées.

— La dernière est arrivée après l'enlèvement de Maya. C'est vous qui l'avez écrite ?

— Il fallait que les gens continuent à croire qu'il était vivant et qu'on était très loin de Black Creek. On ne voulait pas qu'ils se mettent à poser des questions sur Gabriel. Du coup, j'ai copié son écriture du mieux que j'ai pu, en croisant les doigts pour que tu ne te rendes compte de rien.

— Il ne vous est jamais venu à l'esprit que Denny avait pu tuer mon père pour récupérer sa part ?

— Jamais il n'aurait fait ça.

— Votre frère semble capable de bien pire que vous ne voulez l'admettre.

Nadine lui lança un regard en coin.

— Oui, ça arrive que même nos proches nous mentent. Mais si Denny avait voulu tuer Gabriel, il se serait débrouillé pour faire ça rapidement. Celui ou celle qui a attaqué ton père devait sacrément lui en vouloir pour s'acharner à ce point sur lui. On dit qu'on ne sait pas de quoi quelqu'un est capable avant qu'il ait été trahi par la personne qu'il aime le plus.

Eve comprit tout de suite ce qu'elle insinuait.

— Vous parlez en connaissance de cause, peut-être ? rétorqua-t-elle. Et si mon père vous avait trahie ? Et s'il avait décidé qu'il préférait vivre avec sa famille plutôt qu'avec vous ?

Nadine secoua lentement la tête.

— Il n'y a qu'une seule personne en dehors de Denny et de moi qui savait que Gabriel était revenu à Black Creek ce jour-là.

— Je n'ai aucune raison de vous croire. Si vous dites la vérité à propos de l'enlèvement de Maya Lamb, rien ne m'empêche de vous arrêter sur-le-champ.

— Je dis la vérité, assura Nadine, du moins ce que j'en sais. Mais si tu m'arrêtes, je nierai jusqu'à mon dernier souffle.

— Pourquoi ? Si vous voulez vraiment trouver la paix, pourquoi ne pas reconnaître vos responsabilités et en accepter les conséquences ?

— Je ne peux pas retourner en prison. Pas à mon âge. Je ne veux pas finir mes jours dans une cage.

— Vous n'aurez peut-être pas le choix, observa Eve.

— J'y ai réfléchi avant de t'appeler. Sans preuves, c'est ta parole contre la mienne.

— Il y a forcément des preuves quelque part. Si je dois fouiller chaque centimètre carré de cette grotte, je le ferai. Et je finirai par trouver, même si ça doit me prendre des années.

— Ça fait presque trente ans. On a pris soin d'effacer toutes les traces.

— Tous les criminels croient ça, mais ils oublient toujours quelque chose. Et puis, les gens parlent.

— Tu devrais peut-être y réfléchir à deux fois, lui conseilla Nadine. À force d'insister comme ça, les gens vont finir par se demander si tu ne nous accuses pas pour protéger quelqu'un d'autre. Regarde-moi bien. Est-ce que j'ai l'air d'avoir assez de temps devant moi pour purger une longue peine de prison ? Je serai sans doute morte avant qu'un procès puisse se tenir.

Eve l'observa longuement, notant son visage émacié et son teint cireux.

— Qu'est-ce que vous avez ?

— Un cancer des poumons au stade terminal. Les médecins ne peuvent rien pour moi. Ils disent que j'ai trop attendu avant de consulter.

— Je suis désolée.

— Ne le sois pas, répondit-elle en détournant les yeux. Je n'ai peut-être que ce que je mérite. Même si Maya a finalement eu droit à une vie meilleure, on n'avait pas à l'enlever.

— Vous pensez qu'elle est encore en vie ?

— Je ne sais pas. Je prie pour qu'elle le soit.

Eve l'espérait aussi, mais elles savaient toutes les deux que les statistiques ne jouaient pas en faveur de la fillette.

— Pourquoi êtes-vous revenue après tout ce temps, si ce n'est pas pour vous rendre ? s'enquit-elle. J'imagine que ce n'était pas juste pour soulager votre conscience auprès de moi.

— Je suis rentrée parce que Denny était à Black Creek. Et parce que j'ai appris qu'une autre petite fille avait été kidnappée.

— Vous pensiez qu'il était impliqué dans l'enlèvement de Kylie Buchanan ?

— Peu importe. Vous avez attrapé la coupable, n'est-ce pas ?

— Oui.

— Dans ce cas…

Elle haussa les épaules comme si tout allait bien dans

le meilleur des mondes. Comme si elle ne venait pas d'avouer sa responsabilité dans ce que les habitants de Black Creek considéraient comme le crime du siècle. Comme si elle ne venait pas de ternir à jamais l'image qu'Eve avait gardée de son père.

— Et maintenant ? demanda Nadine.

— Je ne peux pas vous laisser partir comme ça.

— Je m'attendais à cette réponse, fit-elle avec un sourire qui tenait plus de la grimace. C'est pour ça que j'ai pris mes précautions avant de venir.

— C'est-à-dire ?

— J'ai appelé mon frère et je lui ai dit ce que je comptais faire. Il est en route pour essayer de m'en empêcher. Il n'est sans doute plus très loin, maintenant.

Eve regarda par-dessus son épaule.

— Tu as raison d'avoir peur de lui, commenta Nadine. Denny devient méchant quand il se sent coincé. Mais si on se dépêche, je peux te ramener à ta voiture et tu auras peut-être une chance de filer avant qu'il arrive. Ou alors, tu restes ici et tu essaies de nous arrêter tous les deux…

— Donc, vous l'avez laissée partir.

Nash n'en croyait pas ses oreilles.

— Que vouliez-vous que je fasse ? répliqua Eve en soutenant son regard. Je ne pouvais pas appréhender Nadine et son frère à mains nues.

— Justement. Qu'est-ce qui vous a pris, d'aller retrouver cette femme au milieu de nulle part et sans arme ? Si j'ai bien compris, en plus, vous aviez aussi laissé votre téléphone.

Elle eut la bonne grâce d'avoir l'air embarrassée.

— Je sais que ça peut paraître irresponsable, comme ça.

— Et comment ! Vous êtes une policière expérimentée, Eve, vous auriez dû faire preuve d'un peu plus de discernement.

— Je savais que c'était risqué, mais Nadine proposait de me livrer des informations que je n'aurais pas pu obtenir autrement. J'ai étudié les différentes possibilités qui s'offraient à moi, et j'ai décidé d'écouter ce qu'elle avait à me dire. Franchement, qu'auriez-vous fait à ma place ?

— J'aurais indiqué ma position à mes collègues et je me serais assuré que les renforts étaient en route, répondit Nash du tac au tac.

Au fond de lui, cependant, il n'était pas certain qu'il aurait agi différemment d'elle…

— J'ai fait le choix de suivre mon instinct, se défendit Eve, et, vu ce que j'ai appris, je pense que ça en valait la peine.

— Et si elle avait sorti un pistolet ?

— J'aurais géré la situation. Faites-moi un peu confiance.

— J'aimerais bien, mais vous ne me facilitez pas la tâche.

Il se laissa aller en arrière dans son fauteuil, tout en continuant à l'observer d'un air réprobateur.

— Ça ne vous ressemble pas, fit-il remarquer. Cacher des informations, refuser d'appeler des renforts… Qu'est-ce qui vous arrive, bon sang ?

— Est-ce que ça a vraiment de l'importance, comparé aux révélations que Nadine Crosby m'a faites sur l'enlèvement de Maya Lamb ?

La jeune femme parlait posément, mais ses mains étaient crispées sur les accoudoirs du siège. Nash aurait voulu lui répondre que oui, c'était important. On ne jouait pas avec la sécurité. Un policier n'allait pas rencontrer un suspect sans son arme et sans moyen de joindre ses collègues. Mais il préféra céder sur ce point – pour le moment, du moins.

— Pourquoi s'est-elle adressée à vous ? demanda-t-il.

— Elle avait entendu dire que je la cherchais.

— On la cherchait tous les deux. Pourquoi vous appeler vous, et pas moi ?

— Peut-être parce que vous êtes le chef. Votre position doit être intimidante, pour une femme comme Nadine Crosby.

Elle rangea une mèche de cheveux derrière son oreille d'un geste agacé.

— Encore une fois, j'ai l'impression que vous ne voyez pas l'essentiel, dans cette histoire.

— J'essaie juste de visualiser précisément le déroulement de ce rendez-vous, répliqua-t-il. Et de comprendre pourquoi Nadine Crosby n'est pas en garde à vue à cet instant.

— Même si j'avais réussi à la ramener au poste, elle aurait tout nié. C'est ce qu'elle m'a dit. Ça aurait été ma parole contre la sienne. Et vous savez aussi bien que moi que les aveux qu'elle m'a faits dans son pick-up n'auraient pas été recevables devant un tribunal.

— C'est bien pour ça que vous auriez dû suivre la procédure.

Elle ferma brièvement les yeux.

— Je sais. Je suis désolée. Mais si je n'étais pas allée la voir, nous n'aurions pas toutes les informations que nous possédons à présent.

Elle se leva et se mit à faire les cent pas.

— C'est la première avancée en près de trente ans dans l'affaire de la disparition de Maya Lamb. Désormais, nous savons de quel côté chercher des indices et des témoins. S'il existe la moindre chance qu'elle soit encore en vie, ses proches méritent de connaître la vérité. Et si elle est morte, ils méritent que justice soit faite.

Nash fit pivoter son fauteuil pour suivre la jeune femme, qui s'était arrêtée devant la fenêtre et regardait dehors.

— Comment pouvons-nous être sûrs que Nadine Crosby dit la vérité ? s'enquit-il.

— Pourquoi mentirait-elle ? Elle est mourante.

— C'est ce qu'elle prétend.

— Je la crois. Elle a vraiment l'air malade.

Eve se retourna vers lui.

— Je pense qu'elle veut libérer sa conscience avant de mourir.

— Mais pourquoi a-t-elle ressenti le besoin de le faire avec vous ? C'est ça que je ne comprends pas. Dites-moi ce qui m'échappe.

Il inclina la tête.

— Je vois bien que vous me cachez quelque chose.

— Je suis venue ici directement après mon entrevue avec Nadine, pour pouvoir vous rapporter notre conversation tant qu'elle était encore fraîche dans ma mémoire. Ça ne compte pas, ça ?

Son regard restait inébranlable, mais Nash crut déceler un léger tremblement à la commissure de ses lèvres.

— Qu'est-ce qui se passe, Eve ? insista-t-il d'une voix douce. Je veux savoir.

Elle poussa un soupir et détourna les yeux.

— Vous avez raison, il y a autre chose. Nadine m'a dit qu'une troisième personne était impliquée dans le kidnapping.

Nash eut un mouvement de surprise.

— Pourquoi n'en avez-vous pas parlé tout de suite ? Elle vous a donné un nom ?

La jeune femme resta silencieuse.

— Eve ?

— Gabriel Jareau.

— Jareau ? Est-ce que…

— Oui, c'est mon père.

— Votre père a organisé l'enlèvement de Maya Lamb avec Nadine et Denton Crosby ?

— Ils ont été payés pour kidnapper les deux fillettes cette nuit-là. Seulement, lui ne s'est jamais présenté chez Reggie.

— Payés par qui ?

— Nadine ne le sait pas, ou bien elle n'a pas voulu me le dire. Je pense que mon père a été trahi par l'un ou l'autre de ses complices qui souhaitait récupérer sa part. Puis il a été enterré dans la grotte de McNally, dans l'espoir que son corps ne soit jamais retrouvé.

12

Eve se tut durant une bonne partie du trajet jusqu'à la grotte. Malgré tout ce qu'elle avait révélé à Nash, il restait une dernière information qu'elle avait omis de lui communiquer : l'éventuelle responsabilité de sa mère dans la mort de son père. L'idée même lui était tellement insupportable qu'Eve ne pouvait se résoudre à la partager avec le reste du monde. Avant cela, elle devait parler à Jackie. Il fallait qu'elle sache si son père était vraiment revenu à Black Creek pour voir sa fille, le soir de l'enlèvement.

Nash fut le premier à rompre le silence :

— L'échantillon d'ADN que vous avez déposé au labo, c'était le vôtre ?

— Oui.

— À quel moment avez-vous compris que le squelette était celui de votre père ?

— Ce n'est pas encore complètement sûr, souligna-t-elle. Mais j'ai eu de fortes présomptions quand le Dr Forester nous a présenté la pièce trouée découverte dans la tombe.

Elle tira de son col son propre pendentif pour le montrer à Nash. Le métal sembla briller d'un éclat magique à la lumière du soleil.

— Mon père m'a donné cette pièce le soir où il est parti de Black Creek, expliqua-t-elle. Il en possédait une identique. Elles étaient censées nous porter chance, mais visiblement ça n'a pas très bien marché pour lui.

— Pourquoi n'avez-vous rien dit ? s'enquit Nash. Pourquoi avoir gardé ça pour vous, alors que vous saviez que cela pourrait changer le cours de notre enquête ?

— Je n'avais pas l'intention de vous le cacher si longtemps. Je voulais juste en parler d'abord à ma mère. Et puis elle s'est blessée à la main et j'ai dû remettre cette discussion à plus tard. En vérité, je n'avais pas envie de croire que c'était mon père, au fond de cette caverne. Le dire tout haut, cela rendait la chose trop réelle. Définitive. Je n'étais pas prête à lui faire mes adieux. Vous devez trouver que ça n'a pas de sens…

— Non, je comprends, murmura-t-il.

La tendresse qui transparaissait dans sa voix déclencha en elle une vague d'émotion inattendue. En fin de compte, ils réussiraient peut-être à retrouver cette intimité qu'ils avaient timidement explorée la veille dans son jardin.

— Après tout ce temps, je croyais encore que mon père était là, quelque part, et qu'il continuait de penser à moi, confia-t-elle. Cela me rassurait, d'une certaine façon. Alors découvrir qu'il avait été assassiné… que quelqu'un l'avait attaqué si violemment et enterré dans cette grotte…

Elle secoua la tête.

— C'est déjà dur de renoncer à un rêve, mais ça l'est encore plus d'accepter une réalité aussi brutale.

Nash acquiesça sans rien dire.

— Qu'il nous ait abandonnées, c'est une chose, poursuivit-elle. Mais qu'il ait projeté d'enlever une petite fille ? Comment suis-je censée assumer ça ? Comment peut-on digérer une information pareille ?

— Vous n'êtes pas responsable de ce qu'il a fait, observa-t-il. C'est ce que vous m'avez dit à propos de Grace, vous

vous rappelez ? En plus, si Nadine Crosby dit vrai, votre père n'a kidnappé personne. Il est même possible qu'il ait changé d'avis et essayé de stopper l'opération. Peut-être est-ce pour cela qu'il a été tué.

— Je ne demande qu'à me raccrocher à cet espoir, mais on ne peut pas non plus minimiser son implication, répliqua-t-elle. Même s'il a changé d'avis, il était prêt à enlever ces deux fillettes jusqu'à la dernière minute.

— À condition que Nadine ne vous ait pas menti, rappela Nash. On ne devrait pas prendre son récit pour argent comptant. N'oublions pas que Ron Naples est mort et qu'elle a quasiment reconnu que son frère l'avait tué. Ils sont capables d'inventer n'importe quoi pour échapper à la prison. Il faut les arrêter et les interroger séparément si l'on veut avoir une chance d'accéder à la vérité.

— Je suis bien d'accord. L'ennui, c'est qu'ils sont peut-être loin, à cette heure-ci.

— On a déployé des hommes partout dans le secteur. On les trouvera, affirma-t-il avec une assurance qu'Eve était loin de partager.

Elle avait laissé Nadine partir, et le poids de cette décision pesait sur ses épaules. Peut-être Nash et elle perdaient-ils leur temps en allant explorer la grotte. Peut-être feraient-ils mieux de rechercher activement les Crosby…

— C'est encore loin ? demanda-t-elle.

— On y sera dans cinq minutes.

Nash emprunta le chemin de graviers qui menait au site. De l'autre côté du grillage, les véhicules de chantier avaient laissé de profondes ornières dans le sol, rappelant le sort qui était réservé au lieu. Deux adolescents s'étaient noyés dans cette grotte, et un homme y avait été sauvagement assassiné. Plus jamais ça, avait juré M. McNally. Il avait décidé de tout faire sauter à la dynamite pour en finir une bonne fois pour toutes avec les tragédies.

Deux agents en uniforme surveillaient le puits d'entrée, situé au sommet d'un monticule rocheux. Après s'être garés derrière la voiture de police, Eve et Nash sortirent leur équipement du coffre puis gravirent la butte.

— Vous êtes sûre que vous voulez y aller ? lui demanda-t-il alors qu'ils s'arrêtaient au bord du trou obscur. Certaines galeries sont dangereuses, et celle qui mène à la dernière salle est tellement étroite qu'il faut ramper sur presque toute la longueur.

— Je m'en sens capable, lui assura Eve.

— Gardez votre calme et pensez à bien respirer. Et surtout, on ne se sépare pas.

— Je n'ai pas l'intention de partir de mon côté, si c'est ce que vous craignez.

— Dans ce cas, allons-y.

Ils descendirent à l'aide de cordes et de baudriers. Une fois au fond du gouffre, ils retirèrent leur équipement et éclairèrent les parois de calcaire qui les entouraient. Puis ils éteignirent leurs lampes le temps de s'habituer à la nuit.

Se retrouver sous la surface de la terre était bien plus perturbant qu'Eve ne l'avait imaginé. Elle n'était pourtant pas claustrophobe et n'avait pas peur du noir, mais ici l'obscurité avait quelque chose de surnaturel. L'air frais effleurait ses joues comme la caresse d'un fantôme.

Papa ? Es-tu encore ici ?

Sa question resta sans réponse.

Elle inspira et expira lentement, rassurée par la présence de Nash. S'il n'avait pas été là, elle serait déjà remontée en vitesse. Les murs invisibles semblaient se resserrer autour d'elle tandis que lui parvenait le bruit lointain de l'eau qui tombait goutte à goutte.

Au bout de quelques minutes, Nash alluma sa lampe frontale et attacha sa torche à sa ceinture. Eve l'imita, avant de le suivre dans la première galerie. Celle-ci menait à une salle un peu plus grande que la précédente. Elle regarda autour d'elle, tentant d'apprécier la beauté irréelle du paysage souterrain. *Jusque-là, tout va bien*, se dit-elle.

Le deuxième passage était un peu plus étroit, et le troisième encore davantage. En voyant Nash se mettre à quatre pattes, Eve éprouva une première bouffée d'angoisse. Il dut percevoir son malaise, car il se retourna.

— Ça va ? s'enquit-il en prenant garde de ne pas l'éblouir avec sa lampe frontale.

— Ça va, répondit-elle d'une petite voix.

— Vous êtes sûre que vous voulez continuer ?

— Oui, je suis sûre.

— On va peut-être rencontrer de l'eau à un moment donné. Si la galerie est inondée, on fera demi-tour.

Le sol en calcaire était de plus en plus humide à mesure que le conduit s'étrécissait. Eve se concentra sur sa respiration et veilla à maintenir Nash dans le rayon de sa lampe. Lorsqu'il disparut brusquement, elle crut que son cœur s'arrêtait de battre. Mais elle s'aperçut bientôt qu'il venait de déboucher dans une autre salle, la plus vaste des quatre. Le bruit de l'eau se fit plus distinct. En émergeant à son tour de la galerie, Eve découvrit une étendue sombre que Nash éclairait de sa torche.

— Voici donc le lac souterrain dont j'ai tant entendu parler, murmura-t-elle en s'avançant sur la berge glissante. C'est là que le FBI a retrouvé la poupée de Kylie, prisonnière d'un puissant tourbillon. L'agent Stillwell a failli mourir quand Grace l'a frappé par-derrière et l'a poussé dans l'eau. Si le courant l'avait entraîné par le fond, il aurait disparu à jamais.

— Je sais tout ça, fit remarquer Nash.

— Excusez-moi. Je crois que ça me rend un peu nerveuse, de me retrouver ici après tout ce qui s'est passé.

— Ne vous excusez pas. C'est vrai que cet endroit produit un effet étrange sur ceux qui l'explorent.

Il la rejoignit et s'accroupit au bord du lac.

— Grace savait qu'après avoir découvert la poupée, on perdrait de précieuses heures à fouiller la grotte dans ses moindres recoins.

— Comment pouvait-elle être sûre qu'on la retrouverait ? C'est ça que je ne comprends pas.

Eve frémit en pointant le faisceau de sa lampe dans l'eau. Le lac semblait sans fond.

— Les premières recherches n'avaient rien donné, continua-t-elle, ce qui veut dire que Grace est revenue plus tard pour déposer la poupée. Comment a-t-elle deviné que l'agent Stillwell descendrait ?

— Ce n'était pas illogique de penser que les enquêteurs mèneraient des recherches plus approfondies à un moment ou à un autre. Et Grace a laissé d'autres indices pour nous lancer sur de fausses pistes. Elle avait prévu tous les scénarios.

— On dirait qu'elle est dotée d'un instinct hors du commun.

Eve frissonna. Leurs voix se répercutaient de façon étrange sur l'eau. L'espace d'un instant, elle eut l'impression que Grace les observait.

— Elle sait anticiper, et c'est une fine psychologue, nuança Nash. Comme tous les arnaqueurs.

Ils avaient éteint leurs lampes frontales, mais Eve distinguait son profil à la lueur de leurs torches. Nash avait l'air sombre et mystérieux – comme un homme hanté par son passé. Mais ne l'étaient-ils pas tous ?

— Je ne peux pas m'empêcher de me demander…

Elle s'interrompit brusquement.

— Quoi donc ?

— Rien. Ça ne me regarde pas.

— Vous voulez savoir comment on a pu se retrouver ensemble, elle et moi.

— Vous ne me devez aucune explication. Et ce n'est sans doute pas le meilleur moment, ni le meilleur endroit.

— C'est peut-être l'endroit idéal, au contraire, répliqua-t-il en éclairant les parois autour d'eux. Je comprends pourquoi elle était attirée par cette grotte étant petite. Elle devait apprécier l'obscurité, l'écho…

Il passa lentement le faisceau sur la surface de l'eau.

— … tous ces lieux secrets.

— Elle cache bien son jeu, observa Eve. À voir la façon dont elle s'habille, dont elle se coiffe, son attitude, on a du mal à croire qu'elle puisse avoir un côté aussi sombre. Elle paraît presque timide par moments.

— Quand ça l'arrange. Grace ne fait jamais rien par hasard.

— Elle n'a pas toujours été comme ça, j'imagine.

Eve voulait vraiment comprendre comment Nash avait pu être séduit par une femme aussi calculatrice.

— En effet, je ne pense pas qu'elle aurait été capable de kidnapper une petite fille il y a quelques années, répondit-il. Mais elle a toujours été fourbe, à des degrés divers. J'ai juste mis du temps à m'en rendre compte. Quand on s'est rencontrés, on n'était pas beaux à voir, tous les deux. Je crois qu'on a reconnu ce point commun entre nous. Grace semblait perdue, elle n'arrivait pas à trouver sa place dans le monde. Je ne connaissais que trop bien cette impression.

Il changea de position, appuyant sa lampe sur son genou.

— Ça, on ne vous le dit pas quand vous rentrez d'opération extérieure… Vous ne vous sentez plus chez vous dans votre propre pays. Il y a des jours où vous avez presque envie de retourner là-bas, et c'est encore pire quand vous avez perdu des amis sur place. La culpabilité du survivant, ce n'est pas qu'un concept théorique.

Le timbre grave et chaud de sa voix enveloppait Eve comme dans un cocon. Il ne s'était jamais autant confié à elle. Il n'avait jamais dit tout cela à personne, pas même à Grace.

— On avait ça en commun, poursuivit-il. Cette sensation d'être en décalage avec les autres. Grace était différente de toutes les personnes que j'avais rencontrées jusque-là, et à l'époque ça m'a plu. Elle ne posait pas beaucoup de questions, les longs silences ne la dérangeaient pas. La plupart des gens ne supportent pas ça, il faut absolument qu'ils allument la télé, qu'ils mettent de la musique ou qu'ils appellent quelqu'un. Grace pouvait rester assise avec moi pendant des heures sans rien dire. Au début, ce silence m'a fait du bien. Il m'a même sauvé, je crois. Mais plus j'essayais de retrouver une forme de normalité, plus elle tentait de me retenir dans cette noirceur.

Il fit rouler la torche sur sa cuisse.

— J'ai conscience de ne pas être très clair. J'ai peut-être moi-même encore du mal à comprendre.

— Moi aussi il y a beaucoup de choses que je ne comprends toujours pas à propos de mon passé, confia Eve. Je n'ai jamais su pourquoi mes parents s'étaient séparés. Pourquoi mon père avait quitté ma mère comme ça, pourquoi, encore aujourd'hui, elle est troublée quand on lui parle de lui. L'histoire que Nadine m'a racontée explique certaines choses, mais elle soulève aussi d'autres questions.

— C'est pour ça que nous sommes ici, rappela Nash en se levant. Pour trouver des réponses.

Eve acquiesça.

— Je suis heureuse que vous m'ayez parlé de Grace. Ça fait six ans que nous travaillons ensemble et j'ai encore parfois l'impression de ne pas vous connaître, malgré… certains événements.

Il se tourna vers elle. Ses yeux brillaient intensément dans la lumière tamisée.

— Vous m'avez surpris, ce jour-là, murmura-t-il.

— Je me suis surprise moi-même. Ou plutôt, je me suis fait honte.

— Pourquoi ? On en avait envie tous les deux.

Il avait dit cela avec un tel naturel qu'Eve sentit toutes ses terminaisons nerveuses s'enflammer.

— C'était inapproprié, affirma-t-elle en détournant le regard. Vous étiez mon supérieur, et vous n'étiez pas encore divorcé.

— Grace et moi étions séparés depuis des années. On aurait dû divorcer bien plus tôt.

— Je suis sûrement un peu vieux jeu… Je ne voulais rien faire qui puisse empêcher une éventuelle réconciliation entre vous.

— Il n'y avait aucune chance qu'on se réconcilie, lui assura-t-il.

— Ça, je n'en savais rien. J'ai fait marche arrière parce que c'était la meilleure chose à faire. Et comme vous avez gardé vos distances même après votre divorce, j'en ai conclu…

Elle haussa les épaules.

— Ça n'a pas d'importance.

— Pour moi, si, répliqua-t-il. Quand toute cette histoire

sera terminée, j'aimerais vous montrer à quel point c'est important pour moi.

Eve sentit son pouls s'accélérer.

— Pour l'instant, concentrons-nous sur notre mission, dit-elle. Plus vite nous aurons exploré cette caverne, plus vite nous sortirons d'ici.

— Vous avez raison. Allons-y.

Nash s'avança vers le fond de la salle, chassant les ombres avec sa lampe. Tandis qu'elle lui emboîtait le pas, Eve eut l'impression que l'obscurité s'épaississait et que l'atmosphère devenait de plus en plus froide et humide. *Tu es là, papa ?*

Aucune réponse ne lui parvint, hormis l'étrange sifflement de l'air qui s'engouffrait dans une brèche non loin de là.

Grace avait dit vrai : l'entrée de la dernière galerie était si bien cachée qu'il était impossible de la repérer à moins d'en connaître l'existence ou de se faire guider. Eve escalada un éboulis de pierres et suivit Nash dans un renfoncement de la paroi. Là, il pointa le faisceau de sa torche sur le boyau noir qui les conduirait à la salle secrète dans laquelle les ossements avaient été découverts.

Ils s'y engouffrèrent sans attendre. Au bout de quelques mètres, ils durent avancer courbés en deux. Puis à quatre pattes. Puis à plat ventre. Après un virage à droite, le tunnel s'étrécit encore. Eve inspira profondément, tentant de calmer les battements de son cœur. Elle ne pouvait s'empêcher de penser au dernier voyage de son père dans ce dédale souterrain. Était-il encore vivant, ou quelqu'un avait-il traîné son corps jusqu'à son ultime demeure ?

— Ça va ? lui demanda Nash par-dessus son épaule.

Eve lui fit part de l'inquiétude qui la tenaillait depuis un moment :

— Vous êtes sûr qu'on arrivera à ressortir ?

— Le pire est presque derrière nous. La galerie devrait bientôt commencer à s'élargir.

— À votre avis, comment a-t-elle été découverte ?

— Les gens sont naturellement curieux. Rien ne reste caché éternellement.

Je l'espère, songea Eve.

— Dans la caverne, les parois sont recouvertes de graffitis, poursuivit Nash. D'après ce que j'ai compris, les jeunes venaient faire la fête ici, jusqu'à ce que ces deux gamins se retrouvent coincés dans une galerie inondée. C'est après ce drame que le propriétaire a fait installer un grillage autour de l'entrée. Sauf que les gens l'escaladaient et continuaient de descendre dans la grotte. D'où les mesures encore plus radicales. Mais j'imagine que je ne vous apprends rien, puisque vous êtes du coin.

— Vous parlez d'une époque que je n'ai pas connue, répondit-elle. Avec mes amis, on ne s'est jamais intéressés à cet endroit.

— Tant mieux. C'est tellement facile de s'y perdre…

Nash se remit en route. Comme il l'avait annoncé, le tunnel finit par s'agrandir, et ils purent bientôt de nouveau se tenir debout. Arrivé sur le seuil de la caverne, il s'arrêta pour en éclairer tous les coins et recoins, avant de faire signe à Eve d'entrer. Elle alluma sa torche et s'avança malgré les picotements d'appréhension qui lui parcouraient le crâne. *Papa ?*

Sur les murs, les graffitis étaient à moitié effacés par l'humidité. Une dizaine de bouteilles de vin qui avaient servi de bougeoirs jonchaient le sol, ainsi que quelques canettes de bière rouillées.

Nash resta immobile tandis qu'elle faisait le tour de la salle, promenant le rayon de sa lampe sur les dessins et les messages personnels inscrits sur la roche. Donna était passée par là. Andy aussi, un an plus tard. Carla avait aimé Kenny il y a près de trente ans. Jackie avait aimé Gabriel le soir du réveillon. Et ainsi de suite…

Eve se figea. Revint en arrière. *Jackie aime Gabriel.*

Elle repensa à Denton Crosby qui lui avait assuré que sa mère connaissait très bien cette grotte. *Ça ne veut rien dire*, décida-t-elle. Ses parents avaient fait la fête ici, et alors ? Vu le nombre d'inscriptions, ils n'avaient pas été les seuls.

Et si, au contraire, cela voulait tout dire ? Et si, en plus d'apprendre que son père avait failli participer à l'enlèvement de Maya Lamb, Eve découvrait qu'il avait été tué par sa mère ? Comment accepter pareille révélation ? Elle n'avait pas envie de donner foi aux sous-entendus de Denton et de Nadine Crosby, mais ils avaient assurément réussi à semer le doute dans son esprit.

Non loin d'elle, Nash s'était accroupi pour ramasser une poignée de graviers.

— Ce tas m'a l'air récent, observa-t-il. Quand j'ai appelé McNally, les ouvriers avaient déjà dû commencer à condamner l'ouverture secondaire. Celle-ci n'était pas assez large pour qu'un adulte, même petit, puisse y passer, mais j'imagine qu'il ne voulait prendre aucun risque.

Eve reporta son attention sur les quelques mots écrits par sa mère durant la dernière année de lycée de Gabriel. Deux ou trois ans plus tard, ils s'étaient mariés – un bébé était en route. Gabriel fréquentait-il déjà Nadine à l'époque ? Se sentait-il pris au piège de son couple et de la paternité ? Eve avait-elle été un fardeau pour lui dès sa conception ?

Sous le message d'amour, un croissant de lune avait été dessiné. « Chaque soir, avant de te coucher, tu iras à la fenêtre avec ta pièce. Tu regarderas la lune et tu penseras à moi. De mon côté, je ferai la même chose. Comme ça, on sera toujours ensemble, même si on est loin l'un de l'autre. »

Eve agrippa son porte-bonheur, tout en traçant le contour du croissant avec son index. *Je suis là, papa.*

J'aurais préféré que tu ne viennes pas, Boo. Que tu ne saches jamais.

Elle se retourna brusquement, s'attendant presque à voir le fantôme de son père derrière elle. Mais il n'y avait que les restes éparpillés de sa tombe. *Papa ?*

— Eve ?

Elle sursauta de nouveau et balaya les murs de sa lampe.

— Nash ?

Comme celui-ci ne répondait pas, elle appela d'une voix tremblante :

— Où êtes-vous ?

— Je suis là.

— Où ça ? Je ne vous vois pas.

— Ici, dit-il en émergeant d'un renfoncement dans la paroi. J'ai cru que j'avais trouvé une autre galerie, mais ce n'est qu'un cul-de-sac.

— C'est peut-être là que Grace s'est cachée quand elle a entendu quelqu'un arriver.

— Si son histoire est vraie.

— Je la crois, affirma Eve. Vous n'avez pas vu son visage, ce matin, quand elle m'a raconté cet épisode. Elle a vraiment eu l'air de le revivre, on aurait dit une petite fille effrayée. Je ne pense pas qu'elle soit si bonne actrice.

— Vous ne la connaissez pas.

— C'est vrai. Mais imaginons qu'elle ait bel et bien vu quelqu'un ici. Dans ce cas, elle pourrait être notre seule chance de retrouver l'assassin.

— Elle n'acceptera de coopérer que si elle peut en retirer quelque chose.

— Peut-être prendra-t-elle la bonne décision, pour une fois.

— N'y comptez pas. Elle m'a appelé après votre entrevue. Elle m'a dit qu'elle avait reconnu quelqu'un sur les photos que vous lui aviez montrées.

— Celle de Denton Crosby l'a fait réagir, en effet. Mais pourquoi s'est-elle tournée vers vous ?

— Elle pense que, si elle nous aide à résoudre l'enquête, le juge sera plus conciliant.

— Vous croyez qu'elle a raison ?

— Je ne sais pas. Après ce qu'elle a fait…

Soudain, un grondement sourd résonna au-dessus d'eux. Eve leva les yeux vers le plafond, où la lumière du soleil filtrait par une étroite ouverture.

— Vous avez entendu ça ? dit-elle.

Nash fronça les sourcils.

— On dirait un bruit de moteur.

— M. McNally n'était-il pas censé interrompre les opérations de destruction ?

— Si, il devait attendre que je lui redonne le feu vert.

L'engin se rapprochait.

— Ils ont peut-être besoin des machines sur un autre chantier.

Avant qu'Eve ait eu le temps de répondre, une explosion retentit en surface, envoyant une pluie de petits cailloux sur son visage. Elle se réfugia contre la paroi en se couvrant le nez et la bouche avec son T-shirt. L'air était tellement saturé de poussière qu'il en était devenu irrespirable.

— Nash ? appela-t-elle.

— Ça va ?

— Oui. Où êtes-vous ?

— Je suis toujours dans le renfoncement. Ne bougez pas, j'arrive.

Mais une deuxième explosion secoua le plafond de la grotte, délogeant un gros bloc de calcaire qui retomba juste derrière Eve. Elle poussa un cri. À quelques centimètres près, il lui aurait fracassé le crâne.

Quelqu'un était en train de déclencher des charges explosives tout autour de l'ouverture. Vraisemblablement, l'objectif était de faire disparaître à jamais la caverne où Gabriel Jareau avait été enterré… et les deux policiers avec.

— Nash ?

Pas de réponse. Eve réprima une bouffée de panique tandis qu'elle toussait violemment dans son T-shirt. Elle s'écarta du mur et regarda vers le plafond. Le trou avait doublé de volume. Quelques secondes plus tard, une avalanche de débris dévalait sur elle.

— Nash, vous m'entendez ? cria-t-elle en avançant à tâtons dans le nuage de poussière.

— Ils utilisent un bulldozer !

— Où êtes-vous ?

— Ne vous inquiétez pas pour moi. Rejoignez vite la sortie.

— Vous êtes blessé ?

— Non, je vais bien. Je vous retrouve dans la galerie.

— Mais je ne sais pas où elle est ! Je ne vois plus rien !

— Protégez votre visage. J'arrive.

Eve tenta de se diriger vers l'endroit d'où provenait la voix de Nash. Elle avait à peine fait trois pas qu'une pierre s'abattait sur sa tête et la projetait au sol. Hébétée, elle voulut ramper pour se mettre à l'abri, mais l'instant d'après elle se retrouva ensevelie sous un éboulis de roches.

Elle ne pouvait plus respirer. Elle allait être enterrée

vivante à l'endroit même où le corps de son père était resté caché pendant près de trois décennies…

Papa !

Je suis là, Boo. Prends ma main.

13

Eve n'aurait su dire exactement comment on l'avait extraite de la caverne. Tout ce dont elle se souvenait, c'était d'avoir été hissée à travers l'ouverture dans le plafond, puis délicatement déposée sur le sol par Nash et leurs deux collègues policiers. Le temps que les secours arrivent, elle était de nouveau parfaitement lucide et assurait à qui voulait l'entendre qu'elle allait très bien, même si, en vérité, elle avait terriblement mal à la tête et au bras droit. Tenant celui-ci serré contre sa poitrine, elle grommela à Nash qu'il ferait mieux de partir à la recherche de Denton Crosby plutôt que de perdre son temps à s'inquiéter pour elle.

— On s'occupe déjà de lui, répondit-il tandis qu'un ambulancier examinait Eve.

— Vous avez un bel œuf à l'arrière du crâne, observa ce dernier. Il y a un risque de commotion cérébrale. Et votre bras est très certainement fracturé. On va vous conduire à l'hôpital.

— Ce n'est pas la peine, protesta-t-elle.

— Pourquoi les policiers sont-ils toujours les pires patients ?

— Vous allez aux urgences, que vous le vouliez ou non, intervint Nash. Les traumatismes crâniens ne sont pas à prendre à la légère, et je ne vais pas vous envoyer sur le terrain avec un bras cassé.

— Ce n'est peut-être qu'un hématome.

— On le saura bientôt.

Eve résista un moment, puis finit par entendre raison. Trois heures plus tard, alors qu'elle avait passé une radio, une IRM et un EEG, et qu'on venait de lui plâtrer le bras, elle eut la surprise de voir sa mère entrer dans le box où on l'avait installée.

— Pourquoi ne m'as-tu pas prévenue ? la gronda Jackie.

— Je n'ai rien de grave, maman, répondit Eve d'un ton las. Je ne voulais pas que tu t'inquiètes.

— Heureusement que le chef Bowden a cru bon de m'appeler, lui !

Jackie tapota l'oreiller et lissa les couvertures, cherchant à se rendre utile. Dès qu'elle s'arrêta assez longtemps pour remarquer les égratignures sur le visage et les bras de sa fille, ses yeux s'emplirent de larmes.

— Ma pauvre chérie ! Regarde-toi… Et ce bras !

— On fait la paire, maintenant, plaisanta Eve en soulevant son plâtre.

— Ce n'est pas drôle, Evie.

— Excuse-moi. Ça doit être l'effet de la morphine. Au fait, où est le chef Bowden ?

— Il a filé quand je suis arrivée. J'imagine qu'il avait du travail.

Eve se redressa dans le lit.

— Il t'a dit où il allait ?

— Je ne le lui ai pas demandé. J'étais trop inquiète pour toi.

Elle posa une main sur celle de sa fille.

— Pourquoi ne m'as-tu rien dit à propos du squelette retrouvé dans la grotte ?

— On ne voulait pas ébruiter la nouvelle avant d'être certains de son identité, répondit Eve en se laissant retomber contre l'oreiller. Mais j'aurais dû me douter que ça finirait par se savoir, surtout dans une ville comme Black Creek.

— Je me suis posé des questions quand tu m'as demandé si Gabriel avait déjà eu un accident de voiture. C'est comme ça que tu as compris que c'était lui ?

— On attend encore la confirmation du labo. Mais c'est plutôt ça qui m'a mis la puce à l'oreille.

Elle lui montra sa pièce porte-bonheur.

— Papa me l'a donnée le soir où il a quitté la ville. Il en avait une presque identique, tu te souviens ?

— Oui. Ton père avait tout un tas de superstitions idiotes.

Que dirais-tu si je t'avouais qu'il m'a aidée à sortir vivante de cette grotte ?

Ce n'était pas vrai, évidemment. Eve n'avait fait qu'imaginer sa présence. Son subconscient avait dû conjurer la voix familière de son père pour apaiser ses angoisses. C'était du moins l'explication la plus logique.

— Une pièce percée comme celle-ci a été retrouvée dans la caverne où reposait le squelette, précisa-t-elle.

— La pièce de Gabriel ? s'enquit sa mère, qui n'arrivait pas à détacher son regard de l'objet.

— C'est très probable.

Eve laissa retomber le pendentif sur sa chemise d'hôpital, sans prendre la peine cette fois-ci de le cacher.

— Il faut que je te pose une question, maman.

— Je t'en prie.

— Papa est-il revenu à Black Creek ? Après qu'il nous a quittées, je veux dire. Est-ce qu'il a essayé de me voir le soir où Maya Lamb a disparu ?

Jackie devint soudain très pâle.

— Comment le sais-tu ? Tu étais dans ta chambre quand il a sonné. Je ne l'ai pas laissé entrer.

— Pourquoi ?

— *Pourquoi ?* Après ce qu'il nous avait fait, tu aurais voulu que je l'accueille à bras ouverts ? Il m'a laissée seule avec une enfant à élever et une maison à rembourser, et il pensait qu'il pourrait revenir quand ça lui chantait pour jouer au papa ? Il avait fait son choix, il n'avait qu'à l'assumer.

Eve fut choquée par la véhémence de sa réaction. Au bout de vingt-huit ans, sa mère était encore en colère contre son père.

— Tu avais de bonnes raisons de le chasser, lui dit-elle. Je ne remets pas en cause ta décision. Je veux juste connaître la vérité.

— Qui t'a dit qu'il était revenu ? demanda Jackie, le regard dur.

— Nadine Crosby.

Sa mère eut un mouvement de recul, comme si Eve l'avait frappée.

— Quand as-tu parlé à cette femme ?

— Ce matin. Maman… Est-ce que tu savais ce qu'ils avaient prévu de faire cette nuit-là ?

— Comment ça ?

— D'après Nadine, quelqu'un les avait payés pour enlever Maya et Thea Lamb. Mais, après avoir essayé de me voir, papa ne s'est pas présenté au rendez-vous et ils n'ont pris que Maya.

Sa mère la dévisagea, confuse.

— Tu racontes n'importe quoi.

Elle avait peut-être raison, songea Eve, qui avait de plus en plus de mal à articuler. L'effet des médicaments, sans doute.

— Papa est parti avec Nadine et Denton Crosby parce qu'ils avaient besoin d'un alibi pour la nuit où ils kidnapperaient les jumelles. Tout le monde, y compris toi et moi, était censé croire qu'ils se trouvaient à des centaines de kilomètres de là et qu'ils ne reviendraient jamais. Mais papa est revenu. Que s'est-il passé ce soir-là ?

— Je te l'ai déjà dit : je n'ai pas voulu le laisser entrer. C'était hors de question, alors qu'il avait l'odeur de cette femme partout sur lui. J'aurais préféré le voir mort.

Eve tenta de trouver l'énergie pour ouvrir les yeux, mais elle avait l'impression de s'enfoncer toujours plus dans l'oreiller. Elle était si fatiguée ! Pourtant, sa mère venait de dire quelque chose d'important, quelque chose qu'elle ne devait pas oublier…

— Evie ? murmura Jackie, penchée au-dessus d'elle.

— Hmm…

— Dors, ma chérie. Tu n'as plus à t'inquiéter de ton papa.

Eve passa la nuit et une bonne partie de la journée suivante à l'hôpital. Alors que le crépuscule pointait à l'horizon, elle décida qu'il était temps de partir. Le médecin de garde lui conseilla de lever le pied pendant quelques jours et elle s'y engagea. Elle était prête à promettre n'importe quoi pourvu qu'on la laisse rentrer chez elle.

Sans qu'elle lui demande rien, Nash vint la chercher pour la raccompagner. En chemin, il l'informa que le poste de police avait été bombardé d'appels anonymes et de signalements concernant Nadine et Denton Crosby, mais qu'aucune de ces pistes n'avait rien donné jusque-là.

Une fois chez elle, Eve avala un antidouleur et se prélassa dans son bain pendant que Nash, qui avait insisté pour lui faire à manger, préparait des œufs brouillés et des toasts dans la cuisine. Ils dînèrent sur la terrasse en admirant le coucher du soleil, avant de migrer vers la balancelle. Ils y restèrent un long moment dans un silence complice, à regarder le ciel passer du rose doré au bleu lavande puis au noir d'encre. Quelques étoiles se mirent à briller à travers les nuages tandis qu'un croissant de lune s'élevait au-dessus des arbres.

Eve pensa à celui qui avait été dessiné sur la paroi de la grotte, sous le message de Jackie. « Tu regarderas la lune et tu penseras à moi… »

Une brise légère chuchota dans les magnolias, transportant leur parfum délicat. Comme Eve frissonnait, Nash passa un bras autour d'elle et l'attira contre lui.

— Tu crois qu'on les retrouvera un jour ? murmura-t-elle en posant la tête contre son épaule.

— Les Crosby ? Bien sûr qu'on les retrouvera.

— Comment peux-tu en être si sûr ? Ils ont certainement quitté la Floride, depuis le temps. Ils sont peut-être même déjà à l'étranger.

— Je ne crois pas, répondit Nash. S'ils sont revenus à Black Creek, c'est pour une bonne raison. Ils ne partiront pas tant qu'ils n'auront pas réglé tous leurs problèmes ici.

— Et je fais partie des problèmes, j'imagine.

— Tu les as aperçus avec ton père quelques semaines avant l'enlèvement de Maya. Ce n'est pas grand-chose, mais ce n'est pas rien.

— Selon Nadine, mon père a essayé de me voir le soir du kidnapping. Comme il ne revenait pas, Denton est parti à sa recherche. Serait-il possible que je les aie vus ensemble et que je ne m'en souvienne pas ?

Nash lui massait distraitement l'épaule.

— As-tu parlé à ta mère de ce soir-là ?

— Elle m'a dit qu'elle n'avait pas voulu le laisser entrer, après ce qu'il nous avait fait.

— Ça peut se comprendre.

Eve partageait cette opinion, mais elle se demandait si Jackie n'en savait pas plus qu'elle ne voulait l'admettre. Elle poussa un profond soupir, les yeux rivés sur la lune.

— Fatiguée ? s'enquit Nash.

— Un peu.

— Il est peut-être l'heure d'aller se coucher.

Sa voix grave résonna jusque dans son ventre…

— Il se fait tard, chuchota-t-elle en levant la tête vers lui.

Alors, Nash plongea une main dans ses cheveux et plaqua sa bouche sur la sienne en un baiser brûlant. Eve perdit toute notion du temps tandis que le feu se propageait en elle. À bout de souffle, elle s'écarta et sonda son regard, avant de se lever et de lui prendre la main.

Il la suivit à l'intérieur de la maison, s'arrêtant dans la cuisine pour l'embrasser encore, puis sur le seuil de sa chambre. Eve avait l'impression de flotter sous l'effet du désir – et peut-être aussi des médicaments. Alors qu'elle se glissait dans son lit, Nash retira ses chaussures et s'allongea à côté d'elle par-dessus la couette. Aussitôt, elle se pressa contre lui, avide de retrouver ses lèvres.

Mais il résista.

— N'allons pas trop vite, murmura-t-il. J'ai un lourd passé, je veux que tu saches dans quoi tu t'engages.

— Ça fait six ans qu'on attend, répliqua-t-elle. Si ça, c'est aller trop vite…

— Exactement. Ça fait six ans. On peut attendre une nuit de plus que tu aies retrouvé tes esprits. La morphine et l'adrénaline forment un cocktail puissant.

— J'ai laissé la morphine à l'hôpital, et l'adrénaline est retombée depuis longtemps. Mon esprit est parfaitement clair et je ne changerai pas d'avis.

— Ça, j'y compte bien.

— Tu n'es pas le seul à avoir un lourd passé, tu sais.

— Dans ce cas, on a tous les deux besoin de bien réfléchir.

— Je suis heureuse que tu sois là, dit-elle en se pelotonnant contre lui. Je pourrais rester comme ça toute ma vie.

Il l'embrassa sur le haut de la tête.

— Endors-toi. Je serai encore là quand tu te réveilleras.

Mais lorsqu'elle ouvrit les yeux le lendemain matin, Eve était seule dans son lit. Elle regarda l'heure sur son téléphone portable : 7 heures passées. Elle ne se rappelait pas avoir dormi aussi tard un jour de semaine.

Une bonne odeur de café l'attira jusque dans la cuisine, où elle découvrit Nash torse nu devant le plan de travail. Elle se délecta de ce spectacle pendant quelques secondes avant qu'il se retourne vers elle.

— Le café est prêt, annonça-t-il.

Il lui en servit une tasse.

— Tu n'en prends pas, toi ?

— Il faut que je file au poste. Tu peux rester ici toute seule, ou tu veux que j'appelle ta mère ?

— Elle travaille, aujourd'hui. Et puis, je n'ai pas besoin de baby-sitter. Ce dont j'ai besoin, c'est de retourner au boulot.

Du menton, il désigna son plâtre.

— Pas avec ça. Il faut que tu récupères d'abord.

— Combien de temps ? s'enquit-elle en le suivant dans la chambre.

— Autant de temps que le conseille le médecin.

Tout en boutonnant sa chemise, il l'embrassa sur le front.

— Je t'appellerai plus tard.

— Nash, attends !

Elle trottina derrière lui jusqu'à la porte d'entrée.

— Pourquoi es-tu si pressé ? Que se passe-t-il ?

— Je suis en retard. D'habitude, j'arrive toujours au travail à 7 heures.

— Si tu ne me dis pas ce qu'il y a, je m'habille et je te suis, le prévint-elle.

— Tu en serais capable, n'est-ce pas ? répliqua-t-il avec un petit sourire, tout en lui dégageant une mèche du visage. Nadine Crosby vient de se rendre.

— Quoi ? Quand ça ?

— Il y a quelques minutes. Elle dit qu'elle ne parlera qu'au chef. Apparemment, elle veut négocier.

— Elle va dénoncer son frère ?

— C'est possible. Sauf s'il s'agit d'un stratagème qu'ils ont monté tous les deux. On le saura bientôt.

— Laisse-moi venir avec toi, le supplia Eve. C'est à moi qu'elle a parlé la dernière fois. Elle voudra peut-être que je sois présente.

— Si j'ai besoin de toi, je te ferai signe. Pour l'heure, le mieux que tu aies à faire, c'est de te reposer. Tu devras passer une visite médicale avant de pouvoir reprendre le travail ; tu as donc tout intérêt à te ménager.

Eve abdiqua pour la seule et unique raison qu'elle n'était pas encore habillée, mais, dès qu'il fut parti, elle enfila à la va-vite un jean, un T-shirt et des baskets, et se précipita dehors. Alors qu'elle tentait à grand-peine de fermer la porte à clé avec sa main gauche, elle reçut un appel sur FaceTime. À sa grande surprise, le visage de Grace Bowden apparut à l'écran.

— Grace ? Comment avez-vous eu mon numéro ?

— Vous m'avez laissé votre carte, vous vous souvenez ?

Eve en doutait fortement, mais elle décida de ne pas s'appesantir sur le sujet.

— Pourquoi m'appelez-vous ?

— J'aimerais revoir le trombinoscope du lycée. Quelque chose m'est revenu en mémoire.

Eve lança un coup d'œil vers la rue. Denton Crosby n'était quand même pas assez désespéré pour venir la trouver chez elle en plein jour, n'est-ce pas ? En même temps, il avait bien tenté de l'enterrer vivante dans une grotte…

— Qu'y a-t-il ? demanda Grace. Vous avez l'air tendue.

— J'étais sur le point de partir. Attendez une minute.

Eve rouvrit la porte, attrapa l'album sur une étagère et alla s'asseoir à table. Elle plaça le téléphone de telle sorte que Grace puisse distinguer les photos et lui montra celle de Denton Crosby.

— Hier, vous avez eu l'air de reconnaître cet homme. Vous l'avez vu dans la grotte, n'est-ce pas ? Il vous a menacée, vous a dit que, si vous parliez, il viendrait vous kidnapper dans votre lit et que vous disparaîtriez comme Maya Lamb.

Grace acquiesça.

— Je me rappelle mieux la scène, maintenant. Il m'a surprise en train de l'observer dans la caverne. Il m'a attrapée par les cheveux et m'a traînée hors de l'alcôve. J'ai cru qu'il allait me tuer.

— Quel âge aviez-vous ?

— Je ne sais plus… Dix, onze ans peut-être.

— L'aviez-vous déjà vu dans la grotte auparavant ?

— Oui, à plusieurs reprises, mais c'était la première fois que lui me voyait.

— Êtes-vous sûre que c'était cet homme ? s'enquit Eve en pointant de nouveau l'index sur la photographie de Denton Crosby.

Grace plissa les yeux.

— Non, pas lui. Celui juste au-dessus. C'est cet homme-là qui m'a menacée.

Eve retourna le livre et regarda de plus près l'image en question. Son sang se glaça dans ses veines.

— Vous en êtes certaine, Grace ? demanda-t-elle d'une voix sourde en reprenant le téléphone.

— Oui, j'en suis sûre. Est-ce que cela va vous aider à résoudre votre enquête ?

Eve sentait son cœur battre si fort qu'elle n'arrivait plus à réfléchir. Une goutte de transpiration perla sur son front.

— Je vais devoir vous laisser, Grace.

— Non, attendez !

— Qu'y a-t-il ? Vous vous êtes souvenue d'autre chose ?

— Non, c'est juste…

Grace semblait regarder par-dessus l'épaule d'Eve.

— Qui est-ce, derrière vous ?

— Comment ça ?

Eve se retourna brusquement, scrutant la pièce et, au-delà, le couloir plongé dans l'ombre.

— J'ai vu quelqu'un, insista Grace. Il y a un homme chez vous, inspectrice Jareau. Je crois que c'est celui de la photo.

14

— Je dois y aller, Grace.

Eve interrompit l'appel et composa aussitôt le numéro de Nash. Mais avant que la communication ait pu s'établir, une voix familière retentit dans le couloir.

— Repose ce téléphone, Evie.

Elle se retourna lentement. Le sang battait à ses tempes.

— Je t'ai déjà dit de ne pas m'appeler comme ça, Wayne.

Appuyé contre le chambranle de la porte, il la dévisageait avec un mélange d'amusement et de colère.

— Tu ne peux pas savoir comme tu m'as fait penser à Gabriel, tout de suite. Il me regardait avec le même mépris. Déjà au lycée, il pensait qu'il était mieux que moi, plus cool, plus intéressant, alors qu'il n'a jamais été qu'un petit voyou.

— Tu t'es vengé, n'est-ce pas ?

Le pistolet d'Eve était sur la console, dans l'entrée. Si elle parvenait à contourner Wayne…

— Tu l'as tué le soir où il est revenu à Black Creek, continua-t-elle. Tu l'as vu sonner à la porte de chez nous, tu l'as suivi dans la grotte, et là tu l'as massacré. Pourquoi ?

La réponse lui apparut soudain comme une évidence.

— Tu étais amoureux de ma mère.

— J'ai toujours aimé Jackie, affirma-t-il. Tous les trois, on aurait pu être une famille. J'aurais pris soin de toi comme jamais Gabriel n'a été capable de le faire. Mais tu ne m'en as pas laissé la chance. Toi aussi tu considérais que tu étais mieux que moi. J'avais beau faire des efforts, tu me regardais exactement comme lui m'avait regardé.

Eve fit un pas hésitant vers l'entrée.

— Je n'étais qu'une enfant. Tu ne peux pas me reprocher l'échec de ton mariage. Ma mère n'aurait jamais dû t'épouser. Elle n'a jamais vraiment cessé d'aimer mon père.

— C'est faux !

Elle se précipita vers son arme, mais il se jeta sur elle et agrippa son bras plâtré, qu'il lui tordit derrière le dos. Eve tomba à la renverse en poussant un cri de douleur. De rage, elle se releva et fonça tête baissée sur Wayne, le faisant chuter lourdement au sol. Alors qu'elle tentait d'atteindre son pistolet, il la saisit par la cheville pour l'envoyer de nouveau à terre. Eve eut un moment d'étourdissement. Profitant de sa faiblesse, il lui empoigna les cheveux et la traîna jusqu'à la salle de bains. La fenêtre était ouverte : il avait dû entrer par là.

— Qu'est-ce que tu fais ? rugit-elle en se débattant comme une furie.

— Ce que j'aurais dû faire il y a longtemps, quand tu n'étais qu'une sale môme.

Il la força à s'agenouiller devant la baignoire.

— Ils penseront que tu as pris trop de médicaments et que tu t'es endormie dans ton bain. Vu dans quel état tu es déjà, ce ne sont pas quelques bleus qui feront une grande différence…

Il ferma la bonde, ouvrit le robinet à fond. Dès que l'eau commença à monter, il lui enfonça le visage au fond de la baignoire.

— Tu as peut-être réussi à ressortir de la grotte en un

seul morceau hier, mais aujourd'hui, la chance va tourner, Evie. Comme elle l'a fait pour ton père.

Eve luttait, les poumons en feu. Les forces commençaient à lui manquer. Et pourtant, elle résista, agitant la tête d'un côté et de l'autre, et battant l'air de ses mains, jusqu'à ce qu'il finisse par lâcher prise. Aussitôt, elle se redressa et avala une grande goulée d'air, tout en projetant son bras blessé en arrière. L'impact contre le visage de Wayne fut si violent que le plâtre se brisa.

Alors que son ex-beau-père s'effondrait sur le sol carrelé, Eve sortit en trébuchant de la salle de bains et boitilla jusqu'à la porte d'entrée, qu'elle ouvrit en grand. Jackie se tenait sur le seuil, prête à frapper.

— Evie ! s'écria-t-elle. Que s'est-il passé ?

— Il faut qu'on parte de là, maman.

Eve faillit s'écrouler, mais sa mère la retint par la taille.

— Je vais te ramener à l'hôpital.

— Non, vous n'irez nulle part.

Wayne était apparu dans l'entrée, le pistolet d'Eve à la main.

— Wayne ? fit Jackie, stupéfaite. Mais qu'est-ce que…

— Écarte-toi, la coupa-t-il. Ça fait trop longtemps que ça dure. Laisse-moi régler le problème une bonne fois pour toutes.

— De quoi tu parles ? Baisse cette arme tout de suite !

— J'aimerais bien, mais c'est trop tard. Je ne veux pas te faire de mal, Jackie. Je n'ai jamais voulu faire de mal à personne. Je voulais juste que tu comprennes que je suis ton âme sœur. C'est moi que tu aurais dû épouser, pas lui.

Incrédule, Jackie regarda tour à tour Eve et son ex-mari. Puis elle comprit, et sa voix s'adoucit.

— Pose ce pistolet, Wayne. S'il te plaît. Laisse partir

Evie, on pourra parler aussi longtemps que tu le voudras tous les deux.

— C'est trop tard, je te dis. Finissons-en. Il n'y aura aucun espoir pour nous deux tant qu'elle sera là. Regarde-la ! C'est le portrait craché de Gabriel.

— Il n'y aura pas non plus d'espoir pour nous si tu fais du mal à ma fille.

— Pourquoi as-tu été incapable de m'aimer ? sanglota-t-il. Pourquoi a-t-il fallu que je te prouve mon amour ?

— Comment l'as-tu fait ? demanda Jackie prudemment.

— Tu le sais très bien. Tu l'as toujours su.

Elle étouffa un cri.

— Tu as tué Gabriel…

— C'est ce que tu voulais. Je t'ai entendue le dire.

— Je ne le pensais pas !

Eve s'aperçut que sa mère s'était imperceptiblement déplacée devant elle pour la protéger de son corps. Au même instant, elle vit du coin de l'œil une ombre surgir à l'angle de la maison. *Nash ! Dieu merci*, songea-t-elle. De là où il se tenait, dans l'entrée, Wayne ne pouvait pas distinguer ce qui se passait dehors – les deux femmes lui bloquaient la vue. Nash se mit en position. Eve croisa son regard, et il hocha la tête.

— Maman, souffla-t-elle. À genoux.

— Quoi ?

Eve se laissa tomber et entraîna sa mère avec elle. Avant que Wayne ait pu faire feu, Nash s'interposa et tira.

15

Deux semaines avaient passé. Nadine Crosby était morte et son frère restait introuvable. Elle s'était effondrée au poste de police avant d'avoir pu livrer ses aveux. Transportée à l'hôpital, elle ne s'était jamais réveillée de son coma. Tout ce qu'elle avait confié à Eve dans la forêt était irrecevable. Avec deux des trois conspirateurs décédés, les chances de condamner Denton Crosby pour l'enlèvement de Maya Lamb s'amenuisaient ; et sans aucune preuve ni aucun témoin l'associant à la mort de Ron Naples, il ne pouvait pas non plus être poursuivi pour meurtre. Malgré sa frustration, Eve était plus déterminée que jamais à obtenir justice pour les familles des victimes.

Quant à Wayne Brody, il avait été transféré à la prison du comté dès que son état l'avait permis. Jackie refusait de lui rendre visite. Elle avait changé, depuis ces événements. Eve la trouvait plus sombre, plus renfermée. Elle comprenait, et espérait que sa mère se remettrait vite de ses émotions. Cela avait dû lui faire un choc de découvrir que Wayne avait tué Gabriel parce qu'il était secrètement amoureux d'elle depuis le lycée. Parfois, les paroles de son ex-beau-père revenaient hanter Eve au beau milieu de la nuit. « Tu le sais très bien. Tu l'as toujours su. »

C'était justement à cela qu'elle pensait cette nuit-là,

alors qu'elle regardait par la fenêtre. Derrière elle, Nash remua dans le lit.

— Qu'est-ce qui se passe ? demanda-t-il d'une voix ensommeillée.

— Je n'arrive pas à dormir.

— C'est moi qui suis censé être insomniaque, je te rappelle.

Il repoussa la couette et vint l'entourer de ses bras.

— Qu'est-ce qui t'arrive ?

— Je crois que j'attendais autre chose de la vérité.

Il posa le menton sur le haut de sa tête.

— Tu pensais qu'elle t'apaiserait. Mais ça ne marche pas toujours comme ça, pas vrai ?

— Comment fais-tu pour faire face ? s'enquit-elle. Avec Grace, avec tout ce que tu as traversé…

— La plupart du temps, je n'y arrive pas bien, reconnut-il. Mais dernièrement, quand je n'ai pas le moral, je pense à toi. Je pense à la chance que j'ai d'être rentré sain et sauf au pays et de pouvoir passer mes journées avec la femme que j'aime. Et mes nuits aussi, ajouta-t-il en l'embrassant dans le cou.

Elle laissa retomber sa tête en arrière contre son épaule.

— On a tous les deux de la chance, murmura-t-elle en touchant sa pièce porte-bonheur, tandis que son regard se levait vers la lune.

Bonne nuit, Boo. Sois heureuse.

Bonne nuit, papa.

Vous avez aimé ce roman ? Retrouvez en numérique l'autre titre de votre série « Les mystères du passé » !

1. *Retour à Black Creek*
2. *Rejointe par son passé*

RACHEL LEE

Le danger en embuscade

Traduction française de
CATHERINE VALLEROY

BLACK ROSE

HARLEQUIN

Titre original :
HUNTED IN CONARD COUNTY

Prologue

La maison était noire, le silence uniquement ponctué par le bruit de la machine à glaçons du réfrigérateur. L'affichage digital des appareils brillait d'une inquiétante lueur verte.

Il savait où se trouvait la chambre. Il avait attendu que la lumière s'éteigne dans cette pièce. Puis il avait encore patienté, évitant les occasionnelles voitures de police. Conard City, dans le Wyoming, était globalement endormie, mis à part le relais routier. Même l'autoroute, non loin, s'étendait dans un silence interminable.

À l'intérieur de la maison, cela n'importait plus. Une petite lampe-crayon suffisait à guider ses pas. Il avait revêtu un pull à manches longues et des chaussures de sport. Un masque de ski lui couvrait la tête. L'objet étouffait le bruit de sa respiration mais était désagréablement humide.

Ses mains gantées serraient un long couteau de chasse. La porte de la chambre était ouverte. La femme n'avait pas vu la nécessité de la fermer. La ville était généralement tranquille. Plus pour très longtemps. Il s'approcha du lit à pas de loup et parcourut le corps de la femme avec le faisceau de la lampe. Elle ne bougea pas. Il avait suffisamment pris ses repères. En un éclair, il arracha la couverture et enjamba la femme, lui plaquant le couteau sur la gorge.

— Si tu cries, je te coupe la gorge, murmura-t-il quand ses yeux s'ouvrirent tout grands de terreur.

Il attendit qu'elle ait pris la mesure de la situation.

Puis les gémissements débutèrent. Les plaintes.

Comme il en aimait le son ! L'odeur de la terreur l'enivrait.

Le jeu avait commencé.

1

Deux jours auparavant…

Kerri Lynn Addison était assise dans son minuscule bureau de la faculté, son chien Snowy couché à ses pieds. Elle venait de reposer le *Manuel de scène de crime pour l'inspecteur des Homicides*, avec lequel elle préparait son cours de droit criminel. Mais elle ne lisait pas. Elle attendait le sergent Stuart Canady, du bureau du shérif. En tant qu'ancienne policière, elle n'aurait pas dû être nerveuse, mais elle l'était.

Ancienne policière, car elle avait reçu une balle dans la tête et souffrait désormais d'une forme d'épilepsie. Elle n'avait pas de convulsions, heureusement, seulement des absences. Durant quelques minutes, elle était inconsciente de ce qui se passait autour d'elle. Ce n'était pas nécessairement quelque chose que les autres remarquaient, à moins que ça dure trop longtemps, et elle-même l'ignorait, sauf si quelque chose avait changé dans son environnement.

C'était comme un raté dans un film. Parfois, d'autres personnes apparaissaient ou des gens se retrouvaient à des centaines de mètres. Ou un animal sortait de nulle part. C'était du moins ce qu'il lui semblait. Quand les choses avaient changé, une terrible confusion s'emparait d'elle, jusqu'à ce qu'elle ait mentalement répertorié ces modifications. Il était possible que cette confusion fasse partie de la crise elle-même.

C'était pour cela qu'elle avait Snowy. Il était entraîné à lui signaler ses crises en lui donnant des coups de museau. S'agissant de traverser la rue, par exemple, cet avertissement pouvait lui sauver la vie.

Se penchant en avant, elle lui caressa le dos. Le chien leva brièvement la tête, au cas où elle voudrait se lever. Non. Elle avait seulement envie de réconfort.

Son pelage était d'un blanc de neige, avec une sorte de masque gris comme un husky, mais les dresseurs lui avaient dit que c'était probablement un bâtard de berger allemand. Un croisement inhabituel pour un chien d'assistance, mais Snowy avait un instinct sans faille pour prédire ses crises. C'était une capacité rare et, comme elle n'avait pas besoin qu'il fasse quoi que ce soit d'autre, ils s'accordaient parfaitement.

Pour l'instant, il était vigilant, mais détendu. À la minute où elle lui mettait son harnais, il devenait l'incarnation du chien professionnel. Et quand on le lâchait, il était joueur et énergique. Comme la porte de son bureau était fermée, elle s'adressa à lui. Ses oreilles se dressèrent. Il écoutait.

— Je ne devrais pas être nerveuse, Snowy. Moi aussi, j'étais policière. Mais… je ne veux pas avoir une crise pendant qu'il est là. Je serais gênée.

Snowy répondit par un bref aboiement étouffé.

La gêne était ce qui la dérangeait le plus. C'était affreux d'avoir une absence au milieu d'une conversation puis, en revenant à elle, de voir son interlocuteur la fixer avec perplexité. Une amie lui avait dit qu'elle avait l'air saisie d'une colère froide dans ces moments-là, mais elle ne savait pas si c'était vrai. De toute manière, elle ne voulait pas que sa première rencontre avec Stuart Canady débute ainsi.

Le grattement à la porte la fit sursauter, et elle se redressa dans son fauteuil.

— Entrez, cria-t-elle.

L'homme qui franchit la porte ressemblait à un acteur de western. Robuste, le visage tanné par le soleil, encore jeune. Sous l'uniforme kaki, on devinait un corps parfaitement musclé. À sa ceinture, il avait un pistolet.

Elle le contempla de bas en haut, notant l'étoile en cuivre sur sa poitrine, son badge nominatif, les galons piqués à son col. Puis elle croisa le regard de ses yeux gris-vert. Des yeux qui la rivèrent sur place. Il sourit.

— Madame Addison ? Je suis le sergent Stuart Canady, du département du shérif de Conard County.

Elle se leva en souriant à son tour, lui tendit la main et lui indiqua la chaise de l'autre côté du bureau.

— Je vous suis très reconnaissante de donner de votre temps pour mon cours.

— Tout le plaisir est pour moi, dit-il en s'asseyant et en croisant souplement les jambes. Ça rompt la monotonie.

Elle reprit son siège et posa les avant-bras sur son bureau.

— C'est mon premier semestre d'enseignante, mais je crois que ça ferait du bien aux étudiants d'entendre un policier expliquer à quoi ressemble son travail.

— Vous étiez vous-même dans la police, n'est-ce pas ?

Elle se força à sourire.

— Ça passe mieux avec l'uniforme, sergent.

Son sourire s'élargit.

— Avec l'arme aussi, probablement. Et appelez-moi Stu. Je ne suis pas habitué à ce formalisme.

Depuis son arrivée, elle évitait les policiers, parce qu'ils lui rappelaient ce qu'elle avait perdu. En fait, en dehors de ses cours, elle évitait tout le monde.

— Alors appelez-moi Kerri, répondit-elle. L'important est que les étudiants sachent à quoi s'attendre. À tout, y compris l'ennui entre chaque moment de terreur.

— Comme quand on arrête une voiture pour excès de vitesse ? dit-il en éclatant de rire.

Elle hocha la tête. Arrêter des voitures était particulièrement dangereux. La réaction du conducteur était toujours imprévisible et, statistiquement, il y avait davantage de policiers tués ou blessés aux barrages routiers.

— C'est ça, approuva-t-elle. Une fenêtre sur la réalité, et peut-être quelques expériences personnelles, si ça ne vous ennuie pas. Je n'ai que dix-huit étudiants, ce n'est pas énorme, mais beaucoup d'entre eux parlent de devenir policiers dans de plus grandes villes. Le goût de l'excitation, je suppose.

Stuart hocha la tête.

— Il faut quand même que je vous dise que j'ai acquis la majeure partie de mon expérience dans la police militaire. Selon le lieu où on est stationné, la vie peut être un peu *trop* excitante.

— J'imagine.

Encore qu'elle ne l'imaginait pas vraiment. Sa zone de guerre à elle avait été la rue. Affectée à une unité d'aide aux victimes, elle s'était très souvent trouvée mêlée à des violences intrafamiliales. Elle avait néanmoins failli devenir inspecteur, et le travail d'enquête avait été sa passion.

— Alors pour quand souhaitez-vous ma présence ?

— Le cours débute le vendredi à 14 heures et dure trois heures. Vous pouvez choisir la semaine qui vous convient et vous n'aurez pas besoin de faire une intervention de trois heures. Ce que je cherche, c'est à leur donner une bonne image de la réalité, une image qui ne brise pas leurs rêves, mais les ramène à des proportions plus réalistes. Surtout dans une plus grande juridiction.

— Vous en savez sans doute plus que moi sur les grandes juridictions. Celle-ci est plutôt calme, dit-il. Bien qu'elle le soit moins, maintenant. Vous devriez rencontrer notre ancien shérif. Il paraît que, ces trente dernières années, il jurait que ce comté allait devenir un enfer.

— Quand a-t-il pris sa retraite ?

— Il y a environ quinze ans. Mais il aime toujours mettre la main à la pâte. C'est un homme bien.

— J'aimerais beaucoup le rencontrer.

Peut-être. Elle n'était pas sûre d'être prête à s'impliquer de nouveau dans la scène policière.

— Il est 17 h 30, dit-il en consultant sa montre. Je sors juste du boulot. Je peux vous inviter à dîner ? On pourra parler sans que mon estomac gronde.

Elle évitait les lieux publics par… quoi ? Peur ? Elle n'avait jamais été du genre à avoir peur. Elle ne pouvait pas laisser cela la freiner. Se fortifiant, elle hocha la tête.

— Volontiers. Mais je ne conduis pas.

Il haussa un sourcil, mais ne fit pas de commentaire.

— Je vous emmène, pas de problème.

Il désigna le chien du menton.

— Avec lui.

Après avoir été nerveuse à l'idée de le rencontrer, elle se retrouvait avec une invitation à dîner. Juste une invitation cordiale. Pourquoi évitait-elle les contacts ? Pfff… Mais ce n'était pas de la peur, s'avoua-t-elle. Plutôt de la lâcheté. Elle ne voulait pas être gênée. Elle allait devoir apprendre à vivre avec, il n'y avait pas d'autre moyen.

— Quel est le nom de votre ami à quatre pattes ? demanda-t-il tandis qu'ils marchaient vers son véhicule.

— Snowy.

— Eh bien, Maude va lui donner un hamburger sur une assiette en carton, si cela vous va. Je ne connais pas les règles pour les chiens d'assistance, seulement pour les chiens policiers.

— Ce sont à peu près les mêmes : pas touche.

Il se mit à rire.

— C'est normal. Mais il peut avoir un hamburger ?

— Bien sûr, si je lui dis que c'est d'accord.

Parce qu'elle n'aurait pas besoin de lui une fois assise, et qu'elle savait par expérience que Snowy adorait les hamburgers.

Stuart lui ouvrit la portière de son SUV, un véhicule de police marron clair. Sur les flancs, on lisait le nom du département du shérif et, en plus petit, la devise « Protéger et servir », surmontant une étoile de shérif.

Kerri monta en voiture et Snowy la suivit, s'installant sur la banquette arrière comme on le lui avait appris.

— C'est bien, lui dit-elle.

Il lui offrit sa version d'un sourire.

Stuart les observa avant de refermer sa portière. C'était un bon chien. Et une femme agréable. Très jolie, en tout cas. Elle était toutefois vêtue de noir. Pas vraiment un uniforme, mais cela y ressemblait. Intéressant.

En se mettant au volant, il lui jeta un nouveau coup d'œil. Elle regardait droit devant elle, comme si elle était un peu gênée. Ce n'était qu'un repas informel avec un autre policier, pourtant. Elle devait l'avoir fait fréquemment.

Ses yeux étaient d'un vert clair frappant et ses cheveux d'un roux cuivré qui lui allait bien. Elle avait une coupe garçonne, très seyante. Son visage était doux, juvénile, avec des traits classiques, parsemés de mignonnes taches de rousseur. Il reporta son attention sur la route, car depuis qu'il était adulte il savait que les femmes n'aiment pas qu'on les fixe.

Il venait juste de la rencontrer, et apprécier ses attributs physiques ne favoriserait pas leur relation. Mais mon vieux, quels attributs ! Il réprima le sourire qui lui venait aux lèvres.

Elle n'offrit pas grand-chose en matière de conversation durant le trajet, et il se demanda de nouveau si sa compagnie la mettait mal à l'aise. Parce qu'il était policier ? Eh bien, il y avait un chien d'assistance sur la banquette arrière, ce qui voulait dire qu'elle avait subi une épreuve quelconque. C'était peut-être la raison pour laquelle elle enseignait au lieu de travailler dans la police. Il devrait attendre qu'elle le lui dise. Il pourrait facilement faire des recherches sur elle, mais ce serait une intrusion dans sa vie privée. Comment diable était-ce si vite devenu si compliqué ? Il venait juste de la rencontrer et il allait passer une heure ou deux avec ses étudiants, c'était tout, non ? Peut-être que non. C'était avec une sorte d'hésitation qu'elle s'était dirigée vers son véhicule, elle n'avait pas l'allure confiante d'une policière qui embarque à toute allure.

Ne jamais montrer de faiblesse.

On lui avait pris quelque chose, il en était certain.

Devant le restaurant, Kerri avait ouvert sa portière et était descendue seule de voiture, attrapant la laisse de Snowy. Bien que Stuart l'ait aidée à monter en voiture par simple galanterie, elle ne voulait pas s'y habituer. Elle ne souhaitait pas qu'on la traite en invalide. Oui, elle avait un problème, mais cela ne l'empêchait pas de pouvoir faire la plupart des choses. Elle veillait jalousement sur son indépendance.

Stu lui ouvrit la porte du restaurant, et ils entrèrent avec Snowy. L'heure du dîner avait commencé, mais la salle de restaurant n'était pas pleine. Presque tous les yeux se tournèrent néanmoins vers le chien. Il attirait toujours l'attention, mais elle soupçonnait que les gens étaient plus intéressés par son harnais. Un chien d'assistance. Cela lui mettait immédiatement un coup de tampon : « handicapée ». Ce qu'elle était, bien sûr, mais elle détestait le reconnaître.

— J'ai de la chance, remarqua-t-elle quand ils furent installés à une table du fond.

Snowy s'était glissé sous la table, hors de vue.

— Pourquoi cela ? demanda-t-il en lui passant le menu.

— À en juger par l'attention que Snowy attire, je suis chanceuse de ne pas avoir un handicap évident. Je ne suis pas en fauteuil roulant, je n'ai pas un membre en moins ou le visage démoli. J'ai vu ce qu'endurent ces personnes.

Il hocha la tête.

— Moi aussi. Il n'y a pas très longtemps, j'ai eu des mots avec une femme au supermarché. Elle râlait de manière audible sur un jeune type en voiturette électrique. Le pauvre gars avait l'air gêné, comme s'il était coupable de quelque chose.

— Qu'avez-vous dit ?

— « Madame, c'est vous qui êtes sur son chemin, pas le contraire ».

Il sourit brièvement.

— Devinez qui a été gênée, cette fois ?

Elle sourit aussi : cet homme lui plaisait.

— Bien joué, sergent.

— J'aime que mes concitoyens soient corrects. Et si on se tutoyait ? Nous sommes collègues, après tout.

— Bien sûr, accepta Kerri.

— Alors je peux te dire que tout, sur ce menu, est délicieux. Maude est une adepte de la cuisine traditionnelle. Je te garantis que tu auras une bonne portion à rapporter à la maison, sans doute assez pour le dîner de demain.

Elle baissa les yeux sur le menu plastifié. Elle avait faim. Elle avait repoussé autant que possible l'heure de faire les courses et laissé ses étagères se vider. Non parce qu'elle n'aimait pas marcher, mais parce qu'elle craignait ce qui se passerait si elle laissait tomber un sac de courses pendant une crise.

Aussi affamée soit-elle, elle suivit l'exemple de Stu et choisit un hamburger. Il avait l'air appétissant, tout comme le choix entre les brocolis ou la salade. Elle choisit les brocolis. Puis elle se rendit compte qu'elle était trop silencieuse. Au travail, les conversations avec les inconnus étaient aisées. Elle avait un rôle et elle savait comment le remplir. Mais à présent elle n'avait plus de rôle qui l'aide à s'intégrer. Finalement, elle posa une question :

— Tu disais que tu étais dans la police militaire ? commença-t-elle. Pendant combien de temps ?

— Trop longtemps, répondit-il d'un ton léger. Douze ans. Il y a quatre ans, j'ai démissionné et je me suis installé ici, en quête de tranquillité.

— Et tu l'as trouvée ?

— Oui, en grande partie.

Les plats et les cafés arrivèrent alors, servis avec fracas. Maude, une femme imposante, demanda, les sourcils froncés :

— Vous voulez nourrir le chien ?

Stu regarda Kerri.

— Comment est-ce qu'il aime son hamburger ?

Elle ne put s'empêcher de sourire.

— Nature, sans pain, à point.

La femme s'éloigna à grands pas. Kerri regarda Stu.

— Il y a quelque chose qui ne va pas ?

— Pas du tout. Maude est la femme la plus ronchonne de toute la ville. Tout le monde semble y être habitué. Je fais comme les autres. Tu remarqueras, quand même, qu'elle a demandé si Snowy avait besoin de quelque chose. Il y a un cœur d'or sous cette apparence revêche.

— C'est bon à savoir.

Elle jeta un coup d'œil à ses pieds et s'aperçut que Snowy s'était tourné en direction de la salle, espérant sans doute happer des miettes.

— C'est un si bon chien, ajouta-t-elle.

Elle contempla Stu par-dessus les plats. Il y avait là deux énormes hamburgers, assez de frites pour nourrir une équipe de football et un saladier de brocolis fumants.

— Tu te plais dans cette ville ? demanda-t-elle.

— Beaucoup. Mais je dois t'avertir que les rumeurs courent vite ici. C'est une grande ressource pour nous, les policiers, mais ce n'est pas si agréable pour les gens qui tentent de préserver leur intimité. Et toi ? Nous sommes très loin de ta région d'origine, non ?

— Je voulais une petite université pour… tâter le terrain et voir si j'ai la bosse de l'enseignement. C'était la meilleure offre que j'ai reçue, alors je l'ai acceptée.

Il prit la moitié de son hamburger et le tint en l'air tout en parlant. Le jus qui coulait de la viande la fit saliver.

— Les autres universités ont certainement raté quelque chose.

Elle sentit ses joues se colorer.

— Tu ne peux pas le savoir.

— Je suis bon aux devinettes, dit-il en riant.

— Tu es venu vivre ici, souligna-t-elle.

— Et je rêve de m'acheter un terrain où je pourrai chevaucher et élever un peu de bétail.

— Oh ! ça m'a l'air génial, remarqua-t-elle.

Elle était sincère. Les grands espaces, les montagnes, le cheval. Avec Snowy, elle pouvait marcher. Chevaucher ? Peut-être. Elle devrait essayer, un jour. Elle prit une frite.

— Je vais peut-être me goinfrer de frites et emporter le reste à la maison.

— C'est vrai qu'elles sont bonnes, approuva-t-il, en prenant une grosse bouchée de son hamburger.

Pendant qu'il mâchait, elle l'imita, décidant que le hamburger était sans doute meilleur frais. Dès la première bouchée, un gémissement de plaisir lui échappa. Stu sourit.

— On ne fait pas mieux, lui dit-il après s'être essuyé la bouche avec une serviette en papier.

Maude revint avec un steak haché. Snowy dressa la tête. Elle posa l'assiette en carton sur la table.

— J'imagine que c'est vous qui lui donnez, vu que c'est un chien d'assistance…

Kerri fut touchée qu'elle sache cela.

— Merci beaucoup.

— Mais n'en parlez pas au service d'hygiène, ajouta Maude avec un regard noir en direction de Stu.

— Même pas en rêve, l'assura-t-il. Ce steak vient juste de tomber par terre sur une assiette en carton qui se trouvait là.

Maude ricana et s'éloigna à pas lourds. Snowy semblait avoir du mal à se contenir, aussi Kerri plaça-t-elle l'assiette sous son nez sans perdre de temps.

— C'est bon, Snowy.

Stu s'amusait à observer les interactions de Kerri avec son chien. Il décida qu'il l'aimait plus qu'un peu. Il aurait voulu trouver le moyen de lui faire raconter son histoire. Une ou deux fois, il avait vu passer du chagrin sur ses traits. Quitter son emploi, supposait-il, n'avait pas dû être facile. Désormais, elle entamait une nouvelle vie dans une ville inconnue, avec un chien d'assistance à ses côtés. Il admirait son cran.

— Dans quel quartier vis-tu ? demanda-t-il lorsque le repas fut presque achevé.

— Dans un immeuble de Tech Street.

— Ah, cet immeuble a une histoire. Tu t'y sens bien ? Je veux dire que l'endroit est presque désert. En bon état, ai-je entendu dire, mais sans grand monde alentour.

— Ça ne m'inquiète pas. Le loyer correspondait à mon budget. Mais le terme de « Tech » Street semble un peu déplacé dans cette ville, non ?

— Ça l'est. Tu veux entendre l'histoire en abrégé ?

Elle acquiesça, tandis que Maude posait des boîtes sur la table.

— Il y a quelques années, une usine de semi-conducteurs a ouvert. Cela a attiré une foule de gens, et offert beaucoup d'emplois aux habitants. D'où l'immeuble. Mais l'usine a fait faillite au bout de quelques années et l'université a envisagé d'acheter le bâtiment. Elle ne l'a pas fait car une grande partie des étudiants habitent dans les environs et cela aurait sans doute été un achat à perte. Autrefois le bâtiment était plein, aujourd'hui il est presque vide. Je ne t'explique pas pourquoi cela constitue une crainte pour la police. Les grands bâtiments vides attirent les ennuis.

— Je sais.

Secouant un peu la tête, elle transféra la nourriture dans les boîtes.

— Je ne pensais pas à ça quand j'ai loué, seulement que le loyer était dans mes moyens. Il y a beaucoup de problèmes ?

Stu secoua la tête.

— Non.

Après ce qu'il venait de dire, ce n'était pas la réponse à laquelle elle s'attendait. Elle lui jeta un regard acéré et il haussa les épaules.

— S'il y a déjà eu une effraction, personne ne m'en a parlé. Les propriétaires actuels ont acheté le bâtiment, pensant le transformer en locations saisonnières pour les skieurs. Sauf que la station de ski n'a pas marché.

— C'est plutôt triste.

— Oui, un peu. Les jeunes n'arrêtent pas de déménager. L'institut universitaire est comme une rampe de lancement pour des carrières ailleurs.

Ils finirent de remplir les boîtes. Kerri ramassa l'assiette que Snowy avait léchée et la posa sur la sienne, espérant que ce n'était pas une violation des règles. Stu alla payer l'addition. Elle ne put s'empêcher de le suivre des yeux. Il y avait peut-être du bon à sortir de sa coquille, après tout.

— Laisse-moi vous raccompagner, Snowy et toi, à la maison, dit-il quand ils sortirent du restaurant. Tu ne peux pas marcher en portant toutes ces boîtes.

Il avait raison. Maude lui avait donné un sac en plastique, mais avec la laisse de Snowy, elle n'avait qu'une seule main libre. De fait, elle ne savait toujours pas ce qui se passait durant ses crises. Elle savait qu'elle se figeait, mais elle ignorait si elle laissait tomber ce qu'elle tenait.

— Merci, dit-elle avec un plaisir inaccoutumé à l'idée de passer un peu plus de temps avec lui.

Bon sang, elle devait faire attention. Ce n'était rien de plus qu'un désir de contact humain. Qu'est-ce qui lui faisait penser que quiconque voudrait d'elle, de toute façon ? Elle était handicapée, et même si ses crises n'étaient pas effrayantes, elle ne pouvait pas conduire et, en soi, c'était une sérieuse limitation.

Et il y en avait plein d'autres. Des craintes qu'elle n'avait jamais eues avant, le traumatisme émotionnel, une constante incertitude à propos d'elle-même. Elle espérait que les prochains mois commenceraient à dissiper tout ça. Enseigner l'amènerait à fréquenter beaucoup de jeunes gens et d'autres professeurs, qu'elle le veuille ou non. Cela devrait forcément l'aider à reprendre confiance en elle.

Le trajet jusqu'à son appartement fut court. L'immeuble était situé en lisière de la ville, une zone régulièrement patrouillée par la police.

Les autres résidents étaient à l'autre bout de l'immeuble. À moins d'avoir emménagé dans un ranch, elle n'aurait pas pu être plus isolée. Cela lui convenait, comme elle s'accommodait de vivre au premier. Snowy la préviendrait à temps pour qu'elle s'asseye sur une marche, si cela devait s'avérer nécessaire, et la solitude… Eh bien, elle n'avait jamais eu peur de vivre seule. Elle pouvait s'occuper d'elle-même. En grande partie.

Elle invita Stu à entrer parce que cela lui paraissait courtois, bien qu'ils viennent juste de se rencontrer. Une fois la porte refermée, elle ôta la laisse et le harnais de Snowy. Il passa une minute à fureter partout. Stu posa les sacs contenant les restes sur le comptoir de la cuisine.

— Pourquoi as-tu choisi un appartement aussi éloigné des autres locataires ?

Elle sourit.

— C'est simple, il y avait une fenêtre supplémentaire dans la cuisine. J'aime la lumière.

— Tu le regretteras en plein hiver, dit-il en riant. Même avec un double vitrage, tu auras des courants d'air.

Elle entreprit de sortir les boîtes du sac en plastique.

— Venant de Floride, je suis impatiente de savoir

à quoi ressemble le vrai froid. C'est peut-être ça que je vais regretter.

Les yeux de Stu parurent étinceler.

— Ça va être un gros changement pour toi. J'aimerais bien savoir ce que tu en penses.

Puis il se dirigea vers la porte.

— Tu veux sûrement disposer de ta soirée. Il faut que je rentre. Ce matin, je me suis levé juste assez tard pour devoir laisser la vaisselle en plan. Je t'appellerai dès que je saurai quand je peux venir à ton cours, d'accord ?

— Ce serait super, dit-elle avec un sourire chaleureux. Merci, Stu.

— Tout le plaisir est pour moi.

Elle le regarda refermer la porte derrière lui et souhaita qu'il soit resté un peu plus. Il faisait une compagnie agréable. Peut-être se rencontreraient-ils encore, en dehors du cours. Puis elle se remit à ranger les aliments. Soudain, elle s'interrompit et regarda autour d'elle.

— Bon sang, dit-elle tout haut, pourquoi en a-t-il parlé ?

En effet, pour la première fois depuis son emménagement, elle sentait son isolement. Snowy émit un calme « wouf » et elle tenta de rire d'elle-même. Elle était sans doute plus en sécurité ici qu'elle ne l'avait été en Floride. Et elle avait un chien.

L'isolement ? Elle essaya de repousser cette idée, sans y parvenir. Le malaise lui collait à la peau.

2

Tout avait changé en un clin d'œil. La confusion s'empara de Kerri. Snowy n'était plus allongé à côté d'elle. Sa tête reposait sur sa cuisse. Que… Les visages qu'elle regardait avaient changé de place. Certains étudiants étaient debout. Que se passait-il ? Une voix s'éleva à côté d'elle.

— Madame Addison ? Vous allez bien ?

Elle leva les yeux et vit une jeune femme à ses côtés. Cette étudiante n'était-elle pas assise à un bureau, mâchonnant son stylo ? Quand s'était-elle déplacée ?

— Que s'est-il passé ? demanda-t-elle instinctivement.

Puis les morceaux du puzzle commencèrent à s'assembler. Elle avait eu une crise. Elle éprouvait la confusion qui suivait toujours. La jeune femme – Alice, se souvint-elle – répondit :

— Vous vous êtes arrêtée de parler au milieu d'une phrase et vous avez pris un air bizarre. Nous avons attendu, mais comme vous ne répondiez pas…

— Je vais bien, dit-elle. Donnez-moi juste un instant, puis je vous expliquerai.

Alice hocha la tête et retourna s'asseoir. Les autres reprirent leurs places. Leurs visages avaient changé, se rendit compte Kerri. Là où auparavant ils étaient attentifs ou somnolents, ils avaient tous l'air mal à l'aise.

— J'aurais dû vous parler de cela dès mon premier cours, dit-elle lentement, rassemblant ses pensées.

Elle allait revenir à la normale en quelques secondes, mais ce nouveau « normal » n'était pas exactement réconfortant.

— Nous dire quoi ? demanda Jason, un autre étudiant.

Combien devait-elle en révéler ? Aussi peu que possible. Elle ne voulait pas devenir un objet de discussion.

— J'ai des crises d'épilepsie, dit-elle. Ce que vous venez de voir… eh bien, c'en est une. Je perds contact avec la réalité une minute ou deux, et quand j'en sors, je suis confuse. Surtout si les choses ont bougé. Et vous, vous bougez beaucoup.

Cela leur tira un petit rire, et la tension parut se dissiper. Il y avait un nouvel intérêt sur ces visages, et elle se demanda de nouveau ce qu'elle devait leur dire.

— C'est pourquoi j'ai Snowy avec moi. Il m'alerte juste avant que ça arrive, afin que je ne m'immobilise pas au milieu de la rue, par exemple. C'était très gentil à vous de ne pas me demander pourquoi j'ai un chien d'assistance.

— Ce ne sont pas nos affaires, dit une autre jeune femme. Nous nous faisions seulement du souci pour vous. Votre chien vous a touché la jambe plusieurs fois, puis vous vous êtes soudain arrêtée de parler.

— Bizarre, hein ? dit-elle. Eh bien, ce n'est pas plus grave que ça, et ça n'arrive pas tout le temps. Vous pensez pouvoir vous en accommoder ?

Ils dirent tous qu'ils le pouvaient.

— Alors continuons le cours. Où en étais-je ?

— Vous nous parliez de l'arrêt de la Cour suprême qui autorise à filmer les policiers en action, dit Alice.

— Oui. C'est la raison pour laquelle on voit tant de vidéos en ligne. Mieux vaut vous tenir à carreau.

Un autre rire s'éleva, celui-là tout à fait détendu. Tant mieux. Elle était prête à expliquer ce que cet arrêt signifiait pour la police. Ça valait mieux que de laisser la gêne qui planait l'engloutir.

Le cours se termina peu après 17 heures. Les étudiants sortirent en hâte, ravis d'en avoir fini pour la journée. Snowy se leva et étira longuement ses pattes arrière. Kerri s'étonnait encore de la patience dont il faisait preuve. Eh bien, ils allaient faire une promenade. Elle se demanda brièvement ce qu'elle ferait quand il neigerait et se dit qu'elle prendrait les mesures appropriées quand l'heure serait venue. Pour l'instant, marcher par cette agréable journée d'automne serait un plaisir.

Snowy semblait impatient de se mettre en route et agitait la queue. Elle rangea ses affaires dans son sac à dos, se demandant si elle devait passer par son bureau. À la maison, décida-t-elle. Il fallait qu'elle se prépare à dîner, une perspective peu engageante. Le mois dernier, elle était en train de faire frire des aubergines lorsqu'elle avait eu une crise. Les aubergines avaient été carbonisées. Elle avait demandé au neurologue si la confusion faisait partie de la crise ou si elle était causée par les changements intervenus entre-temps. Sa réponse n'avait pas été très rassurante : « Je ne sais pas. Ça pourrait être les deux. »

Elle soupira en franchissant la porte. Le récit de ce petit épisode allait sans doute courir un peu partout. Ses employeurs étaient au courant de son état, mais elle n'avait guère envie de faire l'objet de commérages.

Après le dîner, peut-être appellerait-elle ses anciens collègues et amis en Floride. Ils lui manquaient, mais leur compagnie lui rappelait constamment ce qu'elle avait perdu.

Snowy parut ravi d'être dehors. Il restait à ses côtés,

mais elle nota sa démarche élastique et ses oreilles dressées. L'air était sec, légèrement piquant. Elle pressa le pas. C'était si différent de la Floride. L'absence d'humidité, de palmiers… Un autre monde.

Au moment où son immeuble se profilait devant eux, une voiture s'arrêta près d'elle, moteur ronronnant. Elle se pencha et vit Stu à travers la vitre ouverte. Il était en uniforme, aussi séduisant qu'elle s'en souvenait.

— Bonjour madame, vous voulez monter ?

— Où ? Sur la banquette arrière ?

Il lui sourit :

— Non, seulement à l'avant pour toi.

Elle lui rendit son sourire, en secouant la tête.

— Snowy a besoin de cette promenade. Il est resté trois heures sans bouger.

— Alors si je passais chez Maude pour apporter à dîner ?

Une part d'elle essayait de prendre de la distance. Elle se souvenait des regards de pitié quand elle avait brièvement repris le travail. Mais Stu souriait, et les craintes de Kerri semblaient un peu démesurées.

— Bonne idée. Merci.

— La même chose que la dernière fois ? Et un *latte* ?

— C'est une offre que je ne peux pas refuser, reconnut-elle. Et un *latte* oui, s'il te plaît.

— À tout à l'heure chez toi.

Le patrouilleur reprit de la vitesse et disparut au coin de la rue. Kerri souriait toujours en arrivant au pied de son immeuble. Comme il faudrait un petit moment à Stu, elle emmena Snowy dans le jardin de derrière. Elle lui ôta sa laisse et son harnais, et le laissa courir quelques minutes avant de tirer une balle de tennis jaune de son sac à dos. Rapporter la balle était l'un des jeux favoris de Snowy. En la voyant, il se ramassa sur ses pattes de devant et agita frénétiquement la queue. Elle le regarda bondir dans tous les sens. Il n'était pas douteux que Snowy était la meilleure chose qui lui soit arrivée depuis son accident.

— Livraison spéciale, fit une voix près de la clôture.

Kerri se retourna et vit Stu, chargé de quelques sacs.

— Tu veux que je monte ?

— J'arrive.

Snowy avait compris que la récréation était finie. Il vint vers elle et s'assit, attendant qu'elle lui attache sa laisse. Stu l'attendait déjà devant sa porte.

— Comment as-tu fait ? demanda-t-elle en le rejoignant. Tu as couru ?

— Monter en courant, c'est un très bon exercice. Et je n'ai pas besoin de te dire combien c'est utile au boulot.

— C'est différent ici, dit-elle en déverrouillant sa porte. Les escaliers sont à l'intérieur et il y a de grosses portes. De là où je viens, presque tout est à l'air libre.

— Je n'avais jamais pensé à cela, reconnut-il en la suivant à l'intérieur. Le climat ?

— Je suppose. Cela m'était si familier que je n'y ai jamais pensé non plus avant de venir ici.

Stu posa les sacs sur le comptoir comme il l'avait fait la semaine précédente et déclara :

— Je vais redescendre pour le café.

— Oh ! tu aurais dû me le dire !

— Je sais, dit-il, mais l'exercice me fait du bien. Et oui, j'aurais pu le dire, alors ne te culpabilise pas.

Il ressortit en hâte, et Snowy surprit Kerri en s'asseyant près de la porte d'un air d'attente.

— Traître, lui lança-t-elle gaiement, se demandant comment son chien avait pu s'attacher si vite à Stu.

Mais c'était normal. Il ne portait pas son uniforme, il savait qu'il ne travaillait pas. Malgré tout, elle avait constaté avec quelle rapidité il se mettait au travail dès qu'il sentait que c'était le moment. C'était vraiment un chien exceptionnel, en plus d'être absolument adorable.

Elle venait de finir de sortir des assiettes et des couverts lorsque Stu revint, sans son ceinturon, portant des gobelets. Il prit quelques minutes pour se présenter à Snowy, et le chien le laissa le gratter sur le cou.

— Je crois que tu t'es fait un ami pour la vie, remarqua Kerri.

— C'était l'idée, dit Stu en souriant, toujours accroupi.

Il se redressa.

— Bon, laisse-moi servir le dîner.

Ils s'assirent côte à côte et savourèrent les hamburgers et les frites. Stu s'était même rappelé la préférence de Kerri pour les brocolis. Un garçon bien.

— Qu'est-ce que tu faisais exactement dans ton ancien poste ? demanda-t-il tandis qu'ils mangeaient.

Elle lui jeta un regard ironique.

— Je suis surprise que tu n'aies pas enquêté sur ma carrière. Tu en as les moyens.

— Je ne voulais pas envahir ton intimité, mais ça ne veut pas dire que je ne suis pas curieux. Oh ! Cette boîte, là. Maude l'a mise pour Snowy. C'est un steak.

Kerri sentit une vague de chaleur la parcourir. Cela la touchait profondément. Stu se leva et, ouvrant la boîte, la posa sur le carrelage de la cuisine. Snowy tendit le cou dans sa direction sans quitter sa place. Kerri lui dit qu'il pouvait manger et il ne perdit pas de temps.

Stu reprit son hamburger et se tourna vers elle.

— Alors, ton travail ? C'étaient des patrouilles ?

Elle hésita.

— Au début. Ensuite, j'ai été mutée dans une unité d'aide aux victimes.

— C'est dur, ça.

— Oui, ça l'était parfois. Après j'ai été formée à la négociation dans les violences intrafamiliales et au soutien des victimes, surtout les victimes de viol.

— Oh bon sang, dit-il avec chaleur. C'est le pire. Pourquoi toi ?

— Parce que je suis une femme. Les études ont montré que les femmes sont plus susceptibles d'obtenir une désescalade que les hommes. Et j'ai eu quelques succès.

— Je parie que oui.

— Qu'est-ce que tu veux dire ? dit-elle en se cabrant un peu.

— C'est ton comportement, expliqua-t-il. Je suis sûr que ce n'était pas ton genre de jouer les dures à cuire.

— Non.

Puis elle se mit à rire.

— Les hommes ne se sentent généralement pas menacés par une femme, même en uniforme.

— Ils devraient, pourtant. Les querelles domestiques peuvent être dangereuses. Tu as beaucoup de cran.

De cran ? Elle se demanda si elle en avait encore.

— Que s'est-il passé ? demanda calmement Stu.

Elle baissa les yeux sur son assiette. Elle avait entamé son hamburger sans toucher aux frites. Son estomac se noua, et elle comprit qu'elle ne pourrait plus rien avaler.

— Oublie la question, dit-il comme s'il avait lu ses pensées. Ce ne sont pas mes affaires.

Il en avait entendu parler, elle en était certaine. La question était : voulait-elle que quelqu'un d'autre lui en donne une version abrégée, ou voulait-elle lui exposer elle-même ? Il devait le savoir s'ils devaient devenir amis. Si elle le laissait approcher. Elle avait déjà une montagne de problèmes à traiter et l'amitié lui faisait l'effet d'un souci de plus. Mais elle n'avait jamais été du genre à s'isoler. Elle avait toujours eu des amis. C'était le meilleur moyen d'oublier la pression de son métier. Ou peut-être avait-elle peur de la réaction de Stu. Elle avait déjà constaté que certaines personnes ne réagissaient pas bien au mot « épilepsie ».

Néanmoins, Stu laissa tomber le sujet. Elle sentit son estomac se dénouer et elle tendit la main pour prendre une grosse frite.

Après le repas, Stu l'aida à ranger, et elle donna des croquettes à Snowy. Ce soir-là, son nouvel ami ne semblait pas pressé de partir. Pour la première fois, elle avait l'occasion de s'interroger sur sa vie personnelle. Oui, il l'avait emmenée dîner et l'avait raccompagnée chez elle, mais cela ne voulait pas dire qu'il n'avait personne qui l'attendait. Il avait suggéré à demi-mot qu'il vivait seul en mentionnant la vaisselle, mais elle ne savait presque rien de lui. Elle-même n'était pas particulièrement diserte non plus. Tandis qu'ils s'installaient au salon, lui dans un fauteuil, elle sur le sofa usé, elle demanda :

— Tu n'as pas de famille ?

— Je suis un célibataire endurci.

Elle sourit malgré elle, ravie que cette complication-*là* ne figure pas au programme.

— Pour une raison particulière ?

— Ce n'est pas une décision consciente, dit-il en haussant les épaules, je n'ai jamais rencontré personne qui me donne envie de renoncer à mon indépendance.

— Moi non plus, dit-elle en riant.

— Tu vois. Ce n'est pas que j'y suis opposé, c'est juste que… je suis difficile.

— Ce qui est une qualité quand il s'agit de décider du cours de toute sa vie.

Il prit alors le taureau par les cornes.

— Pouvons-nous parler de l'éléphant dans la pièce ?

— L'éléphant ?

— Ton chien d'assistance, dit-il en secouant légèrement la tête. Dis-moi de me mêler de mes affaires, mais tu circules avec un animal admirablement dressé. Je crois que tu devrais rencontrer Cadell.

Elle cilla. Avait-elle raté quelque chose ?

— Qui ça ?

— Cadell Marcus. Il dresse nos chiens et il a commencé à élever des chiens d'assistance. Il travaille comme adjoint à temps partiel, mais il a aussi un ranch. Je crois qu'il investit beaucoup d'énergie et de temps dans l'élevage des chiens.

— C'est super. J'ai de la chance d'avoir Snowy. Mes anciens collègues se sont cotisés pour me l'offrir. Un chien d'assistance n'est pas bon marché.

— C'est ce que disait Cadell quand il a commencé le dressage. Il en a fait une association charitable, si bien qu'il ne peut pas en dresser beaucoup à la fois, mais au moins, il en propose quelques-uns à des gens qui autrement n'en auraient pas les moyens.

— C'est merveilleux, dit-elle avec sincérité. J'aimerais effectivement faire sa connaissance.

— Je pense qu'il serait ravi de vous rencontrer, Snowy et toi.

Ils s'approchaient de nouveau d'un terrain miné. Décidant qu'elle devait affronter le sujet, elle prit les devants. La curiosité de Stu était naturelle. Mieux valait que cela vienne d'elle. Mais elle avait toujours du mal à gérer tout cela. Elle se crispa, regarda Snowy, et finit par faire le grand saut.

— J'ai une forme légère d'épilepsie, dit-elle d'une voix

blanche. Des crises du lobe temporal. Pendant lesquelles je m'en vais quelques minutes. Je n'en ai aucun souvenir et quand je reviens à moi, je suis totalement perdue. Snowy m'avertit pour que je ne me mette pas en danger. Il les sent assez à l'avance pour que j'aie en général le temps d'éteindre la cuisinière, ou des choses de ce genre.

— Loué soit Snowy, dit-il.

— Je ne peux pas être plus d'accord.

Eh bien, cela n'avait pas été si difficile, songea-t-elle. Stu ne passerait peut-être plus jamais, mais au moins il n'avait pas pris la fuite. Il se tut quelques instants, puis déclara :

— Je crois comprendre que tu n'as pas toujours eu ce problème, ou bien tu n'aurais pas pu devenir policière.

— Non.

Elle sentit son cœur se serrer parce que c'était un souvenir qu'elle ne voulait pas revivre.

— Kerri…

— D'accord, d'accord.

Elle se leva d'un bond et se mit à faire les cent pas pour soulager l'afflux d'adrénaline. Pouvait-elle s'en tirer avec un résumé ? Mais son cerveau commençait déjà à lui rejouer la scène, l'emportant vers cette nuit affreuse. Elle était à peine consciente de parler.

Elle se rappelait la brise chaude qui agitait les palmiers et les faisait bruisser. L'humidité était si forte qu'on aurait presque pu mâcher l'air. Elle prêtait rarement attention à la météo, aussi était-elle surprise de s'en souvenir aussi clairement. Une typique nuit d'été en Floride, rien d'exceptionnel. Il n'y avait rien d'inhabituel non plus dans les cris venant de l'appartement au premier. Le balcon faisait toute la longueur de l'immeuble, version locale d'une coursive.

Les voisins étaient sortis de chez eux en vêtements de nuit et y avaient été renvoyés par les policiers. Plusieurs d'entre eux avaient dit que l'homme était armé.

Elle se dirigea vers le responsable de la scène, un lieutenant qu'elle connaissait bien.

— Alors, on a quoi, Pete ?

— Le type est armé.

— On en est sûrs ?

— Oui. Les premiers collègues à arriver ont frappé. Il leur a crié de partir sinon il tirerait.

— Pas si facile de le faire à travers une porte en acier.

Elle connaissait ces endroits. Mais c'était possible, si le type avait assez de puissance de feu. En outre, cette porte était sa seule issue. Elle entendait le grondement du véhicule SWAT.

— Quels sont les ordres ? Vous avez besoin de moi ?

— Tu veux essayer de lui parler ? D'après ce que je sais, il est soûl à rouler sous la table. Agressif. Et il ne répond pas au téléphone.

— Il y a combien de personnes là-haut ?

— Sa femme, évidemment. Les voisins pensent qu'ils ont un ou deux enfants. Apparemment, il ne s'entend pas avec les autres locataires.

— Je me demande bien pourquoi…

Pete survola la scène, s'assurant qu'il n'y avait personne au balcon et que les civils étaient hors de portée de tir.

— Je pense que tu ne devrais pas monter.

— Il est plus susceptible de m'écouter au mégaphone ?

Pete lui adressa un sourire jaune.

— S'il était seul, je laisserais le SWAT intervenir, Pete. Mais s'il y a une chance que nous puissions le faire sortir sans que sa famille soit blessée, je veux essayer.

— Je sais que tu vas le faire.

Il soupira de façon audible. Les hurlements se poursuivaient dans l'appartement, entremêlés de menaces.

— Tu as son nom ?

— Les voisins l'appellent Faz. Le gérant de l'immeuble les connaît sous le nom de Fasio et Darlene Maines.

Elle se dirigea vers l'escalier, au bout du balcon. Pete l'attrapa par le bras.

— Tu as ton gilet ?

— Je le porte.

— Laisse-moi te trouver un casque.

— Tu crois qu'un casque le rendra plus coopératif ? Tu peux aussi bien envoyer le SWAT là-haut.

Pete se contenta de secouer la tête.

— Ils ne seront pas loin derrière toi. Si tu peux l'amener à sortir, ils lui sauteront dessus.

C'était la norme avec un agresseur armé. Elle n'allait pas discuter. Elle gravit l'escalier facilement. L'adrénaline courait dans ses veines. Calmer l'homme. Le convaincre de sortir. Derrière elle, elle entendait les pas étouffés du SWAT. Ils se déployaient rapidement.

Quand elle atteignit la porte, elle leva la main pour frapper. Pas à coups redoublés, juste des coups ordinaires.

Elle revint en sursaut au présent et regarda Stu. Il attendait patiemment. Combien en avait-elle dit à haute voix ? Elle l'ignorait. Mais elle devait aller au bout de son histoire.

— Il est sorti en tirant. J'ai été éraflée par une balle sur le côté de la tête, mais le coup a été suffisant pour causer une commotion et une hémorragie cérébrale. Je ne me souviens pas de grand-chose après ça. Une petite équipe l'a alpagué, et ensuite j'ai perdu conscience. Sa famille est en vie, il est vivant lui aussi, et en prison pour longtemps.

— Tirer sur un policier est vraiment stupide.

— Il faisait des choses stupides depuis un bout de temps. Maintenant, il peut les faire en prison.

Elle secoua les bras, tentant de dissiper l'adrénaline et le cortisol qui parcouraient son corps.

— Donc pas de casque, hein ?

Elle s'arrêta de marcher, sans cesser de secouer les bras.

— Non. On ne va pas très loin quand on arrive équipé comme une unité d'assaut.

— Bonne réponse. Mon Dieu, tu es incroyablement courageuse.

— C'était mon travail de calmer les choses, pas de les aggraver.

Il hocha la tête.

— Ça te fait mal de te souvenir de cette nuit, n'est-ce pas ?

— Oh oui !

— J'ai aussi des souvenirs douloureux, dit-il. Les situations de vie ou de mort ont tendance à faire ça. Mais j'espère que tu es fière de toi. Tu avais absolument raison à propos de sa famille.

— Je le sais, dit-elle. J'ai vu ce que ça donne quand un type bascule et qu'il n'y a personne pour l'arrêter.

Stu se leva du canapé.

— Et si Snowy, toi et moi allions faire une promenade ? Cela évacuerait la tension.

Elle regarda par la fenêtre du salon et s'aperçut que la nuit était tombée. Il faisait sans doute plus froid. Mais c'était une bonne idée. Diminuer les effets secondaires en marchant était le moyen le plus sain. C'était ça ou la salle de sport.

— Bonne idée.

— Je te conseille de mettre des gants. Ou une veste

chaude avec de grandes poches. Je te retrouve en bas, sur le parking. Il faut que je prenne mon anorak.

Stu déverrouilla son véhicule. Du coffre, il sortit un anorak léger et reprit son ceinturon. Longue habitude. Marcher dans les rues sans les outils de son métier lui avait toujours paru inconfortable. C'était une ville assez tranquille, mais l'Afghanistan lui avait enseigné autre chose.

Mon Dieu, imaginer cette femme allant seule à la rencontre d'un homme armé et ivre de rage. Oui, il y avait eu des renforts, mais le fait demeurait qu'elle était la première que l'homme avait vue et qu'il était hors de lui. Elle savait cela et elle y était allée néanmoins. Quel courage !

La nuit était froide, mais pas assez pour qu'il relève la fermeture Eclair de son anorak. Il sentait la morsure de l'hiver dans l'air, toutefois. Il referma le coffre, pressa la clé électronique et se retourna juste à temps pour voir Kerri émerger des escaliers avec Snowy. *Joli chien*, pensa-t-il. *Jolie femme*. Ils formaient un couple qui attirait l'œil.

Mais il avait encore des questions. Sa blessure lui avait-elle coûté son travail, par exemple ? Quelles étaient les choses qu'elle ne pouvait plus faire ? Il avait eu l'impression qu'elle était gênée de parler de son épilepsie. Il ne voyait sincèrement aucune raison pour cela. Mais cela l'avait certainement obligée à de grands changements, sinon elle ne serait pas en train d'enseigner dans un institut universitaire. Combien d'autres limitations avait-elle ? Puis il se rappela qu'elle avait dit qu'elle marcherait jusque chez Maude. Pas de conduite pour elle. Oh ! cela soulevait un tas d'autres questions. En cas de mauvais temps, ils devraient s'organiser pour les trajets de Kerri. .

Elle le rejoignit en souriant. Snowy était de nouveau de garde, marchant sagement à côté d'elle.

— Merci pour cette idée, dit-elle.

— Si tu savais combien d'heures je passe assis dans cette voiture… Oh ! une minute : tu sais !

Elle rit, un son agréable suggérant qu'elle avait laissé le cauchemar derrière elle. Il aurait aimé le croire, mais il savait que ce n'était pas vrai. Les souvenirs comme ça avaient leur manière à eux de s'insinuer en vous. Du moins, c'était son cas. Il avait depuis longtemps perdu le compte des nuits où il s'était levé pour les repousser.

— Marchons vers la ville, proposa-t-il. On pourrait s'arrêter pour prendre une part de tarte ou un chocolat chaud.

— Bonne idée.

De l'autre côté de la ville, dans un vieux quartier peuplé de petites maisons, un prédateur rôdait.

Ivan Raspin observait chaque maison. Planifier son projet lui prendrait une semaine ou deux, mais il voulait savoir quelles femmes vivaient seules. Agir tête baissée ne lui vaudrait que des ennuis.

Il avait d'autres critères, bien sûr. Il préférait les femmes brunes, dans la vingtaine ou au début de la trentaine. Qu'elles soient raisonnablement jolies était un plus, mais ce n'était pas une nécessité. Après tout, c'était dans le noir qu'il s'amusait.

Il devait aussi trouver une maison dans laquelle s'introduire sans être vu. Ou repérer une joggeuse tardive. Mais il commençait à faire froid la nuit, et il préférait être à l'intérieur pour s'ébattre.

Le printemps précédent, il s'en était pris à deux étudiantes. Il savourait ce souvenir comme il l'aurait fait d'un gâteau au chocolat. Leur peur avait rempli ses narines d'une odeur spéciale, qu'il ne pouvait obtenir nulle part ailleurs. Il adorait leur lutte initiale, et leur abandon final devant son couteau. Il les conquérait et cela lui donnait un sentiment de force et de puissance.

Il ne s'était pas fait prendre et il se sentait enhardi par ce succès. Mais il n'était pas stupide au point de croire qu'il pouvait continuer à agresser des étudiantes. En outre, il voulait des femmes avec plus d'expérience. Il était sûr qu'elles représenteraient un plus grand défi.

Souriant de plaisir anticipé, il continua à marcher en jetant des regards à droite et à gauche, empruntant parfois les ruelles derrière les maisons.

C'était dur d'attendre. Très dur. Mais il se retenait parce qu'une seule erreur pouvait signer la fin de son plaisir. La patience, se rappela-t-il, était une vertu. N'était-ce pas ce que sa mère lui avait toujours dit ?

3

Peu après 20 heures, ils franchirent la porte du restaurant. Kerri souffla sur ses doigts glacés. Elle allait avoir besoin d'une meilleure paire de gants. Tandis qu'ils se glissaient à une table près de la vitre, elle dit à Stu :

— Il va falloir que je m'achète des vêtements d'hiver.

— Tu ne t'es pas préparée, je vois.

— Ce n'est pas facile de trouver des vêtements chauds en Floride et je n'en ai jamais eu besoin. Mon uniforme avait une veste assez épaisse, mais je doute que ça suffise ici.

— J'en doute, en effet. Je suis en congé demain. Si tu veux, je t'emmène chez Freitag. C'est un grand magasin, tu y trouveras tout ce qu'il te faut.

— Mais tu dois me promettre de m'aider à choisir. J'ignore à quel point il fait froid ici et quels sont les vêtements à privilégier, surtout quand on va partout à pied.

— Je pensais bien faire comme ça.

Une jeune femme ressemblant de manière frappante à Maude approcha de leur box.

— Qu'est-ce que ce sera ? demanda-t-elle sans autre préambule.

— Un chocolat ? demanda Stu à Kerri.

— Oui, bonne idée.

— Quelles tartes avez-vous aujourd'hui, Mavis ?

— Il n'y a plus beaucoup de choix, fut la réponse.

Quelques parts de tarte aux myrtilles et de tarte aux pommes.

Pas la moindre excuse, ni dans sa voix, ni dans la phrase.

— Je prendrai une tarte aux pommes, dit Stu. Kerri ?

— Pommes pour moi aussi. Merci.

— Réchauffées ? questionna Mavis.

Ils répondirent tous deux par l'affirmative. Mavis se détourna, puis fit halte.

— Si vous venez plus tôt demain, j'aurai du cake aux myrtilles. Si vous voulez un truc différent.

Puis elle s'éloigna à grands pas.

— Exactement comme sa mère, remarqua Stu. Elles se ressemblent comme deux gouttes d'eau. Sa mère a eu une crise cardiaque récemment, mais on ne le devinerait jamais à la manière dont elle s'est replongée dans le travail. Elle dirige cet endroit depuis l'époque des dinosaures, à ce que j'ai entendu dire.

— Une icône.

— Exactement. Cette ville ne sera plus la même quand elle prendra sa retraite.

— Mavis fera une bonne remplaçante.

Stu se mit à rire.

— C'est sûr.

Le moral de Kerri remonta. Elle commençait à aimer cette ville. Elle ressemblait à une vraie communauté, où tout le monde savait tout sur tout le monde. Enfin, à l'exception d'elle-même, qui n'avait pas envie qu'on connaisse son histoire. Mais à en juger par la manière dont les choses se passaient, elle ne pourrait pas l'empêcher longtemps.

Les assiettes atterrirent avec fracas sur la table. Le chocolat fut déposé avec à peine plus de douceur, éclaboussant légèrement les sous-tasses. Des fourchettes et des cuillères, enveloppées de serviettes en papier, suivirent.

— Merci, entonnèrent-ils en chœur.

La tarte était exquise, et tous les autres plats de ce restaurant avaient l'air incroyablement bons.

— Oh ! miam, dit-elle, après quelques bouchées.

— Ce sont les meilleures tartes, ici. La boulangerie, un peu plus loin, n'essaie même pas de rivaliser.

— Je n'avais pas vu qu'il y avait une boulangerie.

— C'était le rêve de Melinda, et elle l'a montée il y a quelques années. Nous irons demain, si tu as le temps.

La tristesse de la chose, c'était qu'elle *aurait* du temps. En venant ici, elle n'avait pas pensé aux journées où elle aurait peu à faire à part promener Snowy. Elle avait une vie très occupée avant. Maintenant… Eh bien, elle ferait mieux de se mettre à la lecture ou au tricot.

— Il faut que je me reconstruise une vie, remarqua-t-elle. J'ai trop de temps libre, je n'y suis pas habituée.

— Avant longtemps, il y aura de la neige. Si tu peux marcher, tu peux faire du ski de fond. C'est l'une de mes activités favorites en hiver. Si tu veux, on essaiera.

— Je veux bien.

Une manière géniale de profiter de l'hiver et de faire du sport. Le sourire qu'il lui adressa par-dessus la table lui réchauffa le cœur.

— Nous regarderons aussi les skis, alors. Il faut y réfléchir, car ils sont assez chers. Ou bien on peut en louer jusqu'à ce que tu sois sûre d'aimer ça.

Elle ne le dit pas, mais elle avait beaucoup d'argent. Sa pension, son emploi d'enseignante, des économies sur son plan retraite. Elle faillit soupirer. L'université offrait des options et elle avait encore le temps de transférer ces économies sur un autre plan retraite. Elle avait négligé tant de choses.

— Il faut que je reprenne ma vie en main, dit-elle tristement.

— L'année passée a été pleine de chocs pour toi.

Elle acquiesça, sans pour autant se sentir mieux.

— J'ai été laxiste.

— Donne-toi du temps. Tu finiras par reprendre le rythme.

Elle l'espérait. À bien y réfléchir, elle se demandait si elle avait d'autres dégâts au cerveau, non encore diagnostiqués.

— Prendre une balle dans la tête, c'est l'enfer, annonça-t-elle.

Stu leva les yeux du reste de sa tarte.

— Que veux-tu dire, mis à part ce qui paraît évident ?

— Je ne peux pas être sûre d'avoir identifié tous les dégâts. J'ai l'impression de laisser trop de choses de côté. Dans un sens, je suis comme dans un dessin animé arrêté.

Il finit sa tarte, ruminant visiblement ces paroles.

— Cela prend du temps de guérir, dit-il en repoussant son assiette. Ne sois pas si dure avec toi. Ce n'est pas seulement la balle, il y a eu les suites, ton épilepsie, les énormes changements de ta vie. Tu as le droit d'être abasourdie.

Cela lui tira un faible sourire.

— Comme un poisson assommé par la dynamite.

— Bonne analogie. Mais tu reprendras les choses en main, j'en suis sûr.

Elle aurait aimé en être aussi certaine. Elle se secoua intérieurement. C'était une perte de temps. Si quelque chose d'autre n'allait pas chez elle, elle le découvrirait bien assez tôt.

Le chocolat était assez riche pour constituer un repas en soi. Quand elle eut fini le sien, elle eut presque envie de claquer des lèvres.

— Je crois que j'ai besoin d'exercice après ça.

— Je te comprends. On peut faire un détour pour rentrer.

Il insista pour payer l'addition, aussi laissa-t-elle le pourboire. Cela datait presque d'une autre époque de laisser de l'argent sur la table, sans attendre qu'on vienne le prendre. Mavis ne parut pas remarquer qu'ils s'en allaient. La sonnette au-dessus de la porte lui disait sans doute tout ce qu'elle avait besoin de savoir.

Dehors, la température avait encore chuté et le vent soufflait. Même avec sa veste fermée et ses mains fourrées dans ses poches, Kerri eut très vite froid. Mais elle ne voulait pas écourter la promenade. C'était bon d'allonger le pas aux côtés de Stu. Snowy, collé à elle, se dandinait. Vu son poil épais, il était probablement mieux adapté à ce temps qu'à la Floride.

Stu les conduisit sur la place du tribunal et leur en fit faire le tour.

— Là, c'est le bureau du shérif. Et là, ajouta-t-il en tendant le doigt, la boulangerie de Melinda. Elle ferme généralement vers 13 heures.

— Pas de voiture de police ?

— En général nous les prenons pour rentrer chez nous. On ne sait jamais quand on aura besoin de nous. En fait, nous mettrons bientôt des chasse-neige à l'avant de nos SUV.

— Vraiment ?

— Vraiment. Il faut que nous puissions accéder à n'importe quel coin de ce comté en cas d'urgence.

— Je n'aurais jamais pensé à ça.

— Je n'ai jamais pensé non plus à ce que vous affrontez en Floride, les orages, les ouragans…

C'était un choc culturel de plus, se dit-elle. Des chasse-neige à l'avant des véhicules… Elle était impatiente de raconter ça à ses amis de Floride.

— Les choses sont différentes ici.

— Eh bien, cela va te distraire un moment.

Ils étaient arrivés au bout de la place et ils firent demi-tour pour reprendre la direction de son appartement.

— Je n'aurais pas dû te proposer une promenade aussi longue, dit-il une rue plus loin. Tu as l'air d'avoir froid.

— Je vais y arriver, rétorqua-t-elle d'un ton farouche, en enfonçant les mains dans ses poches.

Il fit halte et retira sa veste.

— Tiens, reprit-il en la drapant sur ses épaules.

— Mais, Stu, tu vas geler !

— Ma chemise est chaude. Et je ne crains pas le froid. Toi, tu as besoin de temps pour t'adapter.

— Ça me gêne, dit-elle comme ils reprenaient leur marche.

— Ne t'inquiète pas. Je te la demanderai si j'en ai besoin. Ma chemise d'uniforme est en peau de chamois, de toute façon. En attendant, prenons un raccourci.

Le raccourci en question passait par une ruelle. Un autre marcheur venait vers eux. Engoncé dans une veste à capuche, il marchait d'un pas vif et marmonna un bonjour en les croisant. Bizarrement, Kerri sentit les poils se hérisser sur sa nuque. Un vieux réflexe ? L'homme n'avait rien d'un importun. Peut-être avait-elle été troublée parce que se dissimuler sous une capuche présageait en général des ennuis, en Floride. Elle lança un coup d'œil à Stu, se demandant si elle devait lui parler de sa réaction. À sa grande surprise, elle vit qu'il avait tourné la tête et observait l'homme qui s'éloignait.

— Quelque chose ne va pas ? demanda-t-elle.

— Non. J'essaie juste de me souvenir si je le connais.

— Ne me dis pas que tu connais *tout le monde*.

Il se mit à rire.

— Non, bien sûr. Mais j'y arriverai un jour.

Et il avait menti. Elle aurait parié que ce type avait éveillé l'instinct de Stu. À moins que ce ne soit le lieu, comme pour elle. Elle tenta de se rappeler l'homme et se rendit compte qu'elle n'avait presque rien vu de lui. Elle n'aurait pu décrire son visage s'il l'avait fallu. Il faisait vraiment froid. Stu semblait avoir oublié le sujet, aussi fit-elle de même.

— Tu as besoin de ta veste ? Je pourrais jurer qu'il fait plus froid.

— C'est parce que le vent souffle plus fort dans les ruelles. Je vais bien, nous arrivons bientôt.

Au bout de l'allée, ils tournèrent dans une rue convenablement éclairée. Le vent soufflait moins fort.

— Il ne peut pas faire si froid que ça, remarqua-t-elle.

— Non. Dix ou douze degrés, peut-être.

Un souvenir lui traversa soudain l'esprit.

— J'étais chez le médecin un après-midi, en Floride. Il y avait un groupe de gens assis dans la salle d'attente. Imagine-toi, on était en février.

— D'accord.

— Alors l'un d'eux a dit : « La réceptionniste nous a dit qu'il n'y a pas beaucoup de patients parce qu'il fait trop froid. 13°, et il fait trop froid ! » Et tout le groupe s'est mis à rire.

— Des touristes ? questionna Stu.

— Ce devait être ça. En toute équité, j'étais sans doute de mauvaise humeur parce que j'avais très mal à la tête.

— Quand les touristes arrivent, c'est l'invasion ?

— Ça dépend d'où on vit. Dans certains coins, on est

submergés. Un trajet de quinze minutes peut prendre une heure à cause de la circulation... Oui, ça irrite les habitants.

Ils tournèrent à un autre coin de rue et elle vit son immeuble devant eux.

— Tu ne plaisantais pas en parlant d'un raccourci !

— Je ne t'aurais pas taquinée alors que tu risquais de devenir bleue de froid.

Une fois qu'ils furent devant l'appartement, elle l'invita à entrer pour partager une boisson chaude.

— À moins que tu doives te lever tôt, ajouta-t-elle, se rappelant la dernière fois.

Stu était d'une compagnie si agréable qu'elle en oubliait ses réticences à nouer de nouvelles relations. Et puis elle était affreusement lasse d'être seule la plupart du temps.

— Je n'ai rien de prévu à part t'emmener chez Freitag, tu te souviens ? répondit-il.

— Tu es sûr que tu as le temps ?

— Bien sûr que oui. Autrement je ne l'aurais pas proposé.

Elle lui sourit et se dirigea vers la cuisine.

— Qu'aimerais-tu boire ?

Ivan sortit de la ruelle aussi vite qu'il l'osait. Tomber sur un flic à cet endroit ! Avec sa petite amie !

Il craignait de détonner autant qu'eux dans ce lieu. Les ruelles servaient à sortir les poubelles ou garer la voiture. Ce n'était sûrement pas un endroit où flâner.

Pourtant, ce flic était là, avec une femme et un chien. Ivan l'avait observé du coin de l'œil. Il avait été mordu par un cabot à l'âge de huit ans et il n'avait jamais oublié la sensation de ses mâchoires sur son bras. Il n'avait plus vraiment peur des chiens. C'était plutôt de la méfiance. Mais celui-là n'avait pas paru perturbé, aussi Ivan avait-il poursuivi son chemin.

Il secoua la tête. Drôle d'endroit où se promener, oui. Bon, c'était assez de surveillance pour un soir. Peut-être irait-il au parc pour voir si des joggeuses passaient par là. Malgré son dernier méfait, la plupart des gens se sentaient en sécurité. Trop en sécurité, mais ça lui facilitait les choses.

Dans les quartiers résidentiels, ils se déplaçaient encore à pied, mais la chute de température avait mis un terme aux conversations sur les porches. On approchait de la saison où tout le monde sauterait dans sa voiture pour le moindre déplacement. Oh ! il y avait quelques âmes intrépides. Il y en avait toujours. C'était de ça qu'il avait besoin, des esseulées, des courageuses, des téméraires. Il en trouverait une bientôt, il en était certain.

— Est-ce que tu fréquentes du monde en dehors du travail ? demanda Stu.

Ils étaient assis dans le salon de Kerri. Elle lui avait cédé le canapé, où il s'était confortablement installé. Il n'avait rien voulu boire, aussi sirotait-elle un thé vert.

— Pas encore.

Elle n'avait jamais été une solitaire, mais cela avait changé. Ne sachant pas ce qui pouvait encore se détraquer chez elle, elle restait autant que possible à la maison. Elle posa sa tasse sur la soucoupe, au bout de la petite table.

— Je pourrais te présenter des gens. Des gens sympas.

— Tu fais partie du comité d'accueil de Conard City ?

— Quand as-tu entendu parler d'un comité d'accueil pour la dernière fois ? Je crois que dans bien des endroits le nom a survécu à la chose. Les gens sont trop occupés maintenant.

— Nous sommes tous trop occupés.

Elle se pencha en avant.

— Tu disais que tu étais dans la police militaire ? Comment était-ce ? J'en sais si peu là-dessus.

Il agita légèrement la main. Il était doué pour cacher ses émotions, pensa-t-elle, mais elle le voyait avec ses yeux de policière. Elle comprit qu'elle n'était pas la seule à être troublée dans la pièce.

— Tout un tas de trucs, dit-il au bout de quelques instants. Les tâches habituelles de police, bien sûr. Comme partout.

— Mais cela allait au-delà de ça ?

— La sécurité des sites, avant tout. Nous protégions les sites et les gens qui s'y trouvaient. Et nous le faisions aussi sur le champ de bataille, si c'est là que nous étions. Des postes en territoire hostile. Nous étions également chargés de l'emprisonnement, pour les prisonniers de guerre ou les délinquants.

Elle hocha la tête.

— Ce sont des attributions très larges.

— Très. Nous faisions aussi de la reconnaissance et du soutien au transport – ça peut être compliqué. Nous n'étions pas envoyés combattre sur le terrain, mais notre travail était de soutenir et protéger. Sauf, bien sûr, quand nous effectuions des tâches de police.

— Eh bien, une partie des tâches de police consiste à protéger.

Elle sourit.

— Généralement, ce n'est pas aussi dangereux que ce que tu faisais, j'imagine.

— Cela dépendait de l'endroit où j'étais stationné. J'ai eu une ou deux affectations où je mourais d'ennui. Dans une autre, j'ai dû avant tout m'occuper d'empêcher les gars de fumer de l'herbe quand ils étaient en service.

Il pencha la tête et son regard devint lointain.

— En arrivant sur cette affectation, j'ai tout de suite

compris que quelque chose allait de travers. Trois mois plus tard, j'ai surpris trente de mes hommes en train de fumer de l'herbe. J'aurais pu les attraper plus tôt, mais je voulais les prendre tous sur le fait, pas seulement quelques-uns. Et j'ai dû aussi découvrir comment le truc arrivait. Quelqu'un en vendait de grosses quantités. C'était celui que je voulais le plus, bien que tous mettent en danger la sécurité du poste.

— C'était un sacré coup de filet.

— Mais je peux te dire que personne ne s'en est vanté.

— Non ? Je connais des flics en Floride qui bombent le torse quand ils font une grosse descente.

— Ça faisait honte à notre uniforme, répondit-il.

Elle comprit de quoi il parlait. Ce serait la même chose dans la police d'une grande ville. Oui, il y aurait de la honte. Mais aussi de la rancune envers ceux qui les auraient traînés dans la boue.

— Les hommes étaient en colère contre toi.

— Bien sûr.

Il l'avait dit avec désinvolture et se leva.

— C'est l'heure de m'en aller. Je ne voulais pas te prendre toute ta soirée. À quelle heure dois-je venir te chercher demain ?

— Quelle heure te convient ?

— Disons 10 heures ?

Elle le raccompagna à la porte, consciente que Snowy la regardait avec intensité. Une autre crise ? Oh Seigneur, elle espérait que non. Elle ne voulait surtout pas que Stu la voie.

Il enfila sa veste, lui dit bonsoir et referma derrière lui. Elle allait verrouiller comme d'habitude, mais elle sentit le museau de Snowy contre sa cuisse.

— Oui, Snowy, dit-elle avec lassitude. En voilà une autre.

Elle s'assit dans le fauteuil, sachant qu'elle allait perdre de nouveau la notion du temps. De petits bouts de sa vie se perdaient dans le néant. Cela lui inspirait du ressentiment.

4

Kerri se leva à l'aube. Non parce qu'elle était matinale, mais parce que son horloge interne ne s'était pas encore adaptée au décalage avec la côte Est. Cela avait ses avantages, bien sûr. Elle pouvait admirer le lever du soleil depuis le balcon du salon. Il faisait face à l'est et à un immense terrain vague. Lorsqu'elle était arrivée, elle avait vu des enfants jouer sur un terrain de base-ball approximatif. À cette heure-là, il était encore dans le noir.

Elle avait acheté deux chaises en plastique et une petite table assortie. Cela lui permettait d'admirer le ciel en sirotant son café. Mais il faisait froid. Elle enfila sa veste et prit une couverture sur son lit. Ses mains furent rapidement gelées. Elle posa les pieds sur la rambarde. Snowy s'installa à côté d'elle, heureux de baigner dans les senteurs matinales.

Le café était chaud et délicieux. C'était magnifique ici, se dit-elle lorsque le ciel s'éclaircit lentement, découvrant les montagnes au loin. Elle devait lever les yeux au lieu de ruminer ses problèmes. Prendre la vie du bon côté.

L'air était si pur. Et le feuillage de certains arbres commençait à changer de couleur. Pour la première fois, elle allait vivre un véritable automne et elle s'en réjouissait. Elle se rappela l'histoire que Stu lui avait racontée la veille. Ses devoirs en tant que membre de la police militaire. Des choses qu'elle n'aurait jamais associées à la police. La reconnaissance ? La protection de transports, de périmètres ? En plus des tâches habituelles ?

Il devait avoir eu beaucoup de travail. Elle tenta de l'imaginer faisant régner l'ordre parmi des soldats endurcis et lourdement armés. Elle soupçonnait que cela avait dû être dangereux, parfois.

Cette information avait fait croître son admiration pour lui. Cela la faisait aussi s'interroger sur ce qui avait pu le pousser à s'installer dans cette ville. Bien qu'elle n'aime pas le reconnaître, elle savait qu'elle-même se cachait. Elle vivait terrée, dans la crainte d'un autre coup.

Avec un soupir, elle reprit son café, se demandant comment sortir de ce tunnel. Elle pouvait travailler, et elle le faisait. Bien qu'elle ne soit plus policière, en enseignant le droit criminel, elle restait à la périphérie de son ancien métier.

On ne pouvait peut-être plus lui faire confiance pour certaines tâches, mais cela ne voulait pas dire qu'elle était inutile. Elle n'avait pas besoin de fuir parce qu'elle en était venue à haïr les regards de pitié.

Tous les flics savaient qu'ils prenaient des risques. Mais il y avait un abîme de la théorie à la pratique. Avant que quelqu'un soit blessé ou tué, ils réussissaient généralement à ignorer cette partie. Et puis un événement leur rappelait que le danger pouvait devenir très personnel. Tout le temps qu'on lui avait témoigné de la sympathie et de la gentillesse – on lui avait même décerné une médaille –, elle avait su qu'il n'y avait pas un flic au commissariat qui ne s'imaginait à sa place.

Elle soupira et ferma les yeux. Toutes ces ruminations allaient lui coûter le lever du soleil. Le ciel était enflammé maintenant, les rayons du soleil accrochant des rubans de nuage et les teintant de rouge et d'orange. Dans un petit moment, elle verrait ce bleu stupéfiant. Il avait un éclat, surtout le matin, tout simplement incroyable.

De quoi avoir le sourire. Elle devait sortir de sa coquille et commencer à rencontrer des gens. Se donner autre chose à penser que ses problèmes et la nécessité de s'adapter.

Très bientôt, elle devrait trouver le moyen de se déplacer. Pas de taxis ici. Ça aurait été impensable. Tout le monde avait un ami ou un voisin prêt à le conduire. Vu la taille de la population, une compagnie de taxis n'aurait pas survécu. Il y avait beaucoup de choses auxquelles elle devrait s'adapter.

— On a lambiné, dit-elle à Snowy.

Il leva la tête pour la regarder.

— Procrastiné, clarifia-t-elle, comme si cela l'aidait à comprendre.

Il pencha la tête d'un air perplexe, qui l'attendrit. Les couleurs du ciel commençant à pâlir, elle se leva finalement.

— C'est l'heure de mon petit déjeuner, Snowy.

Lorsque la couverture glissa, elle sentit le froid. Oui, elle allait dépenser beaucoup d'argent aujourd'hui.

L'idée d'aller faire du ski de fond l'attirait. C'était très différent de filer sur une piste à cent à l'heure. Si elle avait une absence sur une surface égale, elle doutait de se faire très mal. De plus, Snowy l'avertirait. Il le faisait toujours.

À l'intérieur, l'appartement était surchauffé. Elle jeta la couverture sur le bras du canapé et se dirigea vers la cuisine.

Elle ramenait rarement des œufs du supermarché. Ils se seraient cassés trop facilement si elle avait eu une crise. Mais cette semaine, elle en avait pris le risque. Et elle avait envie d'une omelette au jambon.

— Prêt à cuisiner, Snowy ?

Il agita la queue.

La prochaine fois, elle lui prendrait des foies de poulet. Il leur trouvait apparemment un goût divin.

C'était un autre souci : nourrir le chien. Transporter des sacs de croquettes l'aidait à se muscler, mais cela interférait avec le reste et elle devait le faire trop souvent. Zut, pensa-t-elle. Zut, zut, zut. Elle devait prendre le temps de réfléchir à la logistique pour rester indépendante.

Il était encore très tôt en ce samedi matin, mais les bureaux du shérif ne dormaient jamais. Stu entra et prit le risque de se servir un café, espérant qu'il ne lui ferait pas un trou dans l'estomac.

La répartitrice du nom de Joyce, lui adressa un signe depuis le bureau où elle était assise avec casque et micro. Cinq policiers étaient à leur poste, mais la plupart regardaient un match de foot enregistré. Lorsqu'il entra, ils levèrent les yeux vers lui.

— Salut, les gars.

— Salut ! répondit un chœur de voix masculines.

Il prit place sur l'un des fauteuils pivotants.

— Vous avez une minute ?

Sarah Ironheart entra, en uniforme, prête à partir.

— Qu'est-ce qui se passe ? demanda-t-elle en se joignant à eux.

— J'allais vous demander une faveur, dit Stu. Vous avez tous entendu parler de la nouvelle prof de droit criminel ?

Guy Redwing acquiesça.

— Oui. Ce n'était pas une policière ?

— C'est ça. Elle a reçu une balle dans la tête en intervenant dans des violences intrafamiliales.

Le silence se fit dans la salle, en dehors d'un craquement de chaise.

— C'était grave ? demanda Beau Beauregard.

— Assez. Elle souffre d'une sorte d'épilepsie. Elle n'a pas de convulsions, mais elle perd le contact avec la réalité. Suffisamment longtemps pour ne pas pouvoir conduire. C'est pour ça que je me demandais si on pourrait organiser une sorte de service de voiturage pour elle.

— C'est une idée formidable, commenta Sarah. Le seul problème, c'est que je vis trop loin pour être d'une utilité quelconque.

— Je ne pense pas que nous ayons besoin de tout le monde, répondit Stu. Juste quelques personnes qui peuvent l'emmener et la ramener du travail, aller faire les courses, des choses comme ça. Pour l'instant, elle va partout à pied, mais vous savez combien il va faire froid.

— Bien sûr, dit Guy. Nous sommes assez nombreux pour organiser des trajets réguliers.

Stu regarda autour de lui. Tout le monde hochait la tête.

— C'est une super idée, Stu, reprit Guy. Je serai le premier à me porter volontaire. Aider quelqu'un, c'est déjà une bonne action, mais c'est un devoir quand il s'agit d'une policière.

— Mettons ça sur le tableau d'affichage, suggéra Beau. Les gens pourront inscrire leurs disponibilités en fonction de leurs horaires.

— Merci.

Stu vida le reste de son mug et se leva.

— Je vais la chercher dans dix minutes pour aller chez Freitag. Les vêtements de Floride ne vont pas lui tenir chaud longtemps, ici.

— Comment s'appelle-t-elle ? demanda Guy.

— Kerri Addison. Une femme très sympathique.

— Rappelle-lui d'acheter des caleçons longs, lança Sarah. Je suis sûre qu'elle n'y pensera pas.

— Je l'avais déjà en tête, dit Stu en riant.

Satisfait de la réaction de ses collègues, il alla laver son mug et se dirigea vers la porte. Il espérait juste que Kerri ne s'irriterait pas de cette initiative. Il la voyait comme une femme qui tenait à son indépendance. Malheureusement, ce ne serait plus jamais le cas.

Jamais était un mot horrible.

Snowy avait mangé une part des œufs brouillés et se léchait les babines avec satisfaction. Ce chien la faisait sourire en dépit de tout.

Kerri prit une douche rapide, fit son lit et se demanda si elle devait acheter un lave-linge et un sèche-linge. Devoir porter le linge à la laverie, trois rues plus loin, était pénible. Cela le deviendrait encore plus au fil du temps.

En tout cas, elle faisait beaucoup plus d'exercice qu'elle n'en avait jamais fait dans une voiture de patrouille.

Stu frappa à sa porte peu après 10 heures. En ouvrant, elle le vit chargé de deux gobelets fumants.

— Café, dit-il en lui en tendant un. Salut Snowy, comment ça va ?

Snowy émit un bref aboiement et agita joyeusement la queue lorsqu'il le gratta autour du cou.

— J'espère que je n'ai pas transgressé de règle ?

— Elles sont souples à la maison. Le pauvre ne peut pas être constamment de garde.

Stu fit une dernière caresse au chien et se redressa.

— Comment fait-il, d'après eux ?

— Détecter mes crises ?

Elle haussa les épaules.

— Personne ne sait très bien. Ils m'ont suggéré que mon odeur se modifie, ou que je fais quelque chose sans m'en rendre compte. Un médecin m'a dit que Snowy sent peut-être mes ondes cérébrales changer. C'est un peu effrayant, non ? acheva-t-elle en souriant.

— Eh bien, si quelqu'un doit lire mes pensées, je préfère que ce soit un chien.

— Tu as raison. Merci pour le café.

— Je t'en prie. Tu as fait une liste d'achats ?

Il s'assit au bord du canapé.

— Je comptais sur toi pour me donner des idées.

— Oui, je sais ce qu'il te faut. Tu as besoin d'aller autre part en plus de ça ?

Elle hésita, par crainte de lui imposer une corvée supplémentaire.

— Les courses, suggéra-t-il. Tu les as trimballées à pied, jusqu'à présent. Tu veux faire des réserves ?

— Ce serait génial. Surtout des réserves de nourriture pour chien.

— Un sac de 25 kilos ?

— Je pourrais le soulever, mais le transporter, c'est une autre affaire.

— Comment t'es-tu débrouillée jusqu'ici ?

— À la dure. Poussée par la nécessité.

Elle retira le couvercle du gobelet et renifla le merveilleux arôme du café.

— C'est un délice. J'en ai fait ce matin, mais celui-ci sent bien meilleur.

— Maude moud elle-même son mélange. Elle ne fait jamais les choses à moitié.

Elle le vit hésiter et demanda :

— Quelque chose ne va pas ?

— Pas vraiment. À moins que tu ne te fâches contre moi.

Elle se crispa. Elle était constamment en état d'alerte ces derniers temps. Peut-être était-ce normal ?

— J'ai en quelque sorte fourré mon nez dans tes

affaires, dit Stu. Je crois que tu vas découvrir qu'un tas de flics seront heureux de te conduire partout où tu veux aller. Faire les courses, aller chez le docteur, au travail, etc.

Elle le considéra, bouche bée. Une part d'elle avait envie de se mettre en colère, mais son moi raisonnable reconnaissait que Stu venait de résoudre un énorme problème. Même dans une petite ville, la vie pouvait être difficile sans voiture, elle l'avait appris à ses dépens.

— Il faut que tu viennes au bureau avec moi, continua-t-il. Rencontrer l'équipe. Tu te sentiras plus à l'aise.

Sidérée, elle ne sut que répondre.

— Seulement si tu en as envie, dit-il vivement. J'espère que tu ne m'en veux pas. Il y avait un problème à résoudre, et je n'ai jamais été du genre à rester les bras ballants.

Elle le regarda d'un air ironique.

— Toujours l'armée dans le sang ?

— Euh oui, j'imagine. On peut ôter son uniforme à un homme, mais on ne peut pas arracher l'homme à l'uniforme.

Pas plus qu'on ne pouvait ôter la laideur de la mémoire. Elle laissa tomber le sujet.

— C'est très gentil de ta part, Stu.

— Et intrusif. Mais je me demandais comment tu te débrouillais seule. Tu n'es pas ici depuis assez longtemps pour pouvoir faire appel à des voisins. Et je suis sûr que ça ne te plairait pas de devoir le faire souvent. Donc, tu as une flotte de chauffeurs bénévoles à ta disposition. Détends-toi. Personne ne s'est proposé qui n'avait pas envie de le faire.

Il avait raison.

Dix minutes plus tard, ils sortirent, Snowy à leurs côtés.

Freitag's Mercantile était situé dans la rue principale,

dans un bâtiment du début du XXe siècle. Quelques personnes entraient et sortaient du magasin.

À l'intérieur, une légère odeur de renfermé flottait, et le vieux parquet en bois craquait. Des vendeuses étaient déployées partout, prêtes à servir la clientèle.

— C'est charmant, remarqua Kerri.

— Je suis d'accord. J'ai adoré cet endroit dès la première fois que j'y suis entré. Et devine quoi ?

— Quoi ?

— Ils ont ce truc qu'on appelle une réserve. Si ce que tu veux n'est pas disponible dans le magasin, ils le trouveront probablement dans la réserve. Sinon, ils le commanderont. On n'en fait plus, des comme ça.

Elle reconnut que non.

— Il va te falloir une parka à l'épreuve du vent, poursuivit Stu, de préférence avec une capuche fourrée. Prends aussi quelques pantalons de neige. Et pendant que tu y es, regarde les sous-vêtements thermiques.

— Sérieusement ?

— C'est le froid, qui est sérieux. De nos jours, les matériaux sont fins et soyeux, ça ne te grattera pas.

Cela faisait une éternité qu'elle n'avait pas fait de courses et, cette fois, elle avait une bonne excuse. Elle s'amusa malgré la crainte constante d'avoir une crise. Mais le plus étonnant de tout était la patience inépuisable de Stu. Un homme comme lui, il n'y en avait pas un sur un million. Ils revinrent à l'appartement en milieu d'après-midi, avec d'énormes quantités de vêtements et de sacs de courses.

L'un dans l'autre, Kerri était de bonne humeur. Sa tension s'était dissipée, et elle riait de tout. Stu insista pour monter les courses, sauf les quelques sacs qu'elle avait pris avec elle.

— Tout le plaisir est pour moi, dit-il quand elle protesta. Écoute, tu veux la vérité ?

Elle hésita, s'attendant à quelque chose de désagréable.

— C'est simple, lui dit-il. Je peux monter et descendre ces escaliers plus vite que toi et Snowy. Et je peux porter beaucoup plus parce que je n'ai pas une main occupée par la laisse du chien. Alors vas-y et commence à déballer. L'exercice me fera du bien.

Elle sourit enfin et prit trois grands sacs de vêtements avant d'emprunter l'escalier.

Bon sang, pensa-t-il, en continuant à décharger les affaires, la température était de nouveau en train de chuter. Il l'avait emmenée chez Freitag juste à temps. Un hiver précoce ? Comment le savoir, ces derniers temps ? La plupart des gens répétaient que le temps avait changé. Plus de neige, plus de pluie, plus de froid et plus de chaleur.

Kerri déballait les vêtements quand il arriva avec le premier chargement de courses. Le freezer fut bientôt rempli. Un bidon de lait de quatre litres prit place sur l'étagère supérieure du frigo et un tas de fromages et de légumes sur les autres tablettes. Sur le comptoir étaient posés deux gros pains de seigle.

Snowy était intéressé par le sac de croquettes, mais ne remarqua pas la boîte de foies de poulet congelés.

Kerri disparut dans la chambre pour ranger les vêtements et revint avec une chemise en peau de chamois verte, portée négligemment sur son jean. D'épaisses chaussettes lui couvraient les pieds.

— Tu auras beaucoup plus chaud, approuva-t-il.

Puis il vit ce qui se passait. Snowy s'était approché d'elle et donnait de petits coups de museau sur la jambe. Elle le regarda en soupirant.

— Encore, marmonna-t-elle. C'est trop tôt.

Mais il vit qu'elle se dirigeait vers le fauteuil.

— Pars quand tu veux, ajouta-t-elle. Je suis sur le point de prendre un petit congé. Merci pour tout, Stu.

Elle se tourna comme pour s'asseoir, mais s'immobilisa, toute raide. Elle était partie. Il nota son regard fixe. Sa main gauche semblait animée d'une vie propre, car elle tapotait légèrement sa cuisse. En dehors de cela, elle ne bougeait pas.

Son visage exprimait quelque chose qu'il aurait identifié comme de la colère dans d'autres circonstances. Ne sachant s'il pouvait faire quelque chose, il attendit simplement.

Snowy restait collé à ses côtés, la considérant avec attention. Une minute passa. Puis une autre. Juste quand Stu commençait à s'inquiéter, elle cilla.

Snowy poussa un petit aboiement et alla se coucher. Kerri resta debout, mais le tapotement de sa main avait cessé. Ses yeux bougèrent dans tous les sens, et il eut l'impression qu'elle essayait de reprendre ses marques. Une autre minute passa. Elle s'avachit un peu et se laissa tomber dans le fauteuil.

— Je suis désolée que tu aies vu ça, marmonna-t-elle. Je suis partie, n'est-ce pas ?

— Pas longtemps, la rassura-t-il.

— Combien de temps ?

Il décida de dire la vérité.

— Environ deux minutes.

— Bon sang. Ça empire.

Elle se couvrit les yeux d'une main.

— Merci pour tout. Tu n'as pas besoin de rester.

— Je n'ai besoin d'aller nulle part. Tu veux quelque chose à boire ?

— De l'eau, s'il te plaît.

Il se leva et se dirigea vers la cuisine, mais la voix de Kerri l'arrêta.

— Je suis désolée, Stu.

— Désolée de quoi ?

— Désolée que tu aies vu ça.

— Désolée ? répéta-t-il, le cœur serré. Pour l'amour du ciel, Kerri, tu es une policière blessée dans l'exercice du devoir. De mon point de vue, tu n'as à t'excuser de rien.

— Mais je t'ai pris toute ta journée !

— Et je me suis bien amusé, merci beaucoup.

— Je suis tellement inutile !

Les mots lui avaient échappé dans un cri, et il comprit qu'elle le pensait, aussi injuste cela soit-il.

— Ne bouge pas, dit-il. Je vais te chercher de l'eau et on va en parler.

Son expression semblait dire que c'était la dernière chose au monde dont elle avait envie, mais elle se contenta de hocher la tête. Il trouva un verre dans le placard, le remplit à moitié d'eau et le lui apporta Elle le prit et en but la plus grande partie.

— Merci.

Il s'assit face à elle, coudes posés sur les genoux.

— Je suis désolée, dit-elle encore. J'exagère.

— Tu es en colère, observa-t-il. Je connais beaucoup de gens qui sont passés de la paix à la dépression à cause d'une blessure. Cesse de t'excuser. Tu n'as pas eu beaucoup de temps pour t'habituer à ces changements. Et tu as peur que tes crises empirent. Tu es sûre de ça ?

— Je ne peux pas l'être, dit-elle calmement. En général, elles sont plus espacées. J'en ai eu une après ton départ hier soir. Et maintenant une autre. Autant que je sache, elles n'étaient pas brèves. Est-ce que c'est effrayant ? Oui !

— Tu crois que tu devrais aller voir un médecin ?

— Pas encore.

En soupirant, elle s'adossa au canapé et leva les yeux vers lui pour la première fois depuis le début de l'épisode.

— Deux occurrences ne font pas une tendance.

— Non, approuva-t-il. Peut-être que nos allées et venues t'ont rendue plus sensible.

Elle hocha lentement la tête.

— C'est possible. Il faut juste attendre. Je ne pense pas qu'on puisse faire beaucoup plus pour moi, de toute façon.

Il ne doutait pas qu'elle allait reconstruire sa vie. Les flics n'abandonnaient pas facilement. Mais cela ne voulait pas dire que ce n'était pas difficile et même parfois chaotique.

— Depuis combien de temps souffres-tu de cela ?

— Un peu plus d'un an.

— Et tu as tout quitté pour entamer une nouvelle vie ? C'est vraiment courageux, Kerri. Tu as du cran. C'est déjà assez dur de reprendre possession de son corps, mais changer de vie en plus… La plupart des gens se cramponneraient à ce qu'ils connaissent.

Elle détourna le visage.

— Parfois, je n'ai pas du tout l'impression d'avoir du cran.

Il était temps de changer de sujet, décida-t-il.

— T'ai-je entendue dire quelque chose sur un lave-linge et un sèche-linge au déjeuner ?

Le visage de Kerri s'anima un peu.

— Aller à la laverie n'est pas mon occupation préférée.

— Je doute que ce soit celle de quelqu'un, dit-il en riant. Tu as regardé les prix ? Je connais un endroit où on trouve des machines neuves avec quelques défauts d'apparence. Tu pourrais économiser un paquet d'argent.

Le temps que Stu prenne congé, Kerri avait accepté de

l'accompagner à la chasse aux machines le lendemain. Un lave-linge et un sèche-linge ne seraient pas du luxe.

Ce qui le ramenait à tous les changements qu'elle devait affronter. Elle aurait sans doute mieux vécu dans une grande ville, mais elle avait choisi cet endroit. Peut-être à cause de son travail. Peut-être parce que c'était moins peuplé.

Stu ne pouvait imaginer tout ce qu'elle craignait maintenant. Et il y avait sans doute beaucoup de choses qu'elle craignait sans raison.

En se rappelant son exclamation sur son inutilité, il se sentit navré pour elle. Il croyait fermement que personne n'était inutile. Personne. Pas même le gosse à deux rues de chez lui qui avait une dystrophie musculaire si grave qu'il devait être nourri à la petite cuillère.

Arrivé chez lui, il tira un repas congelé du réfrigérateur. Un célibataire de son âge aurait dû apprendre à cuisiner, mais il détestait ça. Il n'avait pas très faim, de toute façon. La seule chose qu'il ajouta à son repas fut une portion de brocolis. Son clin d'œil à l'alimentation saine.

La soirée se passa avec un livre et une musique de fond, le meilleur moyen de se détendre. Il se mit à somnoler dans son fauteuil préféré, laissant le monde s'évanouir.

Vers 5 heures du matin, son portable sonna. Se débattant pour sortir d'un rêve où figurait Kerri, il tendit la main.

— On a besoin de toi, fit la voix de Gage, le shérif. Un viol à Conyers. Tout le monde sur le pont.

5

Stu arriva sur les lieux, l'estomac noué. Des voitures avec gyrophares s'alignaient le long de la rue. Une ambulance démarrait en direction de l'hôpital. Il se fraya un chemin jusqu'au cordon enserrant la rue. Quand il rejoignit le shérif, il posa la question inévitable.

— C'est grave ?

— Elle est vivante, répondit Gage. Apparemment, elle s'est débattue. Elle a été frappée à plusieurs reprises, mais sa vie n'est pas en danger.

— Juste le traumatisme.

Gage le considéra avec des yeux insondables.

— Oui. Elle est inconsciente.

Il tourna la tête en direction de la rue.

— Tu as une expérience logistique en tant que policier militaire, n'est-ce pas ?

— Dans quel sens ?

— J'ai besoin de quelqu'un qui organise les fouilles. On ne peut pas prendre le risque de manquer un indice ou le type lui-même. Pas de zone non couverte.

— Je peux le faire.

— Alors au boulot. Je vais en informer Jake Madison.

C'était le chef de la police municipale.

— Prends les rênes pendant qu'on termine ici.

Beaucoup de flics étaient déjà là, fouillant les environs.

C'était la première chose à faire, bien sûr. Mais Gage Dalton voulait des recherches de plus grande ampleur et plus minutieuses. Stu était tout à fait d'accord. Il retourna en vitesse au bureau, gyrophare en marche, pour prendre une carte de la région. Il ne fallait rien laisser au hasard.

Le bureau s'était déjà transformé en centre de commande. La répartitrice habituelle, une femme coriace nommée Velma, parlait au micro tout en tirant sur une cigarette, malgré le panneau « Interdiction de fumer » juste au-dessus de sa tête. La jeune femme à côté d'elle s'activait aussi. Ils ralliaient tout le monde. Quelques adjoints arrivèrent, ajoutant au brouhaha.

Stu trouva la carte qu'il cherchait et l'étala sur la table de la salle de réunion. Ses ordres allaient devoir être aussi clairs que possible, parce qu'ils seraient relayés par quatre répartiteurs.

Cela avait été plus compliqué que prévu, songea Ivan en se glissant silencieusement le long d'une ruelle. Il resta dans l'ombre jusqu'à ce que les gyrophares de la police soient devenus invisibles.

Il ne s'était pas attendu à ce que la femme se débatte. Ce n'était pas ce qui s'était passé les deux dernières fois. Sous l'effet de la terreur, ses victimes s'étaient tenues aussi tranquilles que des souris. Mais pas cette fois.

Il l'avait piquée avec le couteau pour la convaincre qu'il était sérieux, mais ça n'avait pas marché. Cela n'avait fait que la galvaniser. Il avait dû se résoudre à lui donner un coup de poing dans le ventre, puis à l'assommer proprement. Alors seulement, il avait pu s'amuser. Pour être honnête, il avait beaucoup apprécié quand elle avait perdu connaissance. Plus rien pour arrêter ses rêves les plus fous.

Il préférait quand elles résistaient, que demander de plus ?

Il avait eu ce qu'il voulait et même plus. Pour l'essentiel. Il devrait faire attention la prochaine fois.

Cela ne l'avait pas dérangé de lui faire sentir la lame. Et quand cela n'avait pas suffi à la faire taire, ses coups de poing avaient assouvi sa colère. Il se sentait bien. Il pouvait gérer n'importe quelle situation.

Il retira son masque et le fourra dans sa poche. Des deux mains, il se lissa les cheveux. Son couteau était dans l'étui qu'il portait à l'intérieur de son pantalon. Tout ce qu'il avait à faire, c'était fourrer les mains dans les poches pour dissimuler les traces de sang jusque chez lui.

Il avait bien fait, pensa-t-il. Des manches longues et des gants en latex. Il ne pensait pas qu'elle l'avait griffé, mais de toute façon, le masque de ski et le T-shirt allaient atterrir dans le fourneau du jardin. Il en avait plein d'autres, tous banals. Ça, ça venait des cours de droit criminel qu'il avait pris l'année dernière.

Conscient que quiconque le verrait à cette heure se souviendrait de lui, il prenait garde d'éviter les endroits éclairés. Étonnant, comme il y avait encore tant de coins noirs dans cette ville. Il avait atteint les faubourgs sans être inquiété.

Quand il se faufila enfin dans la maison, il se détendit et sourit. Il avait passé une nuit géniale. Absolument merveilleuse. En laissant tomber le couteau dans un seau d'eau de Javel, il pensa au prochain qu'il allait forger. Cela faisait un moment qu'il n'avait pas fabriqué quelque chose. Le couteau qui trempait avait été son dernier projet. Mais il pourrait le réutiliser, bien sûr. À moins qu'il forge un couteau spécial pour sa prochaine expérience. Il s'assit en souriant et ouvrit une bouteille de jus d'orange. Oui, il avait de fameux plans.

Aux premières lueurs du jour, avant que les habitants se rendent à l'église, Stu avait assigné une zone de recherche à tous les flics valides. La ville était passée au peigne fin par des policiers à pied. Ils cherchaient n'importe quel indice, empreinte, brindille cassée, arme ou vêtement abandonné.

C'était sans doute trop espérer que de souhaiter que le type ait laissé des traces, mais tout pouvait être utile. Beaucoup de criminels jetaient leur arme plutôt que de l'emporter avec eux.

Une par une, les équipes vinrent au rapport, toutes bredouilles. À la mi-journée, Stu leur ordonna d'échanger leurs zones et les renvoya.

En milieu d'après-midi, il fut certain que le violeur n'avait rien laissé derrière lui. Avec la bénédiction du shérif, ils commencèrent à remballer. Tous avaient besoin de sommeil, de temps pour se préparer à leur journée de travail.

À partir de là, la chasse au violeur allait reposer sur la réflexion, l'instinct et l'expérience. Comme il détestait n'avoir aucun indice ! Il était aussi conscient que quiconque que les premières quarante-huit heures comptaient, pas seulement dans les enlèvements, mais dans tous les crimes.

Jusque-là, tout ce qu'ils avaient, c'était la serrure forcée d'une porte de service.

— On ne tardera plus à verrouiller les portes dans cette ville, remarqua Gage. Quand j'ai commencé ma carrière, presque personne ne le faisait, à moins de s'absenter pour la journée. Nous avions des délits et des cambriolages, mais pas beaucoup. Maintenant, les crimes sont devenus plus courants, ça donne un sentiment d'insécurité à beaucoup de gens.

— Les viols arrivent, malheureusement. Je n'avais jamais vu une réaction policière de cette ampleur.

Gage tressaillit en s'asseyant à la table. L'attentat qui avait tué sa famille des décennies auparavant avait laissé des marques indélébiles sur lui, à commencer par les traces de brûlure sur sa joue, son dos douloureux et sa boiterie.

— Je doute que tu aies jamais travaillé dans une si petite ville. Nous devions essayer. Maintenant, il va falloir organiser un groupe tactique. Tu en as déjà dirigé un ?

Stu l'avait senti venir. Il ne voulait pas de cette mission, mais il ne pouvait pas non plus la refuser.

— Oui. Dans l'armée. C'est différent ici, j'imagine.

— J'ai beaucoup de vétérans dans mes effectifs, comme tu le sais, répondit Gage. Ce que je n'ai pas, c'est un ancien de la police militaire. J'ai besoin de ton expertise.

— Alors tu l'as, répondit Stu.

Non qu'il ait envie de la fournir. Il n'aurait su dire pourquoi le viol le dérangeait autant. Cette simple idée lui donnait la chair de poule. Peut-être parce que c'était un terrain particulier ? Parce que c'était personnel, tellement intime ?

— Comment va la victime ?

— Toujours inconsciente. Le docteur dit qu'on ne peut pas la questionner, et étant donné sa commotion, elle ne se souviendra sans doute pas de grand-chose. On verra. J'ai demandé à Connie Parish de monter la garde à l'hôpital.

Bonne idée, de déléguer une femme. Stu hocha la tête en signe d'approbation. Gage soupira.

— Bon, on est debout depuis 5 heures. Je suggère qu'on rentre dormir. Il faudra attendre l'autorisation du médecin, de toute façon. Je te mets en haut de la liste des répartiteurs, pour qu'aucun de nous ne manque une urgence.

C'était la première fois depuis l'aube que Stu regardait

sa montre. Il sursauta. Il avait promis à Kerri de passer et il avait presque trois heures de retard.

Gage le regarda, un sourcil arqué.

— Quoi ?

— J'ai posé un lapin à quelqu'un et je n'ai même pas appelé.

— Alors rassemble tes forces et vas-y.

Lorsqu'il fut à mi-chemin de la porte, Gage le rappela.

— Super idée, le service de voiturage !

Lorsqu'elle avait compris que Stu ne viendrait plus, Kerri avait emmené Snowy faire une promenade. Elle ne doutait pas que c'était le travail qui l'avait retenu. Elle devait toutefois reconnaître qu'elle était impatiente de le revoir. Oh ! elle avait bien Snowy pour lui tenir compagnie par une magnifique journée, avec un soleil étonnamment chaud !

Jusqu'à ce qu'elle s'aperçoive qu'il n'y avait personne dehors. D'habitude les dimanches étaient animés à cette heure-là, les gens allant et revenant de l'église. En dépassant le restaurant de Maude, elle vit qu'il était presque vide. Inutile d'être policier pour savoir que quelque chose était arrivé. Avant la fin de sa promenade, elle découvrit de quoi il s'agissait.

Un vieil homme appuyé sur une canne vint à sa rencontre.

— Bonjour, dit-il lorsqu'ils se croisèrent.

— Bonjour, répondit-elle.

— Vous devriez rentrer chez vous, continua-t-il en s'arrêtant.

— Que se passe-t-il ? Où sont tous les gens ?

— À l'église pour la plupart. Il y aura beaucoup de prières aujourd'hui. Sandra Carney, une des professeurs du lycée, a été violée hier soir. La police fouille partout depuis ce matin.

— C'est terrible, dit-elle.

Cette réponse était celle d'une policière, mais intérieurement, elle s'était recroquevillée. Elle avait vu trop de viols et elle ne s'y était jamais habituée.

— Oui. Moi, je n'ai rien à craindre, mais vous, vous êtes jeune et jolie. La plupart des gens ont enfermé leurs enfants. Qui sait quel genre de monstre court en liberté par ici ? Rentrez chez vous et prenez soin de vous, d'accord ?

— C'est ce que je vais faire. Merci.

— Il faut veiller les uns sur les autres, mademoiselle. Autrement, quel serait l'intérêt d'être en vie ?

Émue par son attitude, elle suivit son conseil. L'inquiétude du vieil homme méritait considération. Cela ne l'empêcha pas de rester en alerte. Elle survola des yeux la rue devant elle, et pour la première fois, remarqua qu'il y avait beaucoup plus de policiers que d'habitude. Une battue massive. Elle se demanda combien de gens avaient été interrogés.

Secouant la tête, elle se rappela qu'elle ne faisait plus partie de la police. Ce n'était pas à elle de s'en préoccuper. Mais elle éprouva une soudaine bouffée de rage. Avec son arme, cet abruti lui avait volé tout ce qui comptait pour elle.

Se rendant compte qu'elle s'apitoyait sur elle-même, elle réprima sa colère. Elle pouvait encore marcher, parler, travailler. Trop de gens ne pouvaient dire de même. Elle avait eu de la chance, elle devait se le rappeler sans cesse. Une sacrée chance.

Cesse de ruminer, s'ordonna-t-elle, consciente de ne plus marcher, mais de foncer vers son immeuble. Les épaules carrées, le dos raide, le pas cadencé. Le viol devait avoir été horrible, pensa-t-elle, pour que tant de gens se rassemblent à l'église. Son cœur s'émut du sort de la victime.

C'était une fichue erreur, pensa Ivan. Il était à l'église, selon son habitude. Il avait choisi la mauvaise victime. Il ne connaissait pas assez bien la ville. Deux ans auparavant, il avait déménagé, parce que ça sentait le roussi chez lui, à Gillette. Il s'était promis de ne plus jamais le faire. C'était sans compter sur ses pulsions. Il s'était d'abord contrôlé, mais elles avaient fini par reprendre possession de lui.

Personne ne l'avait soupçonné. Il avait appris à se dissimuler. Des viols sur un campus, rien que de très banal. Les deux étudiantes rentraient simplement chez elles. Leur histoire était passée de bouche à oreille, mais aucune plainte n'avait été déposée. Bien sûr, il ne leur avait pas fait de mal. Elles s'étaient sans doute dit que mieux valait se taire. Celle-là était différente.

Cette fois, il avait fait l'idiot car il avait choisi une enseignante appréciée. Comment était-il censé savoir ça ? Il avait un type de femme en tête et se préoccupait peu de savoir qui ou quoi…

Le service dura beaucoup plus longtemps qu'à l'ordinaire, et Ivan dut réprimer une forte envie de partir. En dehors des prières habituelles, l'homélie était consacrée à Sandra Carney, la dépeignant comme une professeure dévouée, adorée de ses élèves. Ensuite, il y avait eu des prières pour sa guérison. Ivan avait articulé les réponses appropriées. Il n'éprouvait jamais rien à l'église, mais y allait tout de même tous les dimanches. C'était utile de passer pour un homme craignant Dieu.

En vérité, il n'avait pas la moindre foi. Les flammes de l'enfer ne l'avaient jamais inquiété, et il ne croyait pas non plus au paradis. Il ne pouvait accepter l'idée qu'une divinité quelconque se mêle de sa vie. Mais il était tout de même là, se disant que, si cette prof n'avait pas croisé sa route, elle irait très bien. Ce n'était pas sa faute à lui.

L'interminable service prit fin et fut suivi de ce qu'il aimait le plus : café, beignets et gâteaux. D'habitude il y avait plus de gaieté, mais ce matin-là les conversations étaient feutrées et les mines consternées. Pour finir, il ne put plus supporter ça. Il acheta une part de tourte à la viande et reprit la direction de son terrier pour savourer sa victoire de la nuit précédente. Ce serait délicieux avec la tourte.

Stu appela pour s'excuser, mais Kerri lui coupa la parole.

— J'ai appris ce qui s'est passé. Écoute, je suis d'humeur à cuisiner, alors pourquoi ne viens-tu pas dîner ? À moins que tu sois toujours occupé ?

— On m'a plus ou moins ordonné de me reposer. Nous sommes à l'œuvre depuis 5 heures du matin. Mais je viendrai volontiers dîner, si ça ne te demande pas trop de travail.

Il se mettrait en route après avoir pris une douche. Kerri sentit son moral remonter. Rencontrer ce gentil monsieur dans la rue lui avait rappelé combien elle aimait croiser des gens et converser avec eux. Lorsqu'elle parcourait les rues, en uniforme, elle avait rencontré des personnes formidables.

Apercevant l'heure sur le lecteur de DVD, elle décida de se mettre au travail. Au moins, elle n'avait rien à décongeler. Un peu plus tôt, elle avait préparé des aubergines au parmesan, l'un de ses plats préférés. Elle allait mettre le plat au four pour faire gratiner le fromage.

Stu apparut une heure plus tard, sentant le savon et le shampoing. Il portait un T-shirt à manches longues, un jean et des bottes de cow-boy. Il avait l'air si fatigué que, sans poser de question, elle se mit à faire du café.

— C'est grave ? demanda-t-elle en dosant la poudre.

— Je ne l'ai pas vue, mais Gage m'a dit que le viol avait été brutal.

Il se glissa sur un tabouret face à elle et se frotta les yeux.

— Merci beaucoup pour l'invitation. Je n'avais pas envie de cuisiner ce soir.

— Ce n'est pas non plus mon passe-temps préféré, mais nécessité fait loi. J'espère que tu aimes les aubergines au parmesan.

— Beaucoup. C'est un plat ambitieux.

— Non, c'est facile. Un peu plus compliqué que la lasagne, mais facile quand même.

Elle attrapa deux mugs et les plaça à côté de la cafetière.

— J'ai rencontré un gentil monsieur aujourd'hui, qui voulait que je rentre chez moi. N'est-ce pas le sentiment qui prédomine partout ? Je n'ai pas vu grand monde dans la rue. Il m'a dit qu'ils étaient tous à l'église.

— Presque tous, acquiesça-t-il. La victime est une professeure très appréciée. Les gens d'ici se souviennent d'elle quand elle était enfant. Elle est née et a grandi ici.

— C'est vraiment terrible !

Elle fixa le café qui gouttait dans la cafetière, essayant de repousser le souvenir d'affaires similaires. Apparemment, certaines images lui reviendraient le restant de ses jours.

— Le viol est une chose affreuse.

Elle lui jeta un coup d'œil par-dessus son épaule.

— Si tu préfères t'écrouler sur le canapé, le café attendra.

— Une bonne tasse de café, c'est ce dont j'ai besoin. Je m'écroulerai plus tard. Je suis désolé que nous n'ayons pas pu aller voir les machines.

— Si *moi* je ne comprends pas, qui le fera ? Ne t'excuse pas. Alors, qu'as-tu fait toute la journée ?

Elle le regarda se frotter les yeux : il était visiblement épuisé.

— Organiser et commander. Gage voulait utiliser mon expérience pour les recherches. Nous aurions été contents de trouver un indice, à défaut du violeur. Mais rien.

— Et la victime ?

— Aux dernières nouvelles, elle n'arrive pas à parler. Elle a une grave commotion cérébrale.

— Mon Dieu !

Elle ferma les yeux, puis versa le café et lui en apporta un mug.

— Noir ?

— Merci.

Il l'avala d'un trait. Kerri s'appuya contre le comptoir, pensant à cette pauvre femme. Le viol était horrible en soi et les conséquences s'en feraient sentir toute sa vie, mais une commotion en plus ? Elle se toucha le côté de la tête. Depuis des mois, elle essayait de se débarrasser de ce geste automatique, mais elle y cédait encore parfois. Se reprenant, elle se tourna vers le four pour le mettre à chauffer.

— Vraiment, Stu, tu devrais prendre du repos.

— Et ronfler devant mon hôtesse ? Je ne pense pas.

— D'accord, souffre si c'est ça que tu veux.

— Je ne souffre pas. Je profite d'une vue magnifique à travers mes petits yeux brouillés.

— Ta vue doit être vraiment brouillée si tu penses qu'elle est magnifique. Devine ce que j'ai fait hier matin ? Je n'ai pas pensé à te le dire.

— Quoi ?

Il prit une gorgée de café puis vida son mug.

— J'ai découvert l'aurore sur mon balcon. C'est un balcon minuscule, mais je n'aurais pas pu demander mieux. Je suis restée là un bon moment, enveloppée dans une couverture. Pour une raison quelconque, le ciel paraît plus grand ici.

— C'est le Wyoming. Tu as dû entendre parler du pays aux grands horizons ?

— Bien sûr, dit-elle en souriant. J'avais l'habitude d'aller me promener pour admirer le golfe du Mexique. C'est une très grande étendue. Mais ici, c'est différent.

— Je l'ai remarqué aussi quand je suis arrivé, mais je n'ai pas pu deviner pourquoi.

Elle contourna le bar et prit un tabouret près de lui.

— J'aimerais pouvoir faire quelque chose, Stu. Je déteste me sentir inutile.

— Tu as un emploi, dit-il en la considérant.

— Tu sais ce que je veux dire.

Il hocha lentement la tête et contempla son mug.

— Oui, je sais.

Que pouvait-il dire d'autre ? Oui, elle aurait voulu contribuer à l'arrestation du violeur. Elle avait eu affaire à de nombreux crimes et ils avaient éveillé un fort instinct chez elle. Mais dans cette affaire, comme dans les autres, le secret était primordial. Que cela lui plaise ou non, une fuite pouvait avertir le criminel.

Elle tourna lentement sa tasse dans ses mains, pas spécialement intéressée par le café. Le besoin de se rendre utile était instinctif chez elle. Cela l'avait toujours été. Mais il semblait qu'il n'y ait rien qu'elle puisse faire. À moins qu'elle sorte davantage et noue des relations avec les habitants. Honnêtement, elle n'avait pas envie de parler de ses absences à tous ceux qu'elle rencontrait C'était l'une des raisons pour lesquelles elle n'avait pas pris la peine de se construire un réseau amical. Mais si elle en avait un, elle pourrait entendre des choses. Des choses que les gens n'étaient pas toujours disposés à raconter à la police. De simples détails qui pouvaient se révéler utiles. Les flics avaient rarement des conversations anodines quand ils étaient en uniforme. Peut-être pouvait-elle faire cela. Mais la pensée de sortir la rendait nerveuse. Était-elle en train de devenir agoraphobe ? Ça devait cesser avant qu'elle n'acquière un nouveau handicap.

Stu s'était tu, soit parce qu'il était épuisé, soit parce qu'il ne voulait pas discuter. Il ne semblait pourtant pas le genre d'homme à avoir peur de la franchise. Elle décida de l'épargner en changeant de sujet.

— Qu'est-ce que tu me conseillerais pour me constituer un cercle d'amis ?

— Et tes collègues ?

Avec un sursaut, elle comprit qu'il avait raison. Elle avait évité les contacts avec eux, sans leur laisser une chance de la connaître.

— Je me sens idiote, déclara-t-elle.

— Tu n'es pas idiote. Ne dis pas ça.

— Mais tu as raison ! Dès que tu l'as dit, je me suis rappelé que c'est comme ça que je me suis fait des amis en Floride. Au travail et dans mon voisinage immédiat.

Il fit tourner son tabouret pour la contempler.

— Ça me fait très plaisir de te connaître, et je suis sûr que ce serait la même chose pour beaucoup de gens.

— C'est juste que je n'ai pas envie d'expliquer en continu que j'ai des crises d'épilepsie.

— Alors ne le fais pas. Si cela arrive, explique-le après. La rumeur se répandra et tu n'auras pas d'explications à donner. Personne n'est parfait dans ce monde. Pourquoi devrais-tu l'être ?

Bonne question.

— Écoute, dit-il. Je suis vraiment désolé pour le lave-linge et le sèche-linge. Je m'étais dit qu'on pourrait les trouver aujourd'hui et les faire livrer demain. Mais je ne sais pas si je vais être très libre ces jours-ci.

— Je comprends, Stu. J'étais à ta place il n'y a pas si longtemps. C'est un cauchemar de vie sociale.

Il se mit à rire.

— Oui, c'est vrai. Tu sais ce qui me tue ?

— Quoi ?

— Que ce pauvre type est quelque part, savourant probablement le souvenir de ce qu'il a fait hier soir.

Cela l'électrisa. Elle savait exactement ce qu'il voulait dire. Son désir de se rendre utile venait en fait en partie de cela, pas seulement de ce qu'avait subi cette femme.

— J'ai parlé à certains d'entre eux. À des violeurs, je veux dire. Ils sont dans un énorme trip de pouvoir. Ils se fichent complètement de la souffrance qu'ils ont causée, tout ce qui les intéresse, c'est rejeter la faute sur la femme. Et il y en a tant qui s'en sortent, parce que trop de femmes ne veulent pas témoigner.

— Je pense que c'est parce qu'elles ne veulent pas revoir le violeur, dit Stu en posant son mug.

— C'est beaucoup plus que ça, à mon avis. À moins que la police offre un accueil compatissant, on les effraye avant même qu'elles aient porté plainte. On leur pose des questions avec des insinuations. Devine qui a le sentiment d'être jugée ? Les choses se sont un peu améliorées, je crois, mais pas beaucoup.

Stu fronçait les sourcils, mais continuait de l'écouter.

— Tu sais, poursuivit-elle, je comprends pourquoi on ne peut pas parler des mauvaises actions précédentes d'un prévenu dans un procès. Le simple fait qu'un homme ait été arrêté pour possession d'une quantité mineure de marijuana ne signifie pas qu'il en vendait dans la rue. Seuls les faits comptent. On ne peut pas laisser le jury faire des hypothèses.

— C'est vrai.

— Alors pourquoi diable n'accorde-t-on pas le même respect à la victime d'un viol ? Pourquoi le fait qu'elle n'ait pas vécu comme une nonne devrait compter dans l'histoire ?

Stu secoua la tête.

— Je sais. Mais les choses se sont améliorées, non ? Pour ma part, je n'ai jamais laissé un policier sous mes ordres questionner ainsi la victime. Sans parler de ce qui se passerait dans un procès.

— Ça peut être affreux. J'ai dû témoigner plusieurs fois. Ce n'était pas beau. De toute façon, la moitié des affaires sont déboutées parce que la femme a peur, qu'elle ne veut pas être traînée dans la boue ou qu'elle ne supporte pas de revoir le type ! Et puis il y a les marchés qu'on passe avec le criminel, parce que les preuves ne sont pas suffisantes !

Elle leva brusquement les yeux.

— Désolée, je m'emporte.

Il lui adressa un demi-sourire.

— J'aime ça. Tu es passionnée et tu sais de quoi tu parles.

— Tu veux que je te raconte une affaire qui m'a vraiment rendue furieuse ?

— Bien sûr, dit-il en l'encourageant du regard.

— Une petite fille de onze ans. Son beau-père abusait d'elle. Elle en a finalement eu assez et a appelé son père. Celui-ci nous a contactés. J'ai été envoyée sur place chercher l'enfant. Elle était totalement crédible. Les services de l'aide à l'enfance l'ont crue et l'ont placée sous la garde du père. Quelques semaines plus tard, l'affaire est arrivée devant le procureur.

— J'ai le sentiment que ça ne va pas bien tourner.

Kerri secoua la tête et ferma les yeux.

— Ça me fait toujours bouillir. Je croyais l'enfant. Elle était dans un état lamentable. La fonctionnaire qui s'occupait d'elle la croyait. Le procureur la croyait. Mais il n'y a pas eu de mise en accusation.

— Et pourquoi ça ?

— Parce qu'il n'y avait pas de preuve physique. L'homme n'était pas allé aussi loin, et le procureur pensait que l'avocat de la défense pourrait prétendre que c'est courant pour un enfant de détester son beau-père et d'inventer des histoires.

Pour la première fois, elle l'entendit pousser un juron.

— Le procureur n'avait pas tort. Combien d'affaires avait-il traitées ? Mais on n'a pas rendu justice à l'enfant, et l'homme qui l'avait agressée s'en est allé libre.

— Oh ! pour l'amour du ciel !

Sa fatigue semblait s'être évaporée. Il repoussa son tabouret et se mit à faire les cent pas dans le salon.

— Et combien de fois cette petite fille a-t-elle dû répéter son histoire à des inconnus ? Ce doit être aussi affreux que de vivre l'événement lui-même.

— En effet.

L'histoire lui serrait toujours le cœur. Kerri n'avait été policière que dix ans, mais elle avait entendu et vu assez d'horreurs pour avoir des cauchemars pendant des années.

Après quelques minutes, Stu se calma et la rejoignit.

— Encore du café ? demanda Kerri.

— Volontiers.

Il fit le tour du comptoir.

— Je comprends la position du procureur, dit-il.

Pourquoi imposer d'autres témoignages à une enfant, surtout au tribunal ? Sans preuves physiques ? « Il a dit », « elle a dit ». La pire des situations. Mais les abus sur les enfants me rendent furieux. Si j'étais l'autre parent, j'envisagerais le meurtre.

Elle le vit dans ses yeux, il était capable de tuer. Bien sûr, il avait été soldat.

— Comme c'est souvent le cas, la mère de la fillette ne l'a pas crue.

— Oh bon sang ! s'exclama-t-il en tapant du poing sur le comptoir.

— Ce sont les gens dont tu as le plus besoin qui te trahissent. J'en ai entendu parler plus d'une fois.

— Ce doit être horriblement difficile de croire que quelqu'un que tu aimes et en qui tu as confiance t'a trahie, toi et ton enfant, de cette manière.

Il soupira en secouant la tête.

— Mais c'est grave que les familles ne croient pas les enfants au sujet du père, du beau-père, du pasteur ou du chef scout, peu importe. Ils grandissent dans la peur, avec ce traumatisme. C'est une tragédie.

— Je suis bien d'accord.

— L'idée que ces monstres s'en tirent comme ça me fait bouillir. Que le type qui a violé la professeure soit en train de savourer en ce moment le mal qu'il lui a infligé.

Kerri avait travaillé avec beaucoup d'hommes qui ne comprenaient pas aussi bien que Stu. Ils traitaient le viol comme un crime uniquement sexuel, pas beaucoup plus grave qu'une simple agression. Pas tous les hommes, bien sûr, mais trop à son goût. Même les cours de sensibilisation n'avaient pas vraiment porté leurs fruits. Les nombreuses implications du viol continuaient de leur échapper.

Stu fixa le vide un moment, puis revint s'asseoir à

côté d'elle. Le minuteur du four tinta et elle alla sortir les aubergines.

— Je dois les laisser reposer un peu avant de les servir, dit-elle. Tu as très faim ou seulement un peu ?

— Je crois me souvenir d'avoir mangé un doughnut ce matin, avoua-t-il avec un sourire.

— Alors tu as très faim, décida-t-elle.

Il opta pour une bière au lieu de vin pour accompagner le repas.

— Si j'étais allé chez Mahoney pour jouer aux fléchettes, j'aurais bu de la bière, remarqua-t-il. Imagine commander du vin dans cet endroit !

Elle rit silencieusement.

— J'imagine, oui.

— J'entends d'ici les moqueries.

Elle était allée dans suffisamment de bars de flics pour savoir de quoi il parlait.

— Je suppose que ça t'a manqué, les fléchettes, dit-elle. Je suis désolée. C'est à cause de moi que tu n'y es pas allé ?

— Ne t'inquiète pas. Vu l'heure à laquelle ces soirées se terminaient, les manquer ne pouvait pas me faire de mal. Se coucher tôt et anticiper les appels de bon matin, ça, c'est une bonne chose !

Elle apporta les assiettes en porcelaine bleue et blanche et le servit. Il désigna son assiette.

— J'ai toujours adoré ce motif. Ma grand-mère en avait un service, mais elle l'a laissé à ma tante. Je ne l'ai pas revu.

— D'où es-tu ? demanda-t-elle en disposant des couverts.

— Du nord de l'État de New York. J'ai été habitué à l'hiver toute ma vie.

— Et moi, je suis une fleur de serre ? dit-elle en riant.

— Je n'ai pas dit ça, protesta-t-il, mais il souriait.

— Qu'est-il arrivé à ta tante ?

— Je suis parti à l'armée, et quand je suis revenu, elle avait déménagé. Ma mère et elle avaient un différend, mais je n'ai jamais su à quel sujet. Et ma tante n'a jamais essayé d'entrer en contact avec moi. Ce qui ne me dérangeait pas, parce que je ne la voyais pas beaucoup quand j'étais petit.

— Mais elle a hérité de la porcelaine.

Il rit.

— Elle a eu le service chinois et ma mère a eu le Noritake. Maman est morte il y a quatre ans d'un cancer, et maintenant c'est moi qui ai le Noritake. Il est dans un garde-meuble. Qu'est-ce qu'un célibataire ferait d'un service en porcelaine japonaise ?

— Tu auras quelqu'un avec qui en profiter un jour, l'assura-t-elle. La vie tend à prendre cette direction.

— Et toi ? demanda-t-il.

— J'ai eu le nombre habituel de parents. Avec une différence, cependant : ils étaient tous deux policiers.

— Étaient ?

Elle hocha la tête.

— Ils adoraient faire de la voile. Ils ont pris un jour la direction des Bermudes, et on ne les a jamais revus. Aucune trace de leur naufrage. Étaient-ce des pirates ? Le mauvais temps ?

— C'est dur.

— Pour moi, oui. Pour eux ?

Elle haussa une épaule.

— Maman disait toujours que faire de la voile était le meilleur moyen de s'évader du travail. Cela m'a paru tellement vrai, une fois que j'ai commencé à travailler. Être si loin que rien ne peut te toucher. J'ai choisi de croire qu'ils ont été heureux jusqu'à la fin.

— C'est une bonne manière d'y penser.

Ils continuèrent de manger en silence. Kerri sentait qu'elle avait mis Stu mal à l'aise, bien qu'il ait lui-même mentionné le cancer de sa mère. Ils finirent de manger et Stu l'aida à ranger les restes et à nettoyer.

— Il faut vraiment que j'aille me coucher, dit-il finalement. La journée a été longue.

— Bien sûr. Je me demandais combien de temps tu allais tenir.

— C'est une chance que je ne me sois pas écroulé la tête la première dans mon assiette. En fonction de l'évolution de l'enquête, j'essaierai de t'emmener voir les machines un soir de cette semaine.

Puis il partit, et elle se retrouva seule avec Snowy. Elle alluma la télévision plus pour le son que pour autre chose et s'assit sur le canapé. Snowy posa la tête sur ses genoux.

Mais elle ne cessait de penser à la professeure violée. Elle aurait voulu participer à l'enquête, rendre justice à cette pauvre femme. Même si celle-ci récupérait complètement, comment pourrait-elle rentrer chez elle avant que l'homme soit attrapé ? La peur l'accompagnerait partout jusqu'à ce qu'il soit derrière les barreaux. Elle aurait de toute façon peur pendant des années. Et Kerri ne pouvait rien y faire.

— C'est terrible, Snowy. C'est vraiment terrible.

Le chien leva la tête pour la regarder avant de se rallonger. Oui, c'était terrible. Son instinct lui criait de se mettre au travail, de traquer ce salopard. Mais elle était là, à cause d'un ivrogne armé d'un pistolet. Pendant des mois, elle s'était dit que c'était une chance qu'il n'ait pas mieux visé, mais parfois, ce n'était pas l'impression qu'elle avait.

Et aujourd'hui était une de ces journées-là.

6

Kerri ne donnait qu'un cours par semaine. Le semestre suivant, lui avait dit le doyen, elle en aurait un second. En attendant, le lundi matin, elle se trouva désœuvrée. Se prenant en main, elle dit à Snowy qu'ils allaient faire une promenade.

Le chien la protégeait, après tout, et son envie de se cacher avait atteint des proportions ridicules. On la verrait de toute façon avoir une crise un jour ou l'autre. Sans parler du fait que rester chez elle la rendait folle. L'ivrogne avait pris sa livre de chair et n'avait droit à rien d'autre. Elle allait devoir apprendre à vivre avec cela.

Elle avait cru aller bien quand elle avait accepté ce poste. Ha ! Elle se rendait compte qu'elle n'en était qu'au début. Toute sa vie, elle avait été farouchement indépendante, au point de jeter parfois sa mère dans de furieuses colères. Et sa mère ne s'énervait pas facilement.

Elle se demanda ce que ses parents penseraient maintenant de son repli. Elle était certaine qu'ils se feraient du souci pour elle, mais aussi qu'ils se montreraient sévères envers elle. Bon…

Elle regarda la température qu'il faisait et alla chercher une de ses chemises d'hiver. Ce serait sans doute suffisant. Si la peau de chamois ne lui tenait pas assez chaud, elle pourrait toujours faire demi-tour.

Dehors, le vent lui mordit les joues. Les odeurs étaient si différentes ici. Était-ce le parfum de l'hiver, ou l'odeur de la mer lui manquait-elle ? Impossible de le dire.

Bien qu'il s'agisse d'un jour de travail, il y avait davantage de gens dehors. Son trajet fut ponctué de salutations et de sourires amicaux. Elle aurait aimé se rappeler comment entamer une conversation sans dire « Je suis l'officier Addison et je voudrais vous parler ». Finalement, une femme d'une quarantaine d'années s'arrêta.

— Vous êtes la nouvelle professeure de droit criminel, n'est-ce pas ?

Kerri sourit et hocha la tête.

— Kerri Addison.

— Mon fils est dans votre cours.

Kerri se raidit un peu, se demandant si sa crise de l'autre jour allait venir sur le tapis. Mais la femme continua de sourire.

— Je m'appelle Jane Jessup. Scott adore vos cours. Il dit que c'est génial d'avoir une prof qui a exercé le métier.

— Oh ! Scott est un très bon étudiant. Un gentil garçon.

— Je l'espère. J'aime penser que nous l'avons bien élevé.

Jane Jessup se mit à rire.

— On ne le sait que quand ils quittent le nid.

— Eh bien, à en juger par le jeune homme que je vois en cours, je ne pense pas que vous ayez à vous inquiéter. Son intention de s'engager dans la police paraît sérieuse.

— Il semble, en effet.

Le sourire de Jane s'éteignit un peu.

— Ça m'inquiète, je dois dire. C'est un métier dangereux.

Kerri résista à l'impulsion de toucher sa cicatrice.

— Ce n'est pas le métier le plus dangereux du monde. Je ne peux pas garantir qu'il n'affrontera jamais de danger, mais, si ça peut vous consoler, je n'ai jamais eu à utiliser mon arme. S'il est bien formé, il saura comment calmer les choses.

Jane acquiesça.

— On entend si souvent parler d'interventions du SWAT, de policiers qui se font tirer dessus lors de contrôles routiers.

— Honnêtement, les contrôles routiers sont la partie la plus dangereuse du travail, lui dit Kerri. Pour ma part, je pense qu'on fait excessivement appel au SWAT, et qu'il y a rarement des situations à la OK Corral. Je ne dirais pas que ça n'arrive jamais, parce que ça arrive. Mais la plupart des policiers atteignent la retraite en un seul morceau.

Le sourire de Jane s'élargit.

— Ça fait du bien à entendre.

Puis son sourire s'évanouit et son expression se fit grave.

— Vous avez entendu parler de ce qui est arrivé samedi soir, n'est-ce pas ?

— La professeure de lycée. Oui. Vous savez comment elle va ?

Jane secoua la tête.

— On n'en sait rien encore. C'était une des professeurs préférés de Scott au lycée. En ce qui me concerne, quiconque arrive à l'intéresser aux maths est fantastique.

— Ce n'est pas la matière préférée des gens, en général.

— De peu d'entre nous. Je déteste ça pour ma part, dit Jane avec une grimace. C'est sans doute pour ça que je ne suis pas astronaute.

Kerri sourit de nouveau. Elle appréciait son sens de l'humour. Jane sortit son smartphone.

— Laissez-moi prendre votre numéro de téléphone. Je vous appellerai un de ces jours pour boire un café. J'ai quelques amies que vous aimerez aussi, je pense. Je vous avertis, vous ne pourrez pas habiter dans cette ville sans vous faire des amis.

Tandis que Jane s'éloignait, Kerri contempla Snowy.

— On devrait ouvrir l'œil. Je doute qu'on trouve quoi que ce soit, mais on ne sait jamais.

Dans sa maison délabrée, non loin du campus, Ivan avait commencé à planifier sa prochaine agression. Il était stupéfait par la rapidité avec laquelle sa pulsion était revenue. Il entendait parfois des murmures dans sa tête, qui le poussaient à agir. Il les ignorait, mais la pulsion était là. Il se rappela que cela prendrait du temps de découvrir sa prochaine cible. S'il agissait trop tôt, la police serait forcée d'enquêter en profondeur. Il ne serait plus possible d'écarter les liens entre les deux viols.

Il se maudit, mais sa récente rencontre l'avait mis en appétit. Il pourrait quitter la ville quand il le voulait, de toute façon, pour s'évanouir dans la nature.

En attendant, il transgressa une de ses propres règles. Il était temps de se faire voir en ville. De devenir familier aux yeux des gens. Une meilleure visibilité pouvait le servir. Et peut-être que le vélo calmerait ses pulsions. Il était trop tôt pour agir. Bien trop tôt.

Stu ne rattrapa pas tout à fait son retard de sommeil, mais c'était suffisant. L'activité dans les bureaux du shérif s'était calmée. La plupart des policiers effectuaient leurs tâches habituelles, tandis que d'autres continuaient à chercher des indices.

Jusque-là, les membres de l'équipe scientifique n'avaient pas eu grand-chose à offrir. Le type avait visiblement toute sa tête. Ils n'avaient pas trouvé d'empreintes qui n'appartiennent pas à la professeure, seulement découvert quelques fibres, surtout sur son corps et sur le lit. Le sang semblait aussi appartenir à la victime. Pas de cheveux qui ne soient pas décolorés en blond, mais ils vérifiaient tout de même.

En bref, la scène ne révélait pas grand-chose. Maintenant, ils attendaient que la victime se réveille. Les médecins disaient qu'elle était dans un coma léger et que, quand elle en émergeait, elle était très confuse. Ils patientaient dans l'espoir qu'elle se rappelle un détail utile, bien que ce soit aussi possible qu'elle ne se souvienne de rien du tout. Ce qui serait une bénédiction pour elle, mais ne les aiderait guère.

Stu se frotta les yeux en soupirant et regarda sa montre. Il était temps de partir. Il détestait quand les enquêtes ne menaient nulle part. Puis il se rappela sa promesse à Kerri. Se penchant en avant, il prit le téléphone et composa un numéro.

Il appela le magasin de Leo. Celui-ci avait ajouté des équipements domestiques à sa ligne de production habituelle. Leo avait un espace de vente séparé pour les machines éraflées ou cabossées. Il vérifiait les machines pour être sûr qu'elles fonctionnaient. Il incluait même une garantie.

Leo dit à Stu qu'il resterait après 20 heures, s'ils voulaient passer le soir même. C'était l'un des côtés agréables d'une petite ville. La malhonnêteté ne pouvait que mener à la faillite, tandis que le sens du service vous gagnait la loyauté des gens.

— Oui, j'ai quelques ensembles lave-linge/sèche-linge, l'assura Leo. De bonnes marques. Suffisamment petits pour tenir dans ces appartements. J'en ai déjà livré là-bas.

Quand Stu appela Kerri, elle se montra impatiente. Il lui dit qu'il l'inviterait à dîner après la visite.

— Je ne serai pas difficile, lui promit-elle.

— Avec Leo, il n'est pas nécessaire de l'être.

Soulagé, il passa chez lui se mettre en civil, remarquant que le temps avait de nouveau changé. Il faisait trop froid, trop tôt. Il se demanda si c'était un présage de l'hiver à venir.

Kerri parut contente de le voir en ouvrant la porte, et même Snowy agita la queue en souriant.

— Ça va être amusant, dit-elle, l'air joyeux. Je n'arrête pas de me dire combien ce sera agréable de ne plus avoir à aller à la laverie.

— Alors prends ta veste et allons-y. Il fait plus froid dehors. Je me demande si l'hiver ne va pas être glacial.

— Bien sûr que si, répondit-elle d'un ton taquin. C'est pour me donner une leçon, maintenant que je suis ici.

— Ta promenade était agréable ? demanda Stu tandis qu'ils roulaient vers la scierie.

— Très. J'ai rencontré Jane Jessup. Tu la connais ?

— Un peu.

— Elle est gentille. Son fils Scott est dans mon cours, et elle s'inquiète qu'il veuille entrer dans la police. Je l'ai assurée que la plupart d'entre nous arrivent sains et saufs à la retraite.

— C'est vrai.

Il lui jeta un coup d'œil quand ils furent arrêtés à un feu rouge.

— Mais ça a dû être difficile pour toi de le dire.

Elle haussa les épaules.

— Aucune raison de s'inquiéter si c'est ce qu'il veut faire. On gère des situations, ça fait partie du travail. Ce qui m'est arrivé ne se produit pas souvent, malgré ce qu'en pense le public.

Toujours raisonnable, même après ce qu'elle avait subi. Il était impressionné. Elle reprit la parole :

— Ce que tu faisais devait être beaucoup plus dangereux.

— Dans l'armée ? Oui, parfois. D'autant plus qu'il s'agissait d'affronter des hommes armés, qui se tenaient les coudes en toutes circonstances.

— Ça me rappelle quelque chose, dit-elle.

— Ça ne m'étonne pas.

Leo attendait devant le magasin. Grand, maigre et moustachu, il serra la main de Kerri quand Stu les présenta l'un à l'autre.

— J'ai de bonnes affaires pour vous, dit-il avec un clin d'œil. Et n'ayez pas peur, je ne vends pas de voitures d'occasion. Venez au fond.

Sous un panneau annonçant « Défauts d'aspect -30 % », se trouvaient une rangée d'appareils.

— J'ai toujours aimé l'odeur du bois, confia Kerri aux deux hommes. Quand j'étais petite, elle imprégnait la maison, parce que mon père avait toujours un projet en cours.

Leo lui adressa un sourire.

— Les années ont un peu atténué mon sens de l'odorat. J'ai remarqué une bouffée en arrivant ce matin, puis plus rien.

Il y avait trois ensembles, tous de marques connues. Leo posa quelques questions, puis suggéra un modèle de grande capacité.

— Pour laver des vêtements d'hiver ou une couette, mieux vaut une cuve plus grande. En outre, vous pouvez ajuster le niveau d'eau.

Il haussa les épaules.

— Bien sûr, ce réglage existe sur tous les modèles. Et vous vivez seule, n'est-ce pas ? Pour des lessives courantes, vous voudrez peut-être le modèle plus petit.

En Floride, elle avait un lave-linge de petite capacité,

parfait pour son uniforme, ses shorts et ses T-shirts. Mais ici, il y avait les jeans, elle allait sans doute en porter beaucoup. Bah, un lave-linge était un lave-linge ! La dernière fois, elle s'était fiée au prix et à la marque. Leo sentit son hésitation.

— Et si je vous laissais réfléchir dix minutes ? Vous pouvez lire les notices et voir ce que vous en pensez.

Il s'éloigna.

— J'ai dit que ça ne prendrait pas longtemps, remarqua-t-elle. Que je ne ferais pas la difficile.

— Ça prendra le temps que ça prendra, répondit Stu. Rappelle-toi juste que tu n'as pas besoin de les acheter tous deux de la même marque. Et si tu ne veux pas de lave-linge trop grand, il y a la laverie pour les plus grosses pièces.

Elle secoua la tête.

— Tu viens juste de me persuader. Je serais ravie de ne plus jamais aller à la laverie. Y rester deux heures, même avec un bon livre, ce n'est pas mon idée de l'amusement.

Une heure plus tard, s'étant accordés avec Leo sur une livraison le lendemain matin, Stu et Kerri prirent de nouveau place dans le restaurant de Maude. Celle-ci se dirigea vers eux d'un pas lourd, posa deux tasses de café avec fracas et dévisagea Kerri.

— Nous avons des salades. De bonnes salades.

Kerri cilla, un peu abasourdie.

— Je les ai vues sur le menu.

— Les hommes mangent des fritures tous les jours de la semaine, mais les femmes font plus attention. Je voulais juste que vous sachiez que je peux vous servir une salade Cobb ou un bon cabillaud.

— Oh ! j'adore le cabillaud, dit Kerri en souriant à la gorgone.

— Je peux vous le faire poché ou frit.

— Zut, dit Stu. Où cachiez-vous ces talents ?

Maude se renfrogna.

— Au dos du menu. C'est pas ma faute si personne ne le retourne.

Elle dévisagea de nouveau Kerri.

— Si vous êtes d'humeur, laissez-moi m'amuser.

— Alors ce sera du cabillaud, dit Kerri en riant. Frit, s'il vous plaît. Et pourrais-je avoir une petite salade Cobb ?

— Prenez-en une grande, lui conseilla Maude. Ça vous fera un bon déjeuner demain.

— Alors deux, dit Stu.

Maude fronça plus fort les sourcils.

— Les hommes. Ils croient qu'ils peuvent se nourrir avec ça.

Kerri dut se couvrir la bouche pour réprimer son rire. Qui commandait tous les hamburgers dans cet endroit ?

— Eh bien donnez-moi ce dont j'ai besoin selon vous, Maude. Je n'ai jamais mangé ici quelque chose que j'aie regretté.

— Encore heureux, acquiesça Maude d'un air maussade.

— Oh mon Dieu, dit Kerri, la voix tremblante de rire, quand Maude eut disparu dans la cuisine.

— C'est un sacré numéro, je te l'accorde. Les gens disent qu'elle s'est un peu adoucie. Au bout de quatre ans, je ne peux pas en juger, mais elle est coriace.

— C'est peut-être nécessaire quand on dirige un restaurant comme celui-là.

— Je ne sais pas, mais j'ai entendu dire que les clients avaient l'habitude d'être servis avec un regard noir et un fracas d'assiettes. Mais elle a eu cette crise cardiaque. Ça vous change une femme.

Beaucoup de choses pouvaient vous changer, pensa Kerri.

— Qui d'autre as-tu rencontré, aujourd'hui ?

— Quelques personnes. Tout le monde parle de ce qui s'est passé. J'ai commencé à sentir qu'on m'avertissait. Je ne peux pas l'expliquer autrement.

— Ils s'assuraient que tu étais au courant, peut-être ? Ou ils sous-entendaient que tu devais prendre des précautions ?

— Le plus dur était de ne pas pouvoir les questionner.

Elle laissa un instant le regret lui pincer le cœur.

— Imagine comment ils auraient réagi. Ils ne me connaissent même pas.

Le dîner arriva, accompagné d'un steak pour Snowy. La salade Cobb était énorme, et le poisson avait été frit dans une pâte légère et moelleuse. Malgré ses commentaires, Maude avait apporté la même chose à Stu.

— C'est superbe, remarqua celui-ci.

Puis il regarda Kerri.

— Ça te fait mal de ne pas pouvoir aider, n'est-ce pas ?

— Oui, ce n'est pas surprenant.

Elle piqua sa fourchette dans la salade.

— Je suppose que je devrais remuer la sauce.

— Je crois que je vois de l'avocat. À propos, j'ai entendu dire aujourd'hui que nous aurons bientôt un restaurant tex-mex. C'est courageux dans une ville comme celle-ci.

— Pourquoi ?

— Parce qu'elle est petite. Maude est une institution. Le routier attire surtout des étrangers qui y garent leurs camions. Mais un autre restaurant ? Même la pizzeria survit à peine, d'après ce que j'ai entendu dire.

— Eh bien, j'adore le tex-mex, dit-elle. Ce n'était pas toujours facile d'en trouver un bon quand j'étais enfant, mais maintenant il y en a plein. Et puis il y a les Cubains. Si tu vas en Floride, rappelle-moi de te dire où trouver les meilleurs sandwichs cubains. Il n'y a rien de pareil.

— Je ne peux pas croire que je sois en train de manger et que tu me fasses quand même saliver.

Elle lui fut reconnaissante du rire qui monta en elle. Puis elle revint à ce qui la préoccupait.

— N'y a-t-il rien que je puisse faire pour contribuer à cette affaire ?

Il s'immobilisa, un morceau de poisson sur sa fourchette.

— Ce poisson est délicieux. Kerri, je ne sais pas. Tu étais policière. Tu sais combien nous devons être prudents.

Il secoua la tête.

— Écoute. Écoute simplement ce que les gens te disent. Peut-être que quelqu'un te révélera quelque chose qui ne lui semble pas assez important pour qu'il nous en parle.

— Je peux faire ça.

— Tu pourrais aussi te détendre.

Son geste de la tête était un « non » ferme.

— Ce n'est pas dans mes gènes.

Sur le chemin du retour chez lui, Stu médita à la fois l'affaire du viol et la réaction de Kerri. Toutes deux le rendaient nerveux. L'affaire pour des raisons évidentes, mais Kerri aussi.

Elle ignorait certainement combien son expression la trahissait. Son comportement était pondéré, mais son visage racontait une autre histoire. Elle avait envie d'être impliquée dans l'enquête. Elle voulait qu'on la remette sur la voie du travail qu'elle avait adoré.

Impossible, néanmoins. Même lui savait qu'un flic qui restait inconscient une minute ou deux ne pouvait exercer dans la rue, interroger des témoins ou prendre des appels téléphoniques. C'était une tragédie, mais elle ne se pardonnerait jamais de faire des erreurs.

Cependant la pression était là, et il avait le sentiment

très net qu'elle allait essayer de s'impliquer d'une manière ou d'une autre. Et cela le perturbait. Elle n'avait aucun soutien, et si elle attirait l'attention du criminel, elle pouvait se mettre sérieusement en danger. Il devait trouver le moyen d'empêcher cela. Ou alors espérer que le type ait quitté la ville et chasse sur d'autres terres. Parce que s'il y avait une chose de vraie sur les violeurs, c'était qu'ils recommençaient.

Il ne voulait pas que Kerri se sente malheureuse et inutile. En lisant entre les lignes, il avait bien compris qu'elle était mal dans sa peau. Elle luttait, mais elle avait perdu l'étincelle. N'avait-elle pas dit le premier soir qu'elle se sentait inutile ?

Il ne l'aurait pas du tout qualifiée ainsi, mais la manière dont il la décrirait et ce qu'elle éprouvait étaient deux choses différentes.

Comme il s'avéra, le violeur n'avait pas quitté la ville. Deux nuits plus tard, alors que Sandra n'avait pas encore quitté l'hôpital, un autre viol se produisit.

May Broadwyn n'arrivait pas à trouver le sommeil. Après plusieurs heures à se tourner et se retourner dans son lit, elle décida d'aller courir. Elle aimait cette activité depuis l'enfance et, à l'université, elle avait fait partie d'une équipe d'athlétisme. Il n'y avait rien de tel qu'une bonne course, et elle ne doutait pas que cela la fatiguerait assez pour la faire dormir.

Bien que ce soit déjà le petit matin, elle mit ses chaussures de sport, se coiffa d'un bonnet en laine et sortit dans la rue obscure. Accompagnée du « tap-tap » de ses pieds, elle absorba le silence de la ville. Les gens dormaient tout autour d'elle. Elle devait aller travailler au matin et aurait aimé faire comme eux. Son emploi de greffière exigeait beaucoup d'attention.

Une voiture de police passa dans la rue. Le flic lui fit signe et elle lui répondit. Elle ne pouvait le voir dans l'obscurité, mais elle était certaine qu'elle le connaissait. Un des avantages de son travail.

Après avoir atteint les limites de la ville, elle fit une série de flexions et d'étirements. Puis elle se remit en route, décidée à faire un détour par le parc. Les ombres tachetées et les odeurs fraîches de terreau et de feuillage lui avaient toujours plu. Cette décision changea tout pour elle.

Un mince croissant de lune jetait une lueur argentée entre les arbres. Les sentiers étaient discrètement éclairés par de petites lampes solaires à hauteur de cheville.

Si elle n'avait pas été absorbée par le rythme de sa course, elle l'aurait entendu. Mais ce ne fut pas le cas avant qu'il soit trop tard.

Ivan était dehors, guettant sa prochaine cible, plus intéressé par les arrière-cours des maisons que par quoi que ce soit d'autre… jusqu'à ce qu'il aperçoive la femme en train de courir. En obliquant vers le parc, elle n'aurait pas pu le rendre plus heureux. Toute seule au milieu de la nuit.

Elle devait être en bonne santé, à en juger par son allure. Cela voulait dire qu'elle lutterait, et cette idée fouetta son appétit.

En tâtant son pantalon, il trouva le couteau. Oui, il pouvait le faire et rapporter un autre délicieux souvenir chez lui.

Il réfléchit un instant à la manière d'arriver à elle. Il n'y avait pas beaucoup d'options. Il ajusta son masque et s'assura que les bandes de velcro de ses gants étaient bien fixées. Il laissa sa veste sur un arbuste pour ne pas être gêné. L'air froid s'engouffrant sous ses vêtements ne fit que l'exciter davantage. Il allait faire le tour par la gauche, décida-t-il. Parce que le nombre de sentiers était limité, il n'aurait aucun mal à la rattraper. Ensuite, il arriverait sur son flanc gauche, ses pas étouffés par la terre et le bruit du vent.

Satisfait de son plan, il passa à l'action.

Edith la trouva vers 5 heures et demie du matin. Elle promenait son dogue allemand, Bailey, comme chaque jour. Edith se plaisait à dire que Bailey la gardait en vie parce qu'il aimait les longues promenades. Cela la maintenait en grande forme pour ses soixante-dix ans. Elle prenait grand plaisir à constater que les gens lui donnaient seulement une soixantaine d'années.

Il faisait encore noir, une bonne heure pour que Bailey renifle les traces des autres chiens. Pas d'enfants pour le distraire. Non, c'était l'heure de Bailey.

Sauf que, ce matin-là, il commença à s'agiter dès qu'ils entrèrent dans le parc. Au lieu de flairer les buissons et les bancs, il voulut avancer. Il leva haut la tête et elle le vit renifler. Puis il s'agita. Bailey ne tirait jamais sur sa laisse. Bien dressé et conscient qu'elle venait là depuis des années, il restait sagement à ses côtés. Mais ce matin, il la tirait en avant. Elle avait peur qu'il ne s'échappe.

— Bailey !

Durant une seconde, il lui adressa un regard de supplication, comme pour dire « Je sais, désolé… ».

— Bon sang, Bailey !

L'impatience était audible dans sa voix, mais il n'y prêta pas attention. C'était inhabituel. Parfois elle se disait qu'il était plus sensible au son de sa voix que n'importe qui d'autre. Comprenant que le gronder n'y ferait rien, elle pressa le pas autant qu'elle put. L'éclairage du sentier la rassurait un peu, mais elle était malheureusement à cette époque de la vie où l'on craint par-dessus tout les chutes. Mais avec ses chaussures de marche, tout irait bien. Elle l'espérait.

Alors Bailey gémit, le bruit le plus triste qu'elle ait jamais entendu. Son cœur se mit à battre la chamade. Son chien était-il malade ? Elle ne pouvait supporter cette idée. Il la lui ôta bien vite en quittant le sentier pour s'enfoncer dans le bois.

— Bailey, non !

Mais Bailey était plus gros et avait plus de force qu'elle. Quoi qu'il pourchasse, il n'allait pas s'arrêter. Ayant l'impression que son bras allait se déboîter, elle le suivit. Que diable pouvait-elle faire d'autre ? Ils n'avaient pas fait trente mètres dans le bosquet quand elle vit un tas de chiffons. Et entendit un gémissement. Elle approcha prudemment, remarquant la manière dont Bailey semblait monter la garde. Des taches sombres, des vêtements sens dessus dessous, le visage pâle d'une femme. Celle-ci remua et gémit.

Edith prit son téléphone dans sa poche et faillit le faire tomber tant ses mains tremblaient. Le 911 était enregistré dans ses contacts et elle pressa la touche.

— Quelle est votre urgence ?

Les paroles commencèrent à se déverser de la bouche d'Edith.

7

Le téléphone sonna au moment où il sortait de la douche. Enroulant une serviette autour de sa taille, Stu alla le prendre sur la commode.

— Canady.

— Tu connais la nouvelle ? dit Kerri. Il y a eu un autre viol, dans le parc.

— Kerri, où es-tu ? Comment l'as-tu appris ?

Il était déjà en train d'enfiler son uniforme.

— Je promenais Snowy. Maintenant, je suis avec un témoin, Edith Jasper. C'est elle qui a trouvé la femme.

Avec un témoin ? Le cœur de Stu se mit à tambouriner. Qui avait laissé Kerri faire ça ? Le simple fait de s'entretenir avec un témoin pouvait lui procurer des ennuis.

— J'arrive tout de suite, dit-il, coinçant l'appareil entre son oreille et son épaule.

— Ne te presse pas. Edith ne voulait pas rester seule jusqu'à ce qu'on prenne sa déposition. C'est tout ce que je fais, Stu. De toute façon, j'ai un cours aujourd'hui. Tu m'avais dit que tu passerais, et je voulais seulement t'expliquer que ce n'est pas nécessaire. Tu vas être trop occupé pour ça.

Oui, il allait être occupé, et ce qu'il craignait était en train d'arriver. Kerri se mêlait de l'affaire. Il fallait qu'il lui donne ce qu'elle voulait sans lui faire avoir des ennuis.

Mais vu son instinct et ses réflexes, autant essayer de stopper un train de marchandises. Elle éviterait sans doute les problèmes étant donné son expérience, mais les apparences comptaient aussi.

Une ancienne policière parlant à un témoin avant que celle-ci soit interrogée ! Oh bon sang, un avocat de la défense en ferait du petit-bois, en soulignant que Kerri avait assez d'expérience pour savoir dans quel sens pousser le témoin. Pourquoi diable la police l'avait-elle autorisée à faire ça ?

Il enfila son manteau, attacha son ceinturon en un temps record et alla en hâte prendre sa voiture. Il arriva au parc juste au moment où perçait la lueur grise de l'aube. De gros nuages menaçants emplissaient le ciel. Une large zone avait été délimitée avec de la rubalise, et la rue était encombrée de voitures aux gyrophares écarlates. Les policiers semblaient être partout, à la fois municipaux et du comté.

Kerri était assise sur un banc avec Edith Jasper, une femme bien connue en ville, grâce à son énorme chien noir et blanc.

Snowy était allongé aux pieds de Kerri. Stu se faufila sous la rubalise, saluant les policiers au fur et à mesure de son avancée, sans les déranger. Il apprendrait bien assez tôt l'histoire. Lorsqu'il atteignit le banc, il contempla Kerri et Edith. Le dogue allemand leva la tête et renifla le bas de son pantalon.

— Vous ne parlez pas de l'affaire, n'est-ce pas ? dit-il.

Il essayait d'être gentil, mais avait pris un ton officiel.

— Bien sûr que non, dit Kerri. J'ai plus de jugeote que ça.

— Il n'y a rien à discuter, de toute façon, dit Edith. Je l'ai vue et je vous ai appelés. Ensuite, on m'a fait attendre ici, et je tremblais tellement fort que Kerri a été assez gentille pour s'asseoir avec moi. Stu, je n'ai jamais rien vu d'aussi terrifiant de toute ma vie. Et si je ne peux pas dire ça à quelqu'un, eh bien tant pis.

Stu ne pouvait le réfuter.

— C'est juste que…

— Les apparences, l'interrompit Kerri. Je comprends. Mais Edith était seule et visiblement bouleversée… Qu'étais-je censée faire ? Personne n'a pris le temps de s'occuper d'elle.

— Tu passais devant les lieux ?

— Eh bien, il faisait encore noir et j'ai vu les lumières.

Elle haussa les épaules.

— Je suis aussi curieuse que quiconque. Je pensais lui apporter un thé ou un café pour la réchauffer, mais je ne voulais pas la laisser seule.

— J'entends bien, dit Stu, finalement capable de sourire.

Les agents en uniforme autour de lui semblaient maîtriser la situation, et personne ne requérait son aide.

— Tu veux faire un saut chez Maude ? Non, c'est une question idiote. J'ai une voiture et toi non. Qu'est-ce que ce sera pour vous, mesdames ?

Il partit avec une commande longue comme le bras. Une dizaine de cafés pour les agents, un *latte* pour Kerri et un grand thé vert pour Edith. Il espérait que Maude était prête à démarrer.

Il s'avéra qu'elle avait déjà ouvert, s'attendant à une affluence. Elle aussi avait remarqué l'activité de la police. Elle avait déjà plusieurs cafetières en train, et elle prépara le thé dès qu'il eut passé commande.

— Il faudra un petit moment, dit-elle. Ou si vous voulez opter pour des cafés moyens, je peux remplir les tasses maintenant. Je vais aussi faire le *latte* de Kerri.

Comment savait-elle que c'était pour Kerri ? se demanda-t-il vaguement.

— Un autre viol ? questionna Maude en remplissant les gobelets.

— C'est ce que j'ai entendu dire. Je ne suis pas encore intervenu.

— Et vous ne me le diriez pas, de toute façon, ronchonna Maude. Il me faut une meilleure source.

— Si vous en trouvez une, mieux vaut nous le dire. Parler à tort et à travers peut gâcher une affaire.

— C'est ce que vous n'arrêtez pas de me répéter. Mais tout le monde ici sait que je ne commère pas.

— C'est vrai, mais ça n'empêche pas que nous ne pouvons pas parler.

— J'ai entendu partir l'ambulance. J'espère qu'elle n'est pas dans un état trop grave.

Puis Maude s'interrompit une seconde.

— Bien sûr que si. Ça la suivra toute sa vie.

— Vous dites ça par expérience personnelle ? demanda Stu tandis que les gobelets s'alignaient sur les plateaux.

Il ne s'attendait pas à une réponse, mais il en reçut une qui l'ébranla profondément.

— Mon père, répondit Maude brièvement. Et ne le dites à personne.

Cela expliquait beaucoup de choses sur Maude, pensa Stu en emportant une partie des boîtes jusqu'à sa voiture. Beaucoup. Il se sentit écœuré pour elle, écœuré pour cette nouvelle victime. Mais qu'est-ce qui n'allait pas chez certains hommes ? se demanda-t-il en reculant hors de son emplacement de parking.

Kerri s'était contentée de rester assise près d'Edith. La pauvre femme tremblait comme une feuille. Pas un flic n'avait essayé de stopper Kerri quand elle avait franchi la rubalise pour s'asseoir à côté d'elle.

Elle avait pris soin de ne pas la questionner, mais sa présence pouvait être mal interprétée. Oh ! elle pourrait toujours expliquer ses actes devant la justice si c'était nécessaire. Edith avait besoin de soutien, et Kerri était formée à en fournir.

— Comment ça va ? lui demanda-t-elle.

— Mieux.

Edith secoua la tête.

— Je sais qu'il y aura toujours du mal dans le monde, mais je ne pense pas que ça ait jamais été aussi grave ici. Peut-être que j'avais des œillères.

— Cette ville ne ressemble guère à un foyer d'activité criminelle, et je ne suis ici que depuis deux mois.

Edith lui adressa un faible sourire.

— Le passé a toujours meilleure allure. Nous avons tendance à ne nous rappeler que les bonnes choses. À moins que j'aie juste eu de la chance.

Kerri n'avait pas de réponse à cela. Elle avait assez de mauvais souvenirs dont elle était certaine qu'ils ne se dissiperaient jamais. Mais elle avait été plus exposée que la moyenne des gens aux aspects les plus laids de la vie. Peut-être cela l'avait-il déformée.

Stu revint et tendit d'abord le thé pour Edith et le *latte* à Kerri. Puis il passa parmi les policiers, qui se servirent avec reconnaissance.

— N'emportez pas ces gobelets dans les bois, dit un technicien de scène de crime. La contamination.

Stu lui tendit un café à lui aussi. Cela arrêta net l'homme, mais il refusa.

Stu alla remettre les boîtes vides dans sa voiture. Puis

il regarda autour de lui, vit que les choses semblaient se calmer et se dirigea vers le commandant de la place.

— Agression sexuelle ? questionna-t-il.

Jake Madison acquiesça.

— Cette fois, c'est une joggeuse. Elle ne peut pas encore parler, mais Mme Jasper l'a trouvée vers 5 heures et demie. À en juger par son état, elle était là depuis plus de deux heures. Elle a été entaillée et frappée, et elle est inconsciente pour l'instant.

— J'espère qu'elle n'a pas de commotion.

— Eh bien, nous avons demandé à Sarah de la suivre à l'hôpital. Quand elle pourra parler, Sarah l'interrogera. En attendant…

Jake agita la main en direction du parc. Au loin, Stu vit des projecteurs éclairant la scène.

— J'espère qu'on va trouver des indices.

— Ça ne fait que cinq jours depuis le dernier viol. Cinq fichus jours, dit Jake, les mains sur les hanches.

— Les gens ne vont plus pouvoir l'ignorer.

— Non. On ne peut plus prétendre que tout est normal.

Stu secoua la tête, anticipant la réaction publique. Cela pouvait devenir un problème à tant de niveaux. Et d'une, la majorité des habitants possédaient une arme. Et s'ils décidaient de patrouiller les rues ? Ou tiraient sur un innocent ? Les femmes auraient peur de sortir, et Dieu savait ce qu'elles feraient si elles vivaient seules. Même si tous les flics patrouillaient tout le temps, le lieu serait quand même une passoire. Le violeur trouverait toujours un moyen.

— Vous avez besoin de moi ? demanda-t-il à Jake.

— Pas maintenant. Quand les techniciens auront remballé, peut-être. Je vais repasser la scène au peigne fin.

La lumière était encore trop faible pour bien voir. Les

techniciens avaient utilisé tous les outils à leur disposition, mais ils n'avaient pas assez élargi les recherches, ou n'avaient pas regardé assez loin, ou…

— Bon sang, marmonna Stu, il faut qu'on trouve quelque chose. Ça ne fait qu'empirer.

— C'est ce que je crains.

Ivan savait qu'il n'aurait pas dû revenir sur les lieux. Cela risquait d'attirer l'attention. Pourtant, il était dévoré de curiosité. Finalement, il décida qu'il pouvait y passer sans risque. Pourquoi ne pourrait-il pas avoir un aperçu de l'excitation qu'il avait causée ?

Cela l'attirait. Pas autant que prendre la femme, mais il ne pouvait se forcer à rester chez lui. Il adorait regarder les flics travailler. Un de ces jours, il deviendrait flic lui-même.

Mais les viols passaient en priorité. Regarder la scène fourmiller de policiers n'était qu'une manière supplémentaire de jouir de ce qu'il avait fait. *Des rides qui se propagent sur l'eau*, pensa-t-il avec satisfaction.

En passant, il vit la femme avec le dogue allemand, sur un banc à l'intérieur de la zone balisée. À côté d'elle était assise la professeure, celle qui avait un chien d'assistance. Kerri quelque chose. Que faisait-elle là ?

Il ralentit le pas, écoutant les gens. Les scènes de crime attiraient toujours une foule de curieux, et celle-ci ne faisait pas exception. Tout le monde espérait apprendre quelque chose. Il n'eut pas longtemps à attendre avant d'entendre que c'était le dogue qui avait trouvé la victime. D'accord, cette vieille chouette ne représentait aucune menace. Mais la prof ? Il accéléra pour contourner les badauds, comme s'il allait quelque part.

Kerri. N'enseignait-elle pas le droit criminel ? Quelqu'un n'avait-il pas dit que c'était une ancienne policière ? Il eut une remontée acide, parce qu'il était inhabituel que quelqu'un soit autorisé à stationner à l'intérieur de la rubalise. Un privilège spécial ? Ou espéraient-ils qu'elle trouve quelque chose ?

Mais non, se rassura Ivan. Il avait laissé une scène propre, comme toujours. Il n'avait même pas oublié de reprendre sa veste. Il était certain qu'ils ne trouveraient que ses empreintes de pas, atténuées par les feuilles mortes. De plus, son modèle de chaussures était très courant. Rien d'identifiable.

Il continua de marcher et, une rue plus loin, dut se retenir de siffler tant il se sentait heureux. Il y en aurait d'autres, se promit-il. Oui, il y en aurait beaucoup d'autres. Le souvenir de la nuit précédente le remplissait d'un sentiment de puissance. C'était le truc. Ces femmes avaient été entièrement à sa merci. Et il était sans merci.

Lorsque Stu rejoignit Edith et Kerri, il caressa le dogue allemand et s'accroupit devant elles.

— Est-ce que ça va aller, Edith ? Il faut encore un moment avant que nous vous emmenions au commissariat.

Il n'avait jamais vu un air si frêle à la vieille dame.

— Ça ira très bien, répondit farouchement Edith.

Autour du gobelet, sa main tremblait un peu.

— Cette pauvre femme. Je n'avais jamais vu un spectacle pareil, et j'espère ne jamais le revoir. Je ne sais pas comment vous faites, vous les policiers, pour le supporter.

— Ce n'est pas facile, dit Kerri.

— Et si cela devenait facile, renchérit Stu, il serait temps de changer de métier.

Edith hocha lentement la tête.

— Je promenais juste Bailey et… Je ne suis pas censée en parler. Mais c'était horrible de les voir la charger dans l'ambulance. La pauvre fille ne bougeait pas. Je ne peux pas imaginer depuis combien de temps elle était couchée là.

Kerri pressa gentiment la main d'Edith.

— Essayez de ne pas y penser, dit-elle calmement. Je sais que c'est impossible de vous la sortir de l'esprit, mais concentrez-vous sur le fait que Bailey et vous l'avez trouvée.

Edith hocha légèrement la tête.

— C'est tout ce que j'ai pu faire. Mais que devient le monde ? La petite fille d'une de mes amies a été agressée il y a quelque temps par un homme, elle avait seulement cinq ans. Il a failli la tuer. Et maintenant, ça. Qu'est-ce qui les motive, ces hommes ?

— Le pouvoir, répondit Kerri. Une soif pathologique de pouvoir. Il ne s'agit pas de sexe, Edith.

— Comment cela pourrait-il en être quand ils laissent la femme en sang ?

À cet instant, Jake Madison s'approcha.

— Stu ? Tu peux emmener Mlle Jasper au bureau pour prendre sa déposition ? Gage dit qu'il est prêt, si elle l'est aussi.

Stu se redressa.

— J'en serai ravi.

Il lança un regard à Kerri. Elle le surprit en rougissant légèrement.

— Je n'ai pas dépassé les limites, tu devrais le savoir. J'en suis plus consciente que la plupart des gens.

— Je sais, mais les apparences comptent. Je proposerais bien de te ramener en voiture, mais je dois aller au bureau. Edith sera probablement ravie d'en avoir fini avec ça.

— Comme si j'allais en finir un jour avec ça, dit Edith d'un ton sec. Il y a des moments où je préférerais avoir une bien plus mauvaise mémoire.

Kerri regarda Stu escorter Edith et son énorme chien vers sa voiture, puis se leva en soupirant. Le toujours fidèle Snowy suivit le mouvement. Elle se sentait navrée pour Edith. Elle avait rarement rencontré un témoin de crime qui n'en ait pas été marqué pendant longtemps. Certaines images ne s'effaçaient tout simplement pas de la mémoire. Elle espérait qu'Edith n'avait pas vu trop de détails. L'obscurité l'avait peut-être préservée du pire.

Elle décida qu'il était temps de retourner chez elle. Elle avait un cours à donner l'après-midi. Elle était prête à parier que l'essentiel de la discussion tournerait autour du viol et de celui de la semaine précédente. Il lui semblait impossible que les étudiants veuillent parler d'autre chose.

Elle devrait alors improviser, se dit-elle. Elle ne pouvait certainement pas utiliser le débat qu'elle avait prévu sur les condamnations pénales. Ce serait malvenu par un jour comme celui-là. Non, mieux valait se préparer à parler des différences entre le viol et le sexe consensuel, qui n'était pas seulement l'absence de violence.

Au commissariat, Gage les attendait et les introduisit dans une salle de réunion. Stu contempla la vieille dame, tandis que son chien s'allongeait à ses pieds.

— Vous voulez que j'aille vous chercher un autre thé ? Vous avez l'air d'avoir froid.

— Ce serait merveilleux, avoua Edith. Maude sait comment je l'aime.

— C'est comme si c'était fait. Gage ?

— Un café noir et fort.

Gage s'assit prudemment sur une chaise face à Edith et sortit un petit magnétophone.

— Ça ne vous dérange pas ?

— Pourquoi ? J'aimerais avoir davantage à vous dire.

— Nous commencerons dès que Stu sera de retour, mais entre-temps, voici comment ça va se passer. Vous parlez au magnétophone. Puis je transcrirai vos paroles et je les imprimerai, et il faudra que vous les signiez.

Edith prit soudain un air ironique.

— Voyez-vous ça.

Stu ne put s'empêcher de sourire en se hâtant d'aller chez Maude. Cette dernière prépara les cafés en un rien de temps, mais le thé prit un peu plus longtemps.

— Comment va Edith ?

— Plutôt bien, vu les circonstances. Je pense qu'elle a surmonté le choc.

— Tant mieux, dit Maude en hochant la tête. Imaginez-la en train de trouver ça…

La nouvelle s'était déjà répandue, comprit Stu.

— Vous avez entendu parler d'autre chose ?

— Si quelqu'un sait qui est la victime, il n'en parle pas.

— C'est tout aussi bien. Elle préférera être tranquille, du moins pour un moment.

De retour au bureau, Stu emporta les boissons chaudes dans la salle de réunion et les distribua. Gage avait l'air affreusement fatigué, remarqua-t-il. Edith sirota son thé.

— Maude sait exactement comment le faire, remarqua-t-elle de nouveau. Il faut encore que je vous donne d'autres détails ?

— J'en ai peur, répondit Gage.

Se penchant en avant, il mit en marche le magnétophone, donna son nom et celui de Stu, puis demanda à Edith de s'identifier.

— Vous pouvez nous parler de la manière dont vous avez trouvé la victime ?

— Vous devriez demander à Bailey, dit-elle. Je ne l'aurais jamais vue sans lui. Mais il a commencé à se hérisser dès que nous sommes entrés dans le parc. Il n'arrêtait pas de tirer sur sa laisse. Ensuite, il a voulu aller dans ce bosquet, et quand j'ai essayé de l'en empêcher, il a failli me déboîter le bras. Impossible de l'arrêter. J'ai dû le suivre, même si franchement, à mon âge, j'ai peur de faire une chute. En tout cas, j'ai vu ce que j'ai pris pour un tas de chiffons. Ensuite, j'ai compris que ce n'était pas ça. Et je vous ai appelés. C'est tout.

Stu nota que sa main s'était mise à trembler quand elle avait commencé à parler. De peur que le liquide ne jaillisse hors du gobelet, il le lui prit des mains et le posa sur la table.

— Jusqu'à ce que les tremblements cessent, dit-il.

— Je n'avais pas remarqué. Merci.

La femme violée n'était pas la seule victime, songea Stu. La malheureuse qui l'avait découverte l'était tout autant. Les prochaines seraient la famille et les amis, quand ils l'apprendraient. Mais Edith avait absorbé le pire.

— Vous vous rappelez autre chose ? demanda Stu. Je sais que vous avez eu un choc, mais pouvez-vous fermer les yeux et repenser aux alentours ? Bailey s'agitait, avez-vous dit.

Edith acquiesça.

— Ça ne lui ressemblait pas du tout.

Elle baissa les paupières. Stu s'en voulait de lui demander ça, d'autant plus que son souhait était sans doute de tout oublier. Edith inspira profondément mais garda les yeux fermés.

— J'aimerais être Bailey. Ou qu'il puisse parler. Il a sans doute remarqué beaucoup plus de choses que moi.

— C'est le propre des chiens, remarqua Stu. Ils peuvent vous mener vers un problème, mais ils ne peuvent pas en parler.

Edith se détendit assez pour lâcher un petit rire fragile.

— C'est formidable, n'est-ce pas ? Je suis surprise qu'il ne m'ait pas entraînée *loin* du parc.

— J'imagine qu'il ne pensait pas que vous aviez besoin d'être protégée, déclara Gage.

— Je n'en ai pas besoin, dit fermement Edith. Je sais prendre soin de moi.

— Manifestement, intervint Stu. Vous l'avez fait ce matin.

Edith soupira encore et ouvrit les yeux.

— Tout ce que j'ai vu, c'est cette pauvre femme allongée sur un tas de chiffons sanglants. Maintenant que j'ai surmonté le choc, j'aimerais tuer quelqu'un. Vous m'arrêterez si je le fais ?

Gage esquissa un sourire.

— Peut-être pas, si vous vous en prenez au bon type.

Edith referma les yeux.

— Les hommes ! dit-elle avec dégoût. Et vous savez que c'est un homme. Je n'ai rien entendu, alors ça a dû se passer avant que j'atteigne le parc. C'est tellement silencieux à cette heure-là. Il faisait froid aussi. L'air froid fait voyager le son.

Gage gribouilla quelque chose sur le bloc devant lui.

— C'est une bonne information, dit-il d'un ton encourageant. Cela nous aide à définir l'heure.

— Ah bon ?

Edith baissa la tête, et les deux hommes restèrent silencieux. Il était clair qu'elle repensait aux détails.

— Eh bien, j'ai quitté la maison une demi-heure avant d'atteindre le parc.

Elle releva la tête.

— Je le sais parce que cela nous prend toujours du temps pour arriver jusque-là. Bailey aime lire le courrier.

— Lire le courrier ? répéta Gage.

Stu se retint de rire.

— Il musarde beaucoup ? demanda-t-il.

— Devant chaque buisson, lampadaire ou borne d'incendie. Il surveille de près le quartier et laisse quelques-uns de ses propres messages en retour. Il a son trajet et il n'aime pas en dévier. En tout cas, nous sommes partis exactement une demi-heure avant d'arriver au parc. Normalement, il lambine en route, mais pas ce matin. Il était en mission.

— On dirait bien, commenta Gage.

— Et je n'ai rien entendu, sauf une voiture ou deux au loin. Oh ! et quelques camions sur l'autoroute, qui s'arrêtaient au routier. De toute façon, des bruits normaux. Et je n'ai rien vu de bizarre.

Gage se pencha en avant pour éteindre le magnétophone.

— Merci, Edith.

Elle leva sa tasse, prit une gorgée de thé et observa sa main. Solide comme le roc. Cela parut lui faire plaisir. Puis elle se raidit et son regard s'assombrit.

— Si, il y avait quelque chose de bizarre.

Les deux hommes se penchèrent en avant, et Stu sentit son cœur accélérer.

— Les oiseaux, dit-elle. Il y en a toujours quelques-uns qui commencent à chanter avant que le soleil se lève. Je me suis demandé pourquoi ils ne faisaient pas leur raffut habituel. Cette ville était aussi silencieuse qu'une tombe.

Gage n'avait pas encore éteint le magnétophone.

— À quoi pensez-vous, Edith ?

— Que cet homme dégoûtant a fini sa besogne juste avant que j'arrive. Les oiseaux, ils savaient que quelque chose n'allait pas.

Les oiseaux, pensa Stu en raccompagnant Edith et

Bailey à la porte. Il offrit de les escorter jusque chez elle, mais Edith refusa.

— J'ai besoin de marcher, lui dit-elle. Nous en avons besoin tous les deux. Si vous pensez que ça n'a rien fait à Bailey, vous vous trompez. La truffe pleine d'une odeur de sang et de souffrance. Oui, nous avons besoin de marcher.

Il resta là une minute, la regardant s'éloigner. La tête de Bailey pendait. Pour la première fois, l'idée lui traversa l'esprit que ce crime avait aussi affecté l'animal. Il avait entendu parler de chiens qui étaient déprimés à la suite de choses comme ça.

Il tourna les talons pour rentrer, pensant aux oiseaux. Edith avait peut-être défini le laps de temps durant lequel le criminel avait opéré. Ou peut-être avait-elle sauvé la vie de la jeune femme. Impossible de le savoir. Le dernier viol avait été brutal, mais il n'y avait pas de preuve d'intention de tuer.

Jusqu'à aujourd'hui. Ils avaient de quoi s'inquiéter, désormais.

Kerri s'était attardée sur les lieux. La victime avait été emmenée depuis longtemps et les flics travaillaient à l'intérieur du parc. « Rien à voir, circulez ! » Mais beaucoup de gens n'avaient pas bougé. Ils parlaient à mi-voix, comme s'ils étaient à un enterrement. Ils étaient inquiets. Certains, surtout les femmes, avaient peur. Ils se réconfortaient par le nombre. Une grande partie d'entre eux semblaient être des voisins ou des amis. Elle se sentait étrangère à eux, et espérait qu'elle ne les dérangeait pas en restant aussi. Mais elle voulait entendre ce qu'ils avaient à dire.

Elle traîna donc par là, se joignant aux conversations quand cela lui semblait approprié. La présence de Snowy était très utile, attirant une attention bienveillante et la faisant peut-être paraître inoffensive.

En tout état de cause, alors que la matinée était encore jeune et que la foule avait à peine commencé à se disperser, un homme s'approcha d'elle. Il semblait avoir un peu plus de quarante ans, peut-être cinquante, était aussi mince qu'un fil et d'un abord assez amical.

— Beau chien, que vous avez là, remarqua-t-il.

— Merci.

Elle attendit, se demandant ce qu'il lui voulait. Elle n'était plus sûre de sa capacité à déchiffrer les gens.

— Vous connaissez cet adjoint ? s'enquit-il. Stu Canady ?

— Oui, je le connais.

— C'est ce que j'ai pensé, à la manière dont il vous parlait. Ça ne vous ennuie pas de vous mettre à l'écart avec moi ? J'ai besoin de vous dire quelque chose, mais je ne veux pas que toute la ville le sache.

Elle s'éloigna un peu avec lui et demanda :

— Vous pensez être en danger ?

— J'en doute, mais on ne sait jamais.

Il regarda autour d'eux pour s'assurer que personne ne les écoutait puis lui fit face.

— Voilà : je souffre d'insomnie. Je me suis fait mal au dos il y a plusieurs années, en déplaçant des balles de foin. Les médecins veulent m'opérer, mais il n'est pas question que je les laisse poser un bistouri sur moi. Peu importe, de toute façon. Le truc, c'est que j'étais debout cette nuit, regardant par la fenêtre de ma chambre et souhaitant pouvoir dormir comme tout le monde.

— Je comprends ça, dit Kerri.

— Je parie que oui, lança-t-il avec un regard à Snowy. Je ne m'apitoie pas sur mon sort, notez bien. Je pourrais être à la place de cette femme qui a été agressée ce matin ou celle d'il y a quelques jours. De toute façon, je ne suis pas sûr que ce soit utile, mais vous pouvez le dire à Canady pour moi et voir si ça l'est, d'accord ?

— Absolument, monsieur… ?

— webley, comme le revolver. Le shérif me connaît, mais si je vais le voir, tout le monde le saura en un rien de temps. Alors transmettez ça à Canady.

— Pas de problème.

M. webley hocha la tête.

— J'habite juste en face du parc. Là-bas. J'étais là, espérant que le soleil allait se lever plus tôt que d'habitude – vous n'avez pas besoin de me dire combien c'est idiot…

Kerri sourit.

— Jamais je ne ferais ça.

— À un moment, j'ai vu cette dame arriver en joggant. Bon sang, je me suis dit, autrefois je pouvais courir comme elle. Elle n'allait pas vite, mais elle courait comme si elle se sentait bien dans son corps, vous voyez ce que je veux dire ?

— Je vois. Je me sentais comme ça, aussi.

— Oui.

Il émit un petit rire.

Elle avait envie de le remettre sur les rails, mais elle avait l'impression qu'il avait juste besoin de parler. Qu'avait-elle de mieux à faire, de toute façon ? Se préparer à un débat sur le viol avec des jeunes gens dont certains n'avaient sans doute pas encore appris que « non » voulait dire « non ».

— C'était une joggeuse ? C'est utile de le savoir.

— Elle devait avoir du mal à dormir, comme moi.

Un lien instantané, songea Kerri. Cet homme s'était sans doute imaginé un tas de choses sur la victime. Les gens avaient tendance à faire ça.

— Je ne savais pas qui elle était. Il faisait trop noir, et

la rue est mal éclairée. De toute façon, elle a tourné et est entrée en courant dans le parc. Elle n'avait pas peur. Elle ne s'attendait pas à avoir des ennuis. Pourquoi aurait-ce été le cas ? Elle faisait un jogging tranquille. Mais on voyait qu'elle n'avait pas peur. Pas comme si quelqu'un la suivait.

Kerri hocha la tête.

— En tout cas, j'ai remarqué une ombre. Celle d'un homme. Tout en noir. Je crois qu'il portait un masque de ski. Il fait froid la nuit, mais ça a attiré mon attention. Ça me semblait exagéré pour la région.

— Vous devez le savoir mieux que moi. Je suis nouvelle ici, dit Kerri d'un ton encourageant.

Il leva la tête et lui sourit.

— Oui, vous êtes la nouvelle professeure de l'institut universitaire, n'est-ce pas ? J'ai entendu parler de vous. Mais croyez-moi, un habitant de la région ne ferait pas ça. À moins qu'il ait de mauvaises intentions. Vous, vous n'en porteriez pas pour courir à cette époque de l'année.

— Il *courait* ?

— Il courait quand il a tourné derrière elle. Je me suis dit qu'il avait aussi une insomnie. J'ai imaginé qu'il ne la connaissait pas, parce qu'il ne courait pas avec elle. En outre, il courait un peu plus vite. De toute façon, je n'ai pas pensé grand-chose jusqu'à ce que…

Il agita la main en direction de la rubalise.

— À ce moment-là, ça m'a frappé, et je me suis senti idiot. J'aimerais le mettre sur le compte des antidouleur, mais je n'en prends pas. Je hais ces trucs-là. J'ai juste été d'une stupidité extrême.

— Je ne pense pas…

— Moi si. Je voudrais avoir appelé la police. Ici, ils ne vous ignorent pas quand vous dites qu'un type court après une joggeuse sur un sentier, la nuit.

Il leva les yeux comme pour regarder les feuilles agitées par le vent. Le ciel s'était un peu éclairci.

— Le problème, quand on vit dans un endroit comme celui-ci, c'est que vous ne pensez pas aux méchants. Vous savez en général qui ils sont avant qu'ils grandissent. Vous ne pensez pas à des gens comme lui. Vous ne pensez pas que ça pourrait être grave. Jusqu'à ce que cela le soit.

Il se tourna à demi.

— Dites-le à Canady. Je vais rentrer m'allonger. Si le shérif veut me parler, je serai chez moi. Merci de m'avoir écouté.

Il s'éloigna, écouta brièvement quelques personnes, puis disparut dans une maison en face du parc. Il s'était confié, et se sentait peut-être moins coupable.

Kerri contempla les lucarnes du premier étage. Il devait avoir une bonne vue, en effet. Elle devait en parler à Stu.

— Allons-y, Snowy.

Le chien n'avait pas besoin d'encouragement. Il n'aimait guère faire du surplace. Il leva la tête et regarda le parc derrière lui.

— Tout va bien, lui dit-elle pour le rassurer.

Mais elle n'y croyait pas et doutait qu'il y croie aussi.

Stu n'avait pas parcouru deux rues quand il avisa Kerri et Snowy. Il se demanda s'il devait reparler des problèmes que posait l'implication de Kerri dans la scène de crime. Elle avait été policière. Des questions pouvaient émerger quant au fait qu'elle ait subtilement orienté le témoignage d'Edith. Non qu'Edith en ait vu tant que ça.

Il décida de laisser couler. Tout ce que Kerri avait fait était de tenir compagnie à une vieille dame après une expérience choquante. Il s'arrêta et l'appela, lui proposant de la ramener. Il ne faisait pas encore assez clair pour participer à une autre battue. Kerri sourit et agita la main, puis traversa la rue pour monter du côté passager. Snowy se réfugia sur la banquette arrière.

— Comment vas-tu ? demanda-t-il.

— Très bien. Mais je dois te dire quelque chose. Un homme m'a demandé de t'en parler.

Stu se raidit un peu.

— Kerri…

— Je sais, mais je n'ai rien fait. C'est lui qui m'a demandé de te le transmettre.

— Pourquoi t'en a-t-il parlé ?

— S'il était allé voir le shérif, tout le monde l'aurait su.

Il la regarda. Elle lui rendit son regard et reprit :

— Ou parce que, comme tout le monde, il ignore jusqu'où ce type peut aller.

C'était une des principales raisons pour lesquelles il ne voulait pas que Kerri participe à l'enquête. Intéressant, néanmoins, qu'un témoin soit venu la voir. Il survola la rue du regard et fit demi-tour, prenant la direction de l'immeuble de Kerri.

— Tu as un cours et ton trajet sera déjà assez long. Tu veux prendre des cafés en route ? Ensuite tu pourras tout me raconter.

Il le sentait, elle lui en voulait d'être exclue de l'enquête. C'était compréhensible, à sa place, il aurait ressenti la même chose. Il n'en restait pas moins qu'ils devaient faire très attention, parce qu'il ne voulait pas que le criminel pense qu'elle enquêtait. Elle était une femme seule, dans un appartement isolé et un immeuble presque inhabité.

Il était également clair qu'elle attirait les gens. Edith l'avait bien accueillie alors qu'elle était une inconnue pour elle. Puis cet homme s'était senti assez à l'aise pour lui raconter quelque chose dont il ne voulait pas faire part directement au shérif. Si ce genre de choses continuait à se produire, elle allait fouiner partout parce qu'elle ne pouvait y résister.

Il s'engouffra chez Maude pour commander les cafés. Celle-ci lui demanda immédiatement :

— L'un est un *latte*, n'est-ce pas ?

Était-il devenu aussi prévisible ? Il faillit en rire. Kerri et lui étaient seulement amis, mais si Maude avait l'impression qu'ils étaient en couple, cela ne tarderait pas à se répandre. Il se demanda ce que Kerri en penserait.

Elle ne dit pas grand-chose durant le trajet, ce qui donna à Stu un nouveau sujet d'inquiétude. Était-elle en colère qu'il la ramène chez elle ? Il ne pouvait pas l'inviter à se joindre à l'enquête.

Quand ils furent dans son appartement, toutefois, elle parut reprendre son attitude habituelle. Peut-être n'avait-elle fait que réfléchir à ce que l'homme lui avait dit. Inquiet comme il l'était, il voulait entendre son opinion. Cette matinée lui avait aussi donné une bonne idée des raisons pour lesquelles son service l'avait autrefois choisie comme médiatrice et avocate des victimes. Elle avait un contact magique, apparemment.

Ils s'assirent au comptoir avec leurs cafés.

— Alors, qu'est-ce qu'il t'a dit ?

— En plus de me faire savoir que ce ne sont pas seulement les femmes qui ont peur ? Ça a capté mon attention, Stu. Il n'a pas été témoin du crime, mais avoir probablement vu le criminel l'a rendu nerveux.

L'intérêt de Stu crût de quelques degrés.

— Ah bon ?

— Rien d'identifiable. Mais laisse-moi te raconter son histoire. Il est insomniaque. Il habite en face de l'entrée du parc. Il a vu la victime y pénétrer en joggant, puis un homme en noir – garde en mémoire qu'il faisait nuit et que les couleurs sombres pouvaient passer pour du noir.

Stu acquiesça. Il était là, écoutant le rapport de Kerri et pensant au fait qu'il aimait la regarder. Du salon, derrière eux, s'éleva le bruit de Snowy rongeant son os de cuir.

— Il s'est dit que c'était bizarre qu'un type porte un masque de ski, continua-t-elle, mais il n'en a rien conclu. Il n'a rien déduit non plus du fait le type entre dans le parc juste après la joggeuse. Il courait un peu plus vite qu'elle, m'a-t-il dit, et il a pensé qu'ils n'étaient pas ensemble.

Stu hocha la tête.

— Ce qui veut dire que l'homme était assez loin.

— Le nom de l'homme est webley. Le shérif le connaît, je crois. Tu pourrais lui parler parce qu'il semble avoir vu plus de choses qu'il ne croie. Mais je n'ai pas besoin de te le dire.

Non, en effet. C'était courant dans les enquêtes criminelles. Comme Edith avec le chant des oiseaux le matin même. Des choses qui ne semblaient pas importantes, jusqu'à ce qu'elles le deviennent.

— Il a dit à quelle heure ?

— Non, je n'ai pas insisté. Je me suis dit que vous le feriez.

— Je suis impressionné. Tu te maîtrises mieux que moi.

L'expression de Kerri se fit ironique.

— Je t'ai entendu ce matin. Je sais que tu as raison. Mais quand les gens viennent me parler, je ne les repousse pas.

On y était. Sa déclaration de guerre personnelle. Elle était peut-être exclue de l'enquête, mais si des gens lui parlaient, elle en ferait très bientôt partie.

— Tu vas parler des viols au moindre prétexte, n'est-ce pas ?

— Pourquoi pas ? Tout le monde le fait. J'ai des compétences, Stu. Tu ne peux attendre de moi que je les oublie. Je comprends que je ne peux plus être policière, mais j'utiliserai mon savoir-faire chaque fois que je le pourrai. Crois-moi, je n'interférerai pas dans ta précieuse enquête.

Waouh, pensa-t-il. Elle tirait à boulets rouges, maintenant.

Kerri se leva et se mit à arpenter le petit salon. Snowy leva la tête et, décidant que tout allait bien, se remit au travail.

— As-tu au moins une idée de ce que ça me fait ? lança Kerri. J'ai travaillé sur des affaires comme celle-ci. J'ai été formée à interroger la victime et à questionner les témoins. Je n'ai pas seulement fait office de médiatrice dans des violences familiales, j'ai aidé à résoudre des affaires de viol. Je sais que je ne peux plus le faire maintenant, mais je ne suis pas obligée d'aimer ça.

— Bien sûr que non.

Son cœur se serra à l'idée de tout ce qu'elle avait perdu. Elle essayait de renaître de ses cendres, et le genre d'affaire qu'elle connaissait en long et en large se produisait sous son nez. Il avait une assez bonne idée de ce qu'il ressentirait dans ce cas.

— J'espère que tu comprends ma position, ajouta-t-il.

— Oui. J'ai dit que je n'interférerai pas. Mais si des trucs tombent du ciel, je te les transmettrai et je les assumerai si je dois.

— Les assumer ? Que veux-tu dire ?

— J'en ferai le suivi, dit-elle.

Ses yeux lançaient des flammes. Évidemment, c'était lui qui avait entamé la bataille. À cet instant, Snowy se leva et vint toucher la cuisse de Kerri. Deux fois, parce qu'elle ignora la première. Elle baissa alors les yeux sur lui.

— Oh non.

Elle posa rapidement son café et s'assit dans le fauteuil.

— Tu peux partir, dit-elle à Stu. Tout ira bien dans une minute ou deux.

Puis son esprit s'absenta. Il l'avait déjà vu une fois, mais son changement d'expression était frappant. Une terrible froideur semblait se répandre sur ses traits.

Au lieu de partir, il attendit. Il ne voulait pas qu'elle s'imagine qu'il fuyait ses crises. Une affreuse tristesse s'empara de lui. Pour elle. Il aurait fait n'importe quoi pour la libérer de ce fléau. Mais tout ce qu'il pouvait faire, c'était attendre son retour.

Kerri haïssait le moment où elle sortait d'une crise, au moins autant qu'elle haïssait les crises elles-mêmes. Le sentiment momentané de confusion, comme si elle avait atterri sur une planète étrangère. C'était moins troublant si rien n'avait changé, mais tout de même irritant, parce que l'incertitude dominait.

Elle avait toujours besoin de se réorienter, comme si elle avait remonté le temps ou l'espace. Parfois elle ne remarquait rien, sauf une brève confusion, comme si elle avait perdu le fil de ses pensées. D'autres fois, c'était beaucoup plus dur. Oh ! c'était difficile à expliquer, même à elle-même. Elle regarda autour d'elle, rassemblant ses pensées, essayant de se rappeler ce qu'elle faisait, s'assurant que son monde n'avait pas trop changé.

Eh bien, *quelque chose* avait changé. Snowy avait la tête sur sa cuisse. Instinctivement, elle posa la main sur son encolure. Le chien la stabilisait, il lui facilitait le retour. Puis elle vit Stu, un coude sur le comptoir, qui attendait.

— Désolée, dit-elle automatiquement.

— Aucune raison de l'être. Ne t'excuse pas.

Elle baissa la tête, regardant Snowy. Stu ne voyait-il donc pas dans quel état elle était ? Que plus rien n'était normal et ne pourrait plus jamais l'être ? Elle se sentait inutile de tant de façons qu'elle avait l'impression de devoir s'excuser de son existence même. Puis elle comprit autre chose.

— Tu es resté assis là à me regarder ?

— J'attendais, dit-il d'un ton égal. Tu voulais que je disparaisse pendant que tu étais ailleurs ?

— Je déteste qu'on me voie comme ça. Oh ! j'aimerais tellement pouvoir arrêter ça.

— Qu'est-ce que tu vas faire ? Devenir ermite ?

— J'aimerais bien.

— J'en doute. Tu t'es mêlée à la foule ce matin et tu as obtenu des informations en parlant à un inconnu. Je peux te garantir que tu ne veux pas vivre dans une grotte et, franchement, je t'admire.

— Moi ? dit-elle, stupéfaite.

— Oui, je t'admire. De commencer une nouvelle vie malgré ton espèce de handicap.

— *Espèce* ?

Bouche bée, elle se demanda si la colère qui frémissait en elle allait déborder. Elle savait que son émotion sous-jacente était la rage, pas l'autoapitoiement.

— Une espèce, répéta-t-il. Tu enseignes. Tu fourres ton nez dans une enquête. Peut-être est-ce seulement pour le bien du chien, mais tu te promènes et tu tombes sur des gens. Tu n'es pas du genre à te cacher, Kerri.

— Comment le sais-tu ?

Boudait-elle, comme une enfant ?

— J'ai passé assez de temps avec toi ces dernières semaines pour me former une opinion, et je pense que tu es remarquable. Et belle, aussi.

— On s'en fiche, de quoi j'ai l'air !

Maintenant, elle savait qu'elle se comportait comme une

gamine. Elle savait aussi ce qu'elle ne voulait absolument pas : une relation qui dépasse le cadre de l'amitié. Belle ? Était-ce un avertissement ?

Il changea brusquement de sujet, comme s'il avait senti qu'il allait dans la mauvaise direction.

— Ils ont essayé tous les médicaments possibles, n'est-ce pas ?

— Oui. J'en ai deux, les seuls qui marchent. Avant j'avais huit ou dix crises par jour. Maintenant, elles sont plus rares.

— C'est bien.

— Vraiment, dit-elle avec sarcasme. Je ne peux pas conduire. Tu as dû rameuter tes collègues pour que je ne gèle pas sur pied en allant au campus. Tu crois que ça me plaît ?

— Tu n'as pas besoin d'aimer ça. Il y a beaucoup de choses que nous n'aimons pas, mais qu'il faut affronter de toute façon.

Il fronçait les sourcils, maintenant, et elle commençait à culpabiliser de son attitude. Stu n'avait fait preuve que de gentillesse envers elle, jusque-là. Il ne méritait pas qu'elle le prenne pour cible de sa colère. De son insatisfaction.

Il resta silencieux, buvant un café qui devait être froid. Il la laissait seule avec sa laideur.

Cela marcha. Quelques minutes plus tard, elle émergea de son humeur massacrante et reconnut que ce qu'elle ne voulait surtout pas, c'était que Stu voie ses crises. Mais elle n'avait pas à répéter qu'elle était désolée. Il lui répondrait de cesser de s'excuser.

— Tu ne gobes pas mes âneries, hein ? Merci.

Il esquissa un sourire.

— Ce ne sont pas des âneries. Mais je ne peux pas faire grand-chose pour les casseroles que tu trimballes.

— Personne ne le peut.

Maintenant, la dépression tentait de s'installer. Elle caressa Snowy sur la tête, et il retourna à son os. Elle se leva.

— Tu dois sans doute retourner au travail. J'ai entendu Gage dire qu'il voulait chercher avec une meilleure lumière.

— Oui. À tout à l'heure ?

Il se leva aussi.

— Le cours ne sera pas fini avant 17 heures.

— Je m'en souviens. Je te rejoindrai à ton bureau.

Puis il la stupéfia en la serrant dans ses bras.

— C'est dur de s'adapter. Mais tu y arriveras.

Cette étreinte lui laissa une étonnante sensation de chaleur. Le corps musclé de Stu semblait s'être imprimé sur le sien. Elle aurait aimé que cela se prolonge. Mais non. Elle n'avait pas le droit de s'attacher puisqu'elle ne représentait qu'un fardeau.

8

Stu retourna enquêter. Il était navré que Kerri se soit sentie gênée de ses réactions. Elle avait le droit d'éprouver tout ce qu'elle éprouvait.

Après tout, elle avait vécu la vie de son choix jusqu'à ce qu'un abruti tire sur elle. Elle n'avait pas mérité ça. Ce type avait emporté une part essentielle de sa vie. L'avait changée irrévocablement. Il y avait de quoi être très en colère. Et Stu s'était montré intrusif en arrangeant des trajets pour elle sans la consulter. Elle aurait sans doute dit « comme un homme ». Oui, il avait tendance à résoudre les problèmes, mais cela ne voulait pas dire qu'il pouvait lui marcher sur les pieds. Eh bien, il l'avait fait, et il en supporterait les conséquences. Pas d'esquive. Il espérait juste que les conséquences ne seraient pas trop graves. Parce que, qu'elle le veuille ou non, Kerri commençait à tenir une grande place dans son cœur. Peut-être pourraient-ils mettre certaines choses à plat quand ils se reverraient.

Dix minutes plus tard, il rejoignit Gage et les policiers qui cherchaient des indices. Il était extrêmement rare qu'un criminel ne laisse rien derrière lui, et maintenant que le soleil filtrait à travers les arbres, il était possible qu'ils trouvent ce qu'ils cherchaient sous les feuilles mortes.

Il parla à Gage de webley. La réponse du shérif fut pensive.

— J'imagine qu'il faudra envoyer quelqu'un lui rendre une visite discrète. On n'a pas entendu parler de cela quand on a interrogé les voisins. Intéressant, qu'il ait demandé à Kerri de t'en parler. Et intéressant que les hommes commencent aussi à s'inquiéter.

— Tout le monde pourrait devenir une cible, si le criminel pense qu'ils savent quelque chose.

— Oui.

Gage contempla le ciel au-dessus d'eux.

— J'aimais l'automne, autrefois.

Stu ne releva pas. Le passé de Gage à l'agence antidrogue était affreux, et il soupçonnait que sa remarque y était liée. Il ne voulait pas être indiscret.

Les recherches se révélèrent d'abord vaines. Ils fouillèrent surtout les zones éloignées de l'endroit où la victime avait été violée. Le violeur avait dû se soustraire à sa vue la plupart du temps, autrement elle aurait accéléré et il n'aurait pas pu la rattraper.

Stu soupçonnait que la plupart des femmes de la ville, et même de tout le comté, se méfieraient désormais des hommes la nuit.

Il examina la partie boisée du parc, qui n'était pas énorme, et se demanda ce qui avait poussé la victime à venir par là. Une recherche de sécurité, peut-être, étant donné l'heure matinale, à moins qu'elle n'y ait pas pensé.

Il savait que la plupart des gens vivaient avec la conviction que rien de mauvais ne pouvait leur arriver. Ils n'auraient pas pu respirer s'ils s'étaient inquiétés tout le temps. Affronter sa propre mortalité brisait littéralement l'illusion de sécurité. Comme les survivants de tornades et de catastrophes. Ils souffraient des années, après cela.

Il soupira. Puis il la vit. Il poussa un sifflement perçant et toute activité cessa dans le bois.

— J'ai une empreinte ! cria-t-il.

En scrutant les feuilles mortes, il vit la trace distincte d'une chaussure de travail, de taille 42 ou 44. Il regarda en direction de la rue et aperçut d'autres feuilles dérangées. Le type avait tourné autour de la victime comme un requin.

— Ça explique pourquoi elle n'a pas été alertée par le bruit de course derrière elle, dit Stu à Gage et Guy.

Les techniciens étaient en train de faire un moulage en plâtre de l'empreinte, et leurs collègues remuaient doucement les feuilles pour essayer d'en trouver d'autres. Elles seraient sûrement brouillées, mais elles pouvaient indiquer le trajet du violeur. À ce stade, n'importe quelle information valait mieux que rien.

— Apparemment, répondit Gage.

— Est-ce qu'on sait qui elle est maintenant ?

— Oui. Elle n'avait pas de papiers d'identité, mais une de ses collègues s'est rendu compte qu'elle était en retard. Elle est allée à l'hôpital après l'avoir appelée en vain.

— Qui est-ce ?

— May Broadwyn, greffière au tribunal. Un des gars de la municipale a dit qu'il l'avait vue courir hier soir. Il allait dans l'autre sens.

Stu eut envie de jurer. Il était sorti avec May quelques fois, même si ça n'avait pas fonctionné entre eux.

— Dans quel état est-elle ?

— Grave. Elle doit être opérée, c'est tout ce que je sais. On pourra peut-être l'interroger en fin d'après-midi.

Stu laissa échapper son juron.

— Oui, répondit Gage. La plupart d'entre nous la connaissons soit professionnellement soit personnellement.

— C'est mon cas, dit Guy. C'est une femme très serviable, très gentille.

Gage croisa le regard de Stu et lui fit signe de le suivre.

— Guy, garde l'œil sur la situation un instant.

— Bien sûr, shérif.

Stu suivit Gage à l'extrémité du bosquet. Il était un peu surpris, mais il ne voulait pas le questionner. Gage lui dirait bien assez tôt ce qu'il lui voulait. Le shérif jeta des regards alentour et parut satisfait que personne ne se trouve à proximité.

— Bon…

— Qu'est-ce qui se passe ?

— Tu connais bien cette Kerri Addison, n'est-ce pas ?

Stu hésita. D'abord Maude, et maintenant son patron.

— Nous sommes amis, je suppose. Des cafés, quelques dîners, c'est tout.

Ce qui n'était pas tout à fait vrai, se dit-il, si on comptait les soirées. Gage leva les yeux au ciel.

— Ce n'est pas ce que je te demande. Qu'est-ce que tu penses d'elle ?

— Elle est brillante. Ancienne avocate des victimes, enquêtrice et médiatrice dans les violences intrafamiliales.

— Épileptique, ai-je entendu dire.

— Oui. Elle a reçu une balle en intervenant dans un cas de violences domestiques. Ça a mis un terme à sa carrière dans la police, mais en dehors de ça, je ne pense pas que ce soit aussi grave qu'elle le croit.

Qu'est-ce que c'était que toutes ces questions ? S'agissait-il de webley ? Stu était sur la défensive.

Gage hocha la tête. Stu le laissa réfléchir. Il avait des picotements sur la nuque. Cette conversation allait forcément quelque part.

— Quelle est la gravité de son épilepsie ?

Stu haussa les épaules.

— Assez grave pour qu'elle ne puisse plus conduire ni être flic. Mais elle a des absences, c'est tout. De trente secondes à deux minutes. Un peu de confusion quand elle revient à elle. On ne croirait pas que quelque chose d'aussi mineur puisse anéantir la vie de quelqu'un. Mais elle ne peut plus interroger de témoins. Si elle avait une absence, elle pourrait rater des choses.

Stu se dit qu'il n'aurait jamais de meilleure opportunité.

— On pourrait peut-être trouver le moyen de la faire travailler. Ça lui manque. Et c'est le genre d'affaire sur lequel elle travaillait.

Gage le dévisagea.

— Tu lis dans mes pensées ?

— Non, je t'écoute. En tout cas, elle est brillante et malheureuse de rester les bras ballants.

Il garda pour lui sa crainte qu'elle ne devienne la cible du violeur. De nombreux criminels agressaient ceux qui étaient susceptibles d'avoir des preuves contre eux. Et ce type devenait de plus en plus violent, une tendance inquiétante.

— Tu te fais du souci pour elle ?

Stu acquiesça et avoua :

— Je ne veux pas qu'elle se fasse remarquer du violeur.

— Ce serait le cas si elle était en uniforme.

— Tu veux la mettre en uniforme ?

Gage secoua la tête en une légère dénégation.

— Je pourrais l'engager comme adjointe, mais pas à plein temps. Je pense qu'elle pourrait écouter les victimes, qui seraient plus à l'aise avec elle. Parle-lui de cette idée et vois ce qu'elle en pense. Je n'ai pas de défenseur des victimes formé dans l'équipe. On n'en a jamais eu besoin avant, pas assez pour justifier une formation et un poste à plein temps. Mais si elle veut nous aider, j'ai de quoi l'occuper. Du moins, pour l'instant.

— D'accord.

Stu était partagé. Il voulait la protéger du danger et avait en même temps le sentiment qu'elle allait de toute façon trouver le moyen de s'impliquer. Elle aurait pu interrompre webley et l'adresser à la police, mais elle ne l'avait pas fait.

Il n'avait pas le droit de la priver de ce dont elle avait si manifestement besoin. Mais cela ne voulait pas dire qu'il aimait ça.

Lorsqu'elle sortit des bureaux du campus, Kerri fut surprise de trouver Stu en train de l'attendre. Elle n'avait pas été très agréable avec lui le matin. Elle n'aurait pas été surprise qu'il prenne ses distances.

Mais elle était ravie de le voir. Elle l'aimait beaucoup. Malheureusement, elle était aussi attirée par lui d'une manière qui la déstabilisait. Quel homme aurait envie de se charger d'une femme dépendante d'un chien d'assistance ?

Snowy avait reconnu le SUV, car il agita la queue. Comme toujours, il ne la quittait pas d'un pas, mais il était content de voir Stu.

La nuit tombait et l'air était glacial. Stu descendit de voiture et leur ouvrit la portière passager. Il était de nouveau en civil.

— Salut ! Tu as l'air d'avoir déjà froid.

Son expression amicale la fit sourire en retour.

— Je suis une frileuse fille du Sud.

— Ça ne durera pas. Du moins, pas longtemps.

— J'espère que non.

Il reprit place derrière le volant, démarra et prit la direction de la ville. Kerri supposa qu'ils allaient chez elle et se demanda si elle devait l'inviter à dîner. Son esprit passa en revue les possibilités. Elle n'avait pas vraiment fait les courses pour deux. Il répondit à sa question avant qu'elle la formule.

— Tu aimes les sandwichs garnis ?

— Oui.

— Alors passons au supermarché. À cette heure-là, le rayon traiteur fait un délicieux sandwich de dinde ou de rôti de bœuf.

— Bonne idée.

Elle commença à saliver rien que d'y penser.

— Je connais tous les endroits où je peux me nourrir sans avoir à cuisiner. Mais je devrais apprendre à faire davantage que réchauffer un plat congelé.

Elle le regarda, soulagée qu'il semble avoir oublié la matinée. Elle lui devait des excuses, néanmoins.

— Je suis sûre que tu sais faire plus que ça.

Il lui adressa un grand sourire.

— Ne me mets pas à l'épreuve, tu pourrais le regretter.

Elle se mordit la lèvre, se demandant si elle devait parler de ce qui s'était passé, puis décida d'attendre. Pour l'instant, ils allaient chercher à dîner.

Elle commanda un sandwich à la dinde avec tout ce qu'il fallait : fromage, tomate, poivron vert, laitue, oignon… Oh oui, elle était impatiente de mordre dedans. Stu choisit un sandwich au rôti de bœuf.

— Tu veux manger chez moi ou chez toi ? demanda-t-il lorsqu'ils remontèrent en voiture.

— Chez moi, s'il te plaît.

— Pas de problème. Je peux te promettre quand même que tu n'as pas à t'inquiéter du désordre chez moi. L'armée m'a appris à tout ranger au carré.

— Ce n'est pas ça, dit-elle. Je suis juste plus à l'aise chez moi. Au cas où.

— Bien sûr, c'est naturel. Comment s'est passé ton cours aujourd'hui ?

— Comme je m'y attendais. Un débat sur le viol, les condamnations et la manière dont on traite les femmes durant les enquêtes. De près ou de loin, nous avons évoqué tous les aspects. Et ça n'avait rien de léger. Il y avait beaucoup d'intensité, probablement parce qu'ils connaissent tous Sandra Carney. La foudre est tombée tout près, cette fois.

— J'imagine. Est-ce qu'il y en a eu pour défendre le viol entre partenaires ?

— Je m'y attendais, mais il n'y a eu qu'un seul étudiant, et il s'est calmé quand je lui ai suggéré qu'il prenne un « non » pour un « non », à moins qu'elle ne dise en autant de mots que ce n'était pas ce qu'elle voulait dire.

— Ah, bon sang.

Il soupira.

— C'était un problème dans l'armée aussi. Bien trop prégnant, si tu veux mon avis. Comme si les gars pensaient que les femmes sont leurs jouets personnels.

— N'est-ce pas ce que nous sommes, bien souvent ?

Il s'arrêta devant l'immeuble et coupa le moteur.

— Mais c'était un bon débat, dans l'ensemble ?

— Meilleur que je ne m'y attendais. Il n'y a eu qu'une note acide. Mais j'avais anticipé la plupart des difficultés. Le fait de connaître les victimes l'a rendu peut-être plus réaliste. Ils semblent tous connaître May, aussi.

— Elle a grandi ici.

Quand ils furent chez elle, elle sortit des assiettes et des serviettes en papier, et lui demanda s'il voulait une bière.

— Volontiers. Merci.

Ils s'installèrent au bar, tandis que Snowy jouait avec

sa balle de tennis. Le bruit donnait un sentiment de familiarité à Kerri. Elle aimait ce chien.

La conversation reprit, serpentant d'un sujet à l'autre. Stu parla de nouveau de Cadell, en suggérant de lui rendre visite, peut-être le week-end prochain.

C'était optimiste, songea Kerri. Comme s'il était exclu qu'il y ait un autre viol. Elle soupçonnait que Stu n'y croyait pas lui-même. À moins qu'ils ne découvrent quelqu'un qui en voulait particulièrement à Sandra, deux viols d'affilée pointaient dans le sens d'un violeur en série. Ils auraient probablement affaire à un troisième viol avant longtemps. Elle avait terriblement envie d'épingler ce type avant qu'il récidive.

Comme ils finissaient de manger, Stu changea de nouveau de sujet.

— Gage veut que je te demande quelque chose.

Le cœur de Kerri accéléra. Était-il contrarié qu'elle ait parlé à webley ? Ou qu'elle ait échangé avec Edith ?

— Quoi donc ? questionna-t-elle, craignant d'entendre qu'elle avait marché sur les plates-bandes du shérif. J'ai fait quelque chose de mal ?

— Non, sérieusement. Gage a eu une idée.

Elle tourna la tête pour le dévisager, son sandwich oublié. Elle sentit Snowy s'approcher d'elle et pensa : *oh mon Dieu, non. Pas encore une crise.*

— Il a été impressionné par le fait que webley s'adresse à toi, alors qu'il ne voulait pas aller voir la police. Et aussi qu'Edith se soit tournée vers toi.

— Alors je ne suis pas tombée en disgrâce ?

— Non.

Stu pivota sur son siège pour la regarder.

— Il veut te nommer adjointe. Pour quelque temps.

Kerri resta bouche bée. Son cœur sauta un battement.

— Quoi ? dit-elle d'une voix rauque. Tu plaisantes ?

— Je suis très sérieux. Il ne peut pas se permettre de former et payer une défenseure des victimes, parce que ce genre de choses est loin d'être la routine. C'est une petite ville, ajouta-t-il en manière d'explication.

Elle le dévisageait, se noyant presque dans ses yeux gris-vert.

— La question est : es-tu prête à cela ? N'oublie pas que tu pourrais attirer l'attention du violeur en passant du temps avec les victimes. Il pourrait te voir comme une menace.

Elle hocha la tête, essayant de déchiffrer son expression.

— Tu n'es pas content.

— Je suis inquiet, c'est différent. Tu n'es pas armée, Kerri. Et tu n'auras pas d'arme juste parce que tu deviens adjointe. Il faudrait d'abord passer une habilitation.

— Je ne peux pas, dit-elle sans ménagement. En fait, je ne veux pas avoir de pistolet. Ce ne serait pas sûr.

— C'est pourquoi je m'inquiète.

Elle fronça les sourcils, désireuse de sauter sur l'occasion, mais reconnaissant que les inquiétudes de Stu étaient légitimes.

— Je ne suis pas sans arme, dit-elle lentement. J'ai une matraque télescopique. Je sais m'en servir.

— Tu pourrais acheter un spray au poivre, aussi.

— Non. Impossible à cause de Snowy.

— D'accord. Je suppose que ça veut dire que tu acceptes. Tu veux y réfléchir ? Je veux dire, cela t'occupera tellement que tu n'auras plus beaucoup de temps pour toi. Il y a déjà deux victimes, et Gage espère qu'elles se sentiront plus à l'aise avec toi. Nous avons d'autres femmes dans nos effectifs, mais…

Elle avait pris sa décision et elle l'interrompit. La joie la submergeait, malgré la gravité de la tâche qui l'attendait. Elle sauta de sa chaise et étreignit Stu.

— C'est toi qui lui as donné cette idée, n'est-ce pas ? Oh ! je suis si heureuse !

Elle pencha la tête pour le regarder et vit le désir poindre dans son regard. Il la désirait. C'était un problème, parce qu'elle le voulait aussi. Elle recula vivement, repoussant la pensée de ces bras musclés autour d'elle, de l'effet que lui ferait un baiser.

Se rasseyant, elle dit :

— Je le ferai aussi longtemps que nécessaire, Stu. Et ne t'inquiète pas pour moi. Je connais un tas de moyens de m'occuper de moi.

Elle savait aussi qu'une minute d'inattention pourrait lui coûter cher. La vie, peut-être. Parce que le violeur était en liberté et qu'elle-même était pratiquement seule. Elle s'en fichait. La vie qu'elle vivait la laissait insatisfaite. Désormais, elle avait un travail important à faire.

Stu vit sa joie et souhaita pouvoir se réjouir autant qu'elle. Mais il était soucieux. Parce qu'elle pouvait attirer l'attention du violeur, oui, mais aussi à cause de ses absences. Dans ces moments-là, elle était totalement sans protection, à moins que Snowy attaque.

Mais il ne pouvait empêcher Kerri de faire ce qu'elle voulait. Il ne doutait pas qu'elle trouverait le moyen d'avoir des conversations à propos des viols. Et si elle en entamait une avec le violeur ? Au moins, avec un badge, elle serait l'une d'eux. Cela suffirait peut-être à la protéger.

Il n'y avait pas de solution parfaite, se dit-il. Mais il voyait le changement qui s'opérait chez elle. Elle s'était redressée et portait la tête plus droite. Son visage s'était détendu.

C'était ce qu'elle voulait. Il espérait seulement qu'aucun d'eux ne le regretterait.

Ivan alla faire un tour au parc ce soir-là. Il faisait de nouveau sombre. L'obscurité lui donnait toujours un plaisir secret. La rubalise était restée en place, et il vit quelques policiers aller et venir. Il doutait qu'ils aient trouvé quoi que ce soit, car il était excessivement prudent. Il remarqua toutefois que les femmes flics présentes dans la journée étaient parties. Ça pouvait ne rien signifier comme cela pouvait indiquer des précautions. Il aurait aimé s'en accorder le crédit.

Il aurait adoré assister à l'enquête de l'intérieur. Mais c'était impossible. Il savait que les flics ne discutaient jamais d'une enquête en cours. Même avec leurs conjoints, avait-il entendu dire. Il se demandait ce que disaient ses victimes. Elles ne devaient pas avoir grand-chose à offrir. Elles n'avaient pas vu son visage et à peine entendu sa voix. Il songea que la seule chose qu'elles avaient retenue était son couteau. Elles n'avaient pas pu le manquer.

L'une d'elles était dans le coma. La nouvelle s'était répandue partout. L'autre allait sortir de chirurgie et serait trop dans les vapes pour qu'on l'interroge. Non que cela ait de l'importance, se rassurait-il. Il était intelligent et avait prêté grande attention à son cours sur les preuves matérielles.

Mais la pression montait. Trop tôt, se dit-il. Il avait essayé d'apaiser ses pulsions en repérant une autre femme. La dernière fois, un fruit mûr pendait de l'arbre, s'offrant à lui. La prochaine fois, ce serait différent.

Il avait besoin de savoir qui était seule la nuit et quand, qui était jeune et brune, son type préféré. Beaucoup de femmes correspondaient à cette description. Enfin, suffisamment de femmes.

Il fit halte pour regarder les flics, puis repartit. Il ne voulait pas être remarqué. Le lieu commun selon lequel les criminels revenaient toujours sur les lieux de leur crime… Cela l'inquiétait assez pour le faire bouger.

Il devait en savoir plus sur la femme qui parlait à la vieille Jasper. Elle était avec un chien d'assistance, ce qui voulait dire qu'elle ne représentait pas un risque. Mais comment s'était-elle rapprochée de cette Edith ? Pourquoi l'avait-on laissée rester à l'intérieur de la zone délimitée ?

Il savait qu'elle enseignait à l'institut universitaire. Il allait la chercher sur leurs pages web. Il ne se souvenait pas de l'avoir vue sur le campus lorsqu'il était étudiant. Cela voulait dire qu'elle était nouvelle. Oui, il devait la retrouver. Une nouvelle pouvait constituer une menace. Quelqu'un qui ne voyait pas les choses comme tout le monde. Qui pouvait repérer un détail que personne n'avait vu.

Il avait vécu quelques années dans cette ville, après que sa mère l'avait ramené avec elle, à l'âge de quatre ans. Il avait détesté perdre son père, mais cela n'avait plus beaucoup d'importance. L'important, c'était que tout le monde avait cru le connaître. Le pauvre petit Raspin. Il avait été tellement heureux quand sa mère et lui avaient déménagé dans l'Idaho.

Mais il n'avait plus rien de « pauvre ». Il détenait un pouvoir immense. C'était l'une des choses qu'il prenait aux femmes. Bien sûr, il adorait leur peur, les picotements que cela lui donnait. Par-dessus tout, elles lui conféraient du pouvoir avec leurs cris et leurs regards terrifiés.

Le matin suivant, Kerri marcha jusqu'au bureau du shérif. Stu s'était excusé de ne pouvoir l'accompagner en voiture et avait suggéré de faire appel à un autre adjoint. Mais elle préférait marcher avec Snowy. Ils en avaient tous deux besoin, et il ne se passerait sans doute pas bien longtemps avant qu'ils doivent écourter leurs promenades à cause de la météo.

Le bureau du shérif était en centre-ville, pas très loin de chez Maude. Une belle éclaircie lui permit d'atteindre rapidement les faubourgs. L'idée d'être engagée comme adjointe lui donnait envie de regarder vers l'avenir. La proposition de Gage avait dissipé sa morosité. Elle espérait que cela allait durer. Elle s'arrêta chez Maude pour prendre un café.

— Qu'est-ce qu'aime le shérif ? demanda-t-elle à Maude.

— Grand café corsé, répondit celle-ci. Un *latte* pour vous ?

Cinq minutes plus tard, elle traversa un carrefour. Il n'y avait qu'un seul feu de circulation dans toute la ville. Sérieusement. Et la nuit, il clignotait.

Gage était sur le point d'entrer dans son bureau quand il la vit. Il sourit, autant que possible avec la cicatrice qui lui barrait la moitié du visage. Quelqu'un raconterait un jour cette histoire à Kerri, mais ce ne serait pas lui.

— Bonjour, shérif. Un café ? dit-elle en lui tendant le gobelet.

— Vous me sauvez, Kerri. Je peux vous appeler Kerri ?

— Bien sûr.

Elle sourit. Elle ignorait si c'était Stu ou Gage qui était à l'origine de cette chance inattendue, mais elle se sentait plus légère que d'habitude.

— Alors appelez-moi Gage. Allons dans la salle de réunion.

Elle sentit des regards assez amicaux se poser sur elle tandis que Gage, Snowy et elle traversaient la salle de garde. Apparemment les locaux étaient si petits qu'ils n'avaient pas pu créer des bureaux. Tous dans la même salle. Elle se dit que cela devait réduire les intrigues de bureau.

Quand ils furent à l'intérieur, il referma la porte et ils s'assirent de part et d'autre de la longue table. Gage sirota son café et Kerri défit la fermeture Eclair de sa veste.

— Bénie soit Maude, dit-il enfin. Mon estomac lui doit tout. Donc, Stu vous a expliqué ce à quoi je pense ?

— Oui.

— J'ai pris la liberté de demander votre dossier à votre ancienne affectation. Vous avez beaucoup de citations.

Elle se sentit légèrement rougir.

— Ils n'en étaient pas avares.

— Je les ai lues. Vous étiez promise à une formidable carrière. Je suis désolé que vous en ayez été détournée.

C'était une jolie façon de le dire, pensa-t-elle.

— En tout cas, j'ai été témoin de vos interactions avec Edith, et j'ai trouvé intéressant qu'elle soit prête à parler avec vous. J'ai pensé que c'était une affaire de solidarité féminine. Puis j'ai entendu dire que M. webley vous avait approchée. On dirait que les gens vous font instinctivement confiance.

Elle hésita, ne sachant quoi répondre. Son cœur faisait « boum-boum », tandis qu'elle attendait cette offre rêvée. Douloureusement consciente de ses limitations.

— J'ai interrogé Stu. Il m'a expliqué votre situation, mais en dehors de ça, il est très impressionné par vous. Je comprends pourquoi vous ne pouvez plus travailler à plein temps, mais vous êtes qualifiée pour défendre les victimes. J'ai besoin de quelqu'un comme vous, temporairement au moins, mais je me demande dans quelle mesure votre épilepsie vous freine.

Elle noua étroitement les mains. Elle se devait d'être totalement honnête avec cet homme, tout en gardant à l'esprit qu'il s'agissait d'un entretien d'embauche. Ce n'était pas gagné, malgré l'optimisme de Stu.

— Elle me freine, oui, dit-elle. Je vous laisse décider dans quelle mesure. J'ai des absences. Je suis sûr qu'il existe un terme médical pour ça, mais je l'ai oublié. Quoi qu'il en soit, je me fige. Le problème est que je pourrais tout aussi bien être inconsciente. D'une demi-minute à deux minutes. Autant que je sache, aucune crise n'a été plus longue que ça. Quand j'en sors, j'éprouve de la confusion pendant un moment. Le niveau de confusion dépend du nombre de choses qui ont changé dans l'intervalle, mais il y en a toujours.

Combien de fois allait-elle devoir expliquer ça dans sa vie ? Mais les détails semblaient importants, surtout vis-à-vis de ce que Gage comptait faire. Il acquiesça.

— Et votre emploi ?

— En ce moment, je donne trois heures de cours par semaine. Je n'ai pas beaucoup de préparation à faire, parce que j'ai exercé longtemps ce métier. Une heure ou deux, selon le sujet. Cela me laisse beaucoup de loisirs.

Beaucoup trop, songea-t-elle. Elle était lasse de s'occuper avec de longues promenades et des lectures.

— Si vous aviez affaire à l'une de ces victimes de viol, comment géreriez-vous vos absences ?

— En en parlant honnêtement. Ça ne me réjouit pas d'avoir à les expliquer, mais la victime aurait le droit de savoir.

— Pourquoi ?

Il but encore du café et attendit.

— Parce que je n'ai pas l'air très amical quand ça se produit. Parce que je pourrais rater quelque chose. Alors je lui expliquerais comment mon chien me prévient, afin qu'elle reconnaisse l'avertissement, et je préciserais qu'il faudrait qu'elle se répète si cela arrivait. Mais je ne peux pas garantir que quelque chose ne se perde pas en route.

Elle se pencha en avant, manifestant une souffrance qu'elle exprimait rarement.

— Je ne peux pas me faire confiance, lui dit-elle. Vous voulez savoir l'essentiel de ce que je ressens ? J'ai peur de rater quelque chose d'important.

Elle s'adossa à son siège. Ses mains nouées étaient douloureuses. Elle tenta de les détendre. Après ce qu'elle venait de dire, il allait sûrement la congédier, se dit-elle. Qui voudrait d'un flic qui laissait échapper des choses importantes ? Qui ne pouvait pas aller en voiture là où elle le devait ? Ça n'était pas agréable à entendre, mais c'étaient les raisons mêmes pour lesquelles elle avait dû quitter son poste.

Il posa enfin sa tasse.

— C'est à peu près ce que Stu m'a dit, mais avec moins de passion.

Il lui fit un clin d'œil.

— Je me demande bien pourquoi.

Elle fit un effort méritoire pour sourire.

— Bon, d'accord. Si vous voulez le poste, il est à vous. Je n'ai pas besoin de vous dire que ce ne sera pas agréable, mais les victimes ont besoin de quelqu'un comme vous. Vous êtes toujours intéressée ?

La tension la quitta comme un ballon qui se dégonfle.

— Absolument !

Elle aurait pu sauter de joie.

— J'attends un rapport quotidien sur tout ce qu'elles disent de pertinent. Ou plus tôt, si vous pensez que ça ne peut pas attendre.

— Bien sûr.

— Alors considérez-vous comme engagée. Promettez-vous de faire respecter les lois de la ville, du comté, de l'État et du gouvernement fédéral, et de servir et protéger ? Nous prenons cette dernière partie très au sérieux. Vous le jurez ?

— Je le jure.

Il fit pivoter son fauteuil et ouvrit un tiroir contre le mur, dont il tira une étoile dans un étui en cuir.

— Et voilà, madame l'adjointe.

Elle baissa les yeux sur l'objet, inspira profondément et lut les mots magiques : « Shérif adjoint ».

— Je vais m'occuper de votre carte, mais vous n'aurez pas besoin d'un uniforme. Pas pour ce poste. Oh ! et il me faudra une photo d'identité pour la carte.

Il lui décocha un sourire de guingois.

— Merci, dit-elle, du fond du cœur.

— Réfléchissez à tout cela, ajouta-t-il d'un ton gentil. Vous pourriez changer d'avis. L'une des victimes a été opérée ce matin et l'autre donne des signes de vouloir sortir du coma, alors vous aurez une longue journée à l'hôpital. Je vous conseille de petit déjeuner ou déjeuner avant d'aller les voir. J'ignore combien de temps elles auront besoin de vous.

Kerri se leva mais fit halte pour demander :

— Et la nuit ?

— La nuit ?

— C'est la nuit qu'elles ont été violées. C'est sans doute le pire moment pour elles.

— Oui, c'est vrai. J'espérais que vous en parleriez. Il y aura un policier en faction devant leur porte pendant un moment, mais, dans l'intervalle, c'est vous qui décidez quand vous devez être là. Vous devez quand même dormir, madame l'adjointe !

Elle rit enfin.

— Une dernière chose, dit-il alors qu'elle ouvrait la porte. La paye est mauvaise…

Elle quitta la salle de réunion sur un petit nuage. Comme s'il avait senti son humeur, Snowy se dandinait à ses côtés. Mais elle se doutait que son euphorie ne durerait pas plus longtemps qu'il ne lui faudrait pour arriver à l'hôpital.

Elle accrocha son nouveau badge à sa ceinture, un poids familier et rassurant. Lorsque l'un des adjoints offrit de l'accompagner en voiture, elle songea avec stupéfaction que c'était un collègue, désormais.

Une fois encore, le cours de sa vie avait pris un virage abrupt. Malgré la charge qui l'attendait, elle n'aurait pu espérer un meilleur changement.

Stu trouva Kerri à l'hôpital.

— J'ai entendu la nouvelle, dit-il. Comment te sens-tu ?

— Heureuse !

Il l'était aussi pour elle. Et il allait garder ses inquiétudes pour lui.

— May Broadwyn est en salle de réveil. Elle reprend lentement conscience.

Il acquiesça et prit une chaise. Il n'y avait personne dans la salle d'attente, aussi étaient-ils libres de parler.

— Elle va s'en sortir ?

— Ça dépend de ce qu'on entend par s'en sortir.

Bien sûr, ces expressions toutes faites ne voulaient rien dire. Une fois les blessures physiques guéries, le traumatisme émotionnel prendrait le relais. Son esprit vola soudain vers le passé. Il ferma les yeux, souhaitant ne plus rien voir, ne plus rien entendre. Il avait laissé tout cela derrière lui.

— Stu ?

La voix douce de Kerri le ramena à la réalité.

— Dois-je te laisser ? Je veux dire…

Il la regarda et vit qu'elle se mordait la lèvre. Il devait réorienter la conversation.

— Ce badge fait bon effet sur toi.

Elle le remercia d'un sourire.

— Merci d'avoir permis ça. Je ne sais pas de quoi ça a l'air, mais je sais l'impression que ça me donne. Fantastique.

— J'imagine.

Il était heureux pour elle, rien d'autre ne comptait.

— Stu ?

— Oui ?

Ses yeux verts étaient magnifiques. Renonçant à feindre l'indifférence, il s'autorisa à remarquer sa beauté. Ses cheveux cuivrés, coupés court, qui bouclaient légèrement. Les taches de rousseur sur ses pommettes. Sa bouche parfaitement proportionnée par rapport à son visage ovale. Il détourna le regard.

— Tu disais ?

— Je n'ai pas fait la guerre, mais j'ai vu… des choses.

— Je sais. Elles reviennent nous hanter parfois, hein ?

— Oui.

Il avait posé une main sur sa cuisse et lorsqu'elle tendit la sienne pour la toucher, il se sentit déstabilisé. Il s'était rendu compte qu'elle avait jusque-là évité de le toucher, et cela le surprit autant que cela fit monter sa température. Était-ce un changement radical ?

— De toute façon, continua-t-elle en pressant gentiment sa main, j'étais trop absorbée par moi-même ces derniers temps. Je veux juste que tu saches que j'ai une petite idée de ce que tu dois affronter.

— Sans doute plus qu'une petite idée.

— La guerre est une chose très différente. Beaucoup plus vaste. Je suis heureuse de n'y avoir jamais été confrontée.

Puis elle retira sa main, comme pour couper le lien qu'elle avait établi. À cet instant, une femme en blouse entra dans la salle d'attente.

— Madame Addison ? On vient de ramener May de la salle de réveil. Mais je doute qu'elle soit bien réveillée avant un moment.

Kerri se leva.

— Vous avez joint sa famille ?

— Ils ont appelé. Je suppose que c'est votre bureau qui leur a dit ? En tout cas, ils arrivent de Missoula. C'est déjà un trajet assez long, mais M. Broadwyn a dit qu'ils sont tombés sur une tempête de neige. Ils ne sont pas sûrs d'arriver aujourd'hui.

— Elle aura besoin de quelqu'un quand elle se réveillera, dit Kerri. Je vais y aller.

La femme sourit.

— Bonjour, Stu, dit-elle en le regardant.

— Bonjour, Mary. Comment ça va ?

— Pas mal, merci.

Elle se détourna pour partir.

— Oh ! est-ce que vous vous occupez aussi de Sandra Carney ?

— Oui, dit Kerri.

— Elle montre des signes de réveil, mais elle est encore loin de pouvoir communiquer avec nous. Ce monstre lui a infligé une sérieuse commotion.

Stu vit Kerri lever la main vers le côté de sa tête, puis la laisser retomber.

— Elle a de la famille qui va venir la voir ?

Mary secoua la tête.

— Sandra a vécu ici toute sa vie, mais je ne sais pas ce qui est arrivé à ses parents. Même dans une petite ville, les gens vont et viennent. Nous saurions s'ils étaient morts, je suppose. C'est tout ce que je peux dire avec certitude.

— Je suis sûr qu'on y travaille, intervint Stu.

Mary hocha la tête et sortit. Kerri se tourna vers Stu.

— Elle n'a pas d'amis qui pourraient le savoir ?

Stu haussa les épaules.

— Je serais sans doute le dernier à être au courant.

— Que faisais-tu ce matin ?

— Je chassais des vaches qui erraient sur la route.

Il la regarda rire.

— Que puis-je dire ? Faire la police dans un comté plein de ranchs… Les vaches sont plus dociles que les moutons, en tout cas. Tiens-moi au courant quand tu auras fini ta journée. Je peux encore apporter à dîner.

— Oh Stu, tu n'as pas besoin de faire ça.

— À moins que tu ne veuilles pas de moi, moi j'en ai envie. Manger seul n'a rien d'agréable.

— J'aimerais te voir, mais ne m'attends pas. Je ne sais pas pour combien de temps j'en aurai.

— D'accord.

Kerri le regarda s'en aller, engoncé dans sa veste, et se demanda s'il ne venait pas de dire quelque chose d'important. Manger seul n'avait rien d'agréable ? Eh bien, c'était vrai, mais ils devaient tous deux s'y habituer. C'était surtout difficile pour ceux qui avaient des horaires différents de leurs familles. Donc on mangeait seul. Elle haussa les épaules. Il ne voulait sans doute rien dire de spécial, mais elle prit note mentalement de faire des courses pour deux la prochaine fois. Puis, cueillant sa veste et la laisse de Snowy au passage, elle alla voir May Broadwyn. Elle n'avait pas du tout envie que cette femme se réveille seule.

Vers 19 heures, May se réveilla assez pour faire autre chose que gémir. Elle découvrit alors Kerri, assise à son chevet.

— Soif…

— J'imagine. Je vais demander si vous pouvez boire de l'eau ou sucer des glaçons.

Avant de sortir, Kerri lui mit le bouton d'appel dans la main.

— Si vous avez besoin de quelque chose avant que je revienne, pressez-le.

La femme acquiesça d'un geste imperceptible. Une infirmière venait juste de sortir de la chambre voisine.

— May a soif. Je lui donne de l'eau ou des glaçons ?

— Je vais lui apporter quelque chose. Comme elle est sous morphine, il faut que je vérifie son état.

L'infirmière entra dans la chambre, tandis que Kerri et Snowy attendaient dehors. Elle ne voulait pas perturber l'intimité de May plus que nécessaire. Lorsque l'infirmière ressortit, Kerri la croisa au moment d'entrer à son tour.

— Je vais vous apporter des glaçons, dit l'infirmière.

— Merci.

Elle avait vu des infirmiers masculins aller et venir, et elle était contente qu'on n'en ait pas envoyé à May. Celle-ci n'était sans doute pas prête à affronter des hommes. De retour dans la chambre, Kerri s'installa sur la chaise des visiteurs et regarda May sucer quelques glaçons.

— Mmm. J'en avais besoin.

— J'ai éprouvé la même chose quand j'ai été opérée.

Le regard de May se posa sur elle.

— Qui êtes-vous ? J'ai cru voir un chien.

— C'est mon chien d'assistance, Snowy. Je m'appelle Kerri Addison, et je suis adjointe au shérif.

— Mon Dieu, ce n'était donc pas un cauchemar !

Kerri resta silencieuse, regardant les larmes sourdre sous les paupières de May. Voyant qu'elles se multipliaient, elle prit un mouchoir en papier dans la boîte posée sur la table de chevet et lui épongea gentiment le visage.

— J'espérais, dit May d'une voix que l'intubation avait rendue rauque, que c'était un accident de voiture.

— Je suis désolée.

Mais May s'était rendormie, échappant à ses souvenirs un bref moment.

Vers 21 heures, Gage envoya une autre adjointe, Sarah Ironheart, relever Kerri. Sarah était une grande femme au visage bienveillant et à la chevelure striée de gris.

— Gage dit que tu dois aller manger quelque chose et prendre du repos. Je te remplace pour l'instant.

Elle contempla la femme endormie.

— Je parie qu'elle ne se réveillera pas avant le matin.

Kerri, que sa station assise prolongée avait engourdie, se leva et prit sa veste et la laisse de Snowy.

— Appelle-moi si elle se réveille, d'accord ? Il faut que je gagne sa confiance. Oh ! et si elle pose la question, ses parents espèrent arriver demain. Ils ont mentionné une tempête de neige entre Missoula et ici.

Sarah acquiesça.

— Je t'appellerai. Donne-moi ton numéro.

Elles échangèrent leurs coordonnées.

— Stu t'attend devant l'hôpital, ajouta Sarah.

— Comment ça se fait ?

— Nous avons pensé qu'il aimerait savoir quand tu serais remplacée, dit sa collègue en souriant.

Ça devient ridicule, songea Kerri. Il était vrai qu'elle ne pouvait pas conduire. Tout le monde le savait, mais quand même : n'importe qui aurait pu la raccompagner chez elle. Pourtant, ils avaient appelé Stu. S'il ne se lassait pas de ses crises avant, il allait se lasser de jouer les larbins.

Le jour s'était déjà dissipé, laissant l'obscurité prendre sa place. La lune se levait, ajoutant son halo argenté à la lueur des lampadaires. Stu stationnait devant l'entrée, moteur en marche.

— Ils n'avaient pas besoin de t'appeler, dit-elle en laissant Snowy monter, puis en grimpant à son tour dans la voiture.

— Tu étais censée m'appeler. C'est ce que je t'avais demandé, tu te rappelles ? répliqua-t-il d'un ton plaisant.

— Je ne veux pas être l'objet de discussions, dit-elle d'un ton grincheux.

Elle se rappela soudain qu'elle n'avait pas mangé. La faim affectait son humeur.

— Trop tard, dit-il en passant une vitesse et en démarrant.

— Apparemment. Désolée, j'ai oublié de déjeuner.

— Ça met n'importe qui de mauvaise humeur. Ne t'inquiète pas.

Au bout du parking, il prit la route menant au centre.

— Tu préfères manger dehors ou chez toi ?

— Ce que j'aimerais, c'est un énorme repas.

— Eh bien, il y a un endroit où on peut trouver ça.

C'est ainsi qu'elle fit la connaissance du relais routier. Des camions grondaient sur le parking, avant de passer toute la nuit sur la route. L'animation régnait à l'intérieur.

— Comptoir, box ou table ? demanda Stu.

Cela faisait longtemps qu'elle n'avait pas mangé au bar.

Le badge à sa ceinture lui donnait du courage, comprit-elle. Puis elle regarda Snowy et se rappela que les choses étaient désormais différentes.

— Un box ou une table, dit-elle pour que Snowy ne fasse trébucher personne.

La serveuse était une étudiante de Kerri.

— Karen, quel plaisir de vous voir !

— Je suis ravie aussi, madame Addison. Je me demandais quand vous alliez découvrir cet endroit.

— Eh bien, c'est fait, maintenant. Qu'y a-t-il de bon au menu ce soir ?

— Hasty – c'est le patron – va vous en préparer un que vous n'oublierez pas. Essayez l'omelette aux oignons, si vous aimez les oignons. C'est ma préférée.

— Alors c'est ce que je vais faire.

— Pommes rissolées ou frites maison ? Jambon ou bacon ?

— Des frites, s'il vous plaît, Karen. Avec du jambon.

— Toast ou muffin ?

— Waouh, vous avez vraiment de tout !

Karen se mit à rire.

— Nous avons de gros appétits par ici.

Elle se tourna vers Stu, qui prit la même chose. Le dîner fut délicieux, parfaitement cuisiné. Stu et elle conversèrent nonchalamment, évitant tout sujet trop délicat. Elle parla de ses cours, et il discuta de bétail et de moutons. Lorsqu'ils furent prêts à partir, il déclara :

— Maintenant que je peux te parler, je vais te mettre au courant des développements de l'affaire. Dès que nous serons sortis d'ici.

Elle acquiesça. Ils revinrent en ville en voiture, et Stu prit le virage menant à l'immeuble de Kerri.

— Ça ne t'ennuie pas, si on va chez toi ?

— Pourquoi ça m'ennuierait ? Snowy doit attendre désespérément son repas.

Stu rit doucement.

— Oui, on ne lui a pas donné de steak, cette fois.

— Maude est très gentille à cet égard. Je ne m'attendais pas à ce qu'Hasty fasse de même.

Une fois chez elle, Stu mit en marche la cafetière sans rien demander. Il se sentait assez à l'aise pour ça, désormais. Cela plaisait à Kerri. Elle était certaine qu'il avait quelque chose à voir avec le badge à sa ceinture, bien qu'il n'en dise mot. Elle retira l'objet à contrecœur et le posa sur le comptoir pour l'admirer. Puis elle nourrit Snowy, qui mangea comme un affamé.

— Tu aimes vraiment le café, remarqua-t-elle.

— Tu es flic. Tu devrais le savoir.

— Ha, répondit-elle en souriant. Il y a des tablettes antiacides dans toutes les voitures de patrouille. Mais ce n'est pas seulement à cause du café.

— Non. Certains aspects du métier sont très mauvais pour l'estomac.

— Mais pas la chasse aux vaches ?

— Ne te moque pas. C'était le meilleur moment de la journée.

Il la précéda au salon. Elle refusa le café, reconnaissant qu'elle avait besoin de dormir. La journée du lendemain se révélerait très longue si elle devait écarter les craintes de May. Au lieu de s'installer dans son vieux fauteuil, elle prit place à l'autre bout du canapé.

— Bon, la seule vraie nouvelle que j'ai est que le violeur a apparemment tourné autour de May dans le bois.

— Comment le sais-tu ?

— Il a piétiné les feuilles et j'ai trouvé une belle

empreinte. Nous avons fait un moulage et le labo d'État est en train d'identifier les marques de la semelle.

Elle hocha la tête, réfléchissant à cela.

— M. webley l'a vu entrer dans le parc par-devant, donc cet encerclement indique une intention claire. Personne d'autre n'aurait fait ça.

— Un ado, peut-être, mais l'empreinte est trop grande et trop récente.

— Les feuilles n'étaient pas sèches ? Elle n'aurait pas pu l'entendre ?

— Elles étaient humides. Le parc a un système d'arrosage automatique.

— Ah…

— Les trousses médico-légales sont en cours d'analyse. On peut espérer qu'il y ait un peu d'ADN, mais tu sais comment ça marche. Si c'est un non-sécréteur, pas d'ADN. Et si c'est un sécréteur et qu'il a laissé de l'ADN derrière lui, le prélèvement est inutile tant que nous n'avons pas un échantillon correspondant. On peut espérer qu'il est sur une base de données quelconque, mais je n'en mettrais pas ma main au feu.

Elle comprenait sa frustration. L'analyse d'ADN, autrefois une preuve très problématique, était désormais d'une grande précision.

— N'est-ce pas intéressant comme on résout des affaires vieilles de plusieurs décennies grâce aux tests ADN des passionnés de généalogie ?

— Du moment que quelqu'un a préservé les preuves.

— Vous avez une règle pour les affaires non résolues, ici ? demanda-t-elle.

— Oh oui. Lorsque l'affaire n'a pas été élucidée, les preuves sont stockées dans un entrepôt. On les garde tant que le ou la coupable est en prison, jusqu'à ce que tous les appels soient épuisés. Tu ne l'as sans doute pas vu, mais il y a un grand site de stockage au sud de la ville.

— Non, je ne l'ai pas vu.

— Ça ne vaut pas le déplacement.

Il vida le reste de sa tasse et se leva.

— Tu veux que j'éteigne la cafetière ?

— Laisse-la allumée.

Il s'était passé tant de choses ce jour-là qu'elle éprouvait le besoin de les mettre en ordre dans sa tête.

— Reste assise, dit-il en la voyant se lever. Je connais la sortie. Mais pense à fermer le verrou plus tard. Passe une bonne nuit.

Puis il s'en fut, et elle resta seule avec Snowy. C'était normal. Elle devait dormir si elle voulait être d'une utilité quelconque à May, le lendemain.

Incapable de se refréner, elle alla regarder son badge. Il était indiscutablement réel, et elle n'aurait pas su décrire ce que cela lui faisait. Elle s'était sentie beaucoup plus brave en entrant dans le relais routier. Plus grande, plus droite, moins encline à s'excuser. Ridicule. Ses crises n'étaient pas un défaut. Mais au fond d'elle, elle se considérait comme une ratée. Maintenant, elle avait de nouveau un badge. Un vrai but. Enseigner le droit criminel n'était qu'un second choix pour elle. Cela ne l'avait pas épanouie. Elle ne voulait rencontrer personne de crainte qu'on ne voie ses crises. C'était peut-être une attitude ridicule, mais c'était la sienne.

Elle avait senti un changement quand Gage l'avait engagée et lui avait tendu le badge. Mais elle n'avait pas pris la mesure de cette étape avant d'entrer dans ce relais routier. Elle avait repris un peu de sa confiance en elle. Elle pouvait encore effectuer une part de son travail, et on lui donnait cette chance. Que demander de plus ?

9

Ivan était de plus en plus nerveux. Les flics ne lui avaient pas paru très menaçants au début, mais il entendait dire qu'ils avaient trouvé quelque chose. Juste une rumeur qui courait. Il se demandait si c'était vrai.

Il n'arrivait pas à se détendre, aussi prit-il son vieux vélo pour longer le parc. Peut-être aurait-il dû s'en tenir aux étudiantes. Aucune d'elles n'avait porté plainte. Bien sûr, il ne les avait pas frappées ni entaillées avec son couteau. Il était peut-être allé trop loin avec ces deux-là.

Mais le pouvoir ! Ce n'était pas seulement le viol. Il avait tenu leurs vies entre ses mains. Ça, c'était puissant. Il se demandait rarement pourquoi il avait tellement soif de pouvoir. Il savait juste que c'était une pulsion plus impérieuse que toutes les autres. Sa drogue, pensa-t-il, et il rit *in petto.* Il n'était pas accro. Ça n'avait rien à avoir avec ça.

Il ne vit rien d'alarmant en passant près du parc. L'opération semblait se terminer. Moins de flics. Peut-être pourrait-il emprunter les sentiers plus tard et jeter un coup d'œil à l'endroit où il l'avait fait. Mais il ne devait pas ralentir, se rappela-t-il. Un coup d'œil, pas plus. Il survola la rue des yeux et vit passer un SUV du shérif. Que faisait la prof dedans ? Il s'était posé la question quand il l'avait vue parler à cette vieille chouette d'Edith Jasper. Avait-elle quelque chose à voir dans tout ça ?

Il devait le découvrir. Il devait identifier tous les pions, au cas où il lui faudrait agir. C'était comme jouer aux échecs, se dit-il. Trouver un moyen de neutraliser la menace. Il était assez bon joueur d'échecs.

Sarah était toujours dans la chambre de May, l'air épuisée.

— Tu es restée toute la nuit ? Tu aurais dû m'appeler !

— J'ai déjà fait des nuits, répondit Sarah. May commence à se réveiller. Elle n'a rien dit, à part pour réclamer ses parents. Je lui ai dit qu'ils étaient bloqués par une tempête de neige. Elle s'est rendormie si vite que je ne suis pas sûre qu'elle ait bien enregistré.

— Merci beaucoup pour tout.

Sarah esquissa un petit sourire.

— Au moins, tu as l'air plus reposée. De toute façon, ça m'a épargné une patrouille, alors je ne me plains pas. Il faudra nous relayer d'une manière ou d'une autre. Gage disait que tu t'inquiétais au sujet des nuits.

— Oui, c'est vrai. La nuit peut être dure pour elle en ce moment.

— Eh bien, s'il y a quelqu'un, elle pourra dormir. Au bout de quelques jours, en tout cas. Nous trouverons un moyen.

Puis Kerri se retrouva seule avec May. L'adjoint Beauregard avait fait halte chez Maude pour qu'elle s'achète un *latte*. Elle reprit son poste, et attendit que May se réveille assez pour parler. Les infirmières allaient et venaient, vérifiant son état, mais aucune ne la dérangea.

Elle se cachait, pensa Kerri. Elle avait fait cela elle-même avec la morphine postopératoire. Il y avait des moments où l'on avait seulement besoin de fuir la réalité.

Vers midi, une aide-soignante apparut, portant un plateau d'aliments mous pour May. Elle fut rapidement suivie d'une infirmière qui la réveilla gentiment.

— Mademoiselle Broadwyn, mademoiselle Broadwyn, vous devez vous réveiller et manger. Si vous ne mangez pas, le médecin réduira vos antalgiques. Voulez-vous que je relève la tête de votre lit ?

Un grognement lui répondit, mais May ouvrit les yeux.

— Je ne sais pas, dit-elle d'une voix un peu confuse.

— Je sais que vous aimeriez dormir, continua l'infirmière. Ça vous fait mal de bouger, mais ce n'est pas bon pour vous de rester immobile aussi longtemps. Que ça vous plaise ou non, il faut au moins vous asseoir.

May sursauta quand l'infirmière releva la tête du lit, et Kerri tressaillit avec elle. La jeune femme sourit et posa le plateau devant May afin que celle-ci puisse facilement l'atteindre.

— Votre amie va vous aider, j'en suis sûre.

— Mon amie ?

May parut s'apercevoir de la présence de Kerri. Celle-ci avait enlevé sa veste, si bien que son badge était pleinement visible. Snowy aussi était bien en vue.

— Un chien ? Ce n'est pas un hôpital, ici ?

— C'est mon chien d'assistance. Il vous dérange ?

Que ferait-elle si May avait une aversion pour les chiens ? Elle ne pourrait pas rester, et quelqu'un d'autre devrait prendre le relais. Cette pensée la démoralisa.

— Non, il ne me dérange pas.

May considéra le plateau devant elle.

— Je n'ai pas faim.

— La morphine qu'on vous donne réduit votre appétit. Vous êtes sûre qu'il n'y a rien qui vous fait envie ?

Après avoir fixé la nourriture une minute, May leva le bras et prit le bol de gélatine rouge.

— J'espère que ce n'est pas de la cerise, dit-elle.

Puis elle leva la cuillère, en tressaillant de nouveau.

— Bon sang, qu'est-ce que ce monstre m'a fait ?

— Il faudra le demander à votre médecin, parce que je n'ai pas les détails.

May soupira et réussit à enfourner une cuillerée.

— C'est de la framboise, Dieu merci.

Son regard s'éclaircit et se posa sur Kerri.

— Pourquoi êtes-vous ici ? Vous pensez qu'il pourrait revenir s'en prendre à moi ?

— Non, nous ne nous attendons pas à cela. Je suis ici pour vous apporter l'aide dont vous avez besoin et vous écouter si vous avez envie de parler.

— Je pourrai parler à ma mère quand elle arrivera.

— Bien sûr. Avec tous les détails ?

May s'immobilisa quelques secondes en entendant cela.

— Peut-être pas, dit-elle finalement.

Elle entama une tranche de cake aux fruits.

— Les calories, marmonna-t-elle.

— Vous en avez besoin, alors profitez-en.

Après quelques bouchées, May prit le carton de lait.

— Vous pouvez m'aider ?

— Bien sûr.

Kerri ouvrit la brique de lait et en versa la moitié dans le verre. Puis elle déballa la petite paille, la mit dans le verre et tendit le tout à May.

— OK, dit May quand elle eut fini le lait. Vous n'êtes pas ici pour me protéger, alors quoi ? Vous êtes mon chien de garde ?

— Je doute que vous en ayez besoin, dit sèchement Kerri. Non, je suis ici pour vous tenir compagnie entre autres choses. J'ai travaillé avec un grand nombre de femmes qui ont eu une expérience similaire à la vôtre. Imaginez-vous que je peux être compatissante. Et je suis aussi là au cas où vous vous rappelleriez quelque chose d'utile.

May hocha légèrement la tête.

— Mais je ne veux pas me souvenir.

— J'en suis certaine, mais mon expérience me dit que des détails vous reviendront au moment le plus inattendu. Vous pouvez m'en parler. Honnêtement, vous pouvez tout me dire.

L'attention de May se déplaça sur Snowy.

— Pourquoi avez-vous un chien d'assistance ?

Kerri répéta ses explications. Curieusement la fréquence ne rendait pas les choses plus faciles.

— Vous avez reçu une balle ? !

May écarquilla les yeux. Kerri ne pouvait feindre, aussi hocha-t-elle simplement la tête.

— Et maintenant, vous êtes handicapée.

— Oui.

— C'est terrible.

May repoussa faiblement la table. Kerri la déplaça obligeamment d'un côté.

— C'est mieux ?

— Merci.

Les paupières de May se fermaient, et elle se rendormit bientôt. Kerri se demanda si elle devait abaisser la tête du lit, puis décida de s'abstenir. Son estomac se mit à gronder. Il fallait qu'elle aille à la cafétéria de l'hôpital et qu'elle fasse faire ses besoins à Snowy. Pauvre chien. Peut-être lui achèterait-elle un steak. Elle indiqua au personnel où elle se rendait. Snowy se trémoussait de joie.

Il engloutit le steak dès qu'ils furent dehors. *Mon*

royaume pour un latte, pensa Kerri en retournant à la chambre de May. Celle-ci était réveillée, et dès qu'elle vit Kerri, elle déclara :

— Je pensais que vous m'aviez laissée seule.

— Je devais juste aller chercher quelque chose à manger pour moi et Snowy.

May soupira.

— D'accord. Je ne suis pas raisonnable. Il y a beaucoup de gens ici. Mais je ne veux pas rester seule.

Et, pensa Kerri, *affronter les véritables répercussions.* Pas les conséquences physiques, mais les conséquences émotionnelles. May avait une longue route devant elle.

En fin d'après-midi, les parents de May arrivèrent, apportant des fleurs et s'excusant pour la tempête de neige. Les embrassades tournèrent bien vite aux larmes. Quand ils se calmèrent un peu, la mère de May remercia Kerri. May venait d'expliquer son rôle.

— Vous devez avoir besoin de temps pour vous. Nous allons tenir compagnie à May.

Kerri s'attarda assez longtemps pour regarder May dans les yeux.

— Tout ce dont vous vous souvenez, lui dit-elle. Jour et nuit. Le standard du shérif me passera votre appel.

— Je vous le dirai.

Kerri espérait qu'elle tiendrait sa promesse. Les informations étaient bien meilleures fraîches, mais elle ne voulait pas interférer dans la réunion de famille.

Elle fit halte pour voir comment allait l'autre victime. On ne pouvait pas lui donner de détails, et elle était certaine que les techniciens avaient déjà appris tout ce qu'ils pouvaient sur l'état de Sandra. L'infirmière secoua la tête.

— Elle essaye de revenir à elle, mais elle est assez

incohérente. Revenez demain. Elle a eu une très grave commotion.

Et sans doute ne se souvenait-elle pas de grand-chose. Kerri elle-même n'était pas sûre de se souvenir de tout avant la balle.

Stu avait évité Kerri durant trois jours, parce qu'il avait le sentiment qu'elle n'était pas contente qu'on les prenne pour un couple. Lui-même s'en fichait car il savait à quelle vitesse les commérages se dissipaient. En outre, les désigner comme couple n'était pas malveillant.

Mais il avait remarqué quelque chose, et d'autres adjoints s'étaient mis très vite à en parler. Les femmes restaient autant que possible chez elles. L'animation de la ville était morte. Il se demandait combien de carabines étaient déjà chargées dans les maisons.

Jusque-là, Sandra avait à peine parlé. Les parents de May s'apprêtaient à retourner à Missoula. Peut-être lui avaient-ils proposé de repartir avec eux et avait-elle refusé.

Il pensa de nouveau à Kerri et comprit qu'elle lui manquait. Étant donné la distance qu'elle maintenait entre eux, il s'ordonna de ne pas y penser. Sauf que ça ne marchait pas. Un violeur rôdait dans les rues, cherchant sa prochaine victime. Le sentiment d'une menace à la limite de son entendement lui était familier, et il l'éprouvait de nouveau.

Et Kerri qui habitait dans un immeuble presque vide… Il ne se fiait pas à Snowy pour la protéger. Ce dont elle avait besoin, c'était d'un doberman ou un rottweiler. Dressé par Cadell. Oui, elle avait besoin de Snowy, mais pas contre des menaces physiques.

— Oh flûte, se dit-il tout haut.

À cet instant, il y eut un appel de la répartitrice.

— 492 a besoin d'être raccompagnée depuis l'hôpital.

Il répondit immédiatement.

— 765. Je prends, Velma.

— J'aurais dû me douter que ce serait toi, Stu.

— Je suis à proximité.

— Oui, bien sûr.

Au diable cette femme ! Elle se comportait comme si elle était leur maman. Personne n'objectait, pourtant. Velma faisait partie du décor depuis toujours.

Il s'arrêta devant l'entrée principale et vit immédiatement Kerri et Snowy en sortir, la première emmitouflée. Il poussa un peu le chauffage pour elle.

— Hé, dit-il, quand elle fit monter le chien puis se glissa sur le siège passager, comment ça va ?

— Ça ne va nulle part, dit-elle sombrement. On peut s'arrêter quelque part pour que j'achète à dîner ? La cafétéria n'est pas mauvaise, mais le choix est limité.

— Bien sûr, dit-il en démarrant. De quoi as-tu envie ? Si tu es vraiment désespérée, il y a une pizzeria dans les faubourgs. Si on aime la pâte en carton.

Elle se mit à rire.

— Non merci.

Elle avait l'air fatiguée, pensa Stu. Très fatiguée.

— Qu'aimerais-tu manger ? Dans les limites de l'offre locale. J'espère que le tex-mex ouvrira bientôt.

Il jeta un coup d'œil à son ordinateur de bord. Une amélioration financée par l'État quelques années auparavant. C'était un peu excessif, mais pratique.

— Je crains que la boulangerie ne soit fermée aujourd'hui. Il faut que je t'y emmène déjeuner un jour. Leurs sandwichs et leurs soupes sont à se rouler par terre.

— Tu me donnes encore plus faim.

Elle secoua la tête.

— Les parents de May sont là, alors je me sens inutile. Elle a accepté de m'appeler si elle se rappelle quelque chose. Ils repartent demain, et je pense qu'elle va rester ici. Toutefois, elle va bientôt pouvoir rentrer chez elle. Elle a du cran.

— Ça ne m'étonne pas, dit-il.

— Et Sandra est encore loin de pouvoir parler.

Stu lui lança un regard.

— C'est la commotion ?

— Je serais surprise qu'elle se rappelle quoi que ce soit quand elle se réveillera… si elle se réveille.

— Ça pourrait s'avérer une bénédiction pour elle.

— J'en doute. Elle se posera toujours des questions, et la peur viendra de ce que lui diront les autres. Mais c'est vrai qu'oublier la violence est préférable.

Ils étaient presque arrivés en ville, et elle avait pris sa décision.

— Allons chez Maude, dit-elle.

— Exactement ce dont j'avais envie, dit Stu en souriant.

— Tu n'as pas besoin de manger pour m'accompagner.

— Je suis affamé, moi aussi. Il y a eu une collision sur l'autoroute ce matin à 5 heures. C'est ma première pause. J'allais rentrer chez moi quand j'ai capté l'appel pour te raccompagner.

— Tu n'aurais pas dû faire un détour, Stu.

— J'étais tout près.

Elle exprimait son désir de distance. En tout cas, c'était ce qu'il déchiffrait. Il pouvait se tromper, mais il en doutait. Ce sentiment lui causait un chagrin inhabituel, au-delà de son désir croissant pour elle. C'en était au point que, quand il fermait les yeux, il l'imaginait nue dans ses bras, sentait sa peau satinée et sa chaleur contre lui. Un incendie qui allait tourner à la déflagration. Dangereux. Il se força à penser à autre chose. Et se demanda à la place pourquoi elle était si nerveuse. Il savait qu'elle considérait son épilepsie comme un gros problème. Mais cela n'aurait pas dû l'empêcher de nouer des relations, si ?

Il s'arrêta devant chez Maude et son estomac se mit à grogner si fort qu'il crut devoir s'excuser.

— Le mien fait pareil, dit Kerri en riant. Allons dîner.

— Je suis à 100 % pour.

À l'intérieur, seuls quelques hommes âgés étaient attablés.

— Cette ville est en train de s'éteindre, remarqua Stu. Tout le monde est nerveux, tout le monde a peur.

Elle acquiesça tandis qu'ils se frayaient un chemin jusqu'à une table au fond.

— On ne sait pas jusqu'où pourra aller ce type.

— C'est bien le problème.

Maude arriva et fit claquer deux menus sur la table.

— Des cafés, comme d'habitude ?

— S'il vous plaît, dirent-ils à l'unisson.

— Attrapez ce type. Il me tue mon commerce.

Elle s'éloigna à pas lourds. Kerri ouvrit de grands yeux.

— Il lui tue son commerce ?

— C'est Maude. C'est plus facile de le dire ainsi.

Il regarda Kerri étudier le menu, puis, envoyant au diable ceux qui pouvaient les voir, tendit la main pour la poser sur la sienne. Elle releva brusquement la tête.

Il pressa doucement ses doigts, sentant la douceur de sa peau, la chaleur de sa main. Puis il remonta un peu plus haut pour caresser l'intérieur de son poignet, et il la vit écarquiller les yeux. Il choisit un sujet sans danger. Il aurait aimé trouver quelque chose de romantique à dire.

— Ce doit être dur, dit-il d'une voix rauque, de passer tout ce temps à l'hôpital. Après ton expérience.

Voyant qu'elle ne répondait pas, il risqua :

— Kerri, ce n'est pas seulement pour te raccompagner que je suis venu de l'autre bout de la ville.

Elle inspira de nouveau fortement, baissa les yeux sur la main de Stu, mais ne retira pas la sienne. Puis elle le stupéfia en entremêlant ses doigts aux siens pour les presser gentiment.

— J'espère que tu n'attends rien.

— Attendre ?

— Une relation entre nous. Ça n'a rien à voir avec toi, Stu. C'est moi. Je ne serais qu'un fardeau. Et je ne veux être un fardeau pour personne. Je déteste même l'idée qu'on m'accompagne pour faire les courses. Pourquoi un homme voudrait-il se mettre dans un tel pétrin ?

Ce n'était pas un pétrin, se dit-il, mais elle n'avait pas tort. Il réprimait son attirance envers elle parce qu'il pensait qu'elle ne voulait pas de lui. Maintenant, il savait pourquoi. Et son expression avait dû le trahir davantage qu'il ne pensait.

— Ça ne serait pas un problème, dit-il fermement.

Mais il retira sa main et changea de sujet, autant pour leur confort que pour toute autre raison.

— J'espère que le labo va bientôt nous fournir quelque chose d'utile.

Elle hocha la tête.

— Qu'est-ce que tu penses de cette empreinte ?

— Qu'elle ressemble sans doute à un million d'autres. Pourtant, c'était une bonne trouvaille. Une grande partie de ce que nous découvrons n'est utile qu'a posteriori, mais je ne voudrais pas aller au procès sans ça.

Maude leur apporta deux *latte*.

— Ça vous va ? demanda-t-elle à Stu.

— Oh oui, je suis affamé. Le lait me fera du bien.

— C'est ce que je me suis dit. Vous avez choisi ? Je suppose que le chien veut un steak, mais vous deux ?

Après le dîner, Stu raccompagna Kerri chez elle. Avant d'entrer dans l'immeuble, il lui demanda :

— Tu es partante pour une promenade ? J'ai besoin de me dégourdir les jambes.

Elle hésita, puis répondit :

— Oui, ça nous ferait du bien, à Snowy et à moi. Je ne prends pas assez d'exercice, ces derniers jours.

— À cause de ton nouvel emploi ?

— Pas seulement. Je fais une sorte de résistance.

Une résistance à beaucoup de choses, se dit Stu tandis qu'ils descendaient de voiture. S'il voulait quelque chose de plus avec la dame, il allait avoir du pain sur la planche. Elle avait exprimé ses raisons et il devait la convaincre qu'elles ne comptaient pas pour lui. Mais si elle ne ressentait rien d'autre que de l'amitié… eh bien, elle en avait le droit.

Pourtant, il éprouvait le besoin croissant d'en avoir le cœur net. Les protestations de Kerri quant à l'impossibilité d'une relation ne lui paraissaient pas très sincères. À moins qu'il soit juste un imbécile trop têtu. Bon sang, il n'avait pas éprouvé cela depuis longtemps. Il avait ses propres problèmes qui le freinaient vis-à-vis de l'engagement. May l'avait rejeté quand elle n'avait plus pu supporter son syndrome de stress post-traumatique. Si quelqu'un pouvait se mettre à la place de Kerri, c'était bien lui. Si elle pouvait supporter les problèmes de Stu, il pouvait certainement supporter les siens, qui lui paraissaient d'ailleurs mineurs. Elle avait un tas de raisons de ne pas les voir ainsi. Mais peut-être pouvait-il l'encourager à se considérer autrement. Après tout, tout le monde avait ses soucis. Personne n'était parfait. Tout ce qui comptait, c'était la manière dont on s'entendait, et il aimait la manière dont ils commençaient à s'entendre.

Ils n'avaient pas parcouru un demi-pâté de maisons qu'elle défit la fermeture Eclair de son blouson.

— Stu ?

— Oui ?

— Il fait plus chaud ou c'est moi qui m'adapte ?

Il faillit éclater de rire.

— J'aimerais te dire que tu t'habitues au froid, mais à cette époque de l'année, nous avons souvent des vagues de tiédeur. Profites-en parce que, quand l'hiver s'installera, il faudra attendre le nouvel an pour que ça dégèle. Ça fait de jolies stalactites de glace, tout de même.

Ivan avait aussi remarqué le réchauffement. Il était minuit et, en rôdant, il sentit l'air changer. Le froid était un peu moins mordant, l'air plus doux. C'était favorable à ses plans, surtout si cela durait quelques jours.

Il savait par expérience qu'à cause de ces bouffées de tiédeur, beaucoup d'habitants ouvraient leurs fenêtres pour aérer chez eux. Les rues étaient désertes ce soir, et il s'en attribuait le crédit. Cela lui plaisait de se dire qu'il avait effrayé toute la ville.

Il entrouvrit son manteau et envisagea de retirer sa casquette. Mais il ne voulait pas être identifiable si quelqu'un se souvenait de lui.

Il avait écouté les conversations chez Freitag, où il faisait semblant de chercher un pull. Il était clair que les gens se sentaient en sécurité dans les magasins. Ils s'attardaient comme s'ils n'avaient pas envie de rentrer chez eux.

Bien que tout le monde parle des viols, personne ne semblait avoir compris sa méthode. L'occasion dans le parc lui avait donné une couverture supplémentaire.

Aucune raison pour qu'on le soupçonne d'aller chercher les femmes dans leur lit. Mais c'était là qu'il les voulait. Dans leur espace personnel. Cela rendait la violation encore plus puissante. Il aimait penser à sa première cible. La deuxième ne se sentirait plus jamais assez en sécurité pour courir la nuit, mais la première… La première ne se sentirait plus jamais à l'abri dans son propre lit.

Parfois, il visualisait ses actes comme des ondes se propageant dans le temps. Il posait une marque indélébile sur ces femmes. Dommage qu'il ne puisse signer son œuvre. Mais même ses pulsions ne le poussaient pas aussi loin.

D'après les bribes de conversation qu'il avait entendues, il avait quatre adresses à étudier. Des femmes qui vivaient seules ou le seraient quelques jours parce que leurs colocataires ou leurs maris étaient en voyage.

L'une des quatre. Il devait étudier les environs afin de planifier son évasion et voir si l'effraction serait facile. Parce qu'aussi sûr que le temps se réchauffait, l'une d'elles oserait entrouvrir la fenêtre.

Non que cela le limite, il savait forcer une serrure. Mais plus il devait en faire pour entrer, et plus le risque de laisser des indices augmentait. La simplicité était de loin préférable. Et tant de gens aimaient dormir avec un peu d'air frais. Tout ce dont il avait besoin, c'était d'une fenêtre ouverte. Dans l'intervalle, il allait continuer à écouter et attendre durant la journée. Car pour l'instant, il était ravi de voir les rues si tranquilles. C'était plus facile pour lui. Il se sentit gagné par un nouvel élan.

10

Finalement, les parents de May se décidèrent à partir. Kerri les assura que le shérif et la police garderaient un œil sur leur fille. Ils avaient tous deux un emploi auquel ils devaient retourner. May leur dit au revoir et leur promit de rester en contact, ils n'avaient pas à s'inquiéter.

Kerri alla à l'hôpital voir Sandra et comprit l'ampleur des dégâts. Elle était si gravement blessée qu'elle était incohérente. Elle n'avait pas seulement l'air hébété, elle était incapable de trouver ses mots. Guérirait-elle un jour ? Personne ne le savait encore.

Puis elle retourna chez May. Sa mère avait nettoyé la maison et fait la lessive. Mais May dit à Kerri :

— Je ne peux plus dormir dans ma chambre. J'ai peur de regarder dans le jardin. Toutes ces ombres…

— Vous avez une autre chambre ? Je peux la préparer et transporter ce que vous voulez.

— Merci, dit May en esquissant un faible sourire. Je n'ai pas dit à mes parents que j'avais peur. Ils s'inquiètent assez comme ça. Mais vous comprenez, n'est-ce pas ?

— Oui, je comprends. Je suis ici pour vous.

— Je sais. Merci.

Elles étaient assises à la table de la cuisine, et Kerri demanda à May si elle avait envie d'un café ou d'un thé.

— Un café, s'il vous plaît. Si ça ne vous ennuie pas.

Tandis que Kerri s'en occupait, May lui dit :
— J'aime bien votre chien.
— Il est génial, n'est-ce pas ?
— Vous savez à quoi ressemble le traumatisme. Vous avez reçu une balle.
Kerri ferma brièvement les yeux, puis reprit sa tâche.
— Oui, c'est vrai, dit-elle. Mais c'était moins personnel.
— Vous aviez peur, aussi ?
Kerri savait que seule une réponse honnête ferait l'affaire.
— C'est difficile à dire maintenant. J'ai eu une grave commotion. Mais je ne me suis jamais inquiétée chez moi. D'autant plus que le type était déjà en prison.
— Ça aide, reconnut May, qui éclata en sanglots. Bon sang, je ne pouvais même pas pleurer devant mes parents. Vous savez ce que c'est, de retenir sans cesse ses larmes ? S'ils n'habitaient pas loin, ce serait différent.
Kerri vint s'asseoir tandis que le café passait.
— C'est pour ça que vous leur avez dit qu'ils pouvaient s'en aller ?
May acquiesça.
— Pourquoi ce monstre devrait-il gâcher aussi leur vie ?
Bonne question. Malheureusement, les crimes avaient leur manière à eux de se propager, affectant les amis, la famille et parfois toute une communauté. Ces viols semblaient avoir mis toute la ville en émoi. Combien d'amis et de collègues de May étaient-ils ébranlés jusqu'au fond d'eux-mêmes ?
— Il est rare qu'un crime n'affecte que la victime directe.
— Je suppose.
May prit un mouchoir dans la boîte et s'essuya rageusement les yeux. Kerri se leva et lui versa du café.
— Comment l'aimez-vous ?
— Il y a de la crème dans le frigo. Juste un peu.

Kerri la rapporta et reprit son siège.

— Vous espérez que je vais me souvenir, dit May en fixant sa tasse.

— Je pense que c'est le cas de tout le monde, mais ce n'est pas la seule raison pour laquelle je suis ici.

— Non ?

— Je suis ici pour vous soutenir de toutes les manières possibles. Vos amis se préoccupent de vous, bien sûr, mais ils peuvent trouver cela terriblement dur.

— Et vous y êtes habituée ? questionna May d'un ton dur.

— Je ne m'y habituerai jamais. J'ai juste plus d'expérience. Croyez-moi, c'est une chose très différente.

— Peut-être. Mais si vous n'avez jamais été agressée comme moi, vous ne pouvez pas savoir.

— Dans un sens, dit calmement Kerri, personne ne saura jamais. Votre expérience vous appartient. Même si vous en criiez les détails sur les toits, personne ne comprendrait ce que vous avez vécu. Tout ce que je peux dire, c'est que j'ai accompagné un nombre terrible de victimes de viol. J'essaie de comprendre. Et ça me tient évidemment à cœur.

— Je ne veux pas me souvenir, lâcha May.

— Alors ne le faites pas.

May resta silencieuse un long moment avant de dire :

— Je ne pouvais pas dormir. Ça m'arrive parfois. Alors je suis allée courir. En général, il n'y a rien à craindre ici. Je ne faisais même pas attention.

Kerri se pencha en travers de la table, sentant où cela allait mener.

— May, écoutez-moi.

Un regard triste croisa le sien.

— Ce n'est pas votre faute. Pas même en partie. Vous

devriez pouvoir courir n'importe où dans cette ville, sans avoir peur. Vous n'êtes pas responsable de ce qui est arrivé. Ne laissez pas cette idée germer dans votre tête.

— Mais j'aurais dû être plus consciente !

— Non. Consciente de quoi ? Qu'un dingue allait surgir d'entre les arbres ? C'est lui, le responsable. Vous avez le droit de vous sentir en sécurité. On ne peut pas vivre dans la peur. C'est impossible. Vous n'avez rien fait de mal.

— Mais, et vous ?

— Il ne s'agit pas de moi, argumenta Kerri.

À en juger par les yeux plissés de May, elle n'allait pas s'en sortir comme ça.

— Que voulez-vous savoir ? Tout d'abord, j'étais officier de police et, en mettant mon uniforme, je savais que je prenais un risque. Un petit risque, mais un risque tout de même. Donc il fallait que je sois prudente. C'est différent. Vous, vous n'étiez pas en train de travailler, vous couriez dans votre ville qui, d'après ce que j'en vois, est très calme.

May hocha lentement la tête.

— Oui.

— Donc c'est différent. Moi, j'ai été formée à soutenir les victimes et à gérer les violences domestiques. Mon travail était de calmer la situation, d'essayer de faire en sorte que personne ne soit blessé.

May était absorbée par son récit, temporairement oublieuse de son propre traumatisme.

— Ça devait être effrayant.

— Un peu. Mais j'ai pu introduire un semblant de bon sens dans certaines situations. Les quelques fois où je n'ai pas pu, le SWAT est intervenu. Je détestais cela parce que c'étaient parfois les mauvaises personnes qui étaient blessées. Alors je faisais tout mon possible pour calmer les choses.

May hocha la tête, écoutant avec intensité.

— En tout cas, ce qui ne m'était jamais arrivé avant, c'est qu'un type me tire dessus. Impossible de se préparer à ça. En général, j'entrais, je commençais à parler et à écouter et, au moins, ceux qui étaient menacés s'en tiraient. La dernière fois, je ne m'attendais pas à ce que le type tire si vite. Et cet abruti n'a pas tiré au milieu du corps, là où mon gilet m'aurait protégée. Il était peut-être trop soûl pour ça, je ne sais pas. La balle a éraflé mon crâne.

May regarda Snowy.

— Et maintenant, vous avez besoin de lui.

— Oui. S'il y a une chose que je sais, c'est que ma vie a changé pour toujours en une fraction de seconde.

— Je le sais aussi, maintenant.

— Malheureusement.

Mais May n'en avait pas fini.

— Vous ne portiez pas de casque ?

Kerri secoua la tête.

— C'était trop intimidant. Je ne portais jamais de casque. En général, j'étais tête nue, essayant de paraître le moins menaçante possible. C'est très important de ne pas donner aux gens l'impression qu'ils sont menacés.

— Je vois ça, dit May.

Puis elle éclata en sanglots.

— Combien de temps ça va prendre ?

— Pour quoi ?

— Pour que je me sente de nouveau en sécurité.

— Ça va s'arranger avec le temps. Il faut que vous envisagiez un soutien médical le plus tôt possible. Je suis ici pour vous soutenir, mais je ne suis pas thérapeute.

— Mais vous avez besoin que je me souvienne !

— Ne vous forcez pas, je vous en prie.

— Je veux qu'on l'attrape.

— Nous le voulons tous.

Les sanglots de May se calmèrent un peu.

— Qu'est-ce que fait votre chien pour vous ?

Nous y voilà, pensa Kerri.

— Il me fait savoir quand je vais avoir une crise.

May voulait davantage de détails. Kerri parla de nouveau de ses crises.

— D'une certaine manière, j'ai eu de la chance, dit May d'une voix tremblante.

Kerri n'était pas d'accord, mais elle ne voulait pas le lui dire. Elle avait vu comme May tressaillait au moindre mouvement. Cette douleur finirait par guérir, mais les cicatrices seraient permanentes, à la fois sur son corps et dans son esprit. Puis May la surprit.

— Je pourrais avoir un chien comme le vôtre ?

— Un chien d'assistance ?

— Un chien policier, oui. Pour me protéger.

Ce n'était pas une mauvaise idée si cela la rassurait.

— Je vais poser la question à un ami. Il connaît l'homme qui dresse les chiens de la police.

— Merci.

May fondit de nouveau en larmes. Kerri lui pressa la main. May s'accrocha si fort à la sienne qu'elle lui fit mal. C'était si peu à offrir.

Lorsque Kerri eut aidé May à déménager dans une chambre plus petite, Connie Parish arriva. C'était une très belle femme d'âge moyen. Kerri avait entendu dire que son mari, Ethan, avait été adjoint avant de démissionner pour aider son père au ranch familial.

C'était l'une des choses qu'elle en était venue à beaucoup apprécier dans cette ville. Chaque fois que le nom de quelqu'un était mentionné et qu'elle exprimait un intérêt, on lui fournissait l'histoire de cette personne. Sans rien de trop personnel ou d'embarrassant, néanmoins.

Connie et Kerri se mirent d'accord avec May sur leur alternance. May connaissait bien Connie, aussi cela ne lui posait-il pas de problème.

— Il faut bien que vous dormiez, dit-elle à Kerri.

Kerri songea que sa présence pouvait être inopportune. C'était *elle*, l'étrangère. May pouvait trouver beaucoup plus facile de parler à Connie. D'un autre côté, le shérif l'avait engagée en raison de sa formation. Tout ce qu'elle pouvait faire, c'était espérer apporter son aide.

La journée s'était sensiblement réchauffée, et un vent tiède se mit à souffler dans l'après-midi. C'était un répit bienvenu dans les températures glaciales.

Kerri trouva Stu au bureau. Il complétait des rapports à l'ordinateur. Les autres adjoints la saluèrent avec chaleur. Elle crut néanmoins saisir quelques airs entendus quand elle s'avança vers Stu. Oh ! ça finirait par passer.

— Hé, dit-il, en levant les yeux. Comment ça va ? J'en ai pour une minute.

— Bien sûr.

Cela lui donna l'occasion de le contempler, discrètement, car elle ne voulait pas que les autres s'en aperçoivent. C'était un véritable apollon, finit-elle par s'avouer. La manière dont ses épaules tendaient sa chemise d'uniforme était suffisante pour la faire saliver. Elle se surprit à souhaiter pouvoir goûter à ce corps sans avoir à s'engager. C'était ce que faisaient les hommes, non ? Les femmes étaient différentes, mais à ce stade, elle aurait bien aimé faire l'expérience. Un coup d'une nuit lui paraissait bien tentant. Sauf que… elle travaillait désormais dans ce lieu. Cela rendait les choses encore plus inconfortables. Elle soupira de manière audible. Stu leva les yeux.

— Désolé. Juste une minute.

— Je ne soupirais pas d'impatience. C'est juste que la journée a été longue. Continue.

Se baissant, elle caressa Snowy sur l'encolure. S'il avait été un chat, elle était sûre qu'il aurait ronronné. Finalement, Stu frappa une dernière touche avec emphase et pivota sur sa chaise pour la regarder.

— Quoi de neuf ? Café ? Dîner ?

— May, répondit-elle. Elle veut un chien pour la protéger. J'ai dit que je te poserais la question.

Stu sourit.

— J'imagine qu'il est temps de te présenter à Cadell. Mais le café d'abord. Moi aussi, j'ai eu une journée chargée. Trop chargée pour finir mes rapports.

— Des moutons échappés ? plaisanta-t-elle.

— Non, un désaccord entre voisins, qui brandissaient des armes à feu. Oui, à cette heure du jour. Les gens se comportent déjà comme s'ils étaient bloqués depuis des mois par la neige.

Elle rit avec lui et demanda :

— La pleine lune ?

— Qui sait ? dit-il en souriant. Je n'ai jamais adhéré à cette idée, mais je veux bien qu'on me prouve le contraire. On y va ?

La température avait encore monté, probablement jusqu'à 20°. C'était encore frais pour elle, mais elle s'en réjouissait. Ils décidèrent de marcher jusque chez Maude, laissant Snowy se dégourdir les pattes.

— J'aimerais bien sentir ce qu'il sent, dit Kerri. Voir le monde comme lui. Mais seulement de temps en temps.

Stu plissa le nez.

— Pas moi. À moins de pouvoir changer mes préférences olfactives.

Cela la fit rire de nouveau, une détente bienvenue après une journée éprouvante. May avait tous les droits d'être déprimée et Kerri ne pouvait s'empêcher d'avoir de la peine pour elle. En outre, cela lui rappelait ce qu'elle avait ressenti lorsqu'elle s'était réveillée à l'hôpital et avait compris que son ancienne vie était en ruines.

Le trajet en voiture jusque chez Cadell fut agréable. C'était la première fois que Kerri allait dans cette direction.

— Ça a l'air plat, mais ensuite on voit les montagnes apparaître à l'ouest, comme sorties de nulle part.

— Nous sommes dans les contreforts, mais c'est dur à voir à cause des hautes herbes. Le terrain a des ondulations, on peut le voir en regardant droit devant. Mais les glaciers ont nivelé cet endroit. Si tu vois de gros rochers, tu peux aussi les mettre sur leur compte. Essaie d'imaginer une rivière de glace remplissant la vallée.

Cela dépassait son entendement. C'était stupéfiant.

L'air sentait bon, pensa-t-elle, ravie d'avoir entrouvert la vitre de quelques centimètres. Snowy se penchait par-dessus son épaule, le museau pressé contre l'étroite ouverture, et elle l'entendait prendre de longues inspirations.

— Il y a quelqu'un ici qui est au paradis, remarqua-t-elle.

— Il est sur le point de rencontrer des congénères.

Quittant la route, Stu s'engagea sur un chemin de terre, puis dans une voie pleine d'ornières, menant à un ranch.

— Cadell et sa femme, Dory, vivent ici. Tu ne la verras sans doute pas, parce qu'elle a une boutique en ville.

Cadell avait dû les entendre arriver, car un homme de haute taille tourna le coin de la maison et leur fit signe.

Après les présentations, Stu expliqua la situation.

— Kerri veille sur May Broadwyn pour nous.

— La victime de viol ? Comment va-t-elle ?

— Elle est effrayée, bien sûr. En tout cas, elle a exprimé le souhait d'avoir un chien Un chien qui lui donne l'impression d'être en sécurité. Surtout la nuit.

Cadell opina.

— J'en ai peut-être un ou deux. C'est un superbe chien d'assistance que vous avez là. Quel est son nom ?

Les oreilles de Snowy se dressèrent et ses narines palpitèrent, comme s'il flairait son environnement.

— Quand je l'ai eu, il s'appelait Snowball, mais je l'appelle seulement Snowy.

Cadell se mit à rire.

— Les chiens ont toutes sortes de surnoms. Il est magnifique. Il travaille bien ?

— Très bien. Il est plus patient que je ne le mérite.

— Eh bien, venez voir le chenil. Ces derniers temps, je dresse plus de chiens d'assistance que de chiens policiers. Mais moi et les chiens… Ma femme dit souvent que je les aime plus qu'elle.

Il leur fit un clin d'œil, et Kerri se mit à rire.

— J'ai entendu dire que vous aviez été engagée comme adjointe au shérif, continua-t-il, tandis qu'ils faisaient le tour de la maison. Vous me verrez peut-être de temps en temps. Je travaille à temps partiel, on m'appelle souvent quand il y a besoin de renforts.

— Tout le monde semble connaître tout le monde, dans ce comté, remarqua Kerri.

— Pas tout à fait, sinon ce fichu violeur serait déjà en cellule.

Il y avait huit chiens dans le chenil, mais ils n'étaient pas dans des cages. Toutes les niches étaient garnies de couches et d'écuelles, et ouvraient sur de grands espaces herbeux, suffisamment vastes pour courir.

— Ces deux-là là-bas sont en cours de dressage comme chiens policiers. Parfois, je dois les laisser partir.

Il secoua la tête.

— Mais j'en ai quatre ici dont je peux garantir qu'ils seront protecteurs. Les chiens d'assistance doivent être patients et obéissants, mais il m'a toujours semblé qu'une personne handicapée peut aussi avoir besoin de protection, alors je fais en sorte de ne pas leur enlever toute agressivité. Mais ce sont des races plus grandes.

— Je crois qu'elle se sentirait mieux avec un gros chien, dit Kerri. Mais qui soit gentil, aussi.

— Bien sûr, dit-il. Gentil, c'est le premier critère. Ceux-là sont des bâtards, ce qui est en général une garantie de bonne santé et d'intelligence. Le noir et blanc, je l'appelle mon gentil géant. Il aime même les petits chats. L'autre est plus petit, mais il est la patience même. Et si je les amenais demain pour que May décide lequel elle veut ?

Kerri y réfléchit.

— Laissez-moi lui demander d'abord, d'accord ? On essaie de tenir les hommes à l'écart pour l'instant. Mais l'idée d'un chien qui la protège peut la faire changer d'avis.

— Bien sûr, appelez-moi quand elle sera prête.

— J'aime beaucoup Cadell, remarqua Kerri quand ils repartirent. Il est vraiment serviable.

— Tout le monde aimerait être comme lui.

— Probablement.

Elle s'appuya de l'épaule contre la portière et laissa le vent déferler. Il fraîchissait de nouveau, mais la température ne descendrait pas aussi bas que la veille. Elle l'espérait, en tout cas.

Elle regarda Stu, se demandant comment ce serait s'il la touchait, sentant une chaleur presque oubliée entre ses jambes. Peut-être pourrait-elle essayer d'être un peu moins réservée ?

— Tu as déjà pensé à ce que les chiens feraient si on les laissait faire ?

Stu se mit à rire.

— Je suis sûr qu'ils passeraient leur temps à jouer avec d'autres chiens.

— Oui, c'est probable.

Il effleura sa cuisse d'un air absent. Elle espéra que ce n'était pas aussi anodin que cela en avait l'air.

— D'un autre côté, ils semblent nous accorder beaucoup d'attention.

C'est alors que Snowy lui donna un coup de museau.

— Oh bon sang, dit-elle.

Et elle s'en alla.

La confusion la submergea. Comment était-elle passée d'une route de campagne au trottoir devant chez Maude ? Elle se stabilisa graduellement dans l'instant, acceptant que ce soit encore arrivé.

Elle tourna la tête et vit qu'elle était seule dans la voiture. Snowy geignait. Il ne geignait jamais. Il se mit à lui lécher la joue, comme pour lui faire la fête. Mon Dieu, combien de temps était-elle restée inconsciente ? Trop longtemps. Plus longtemps qu'elle ne l'avait jamais fait.

Comment était-ce possible ? Une autre vague de confusion la submergea. Comment était-elle arrivée ici en deux minutes ? C'était impossible. Avait-elle eu des crises répétées ? Un mouvement attira son attention, et elle vit Stu émerger du restaurant avec de grands sacs en papier brun. Il les mit à l'arrière, puis fit le tour pour lui tendre un grand café.

— Tu es prête pour un *latte* ?

Elle l'accepta d'une main tremblante, tandis que Snowy s'installait sur la banquette arrière.

— Stu…

— On parlera de ça quand on sera chez toi, d'accord ?

Du fait qu'elle avait eu une absence affreusement longue ? Elle avait du mal à se rappeler son dernier instant de lucidité.

— Stu…, dit-elle encore.

— Détends-toi. Je veux que tu prennes un peu de nourriture. Tu as mangé aujourd'hui ?

— Euh… le petit déjeuner.

Il se contenta de secouer la tête et recula avant de prendre la direction de l'appartement de Kerri. À destination, il insista pour tout transporter, annonça qu'il allait nourrir Snowy. À l'intérieur, il se mit à déballer ses achats.

— Fais-moi une faveur et mange quelque chose. Ou bois le café. J'ai mis du sucre dedans, et je ne veux rien entendre.

Elle n'avait pas envie de manger, aussi sirota-t-elle le café. La terreur l'enveloppait, et elle s'aperçut à peine qu'il versait des croquettes et de l'eau fraîche dans les écuelles du chien.

— Il voudra sans doute une promenade après s'être rempli le ventre, remarqua Stu.

En passant derrière elle, qui s'était assise sur un tabouret, il lui pressa l'épaule puis l'étreignit. Elle eut envie de se laisser aller dans ses bras. Mais non, ce n'était pas raisonnable.

— Je suis sérieux en ce qui concerne l'alimentation. Si tu étais en hypoglycémie, ça peut avoir aggravé les choses.

— Combien de temps ? demanda-t-elle en le regardant.

— Je ne peux pas le dire précisément, répondit-il. Est-ce que Snowy te lèche souvent pendant une crise ?

— Pas que je sache.

— Alors, tu dois prendre soin de toi, manger à heures régulières, et ainsi de suite. Parce qu'au bout d'une minute et demie, ton chien a commencé à sérieusement s'agiter. Il aboyait, il gémissait. Ensuite il a commencé à te lécher. Il essayait de te réveiller. Et s'il ne fait pas ça habituellement pendant tes absences, c'est que tu as eu une crise d'hypoglycémie.

Elle sentit un espoir ténu revenir.

— Peut-être.

Il ouvrit les emballages.

— Sers-toi. Tu dois aller voir le médecin, pour être sûre. Mais considérant le stress, la concentration et la tension que tu as subis, il est possible que ce soit une occurrence unique.

— Je l'espère !

— De toute façon, il n'y a pas lieu de s'inquiéter outre mesure. Tu n'es pas restée inconsciente si longtemps que ça. Nous étions presque en ville quand c'est arrivé, et il ne m'a pas fallu longtemps pour entrer et sortir de chez Maude, alors détends-toi.

Mais elle ne pouvait se détendre. Qu'est-ce qui n'allait pas chez elle ? Son ancienne confiance en elle avait disparu. Elle n'était pas invulnérable. Tout ce qu'elle avait vu en tant que flic pouvait lui arriver. Une de ces choses lui *était* arrivée. Et cela la mettait hors course s'agissant d'une relation amoureuse. Seigneur, et si cela lui arrivait *pendant* l'amour ? Désespérée, elle vida son café. Stu poussa un hamburger devant elle.

— Des calories, dit-il.

— Tu ne peux pas savoir…

— Mange. Ce que je sais, c'est que tu n'as pas mangé

de toute la journée et que tu as enduré une montagne de stress.

— C'est May qui est stressée.

Elle n'avait toujours pas faim, mais une lueur d'intérêt pour le hamburger se fit finalement jour en elle. Elle le porta à sa bouche, se disant qu'elle devait manger.

— D'accord, mais tu penses honnêtement qu'elle est la seule ?

— Qu'est-ce que tu veux dire ? Elle est dans une situation épouvantable.

— Mange. Mâche. C'est moi qui parle.

— Ne me donne pas d'ordres.

— Je te donnerai des ordres jusqu'à ce que tu obéisses. Ton corps sait ce dont tu as besoin, même si ton cerveau l'ignore.

Elle prit une bouchée et s'aperçut soudain que sa faim s'était réveillée. C'était un bon hamburger, cela dit.

— J'écoute, dit-elle quand elle eut avalé.

Son estomac lui suggérait de prendre une autre bouchée.

— Pendant combien de temps tu n'as pas eu de badge ?

Elle tourna la tête pour le regarder.

— Plus d'un an, dit-elle. Le neurologue essayait de trouver un médicament pour mes crises et je devais m'entraîner avec Snowy. Ensuite il m'a fallu un bout de temps pour trouver ce poste d'enseignement.

Il hocha la tête, posa son hamburger, se leva et se dirigea vers le réfrigérateur.

— Un jus d'orange ?

Il fit la grimace.

— Ce n'est pas bon avec un hamburger, hein ?

En dépit de tout, elle faillit rire.

— Il y a des bouteilles d'eau.

Il poussa un soupir exagéré, mais lui apporta une

bouteille. Il la posa devant elle et reprit son sandwich. Apparemment, il avait faim lui aussi, parce qu'il en mangea la moitié avant de prendre une gorgée de café et de s'essuyer la bouche avec une serviette en papier. Enfin, il se tourna vers elle.

— D'accord, un an à encaisser la perte d'un travail que tu adorais, un nouveau problème de santé qui a tout compliqué. Ajoute à cela la recherche d'un emploi, le déménagement dans une ville inconnue et le fait de tout recommencer à zéro.

Elle ouvrit la bouche pour répondre, mais il leva une main.

— Laisse-moi finir, d'accord ? Ensuite tu pourras te défendre.

Elle acquiesça et se remit à manger.

— Donc, sur le sujet du stress. Tu es dans un nouvel environnement. Tu as dû supporter tous ces changements, et j'aurais du mal à dire que tu es complètement installée. Tu as encore un long chemin à faire avant d'être tout à fait à l'aise.

Elle approuva. Elle ne pouvait dire le contraire.

— Tout d'un coup, tu reprends ton badge. On te confie une première mission. Te voilà voulant tout faire bien, parce que tu t'accroches à ce badge et au sentiment d'utilité qui va avec. Tu crains de faire des erreurs. Tu t'inquiètes pour May. Tu espères trouver une parcelle d'information utile, tout en aidant May à surmonter le choc.

Quand il le présentait ainsi, elle ne savait pas quoi lui répondre. Il exagérait peut-être son stress, mais celui-ci était bien là. Au lieu de considérer le tableau dans son ensemble, elle s'était concentrée sur ce qu'elle avait sous le nez.

— Ensuite, ajouta-t-il en finissant le reste de son

hamburger, tu ne prends sans doute pas soin de toi. Le sommeil, la nourriture, toutes ces choses essentielles. Donc si tu veux savoir pourquoi tu t'es brièvement évanouie dans la voiture, je dirais que tu es épuisée et que tu as besoin de repos. Gage ne va pas te reprendre ce badge parce que tu ne peux pas résoudre l'affaire. Pour l'amour du ciel, Kerri, il a un tas d'enquêteurs. Et ils ne l'ont pas résolue non plus.

Elle ne pouvait qu'être d'accord. Sauf pour une chose.

— Tu me décris comme une idiote.

— Tu n'es pas du tout idiote. Tu es un vrai bouledogue. Crois-moi, je sais reconnaître ce trait. J'en ai assez souffert moi-même. J'ai arrêté une trentaine de soldats pour une histoire de drogue. Mon prédécesseur aurait laissé couler. Mais pas moi. Donc, je comprends. Mais… pour rester en bonne santé, au moins occupe-toi de toi.

Elle avait commencé à se disputer avec lui avant qu'il prononce un mot, puis elle avait écouté et à présent elle n'avait plus envie de le contredire. Il avait raison. Elle se torturait depuis un bon moment. Regagner un badge et les responsabilités qui allaient avec… Oui, cela avait ajouté de nouveaux facteurs de stress. Elle avait déjà perdu son travail une fois. Elle ne pouvait pas supporter l'idée que cela se reproduise.

Les frites attirèrent son attention, et elle en croqua une. Puis une autre. Elles étaient toujours aussi bonnes.

— Je gâche tout, dit-elle.

Il secoua la tête.

— Non. Je ne peux pas te laisser dire ça.

— Est-ce que tu vas être d'accord avec moi à propos de quelque chose ? lança-t-elle, sentant l'irritation monter.

— Tu as à affronter des choses difficiles. Franchement, tu les gères très bien. Tu n'as pas à t'excuser pour quoi que ce soit, Kerri. Arrête de battre ta coulpe. D'autres s'en chargeront très bien.

Un sourire fugitif lui tirailla le coin de la bouche. Pourquoi devrait-elle s'en prendre à lui, de toute façon ? Parce qu'il lui avait fait la leçon ? Mais il avait raison sur presque tout ce qu'il disait, si ce n'était tout.

— Ne prends pas l'habitude de me faire la morale.

— Je n'en ai pas l'intention. Mais te canaliser un peu ne te fait pas de mal. Tu as vraiment de quoi être fière de toi, et tu ne manques sûrement pas de détermination. Voilà, maintenant résous tes problèmes.

Il lui jeta un regard amusé, et elle rit à contrecœur.

Elle mangea beaucoup, plus que d'habitude. Il semblait avoir raison à propos de son hypoglycémie, et elle se promit que, lorsque cette enquête serait bouclée, elle irait voir le médecin à ce sujet. Si ça se reproduisait.

Mais il y avait autre chose : Stu. Ils étaient si proches. Les prémices du désir qu'elle avait tenté d'ignorer faisaient surface, captant son attention qu'elle le veuille ou non.

Malgré le désir qu'elle avait lu dans son regard, il s'était toujours montré convenable. Peut-être à cause d'elle. Elle visualisa des autocollants « N'approche pas » partout sur elle. Parce que c'était ainsi qu'elle se sentait. Bien qu'elle ne se juge pas lâche, d'une certaine manière, elle l'était devenue. Elle s'isolait la plupart du temps, de crainte qu'on la voie en crise.

Mais sa lâcheté allait plus loin. Elle avait peur des relations parce qu'elle en craignait les conséquences. Elle avait tout spécialement peur de fréquenter un homme qui pouvait se lasser rapidement de ses limitations. Qui voulait d'une femme à qui on ne pouvait pas se fier ? Qui pouvait s'avérer une gêne en public ? Stu avait été infiniment patient, mais combien de temps cela durerait-il avant que la réalité s'impose ? Quand ses crises deviendraient fréquentes ?

Et puis il y avait ce qui s'était passé ce jour-là. Il avait tablé sur un petit accès d'hypoglycémie, mais il était possible que ses crises empirent ou deviennent plus longues.

Ivan se tenait devant l'immeuble, sérieusement troublé. Il ignorait quoi faire. Au début, il avait écarté d'un haussement d'épaules l'idée que Kerri rassemble des informations. Elle n'était personne et n'avait pas le droit d'interroger quiconque. Mais aujourd'hui, elle était sortie de chez la deuxième victime la veste ouverte, et il avait vu le badge de shérif à sa ceinture. Étincelant, immanquable. Pas d'arme, mais ce badge, qui grossissait depuis dans son esprit.

Il était donc allé à la bibliothèque et l'avait cherchée sur Internet. Elle avait été décorée pour son travail avec les victimes et pour avoir résolu des affaires de viol. C'était une enquêtrice et une conseillère formée aux violences sexuelles. Et maintenant, elle portait un badge. Quoi qu'elle fasse, c'était devenu officiel. Elle cherchait des informations parce que c'était son *boulot*.

Un frisson courut le long de sa colonne vertébrale. Il ignorait ce qu'elle avait appris jusque-là. Il avait entendu quelques personnes en ville parler de l'aide qu'elle apportait.

Il était convaincu de n'avoir laissé aucun indice derrière lui, mais il n'avait aucun moyen de savoir s'il s'était trahi avec les victimes. Surtout avec la deuxième, qui était consciente et capable de parler. Cette Addison passait presque tout son temps avec elle.

Il leva les yeux vers les fenêtres du deuxième étage, pensant au ballet de voitures de police auquel il n'avait pas prêté attention, et se rendit compte qu'elles la transportaient vers la maison d'une victime.

Elle était sur l'affaire et, vu sa formation, elle représentait sans doute la plus grande menace.

En contemplant ses fenêtres éclairées, il décida qu'elle serait sa prochaine victime. Et qu'il irait plus loin. Il fallait qu'il se débarrasse définitivement d'elle.

Ses voisins les plus proches habitaient à l'autre bout de l'immeuble. Il aurait le temps de la liquider et même de prendre plaisir à ce qu'il faisait. Mais il y avait le chien. Sa peur de l'animal décroissait cependant en proportion directe de sa crainte de ce qu'Addison pouvait apprendre. Il était entièrement focalisé sur elle. Elle ferait une bonne victime. Elle était handicapée, ça lui faciliterait les choses. Enseignante. Handicapée. Rien de tout ça, craignait-il cependant, ne l'emportait sur « ancienne flic ». Et c'est bien pour ça que le shérif l'avait embauchée.

Il se torturait à propos de sa seconde victime. Que se rappelait-elle de lui ? Sa voix ? Ses yeux ? Il ne pouvait les dissimuler. Autre chose à laquelle il n'avait pas pensé ? Si elle se souvenait du moindre détail qui pouvait le relier aux viols, cette Addison ne le raterait pas. Oh non. Il était certain que c'était pour ça que le shérif l'avait engagée. Personne chez eux n'avait le genre d'expérience qu'Addison avait. Des choses qui échappaient aux autres éveilleraient sa vigilance. Elle les signalerait et, étant donné son nouveau statut, les flics l'écouteraient.

Il était en train de contempler les fenêtres quand une silhouette apparut à l'une d'elles. Il se baissa vivement.

Canady. Un autre problème. Ivan devrait attendre un soir où il ne serait pas dans les parages. Bien qu'en général, il s'en aille tôt, vers 22 ou 23 heures. Ce qui laissait Addison seule suffisamment longtemps. Il devait étudier l'immeuble pour s'assurer que personne d'autre n'était assez proche pour poser un problème. Il le ferait le lendemain en plein jour, et si on lui demandait ce qu'il faisait, il dirait qu'il envisageait de louer un appartement.

Les doigts dans le nez. Il avait une petite idée du plan de l'immeuble, mais il voulait être sûr de localiser tous les pions. De s'assurer que le bâtiment était bien vide. Il y avait ensuite la question du chien. Valait-il mieux lui balancer un steak ou lui donner un coup de pied ? Un coup de pied procurerait tellement plus de plaisir à Ivan.

Il décida d'attendre. Si Canady s'en allait, il pourrait inspecter le bâtiment le soir même. Il le survola des yeux, cherchant des lumières. L'une après l'autre, elles s'allumèrent. Des gens étaient chez eux. Mais ils étaient tous à l'autre bout de l'immeuble. Oui, il pouvait faire ça. Combler ses désirs et s'occuper en même temps de la menace.

Il palpa son couteau dans son pantalon. L'arme servirait pour se débarrasser du chien. Il acquiesça intérieurement. Il suffisait de porter des manches épaisses. Il pourrait s'occuper de l'animal. Ensuite, il s'occuperait d'*elle*.

— Je suis si contente que Cadell soit d'accord pour donner un chien à May, dit Kerri. Elle se sentira tellement plus en sécurité.

Ils étaient passés au salon après avoir rangé la cuisine. Kerri lui avait dit qu'il ferait mieux de venir dîner le lendemain, étant donné qu'elle avait assez de nourriture pour une petite armée.

— Pas vraiment, s'esclaffa-t-il. Mais les restes te serviront de déjeuner. Je ne peux pas venir, de toute façon. Je suis de garde jusqu'à 23 heures ou minuit.

Elle sentit son cœur se serrer.

— Vraiment ?

Ce fut à cet instant qu'elle se rendit compte combien elle appréciait ses visites. Elle ne voulait pas passer une soirée sans lui, bien qu'en toute justice, ce n'était pas la première fois qu'il ne viendrait pas.

Mais c'était la première fois qu'elle comprenait à quel point elle s'était attachée à lui. Une alarme étouffée résonnait dans sa tête, mais elle ne voulait pas l'entendre. Le bon sens la fuyait, remplacé par une sensation sirupeuse. Toutes les fibres de son corps se ramollissaient. Et s'alourdissaient.

Oh ! c'était grave. L'ignorer ne suffirait pas. Elle le regarda encore et vit le désir dans ses yeux. Un léger changement dans son expression, qui semblait l'appeler.

Comme mue par un ressort, elle se leva et alla s'asseoir à côté de lui sur le canapé. Il la contempla, sans détourner les yeux, lui donnant la sensation d'être enveloppée de chaleur.

— Stu ? dit-elle d'une voix à peine plus haute qu'un murmure.

— Mmm ?

— Tu connais mes problèmes. Ils semblent plus fréquents que je ne l'avais cru. Mais…

Elle se mordit la lèvre. Il ne l'aida pas mais ne la pressa pas non plus, attendant simplement. Pour une fois, elle aurait voulu être interrompue, entendre ces paroles sortir de la bouche d'un homme. Mais c'était peine perdue. Elle inspira profondément. Elle n'était pas lâche et, malgré ses doutes, elle devait le prouver.

— Je suis tellement attirée par toi, lâcha-t-elle. Tu crois que nous pourrions… que tu pourrais… juste une fois ?

— Juste une fois ? répéta-t-il, les sourcils froncés. Je ne sais pas. Je n'ai pas l'impression qu'une fois suffira.

L'euphorie la gagna, repoussant son bon sens.

— Quelques fois, peut-être ?

— Et si on attendait de voir ? Mais je peux te promettre qu'une fois ne sera pas assez.

Puis il l'enveloppa dans une étreinte d'ours.

— Tu es un adorable, magnifique, courageux tas de contradictions, dit-il d'une voix rauque.

Puis sa bouche trouva la sienne dans un baiser au début hésitant puis profond, possessif, exigeant. Lorsque sa langue dessina ses lèvres, elle sentit des picotements la parcourir, presque comme une décharge électrique, et elle s'abandonna à cet instant extraordinaire.

Cela lui avait tellement manqué. Mais c'était encore meilleur qu'elle ne s'en souvenait. Elle avait eu quelques petits amis, qui pour la plupart n'avaient pas été capables de supporter ses horaires ou les dangers supposés de son métier.

Le court terme avait qualifié sa vie amoureuse. Elle avait déjà survécu à des ruptures. Mais, au fond d'elle, elle savait qu'elle ne voulait pas que ce soit le cas, cette fois. La peur faillit la faire reculer, mais Stu la court-circuita.

Il l'enleva dans ses bras d'un geste souple. Une part d'elle avait envie de résister à sa force, à cette sensation d'être petite et légère à côté de lui, mais une autre s'en délectait. Elle s'accrocha à ses épaules et s'abandonna simplement. C'était tellement bon d'être désirée.

Quand il la reposa sur ses pieds, elle était au paradis. Comme un sorcier, il l'avait emportée vers des sommets sans même la toucher.

Son cœur battait la chamade, elle avait du mal à respirer. Elle entendit sa respiration accélérer quand il lui ôta son pull, révélant ses seins nichés dans un soutien-gorge blanc. Pour la première fois de sa vie, elle regretta de ne pas porter de lingerie fine, mais il ne parut pas le remarquer. Il lui passa un bras dans le dos et en souriant lui pressa un sein de l'autre main. Elle sentit tout son corps se tendre comme un arc.

— Dis-moi ce que tu n'aimes pas, murmura-t-il.

Elle songea qu'elle allait tout aimer de cela. Mais c'était une première fois, et une timidité inhabituelle l'envahissait. Pour la dissimuler, elle s'attaqua aux boutons de la chemise de Stu. Elle voulait voir le torse qu'elle avait admiré à travers ses vêtements. Le toucher, sentir sa peau. Elle voulait découvrir sa force et sa vitalité.

En repoussant les pans de la chemise, elle trouva ce qu'elle avait imaginé. Une poitrine musclée mais pas trop, lisse, invitante. Elle ne put résister à l'envie de le toucher, une sensation si puissante qu'elle remarqua à peine qu'il lui enlevait son soutien-gorge. Elle s'absorbait en lui, tout juste consciente de ce qu'il lui faisait, sentant seulement qu'elle touchait à la perfection.

Mais les sensations finirent par percer à travers ses pensées. Le bout de ses seins était douloureusement sensible. Elle sentit l'effleurement de ses pouces, le pincement léger qui l'atteignait au plus profond d'elle dans une décharge de plaisir. Un bref cri de ravissement lui échappa.

Les révélations continuèrent tandis qu'il se débrouillait pour baisser son jean. Une brève interruption la poussa à protester, mais il fit pleuvoir des baisers sur ses seins et en lécha le bout jusqu'à ce qu'elle se croie arrivée au paradis. Le désir battait en elle, la remplissant jusqu'aux os d'un besoin ravageur.

Alors il recula pour retirer son pantalon, la laissant le contempler à travers ses paupières mi-closes. Il était prêt pour elle, de toutes les manières possibles. Elle voulut s'emparer de lui, mais il lui échappa encore une fois, se débarrassant de ses chaussures.

Enfin il la souleva et la déposa sur le lit, lui arrachant un glapissement de peur. Un rire rauque lui échappa, mais son but fut très vite clair quand il lui retira ses bottes, son jean et sa culotte.

Un instant, la peur la rejeta en arrière.

— Et si j'ai une crise ?

— Je t'attendrai.

Il lui retira son dernier vêtement.

Elle était désormais nue sous son regard dévorant, sentant son désir croître au point de ne plus pouvoir le contenir.

Il marmonna « Tu es si belle » et s'allongea à côté d'elle. Ils entamèrent ensemble un voyage d'exploration. Les mains s'égarèrent, apprenant leurs courbes et leurs contours, tandis que leur désir suivait un crescendo inévitable. Très vite, elle haleta d'excitation.

À un moment donné, Stu se glissa en elle, la remplissant de délectation. Un sentiment de justesse l'envahit quand la véritable escalade débuta.

Il bougea lentement, tenant la tête de Kerri entre ses mains et déposant des baisers sur ses lèvres, sa gorge, son cou, lui donnant un sentiment de sécurité alors même que l'ascension se faisait plus rapide et semblait la tirer hors d'elle-même.

Elle se perdit dans un brouillard d'étoiles en arrivant au sommet, enveloppée d'une obscurité veloutée trouée de milliers de têtes d'épingle lumineuses.

Puis elle tomba en chute libre, une chute interminable qui se termina trop tôt, l'emplissant d'une sensation de plénitude joyeuse. Un instant plus tard, elle le sentit sursauter et comprit qu'il était tombé avec elle. Dans des galaxies de lumière et de chaleur dont elle voulait qu'elles ne prennent jamais fin.

Ce fut difficile, mais Stu réussit à s'arracher à elle et à rouler sur le flanc. Ils étaient tous deux en sueur, aussi alla-t-il chercher la couverture au pied du lit pour les en couvrir. Puis il la reprit dans ses bras et la serra étroitement, laissant la réalité reprendre place peu à peu.

La réalité ? Dans le meilleur sens du terme, pensa-t-il en la serrant contre lui. Il souhaita qu'ils puissent rester ainsi pour toujours. Parce qu'il avait atteint des sommets avec elle. Cette femme avait quelque chose…

Soupirant, il ferma les yeux et apprécia de la sentir blottie contre lui. Il ne doutait pas que les choses allaient vite se compliquer entre eux. Il avait senti ses hésitations, à cause de son handicap, de son manque de confiance en elle.

Cela allait arriver, il en était certain. D'autant plus qu'elle lui avait pratiquement demandé une nuit sans lendemain. Cela n'avait jamais été son truc. Il visait le long terme, mais ses ex n'avaient pas été intéressées car il devait trop souvent s'esquiver pour le travail. Ou elles partaient quand elles découvraient qu'il avait un reste de syndrome post-traumatique.

Mais il était navré pour Kerri. Avait-elle cru qu'elle n'avait droit qu'à une nuit ? Elle se dévaluait, et il se demanda de quelles autres façons elle le faisait, dont elle ne lui avait pas encore parlé.

— Tu sais, murmura-t-il dans l'obscurité, tu évoques ton épilepsie comme si ça te disqualifiait. Je comprends.

— Tu comprends quoi ? demanda-t-elle d'un ton vague.

— J'ai encore des troubles post-traumatiques. On m'a jeté plusieurs fois parce que je ne les gérais pas bien. Il faut que tu le saches.

Elle se rapprocha encore et posa un bras en travers de sa poitrine.

— Tout le monde a des problèmes, dit-elle calmement.

— C'est ce que je veux dire. Comment réagirais-tu si j'entrais dans une rage terrible, un jour ? Ou si je me retirais complètement dans mes souvenirs ? Ça va mieux, maintenant, mais je le fais encore.

— Je suis désolée, Stu. Vraiment.

— Je n'ai pas besoin de ta pitié, Kerri.

— Ce n'est pas de la pitié. Je ne pourrais jamais avoir pitié de toi.

Il leva la tête, souhaitant qu'il y ait plus de lumière.

— Tu t'entends ? Alors pourquoi penses-tu que j'ai pitié de toi si tu n'as pas pitié de moi ?

— Ce n'est pas ce sentiment qui m'inquiète.

Elle se redressa et, au lieu du partage révélateur qu'il espérait, il comprit que le clash allait arriver. Eh bien, mieux valait percer l'abcès avant que leur relation arrive au stade où elle leur causerait du chagrin. Du moins espérait-il que leur amitié en ressortirait intacte.

Elle prit une épaisse robe de chambre à un crochet derrière la porte.

— Bizarrement, dit-elle, j'ai de nouveau faim.

C'était une excuse aussi bonne qu'une autre. Peut-être allait-elle maintenant lui dire ce qu'elle avait sur le cœur. Elle avait parlé d'être un fardeau, mais il n'était pas sûr que ce soit tout. Secouant un peu la tête, il se leva et enfila son jean sans le boutonner.

Même s'il se faisait tard, elle prépara du café. Ils étaient debout pour un bon moment, pensa-t-il avec amusement. Il n'avait cependant jamais refusé une tasse de bon café. Cela ne l'empêchait pas de dormir.

— Qu'est-ce que tu veux manger ? demanda-t-elle.

— Il y a ces desserts que nous n'avons pas entamés. La tourte aux pêches et la tarte aux cerises. Peu importe laquelle.

Elle prit les boîtes et les posa sur le comptoir.

— On les réchauffe ?

— Si ça ne t'ennuie pas.

Il s'assit, la regardant virevolter autour de lui, se rappelant qu'elle n'était pas en colère, bien qu'elle en fasse une bonne imitation. Non, il avait soulevé une question sensible, et elle essayait d'y répondre avec l'honnêteté requise. C'était sa faute, mais il savait qu'ils allaient devoir en parler. De leurs propres peurs et des peurs de l'autre.

Il avait seulement voulu qu'elle comprenne qu'elle n'était pas seule. Il aurait dû se taire et attendre un meilleur moment pour aborder le sujet. D'un autre côté, c'était l'instant idéal pour se confier. Ils étaient aussi ouverts l'un à l'autre qu'ils le pouvaient à ce stade de leur relation.

Très vite, elle posa deux assiettes devant eux, ainsi que les tartes. Il y avait bien assez pour eux deux, aussi se servit-il de tarte à la cerise. Quant à elle, elle choisit un petit morceau de tourte. Avec un café bien chaud, c'était un avant-goût de paradis.

— Merci, dit-il.

— Je t'en prie.

Mais elle ne dit plus rien. Oh ! ça n'allait pas être drôle. Il voulait qu'elle prenne les devants. C'était une femme forte et indépendante, et il ne voulait pas lui marcher sur les pieds. Elle l'avait déjà accusé de lui faire la leçon.

— Tu sais, dit-elle enfin en se servant d'une deuxième part de tourte, je veux que tu saches que tu m'as donné l'une des meilleures expériences de ma vie.

— Alors j'ai tout gâché.

Elle secoua la tête sans le regarder.

— Non, tu n'as rien gâché. La réalité devait revenir tôt ou tard.

Cela faisait tellement écho à ses pensées qu'il lui exprima son propre sentiment.

— C'était la réalité. La réalité dans ce qu'elle a de meilleur. Mais continue.

Il crut voir une ombre de sourire passer sur ses lèvres. Il avait encore envie de cette bouche. Ils avaient à peine commencé à explorer ce qui s'offrait à eux. Il prit une bouchée de tarte et réprima son envie naturelle de prendre les rênes. C'était à elle de s'exprimer.

— Je ne sais même pas comment l'expliquer, dit-elle lentement. Je t'ai raconté mes problèmes, mais je ne suis pas sûre d'avoir réussi à exprimer ce que cela signifie. Non seulement je crois que je pourrais devenir un sérieux fardeau, mais…

Elle laissa sa phrase en suspens et le regarda.

— Stu, j'ai peur tout le temps.

Waouh. C'était un moment important. Il hocha la tête pour lui faire comprendre qu'il avait entendu, mais qu'il ne savait pas comment réagir. Ou même s'il *devait* réagir. Son désir de la rassurer pouvait être la mauvaise réponse, alors qu'elle venait d'avouer quelque chose qui avait dû être affreusement difficile à dire.

— Je n'ai jamais été aussi effrayée que ça, dit-elle, après quelques secondes.

Le cœur de Stu tambourinait maintenant, et il avait l'impression qu'ils étaient au bord de quelque chose qui pouvait être soit dangereux, soit merveilleux.

— Ça a été un choc après l'autre, dit-elle calmement. Être engagée par le shérif m'a mise sur un petit nuage. Ensuite je me suis rappelé toutes les erreurs que je pouvais commettre. Pas seulement en ratant un truc parce que j'aurais une crise, mais à cause d'un million d'autres choses, ne pas saisir l'importance d'un détail, ne pas gagner la confiance de May ou juste être rouillée de manière générale.

Il acquiesça de nouveau, le regard fixé sur elle, oublieux du café et de la tarte. Il voulait qu'elle comprenne qu'elle était la seule à bénéficier de son attention en cet instant.

— Je ne cesse de me dire de mettre un pied devant l'autre, de m'occuper d'une chose à la fois. Mais c'est une façon de me cacher de moi-même. Les choses n'arrivent pas l'une après l'autre. Elles arrivent toutes ensemble, comme un tsunami.

— J'imagine, dit-il.

Elle baissa les yeux et se passa les mains sur la figure.

— Je n'arrive même pas à l'expliquer, parce qu'il faudrait le faire de façon linéaire. D'abord une chose, puis l'autre. Sauf que ce n'est pas linéaire et ça ne me donne sûrement pas l'impression que les choses se passent l'une après l'autre. Et combien en énumérer, de toute façon ?

— Autant que tu veux.

Elle soupira et se frotta de nouveau les yeux.

— Oui, bon. D'abord il y a eu le réveil. Un grand trou dans ma mémoire. Le temps que ça me revienne, ils avaient fait assez de tests pour savoir que j'avais une lésion cérébrale. Une lésion cérébrale ! C'était pire que tout. Bon sang, Stu, ils m'ont dit que mon cerveau était définitivement lésé ! Je n'étais plus moi !

— C'est quelque chose de vraiment effrayant, reconnut-il. Comment pouvais-tu mesurer quelle partie de toi avait été changée ?

Son regard chercha le sien.

— C'est exactement ça. Quand le cerveau change, tu ne peux pas savoir comment ni combien. Qu'est-ce que j'avais perdu ? À quel point étais-je différente ? Impossible de le savoir. Sauf si c'était évident aux yeux de ceux qui me connaissaient, mais ils ne me l'auraient pas dit, de toute façon. Je sais qu'on change tout le temps, mais ce n'est pas la même chose que quand on n'a même plus de soubassement. Une part de moi avait disparu. Peut-être. Comment pouvais-je le savoir ?

Il hocha la tête et prit son café. Il était froid.

— Tu veux un autre café ? demanda-t-il.

— Oui, s'il te plaît.

Il fit le tour du comptoir, vida leurs tasses dans l'évier et leur en versa de nouvelles. Puis il se rassit à côté d'elle.

— D'accord, la terreur de perdre une part de toi-même, sans savoir dans quelle mesure. Je ne peux pas l'imaginer, mais j'ai vu ça arriver à d'autres. Et ensuite ?

— Et ensuite ? Ensuite, une IRM ne peut pas prédire quand tu auras des crises. Pas avant d'en saisir une en train de se passer. J'ai observé ma première crise quand ils m'ont mise en kinésithérapie.

Il darda sur elle un regard aigu.

— De la kiné ? Tu avais aussi des problèmes physiques ?

— C'était pour regagner des forces. L'alitement est très mauvais pour les muscles. Ensuite on m'a fait passer un électroencéphalogramme pour voir si mes ondes cérébrales étaient normales. Du côté où j'avais reçu la balle.

Stu hocha la tête d'un air encourageant.

— Ils m'ont dit que mon cerveau fonctionnait plus lentement de ce côté. Je n'étais donc pas synchronisée. En tout cas, on m'a diagnostiqué un trouble épileptique. Je ne sais pas s'il a un nom particulier. Ça voulait dire que je perdais parfois le contact avec la réalité. Puis retour à la neuro pour essayer de trouver un médicament qui atténue les crises. Ça a réduit leur nombre, mais ça n'a pas pu les faire disparaître.

— Quelle galère, dit-il avec sincérité.

— Tu parles.

Elle soupira et porta une miette de tourte à sa bouche.

— Bon, tout ça c'était plus ou moins en ligne droite. Ce n'était pas l'impression que ça me donnait, mais c'était en ligne droite.

Il avait mal pour elle, bien qu'il n'ait entendu qu'une partie de son récit. Elle s'ouvrait comme quelqu'un qui a désespérément besoin de parler, et il savait que ce n'était encore que la pointe de l'iceberg.

— Puis je suis retournée au travail, mais je m'inquiétais déjà de savoir si je pouvais l'effectuer. Une part de moi n'était plus là et je ne pouvais rien y faire. J'étais abasourdie.

Il ne voulait pas l'interrompre, même de façon discrète.

— Ils m'ont envoyé chez un psychologue, ce qui était la procédure après un événement comme celui-là. J'ai supposé que c'était pour savoir comment je gérais le fait d'avoir été blessée. Mais non, c'était l'étape nécessaire avant de me licencier pour inaptitude. Les mois suivants, j'ai traité des piles de dossiers où je ne risquais pas de faire des bourdes, pendant que le licenciement suivait son cours.

Elle fit une pause.

— Stu, je me sentais trahie. Je ne pouvais pas m'en empêcher, même si je savais que c'était injustifié. Ils ne pouvaient pas me garder éternellement comme assistante. Ils avaient besoin d'un officier actif pour me remplacer. Je ne pouvais même pas travailler sur les indices, parce que j'aurais pu faire des erreurs ! Plus de badge, plus de travail de police, plus de travail du tout. Je me suis effondrée.

— J'imagine.

Il comprenait son sentiment de trahison, bien qu'elle

ait elle-même admis qu'elle comprenait la situation. La police était une sorte de fraternité, et celle-ci l'avait laissée tomber. Non parce qu'ils le voulaient, mais parce qu'il le fallait. Affreux.

— Tout le monde était super gentil. Même après que j'ai fait mes paquets et que je suis rentrée chez moi, les collègues passaient souvent me voir. Mais même ça, c'était insupportable. Le rappel constant de ce qui m'était arrivé. J'avais l'impression qu'on frottait du sel sur mes plaies. Mais d'autres fois… Stu, tu vas trouver ça dingue : j'ai commencé à m'inquiéter de la manière dont je me reposais sur eux.

— Sur eux ?

Il but du café et poussa la tourte dans la direction de Kerri. Aussi stressée qu'elle soit, elle avait encore besoin de calories. Voyant son geste, elle avança sa fourchette et prit une bouchée, qu'elle avala avec du café.

— Me reposer sur eux, répéta-t-elle. J'ai compris que j'attendais qu'ils passent et qu'ils me parlent du boulot. J'avais commencé à vivre par procuration. Et où cela allait-il me mener ?

Stu songea qu'elle était d'une lucidité remarquable.

— En tout cas…

Elle repoussa la tourte et soupira.

— J'ai pris conscience qu'il était temps d'accepter que ma vie avait changé de façon permanente et que je ferais mieux d'en construire une nouvelle avant d'arriver à quatre-vingt-dix ans et de m'apercevoir que je n'étais pas sortie de chez moi les soixante années précédentes, tu vois ?

Il hocha la tête.

— J'ai éprouvé ce genre de choses, aussi.

Elle lui glissa un regard de biais.

— Vraiment ?

— On en reparlera plus tard. Il s'agit de toi.

Les jolis yeux de Kerri brillaient de nouveau d'une étincelle de vie.

— Promis ?

— Promis. Tu sauras tout sur moi. Continue.

Elle acquiesça.

— Rien de tout ça n'est arrivé une chose après l'autre. Comme je l'ai dit, ce n'était pas linéaire. Les faits émergeaient, puis disparaissaient. Donc quand c'était difficile, je commençais à envisager d'autres possibilités. Revirements et volte-face. Et tout ce temps, j'avais l'impression de regarder dans un abîme d'incertitude. J'avais peur. Où aller ? Que faire ? Avant même que je réponde à ces questions, elles me revenaient en pleine figure. Il fallait que je m'éloigne de tout et de tout le monde, ou bien je ne pourrais plus jamais y voir clair.

— Difficile.

— Choquant. Je me disais que je n'avais pas seulement besoin d'un nouveau travail, mais d'une nouvelle vie. Une amie m'a suggéré d'enseigner le droit criminel et j'ai sauté sur cette idée. Mais je voulais un endroit tranquille, où il n'y aurait pas trop de gens.

— Pourquoi ?

— Parce qu'à ce moment-là, j'étais terrifiée par mes crises. Même après avoir eu Snowy, j'avais toujours peur. Je savais qu'il m'empêcherait de me figer au milieu de la circulation ou ce genre de choses, mais il ne pouvait pas faire face aux gens et à leurs réactions. Je voulais réduire mes contacts au minimum.

Il avait le cœur serré.

— Je suppose que c'est pour ça que tu es venue t'installer à Pétaouchnock.

Elle secoua la tête.

— Non, c'est une ville sympa. Et mes cours ne sont pas assez importants pour être intimidants. La seule chose à laquelle je n'avais pas pensé, c'étaient les transports publics. Donc maintenant je suis là, construisant cette nouvelle vie tant vantée, et j'ai toujours peur. Et si je faisais quelque chose de stupide au cours d'une crise ? Et si les crises s'aggravaient ? Comme aujourd'hui. Si c'était vraiment une crise, aujourd'hui ?

— Snowy ne s'est pas comporté comme d'habitude.

— Personne ne sait comment Snowy réagirait si je m'absentais dix ou quinze minutes. Ça n'est jamais arrivé. Donc la question demeure : et si ça s'aggravait ? Et si je gâchais la chance incroyable que Gage m'a donnée ? Et si je gâchais tout ?

— Kerri…

Elle agita la main.

— C'est possible, Stu. Personne n'a de patience infinie. Mais le fond de l'histoire, c'est que j'ai peur tout le temps. Je n'ai plus confiance dans la vie. Je suis sûre que tu sais ce que je veux dire.

Il le savait en effet, mais ce n'était pas le moment d'en parler. Bien sûr qu'elle n'avait plus confiance dans la vie. La plupart des gens vivaient avec la conviction aveugle que le lendemain viendrait et qu'ils finiraient par faire sauter leurs petits-enfants sur leurs genoux. Mais les soldats perdaient cette foi, et il comprenait pourquoi elle l'avait perdue elle aussi. La survie n'était pas garantie, et une fois la confiance perdue, elle ne revenait pas facilement.

Il aurait aimé lui offrir du réconfort, mais cela n'aurait été que des mots. Elle avait besoin de se battre avec elle-même, tout comme il luttait avec lui-même. Même la thérapie de groupe et les conversations avec des pairs ne pouvaient rien y changer.

— Tu as déjà envisagé que tu puisses être dans une phase de deuil ?

Elle tourna lentement la tête vers lui.

— De deuil ?

— Le deuil n'est pas forcément provoqué par une mort. La perte de son ancienne vie suffit. Une part de toi est morte. C'est pourquoi ça vient par vagues. Ce n'est qu'une supposition. Je n'ai pas étudié la psychologie.

Mais elle réfléchissait.

— Le deuil, répéta-t-elle comme pour essayer cette idée.

— D'après ce que j'ai entendu dire, ce n'est pas un cheminement régulier. On peut passer et repasser par plusieurs phases. De la colère au désespoir, et ainsi de suite. Ce qui, à mon avis, rend les choses plus difficiles à gérer.

Elle hocha lentement la tête.

— Mais le cerveau ne peut traiter qu'une certaine dose chaque fois, dit-il.

— Je me sens aussi faible qu'un petit chat.

— Dieu du ciel ! C'est la dernière chose que je dirais de toi !

Un faible sourire passa sur les lèvres de Kerri.

— Merci. Mais c'est ce que je ressens. Je vais mal et je ne veux pas admettre que je vais mal. J'essaie de me conduire en bon petit soldat, si tu me pardonnes l'expression.

— C'est une bonne expression.

— J'ignore si j'y arrive. Voilà, tu sais tout. Ma plus grande peur, c'est de tout gâcher, depuis mon travail d'enseignante jusqu'à ce poste d'adjointe. Et notre amitié.

Ce dernier mot fit mal à Stu, mais il se rappela qu'elle ne le connaissait pas assez pour lui faire totalement confiance. Malheureusement, il ne pouvait pas faire apparaître cette confiance comme par magie. Seuls le temps et l'expérience le feraient.

Snowy gémit et Kerri leva brusquement la tête.

— Il doit avoir besoin de sortir.

Stu se leva aussitôt.

— J'y vais, si tu permets.

— Oui, tu peux. Il t'aime bien.

— Est-ce que ça ira pour toi ?

— Sans sa présence ? Oui, je peux y arriver. Je vais juste m'asseoir là où je ne risque pas de tomber.

Une minute plus tard, il franchissait la porte avec le chien. Un regard en arrière lui apprit que Kerri s'était installée dans le fauteuil. Elle croyait être une charge pour les autres, mais, considérant les ajustements qu'elle avait faits, il se disait que c'était elle qui souffrait.

Dehors, la nuit était fraîche, pas froide. Il se demanda s'ils allaient avoir une autre journée tiède. Tandis que Snowy faisait ses besoins, il fit lentement un tour sur lui-même. Il n'y avait pas assez de lampadaires par ici. Il ne comprenait pas pourquoi on n'en avait pas installé davantage.

Un instant, il crut voir une ombre dans le noir, mais il n'en était pas sûr. Ses yeux n'étaient pas encore tout à fait adaptés à l'obscurité. Mais le malaise s'empara de lui. Le violeur était-il en train de rôder ? Il leva les yeux vers les fenêtres de Kerri et vit la lumière.

Snowy ne semblait pas perturbé, aussi Stu prit-il cela pour un bon signe. En fait, le chien manifestait le désir de rentrer. Apparemment, il voulait être aux côtés de Kerri. Ça, c'était une chose que Stu comprenait parfaitement.

Ivan avait reculé dans l'ombre des arbres au bout du parking. Non qu'ils aient encore du feuillage, mais leurs troncs suffisaient à le dissimuler. Il avait craint que le flic ne l'ait vu. Ivan avait peut-être bougé. Figé comme une statue, il attendit. Finalement, Canady et le chien rentrèrent tous deux. Il était à l'abri, au moins pour l'instant.

Mais bon sang, ce type allait-il rester toute la nuit ? Cela allait-il devenir une habitude ? Plus il y réfléchissait, plus il s'inquiétait de cette Addison. Bien sûr, elle ferait un morceau savoureux. La soumettre serait un triomphe, puisqu'elle avait été flic. Même si elle était handicapée. Cela ne la rendait pas nécessairement faible. Au contraire, s'imaginait-il.

Pour l'instant, il devait patienter. Au matin, il reviendrait inspecter l'immeuble. Il compta les fenêtres éclairées et essaya de calculer combien d'appartements étaient occupés. En dehors de la cage d'escalier, il y avait un gouffre d'ombre entre Addison et ses plus proches voisins. Le faible éclairage des couloirs ne comptait pas. Il avait l'impression que sa tête bourdonnait de pulsions et de besoins contradictoires. Peut-être s'emparerait-il d'elle le lendemain soir. Pour l'instant, il devait se trouver un petit cadeau en ville. Une femme qui n'aurait pas assez peur pour se terrer chez elle. Il était sûr qu'il y en aurait une. Il avait rencontré assez d'idiotes pour le savoir. Il devait toutefois reconnaître qu'il était surpris de la manière dont la ville s'était refermée sur elle-même. Il n'aurait pas pensé que deux viols suffiraient à faire cela. En allant faire ses courses, il entendait des choses. Et ce qu'il entendait, c'était la peur. Il devait avouer que cela lui procurait un plaisir énorme. Mais cela lui rendait aussi plus difficile la satisfaction de ses besoins.

Secouant la tête, il monta sur son vélo. Peut-être qu'il aurait plus de chance à l'autre bout de la ville. Au matin, il examinerait la situation dans l'immeuble d'Addison.

Il pourrait agir le lendemain soir. Il savait déjà que les verrous des portes d'entrée n'étaient pas de la meilleure qualité. Quelque temps auparavant, il avait été agréablement surpris de constater qu'ils ne s'encastraient pas bien. Il pouvait se servir d'un pied-de-biche. À moins que cette Addison ait de la chance, son appartement aurait pu tout aussi bien être grand ouvert.

Quant au chien… Il n'avait pas l'air bien effrayant, d'autant plus qu'il n'avait même pas jeté un regard dans sa direction. Cet animal ne représentait aucune menace. Il ne savait sans doute rien faire d'autre que veiller sur la femme.

Oui, il pourrait s'arranger du chien. Il prit la direction d'un lotissement à l'autre bout de la ville. Il avait besoin d'un plan de secours s'il ne pouvait surprendre Addison le lendemain soir.

Son tour viendrait.

11

Au matin, Kerri se sentit mal à l'aise, principalement de crainte d'avoir tout gâché avec son grand déballage. Stu et elle n'avaient pas refait l'amour, peut-être parce qu'il était dégoûté de son autoapitoiement. Elle ne pouvait le lui reprocher. Oui, il l'avait tenue dans ses bras une grande partie de la nuit, mais c'était une piètre consolation. Elle avait tout gâché, et pas avec ses crises.

Avant de partir, il avait tout de même dit qu'il reviendrait entre 1 heure et 2 heures du matin, et qu'il apporterait le petit déjeuner si elle voulait. Elle avait souri et accepté. Mais elle se demandait s'il n'allait pas essayer de sortir de sa vie. Ce serait une bonne chose, tenta-t-elle de se persuader, mais elle n'y croyait pas vraiment. La compagnie de Stu lui était devenue terriblement importante. Ce qui voulait dire qu'elle devait affronter une autre vérité : bien qu'elle ait tenté de l'éviter, elle avait noué une relation d'attachement. Cet homme avait contourné toutes ses peurs.

Lorsqu'elle arriva chez May, peu après 6 heures, elle découvrit que Connie était partie, que personne ne l'avait remplacée et que la voiture de patrouille qui stationnait devant chez May avait disparu. Que diable se passait-il ?

À l'intérieur, elle trouva May blottie sur le sofa en jogging, une couverture sur les genoux. Son visage portait encore des traces d'hématomes.

— Bonjour, dit-elle. Où sont passés les autres ?

— Je les ai renvoyés. Il faut que je m'habitue à rester seule, ou alors autant vendre et déménager.

Kerri comprenait cela. Mais c'était un peu tôt dans le cas de May.

— Ça ne vous dérange pas que je sois là ?

— C'est différent. Vous ne me donnez pas l'impression de me surveiller.

C'était agréable à entendre. Kerri sourit.

— Vous voulez que je vous prépare un petit déjeuner ?

— Volontiers. Je viens avec vous.

May déplia les jambes et elles allèrent toutes deux à la cuisine.

— Ce n'était pas si dur, dit May. Une fois dépassée l'heure du crime, ça allait mieux.

— L'heure du crime ?

— Il est arrivé vers 2 heures. Comme pour Sandra, m'a-t-on dit. Je me suis détendue, et puis Connie a des enfants à qui elle devait manquer. De toute façon, ça va, en grande partie.

Kerri aurait bien aimé que cela dure.

— Bonne nouvelle, dit-elle à May quand elles se mirent à table avec du café, des œufs et des toasts. Cadell, le dresseur de chiens dont je vous ai parlé… Il va vous amener votre chien aujourd'hui.

May écarquilla les yeux.

— Vraiment ? Oh ! waouh ! Je n'aurai plus peur, alors !

Kerri souriait elle aussi.

— Probablement pas.

— Eh bien vous, vous avez Snowy.

Les oreilles du chien se dressèrent à la mention de son nom, mais il ne bougea pas.

— Il sert à autre chose, répondit Kerri. Je ne le considère

pas comme une protection. Mais Cadell va vous amener un chien qui vous protégera.

Quand le petit déjeuner fut prêt, elles s'assirent ensemble à la petite table de cuisine.

— Comment va Sandra ? demanda May.

— Elle essaie toujours de sortir du coma. J'ai appelé ce matin pour prendre des nouvelles. J'irai lui rendre visite plus tard.

May fronça les sourcils.

— Je suis désolée pour elle. Tout le monde l'aime. C'est une fille formidable. J'espère qu'elle va guérir.

— Et vous ?

May sourit.

— Il y a de bons côtés dans une petite ville, mais je ne sais pas où mettre tous ces plats, ces biscuits, ces tartes. Ou les fleurs. Ma chambre d'amis en est pleine.

Kerri rit légèrement.

— C'est une bonne chose, qu'ils se soucient de vous.

— Oui, ça fait du bien. Je ne me plains pas. Mais il y a tellement de nourriture. Et je ne peux pas en faire don. Certains pourraient se vexer en voyant leurs plats à une soupe populaire. Mais peut-être que je vais demander à quelqu'un d'emporter les fleurs à l'hôpital.

May soupira.

— Ils sont tous si gentils, mais j'aimerais avoir un peu de répit. Quand Connie était là, hier soir, j'avais l'impression d'être à une soirée. Comment puis-je expliquer que je suis épuisée ?

— Je ne sais pas. Je suis plus ou moins passée par là. Les gens veulent faire quelque chose de gentil tout de suite. Mais ce serait aussi gentil plus tard, et peut-être plus opportun.

— Exactement.

Kerri insista pour ranger après le repas. Ensuite elles s'installèrent au salon.

— J'ai peur d'ouvrir les fenêtres, dit abruptement May.

— Et si j'en ouvre une pendant que je suis là ?

— Ce serait bien. Cette pièce a besoin d'être aérée.

Quand Kerri reprit son siège, elle remarqua que May fixait le vide.

— May ? Est-ce que ça va ?

— Je me souviens, lui dit cette dernière d'une voix rauque.

Kerri se pencha en avant. Elle avait un petit magnétophone dans sa veste, juste au cas où. Elle le sortit, l'alluma et le posa sur la table du salon.

— Que vous rappelez-vous ?

— Lui. Je me souviens de lui.

— Son visage ?

— Juste ses yeux. Il avait un masque. Il faisait si noir…

Kerri attendit, ne voulant pas perturber le cours de sa remémoration. May finit par reprendre :

— Je ne voyais pas leur couleur, il faisait trop sombre. J'imagine que ça veut dire qu'il avait les yeux noirs, parce que je pouvais voir le blanc de ses yeux. Mon Dieu, il avait l'air d'un monstre.

— *C'est* un monstre, dit gentiment Kerri. Autre chose ?

— Le couteau. Il brillait aussi.

Elle murmura :

— Comme un truc sorti de l'enfer. Il semblait briller de plus en plus.

Elle regarda Kerri.

— C'est comme ça que votre cerveau l'a retenu, dit celle-ci. C'était une menace. Une fois, en regardant le canon d'un revolver, j'ai eu l'impression qu'il était énorme.

May hocha lentement la tête.

— Oui, peut-être. En tout cas, j'ai vu ses yeux. Ensuite, quand il s'est mis debout…

Kerri attendit de nouveau, sachant que la patience était essentielle. Mais son cœur battait. Peut-être y avait-il autre chose, une information essentielle pour retrouver l'homme.

— Je ne veux pas me souvenir de ça !

La voix de May se brisa.

— Mais après… après, je l'ai vu debout au-dessus de moi, refermant son pantalon et, oh tout était si confus ! J'avais mal partout et il était là, en train de se reboutonner. C'est juste un éclair, mais il semblait avoir du mal avec le bouton de son jean. Et sa chemise… il y avait quelque chose de brodé dessus. Comme s'il travaillait pour une entreprise…

May enfouit son visage dans ses mains. Cela pouvait être utile, mais Kerri devait donner du temps à la jeune femme. Elle se leva et s'assit à côté d'elle, lui tapotant gentiment le genou.

— Détendez-vous. Je sais que c'est horrible de se rappeler. Absolument horrible.

May leva un visage sillonné de larmes.

— Est-ce que je vais oublier un jour ?

Kerri ne pouvait honnêtement lui répondre par l'affirmative.

— Ça deviendra plus facile. Ça, je peux vous le garantir.

— D'accord.

May tira un mouchoir en papier de la boîte posée sur la table d'angle.

— À qui est-ce que je dois dire ça ?

— C'est pour ça que je suis ici. Je viens de l'enregistrer. Je n'ai qu'une seule question.

May hocha légèrement la tête.

— Est-ce que vous pourriez le décrire à un dessinateur de la police ?

— C'est si peu !

Kerri lui prit la main et la serra.

— Vous serez surprise des détails dont vous vous souvenez. Peut-être rien d'important. Peut-être quelque chose d'énorme. Mais vous n'avez pas besoin de le faire tout de suite.

— Vous resterez avec moi ?

— Absolument.

Ivan vit que la voiture de police n'était plus devant la maison de May. Il supposa que les flics s'étaient désintéressés d'elle. Ça voulait dire qu'il était tiré d'affaire.

Mais en repassant devant un peu plus tard, il vit une autre voiture de police s'arrêter. C'était le dresseur de chiens, avec un de ces animaux. Allaient-ils donner un chien à la femme ? Il faillit éclater de rire. C'était un peu comme refermer le portail après la fuite du cheval.

Addison sortit avec son gros badge brillant et parla à l'homme avant de le faire entrer.

Ivan voulait savoir ce qui se passait, mais il décida de ne pas s'attarder. Il repartit et cacha son vélo derrière un petit magasin avant de revenir à pied.

Maintenant l'homme s'en allait, sans le chien. Il lui fut presque impossible de ne pas rire, cette fois. Il ne se préoccupait plus de la femme. Il s'intéressait à Addison. Parce que les murmures allaient croissant concernant le fait qu'elle savait des choses. Ivan avait dépassé le stade où il était capable de faire la différence entre ce qu'il entendait et ce que son cerveau lui racontait. Il savait seulement que cette Addison devait être supprimée. Et que si Canady ne venait pas ce soir, il agirait.

Kerri passa quelques heures avec May et la dessinatrice. Au début, May hésita et multiplia les « Non, ce n'est pas ça ». Mais l'artiste, une femme d'âge moyen, était patiente. Elle avait visiblement de l'expérience avec les victimes qui cherchaient ce qui était « juste ».

Cette justesse était difficile à expliquer. C'était rarement conscient, mais les gens avaient un véritable souvenir, et quand ils disaient que ce n'était pas juste, c'était pour une bonne raison. L'artiste effaça donc à l'aide d'une grosse gomme les parties que May n'aimait pas. De temps en temps, elle froissait sa feuille de papier et en prenait une autre, attendant que May corrige ou ajoute.

Et pour ajouter, elle ajouta. Quand elle fut enfin satisfaite, elles avaient la posture de l'homme, son expression, sa taille, son ventre légèrement proéminent et une esquisse de son nez. Et puis il y avait les yeux. Les yeux étaient la partie la plus frappante.

— Il y a un moyen d'injecter ça dans un logiciel de reconnaissance faciale ? demanda Kerri. Surtout les yeux ?

La femme secoua la tête.

— La forme est assez bonne, mais la distance entre les yeux est un détail important, et il n'est pas possible de la préciser d'après un dessin. D'après une photo, oui, mais pas d'après un croquis.

Eh bien, c'était clair, pensa Kerri.

— C'est un super dessin, May.

Celle-ci s'adossa au canapé et prit un flacon d'analgésiques.

— Je ne pensais pas me souvenir d'autant de choses.

L'artiste remballa son matériel en disant :

— Si vous pensez à autre chose, faites-le savoir à Kerri ou à la police. Je peux revenir et ajouter autant de détails que vous voulez.

Le chien avait eu un succès immédiat avec May. Il était blotti sur le canapé à côté d'elle, l'air en extase chaque fois qu'elle plongeait les doigts dans sa fourrure. Il semblait aussi sentir qu'elle avait mal, parce qu'il évitait de se vautrer sur elle, comme font parfois les chiens. Il aimait bien Snowy. Ils avaient agité la queue de concert et s'étaient flairés un bon moment.

— Vous n'avez pas besoin de rester, dit May à Kerri. Je suis tellement contente d'avoir Hoss.

— Drôle de nom pour un chien, remarqua Kerri.

— Moi j'aime bien, dit May avec un petit rire.

Après s'être assurée que May l'appellerait en cas de nécessité, Kerri téléphona pour qu'on vienne la chercher, et l'adjoint Redwing apparut pour les reconduire, Snowy et elle. La peur viendrait encore perturber May, elle était bien placée pour le savoir.

La tiédeur perdurait, mais le temps que Kerri et Snowy gravissent l'escalier, la nuit avait sorti ses vrilles glacées. Une fois à l'intérieur, elle nourrit Snowy et lui ôta son harnais. Puis elle regarda ce qu'il restait dans le réfrigérateur et se décida pour la salade qu'ils avaient laissée de côté la veille. Enfin, elle n'eut plus rien à faire, sauf écouter le vide de l'appartement et désirer la présence réconfortante de Stu. Ainsi que sa force et l'attirance massive qu'elle éprouvait envers lui. Seigneur, qu'est-ce qui l'avait pris la veille ? De tous les moments possibles, elle avait choisi le pire. Ses craintes et ses complexes s'étaient érigés comme un mur entre elle et ce qu'elle voulait.

Pis, elle n'était même pas sûre d'avoir abattu cet obstacle. Peut-être n'avait-elle fait qu'ajouter des briques. Elle ne pourrait certainement pas reprocher à Stu de prendre du recul et de décider qu'ils devaient être simplement amis.

Elle ne cessait de jeter des coups d'œil à l'horloge,

comptant les heures. Il avait dit qu'il passerait entre 1 heure et 2 heures du matin, avec le petit déjeuner. Elle ne doutait pas qu'il le ferait : c'était un homme de parole. Le test serait de voir s'il restait après cela. Elle se préparait à la déception.

Le silence et le vide l'entourèrent de plus en plus à mesure que la soirée s'écoulait. Elle aurait dû allumer la télévision, mais elle savait que ça ne la distrairait pas. Au lieu de cela, elle était saisie d'un malaise croissant qu'elle ne s'expliquait pas. Quelque chose clochait. C'était idiot. Combien de soirées avait-elle passées seule chez elle ? Beaucoup. Pensait-elle à un fantôme ou à quelque chose du genre ? Ridicule. Mais elle sortit sa matraque du placard de sa chambre, la déplia et l'accrocha au gond de la porte. Cela fait, elle se sentit un peu mieux. Cela n'était pas plus absurde que de s'asseoir avec un pistolet sur les genoux. Satisfaite, elle jeta la balle de tennis à Snowy et le regarda courir dans l'appartement jusqu'à ce qu'il décide de s'amuser avec son os.

Elle s'était ordonné de faire une sieste pour être en forme quand Stu arriverait. Elle ne risquait pas de le manquer car elle entendrait ses coups à la porte. Mais elle n'arrivait pas à se calmer, ce qui voulait dire que Snowy la suivait dans ses déambulations. Elle s'irritait d'elle-même.

Finalement, elle se laissa tomber sur le canapé et prit un livre. Elle n'en lut pas un mot. Elle avait l'impression que la tragédie venait dans sa direction. Elle avait tout gâché avec Stu. Cette conviction la remplissait tout entière.

Juste avant 1 heure du matin, tout changea. Snowy se mit en alerte. Elle ne l'avait pas vu souvent ainsi. Stu était-il arrivé plus tôt ? Le chien fixait la porte, le poil hérissé. Ce fut au tour de Kerri de s'alarmer. Snowy n'avait jamais le poil hérissé. Y avait-il quelqu'un ? Se levant, elle alla chercher sa matraque. La tenant bien en main, elle attendit. Si un cambrioleur essayait d'entrer, il allait avoir une sacrée surprise. Le poids de la matraque la rassurait.

Puis deux choses arrivèrent presque simultanément. Snowy émit un grognement guttural en voyant la poignée de la porte bouger. Et il lui donna un coup de museau sur la cuisse.

Seigneur, non ! Et elle fut partie.

Quand elle revint à elle, tout avait changé. Snowy gisait sur le flanc en geignant. Un homme masqué venait vers elle. Que se passait-il ?

Lorsqu'elle vit le couteau, elle réagit instinctivement. La confusion se dissipa. La menace était claire et transperça le brouillard habituel. Elle sentit le poids de la matraque dans sa main.

Snowy se releva maladroitement en grognant et fonça sur l'homme. Cela le fit reculer. Kerri, elle, ne recula pas. Peu lui importait de tuer le type. Snowy avait le même sentiment, apparemment. Bien que blessé, il se jeta sur l'agresseur et le mordit au mollet.

L'homme hurla, et Kerri le vit brandir le couteau comme s'il allait poignarder le chien. Elle entra immédiatement en action et leva sa matraque, mobilisant toute sa formation policière.

— Lâchez ça ! Plus un geste !

L'homme ne fit ni l'un ni l'autre. Quoi qu'il ait voulu faire en s'introduisant chez elle, il l'avait apparemment oublié. Il se tordait de douleur en essayant de se débarrasser du chien. Kerri s'approcha, matraque levée, agrippant si fort cette dernière qu'elle en avait mal aux jointures.

— Plus un geste ! ordonna-t-elle de nouveau et, sans

autre avertissement, elle abattit son arme sur le bras qui tenait le couteau.

Stu était sorti du travail un peu plus tôt et était passé au relais routier prendre le petit déjeuner. Après la soirée de la veille, il se sentait coupable d'avoir travaillé toute la soirée et il craignait que Kerri n'ait l'impression d'être abandonnée. Elle comprenait la nécessité d'aller travailler, mais les émotions, c'était autre chose.

Sacs dans les mains, il était en train de parcourir le couloir lorsqu'il l'entendit crier. « Plus un geste ! » Avait-elle vraiment crié cela ? Laissant choir les sacs, il se précipita, ne perdit pas de temps à tester la serrure et, levant le pied, fracassa la porte.

La scène l'horrifia. Il vit le type masqué, Snowy dont les crocs étaient plantés dans son mollet, et Kerri qui levait sa matraque. Tout cela en un éclair. Le type devait être chargé à bloc car, malgré le coup, il ne lâcha pas son couteau, une grande lame de chasse. Stu n'avait pas besoin d'en voir plus. Lorsque l'homme pointa le couteau vers le chien, Stu bondit en avant, tout en avertissant Kerri.

— Ne me frappe pas !

La matraque s'immobilisa une fraction de seconde avant le deuxième coup, et Stu plongea dans l'ouverture, attrapant le type par la taille et le faisant tomber par terre. Cette fois, l'homme lâcha son couteau. Snowy s'écarta et l'intrus s'effondra.

— Je *veux* le frapper ! hurla Kerri. Il a fait du mal à mon chien.

Le type criait à pleins poumons.

— Le chien m'a mordu ! Elle m'a cassé le bras !

— Et toi, tu allais faire quoi ? gronda Stu en forçant l'homme à rouler sur lui-même pour le menotter. Si tu veux, elle te casse l'autre bras. Je jurerai que je n'ai rien vu. Maintenant, ferme-la.

Le hurlement s'acheva par un gémissement aigu. Stu posa un genou sur le dos de l'homme. Puis, s'adressant à Kerri, dont les yeux brillaient de fureur, il lui demanda :

— C'est toi qui appelles la boutique ou c'est moi ?

Le lendemain soir, Kerri et Snowy étaient à la maison. Le chien avait pris des coups de pied. Ses flancs étaient contusionnés et sa patte de devant cassée, mais il se déplaçait assez facilement avec son plâtre. Une fracture simple, avait dit le Dr Windwalker. Il guérirait très bien, même si ses côtes allaient rester douloureuses quelques semaines.

Snowy semblait avoir un peu de mal à digérer ce qui s'était passé. Il montrait peu d'intérêt pour sa balle de tennis, mais il aimait toujours son os et les promenades. Kerri les écourtait à cause des blessures du chien, mais en observant ce dernier, elle avait compris que peu de choses pouvaient l'abattre.

— Il est costaud, dit Stu.

Il était sorti acheter le petit déjeuner qu'il lui avait promis la veille au soir et était en train de le disposer dans les assiettes en porcelaine.

— Mais toi aussi, tu es costaud. Je me rappellerai le moment où tu as balancé cette matraque aussi longtemps que je vivrai.

— Je suis heureuse de l'avoir eue à portée de main.

Elle se mordit la lèvre.

— Stu, j'ai encore eu une crise. Je ne pouvais même pas protéger Snowy. Quand j'en suis sortie, il était déjà blessé.

Stu lui prit la main, l'entraîna vers le comptoir et posa

un café chaud, ainsi qu'une assiette d'œufs brouillés devant elle.

— Mais tu ne t'es pas figée volontairement. Dès que tu as vu ce qui se passait, tu es entrée en action. Et tu as fait du bon boulot.

— Ce n'est pas l'impression que j'ai.

— Kerri, arrête de te dire que tu n'es pas assez bien. Tu as fait un boulot spectaculaire en attrapant un homme armé, et tu as agi avant qu'il puisse tuer Snowy. Tu l'as sauvé.

Elle secoua un peu la tête.

— Écoute, ce type est entré par effraction. Tu n'étais pas préparée à ce qu'il allait faire. Comment aurais-tu pu l'être ? Même si tu n'avais pas eu de crise, la première chose qu'il aurait faite aurait été de se débarrasser du chien. Tu n'avais tout simplement pas le temps de l'empêcher. C'est le fin mot de l'histoire.

Elle mangea quelques minutes, puis soupira.

— Tu as probablement raison. Je n'ai jamais imaginé que Snowy pourrait me protéger. Ce n'était pas ce qu'il était censé faire. Je n'aurais pas été surprise s'il était enfui. Ou qu'il se soit blotti contre moi.

— Et au lieu de ça, il s'est battu pour toi. Tu t'es sacrément bien débrouillée. De toute façon, c'est Snowy qui a fait en sorte que le gars s'occupe de lui d'abord.

Elle n'y avait pas réfléchi de cette manière, mais elle comprit que c'était vrai. Son humeur s'allégea soudain.

— Merci.

— Et maintenant, tu sais que tu as ton propre chien policier.

Cela la fit rire. Stu parvenait toujours à lui rendre sa bonne humeur. Elle se tourna vers lui et se noya dans son regard.

— Stu…

— Il y a quelque chose que nous n’avons pas fini, dit-il. Depuis avant-hier soir. Tu ne peux pas imaginer tout ce que j’ai envie de te faire.

Le cœur de Kerri sauta un battement et une sensation de chaleur se répandit en elle. Aussi simplement que ça, il éveillait en elle les désirs les plus intenses.

— D’abord, dit-elle, je veux m’excuser d’avoir craqué. Ce n’était pas le bon moment.

Il secoua la tête.

— Je ne veux pas de tes excuses. Nous nous sommes rapprochés, tu as eu peur et tu as exprimé cette peur. Tu en avais tout à fait le droit. Plus d’excuses, jamais. Pas pour quelque chose comme ça.

Elle sourit.

— Tu allais me raconter ton histoire.

— Pas ce soir. J’ai d’autres choses en tête.

Son sourire était coquin.

— Tu as fini de manger ? On peut laisser la vaisselle ? On pourra réchauffer les plats dans un moment ou tout mettre à la poubelle, peu m’importe.

Stupéfaite, elle écarquilla les yeux.

— Qu’est-ce qui se passe, Stu ?

— Je crois que nous avons des choses à célébrer. Tu as arrêté le violeur. Sandra commence à se remettre. May peut se détendre. Tout ça mérite qu’on le fête.

— Je ne l’ai pas arrêté, protesta-t-elle. C’est lui qui s’est arrêté tout seul.

Stu émit un bruit de dégoût.

— Arrête, Kerri. Tu as cassé le bras de ce salopard. Ça a suffi pour que je puisse le menotter. Le crédit de l’arrestation te revient.

Son cœur fit un bond.

— Vraiment ?

— C'est la décision officielle. C'est *ton* arrestation. C'est un bon début, non ?

Une vague de bonheur envahit Kerri. Oui, cela méritait d'être fêté.

— Mais il y a plus.

— Plus de quoi ? dit-elle en cillant

— De moi. Quand j'ai vu ce qui se passait, j'ai eu une épiphanie.

Il lui prit les mains et la fit descendre de son tabouret.

— Quelle épiphanie ?

Soudain, elle avait du mal à respirer. Cela venait de la manière dont il la regardait.

— J'ai compris que ce serait affreusement difficile de vivre sans toi, Kerri Lynn Addison. J'ai compris que je veux passer le reste de ma vie avec toi. Si cette idée ne te fait pas horreur.

Elle ouvrit la bouche de stupéfaction, et la joie remplit son cœur.

— Mais… mais…

— Je sais. Tous tes problèmes. Eh bien, fourre-les dans ta poche et mets ton mouchoir par-dessus. Je les ai tous vus, je les ai tous entendus, et je peux te dire qu'ils ne me feront pas changer d'avis le moins du monde. Je te laisserai le temps de faire connaissance avec les miens, pour que tu saches dans quoi tu mets les pieds, mais, chérie, j'ai besoin de savoir. Est-ce que tu *envisagerais* de m'épouser ?

Le cœur de Kerri prit son essor. La seule chose dont elle avait été sûre que cela ne se produirait jamais, c'était qu'il la tienne dans ses bras et lui dise qu'il la voulait, avec ses problèmes. Elle n'avait pas besoin de réfléchir, mais elle comprenait qu'il se sentirait mieux s'il était sûr qu'elle le voulait aussi, avec ses propres défauts. Elle retrouva finalement sa voix :

— Et comment, Stu !

— Tant mieux. Parce que je t'aime, de tout mon cœur.

Et c'était la seule chose qui comptait vraiment.

— Je t'aime aussi, Stuart Canady.

Un sourire se répandit sur les traits de Stu, le sourire le plus heureux qu'elle lui ait jamais vu.

La morosité de l'avenir avait disparu. À la place, il y avait du soleil et de la joie. L'impossible venait de devenir réalité.

Retrouvez prochainement, dans votre collection

BLACK ROSE

Le message de l'ombre, de Maggie Wells - N°712

DÉFENSEURS DE LA JUSTICE – 1/3

Tu as de belles jambes, tu devrais en montrer plus... Harcèlement, vengeanc menace déguisée ? Troublé par Marlee Masters, la belle héritière qui, d'u main tremblante, lui montre le SMS qu'elle a reçu, Ben Kinsella s'interroge : c messages sont-ils liés à la mort suspecte du frère de Marlee ? Et comment va s'y prendre pour enquêter dans cette petite ville pleine de secrets où il vie juste d'être nommé shérif...

Retour à Big Bend, de Lara Lacombe

Alors qu'elle examine plusieurs vaches qui ont été empoisonnées sur son ranc Isabel entend une voix derrière elle : « Tu es revenue... » Se retournant, elle se les battements de son cœur s'accélérer. Car l'homme qui a parlé n'est autre q Wyatt Spalding. Wyatt avec qui elle a passé une nuit de passion, dix ans plus tô avant de quitter la région. Wyatt qui l'enveloppe à présent de ce regard troubla qu'elle n'a jamais pu oublier...

La menace du silence, de Tyler Anne Snell - N°713

De retour à Kelby Creek, la ville de son enfance, frappée par un scandale c corruption, Foster Lovett rejoint la police locale. Mais bientôt il comprend que quiétude retrouvée de la petite communauté n'est qu'une illusion. En effet, peu c temps après son arrivée, il recueille les confidences de Millie, sa jolie voisine. El lui révèle que son frère a disparu, qu'elle l'a signalé en vain à la police et qu'el se sent elle-même menacée...

Retrouvailles en eaux troubles, de K.D. Richards

Alors qu'elle vient de découvrir un nouveau traitement contre le cancer, My Rochon est victime d'une série d'attaques ciblées. Vol de documents, incendie tentative d'assassinat... La menace se précise. Soupçonnée par la police d'avo mis elle-même le feu à son laboratoire pour camoufler l'échec de ses recherches elle demande son aide au seul homme en qui elle a confiance : Gideon Wrigh son ex-mari...

Retrouvez prochainement, dans votre collection

BLACK ROSE

angereux serment, de R. Barri Flowers - N°714

xant son smartphone, Naomi relit le message signé « la Violette bleue ». En issonnant, elle se demande comment elle va réussir à coincer le tueur en série ui a choisi un nom de fleur pour pseudonyme et qui vient d'assassiner son ncle. Car il ne lui échappera pas, elle se l'est juré, et tant pis si pour cela elle oit faire équipe avec Dylan Hester, le détective avec qui elle a rompu deux ns plus tôt…

Jne disparition troublante, de Cindi Myers

our Lauren Baker, la disparition de Courtney, sa belle-sœur, et Ashlyn, sa fille gée de deux ans, ne fait aucun doute : elles ont été enlevées. Déterminée à tout aire pour les retrouver – car elle a promis à son frère de veiller sur elles avant qu'il e soit tué en Afghanistan –, elle se rend au bureau du shérif d'Eagle Mountain. à, elle supplie Shane Ellis, le séduisant adjoint, de l'aider dans ses recherches…

Pour l'amour d'Emma, de Julie Miller - N°715

'as de promesses. Pas de sentiments… C'est la devise de Jake depuis u'il a perdu la mémoire. Mais, un jour, il sauve la vie de Robin, une eune femme qui vient d'être attaquée. Cette fois, c'en est fini de sa hère tranquillité. Car non seulement il n'a jamais croisé un regard aussi eau que celui de Robin, mais il va découvrir bientôt qu'elle est la mère d'Emma, un bébé qui le fait fondre malgré lui…

Un précieux sauveur, d'Elle James

Au loin, Jacie aperçoit une maison. Épuisée, elle descend de cheval et frappe à la porte. Elle sait qu'elle ne doit pas flancher car les criminels qui lui ont tiré dessus et ont enlevé sa sœur sont extrêmement dangereux… Par chance, un homme séduisant, visiblement surpris de la trouver là, lui ouvre et la retient avant qu'elle ne s'écroule, évanouie, dans ses bras…

Retrouvez prochainement,
dans votre collection

BLACK ROSE

À la recherche de Noah, de Barb Han - N°716

En découvrant Katherine Harper, blessée, sur les terres de son ranch, Cale sent sa fibre protectrice se réveiller malgré lui. Car non seulement Katherin est la femme la plus séduisante qu'il ait jamais rencontrée, mais ce qu'elle l révèle le persuade aussitôt de l'aider : Noah, le petit garçon âgé de quat ans que sa sœur lui a confié avant de mourir, a disparu...

Séduction risquée, de Mallory Kane

Désespérée, Faith éclate en sanglots. Comment a-t-elle pu se laisser séduir par un homme qui, sous prétexte qu'il est le père de son bébé, veut lui fair vendre son restaurant pour payer ses dettes de jeu ? Mais, alors qu'elle tent de se calmer, elle sent une main rassurante sur son épaule et, se retournant reconnaît Matt Soarez, un nouveau venu en ville, qui est loin de la laisse indifférente...